DeeBorre
Project Moraine

In Erinnerung an die
ersten Pfälzer Familien am Niederrhein

DeeBorre

PROJECT MORAINE

Mystery-Roman

swb media publishing

Die Handlung und die handelnden Personen sind frei erfunden.
Jede Ähnlichkeit mit lebenden und bereits verstorbenen Personen ist zufällig.

Bibliografische Information der Deutschen Nationalbibliothek:
Die Deutsche Nationalbibliothek verzeichnet diese Publikation in der Deutschen Nationalbibliografie; detaillierte bibliografische Daten sind im Internet über http://dnb.d-nb.de abrufbar.

1. Auflage 2018
ISBN 978-3-946686-20-0

Lektorat: Johanna Ziwich
Titelgestaltung: Dieter Borrmann
Titelfotoanimation: © Dieter Borrmann
Satz: swb media publishing
Druck, Verarbeitung: Rosch-Buch, Scheßlitz
Für den Druck des Buches wurde chlor- und säurefreies Papier verwendet.

www.suedwestbuch.de

An einem Freitag im Oktober des Jahres 1969 legte sich ein großer dunkler Schatten der Ungewissheit und Trauer über Pfalzdorf, als ein Kind spurlos während eines Erntefestes an der alten lutherischen Kirche verschwand. Der Vierjährige war von seinem Vater und Großvater zu diesem bunten Treiben der Pfälzer mitgenommen worden. Nach Aussagen der Männer sahen sie ihn zuletzt auf der Empore der an diesem Tag nur für sie geöffneten kleinen Kirche. Sie verließen das Gotteshaus. Zurück beim Jungen blieb ein Freund des Großvaters, ein echter Pfälzer. Als der Knabe am ovalen Fenster stand und gebannt zum Tannenbusch schaute, wie ihm aufgetragen wurde, verlor der Pfälzer das Bewusstsein. Als dieser wieder zu sich kam, war der Knabe plötzlich verschwunden, einfach nicht mehr auffindbar.

Das stundenlange Suchen vieler Freiwilliger blieb ebenso erfolglos wie die nachfolgende, wochenlange Suche der Polizei. Der kleine Junge blieb verschwunden.

Der Schleier verdunkelte sich noch mehr. Aus Ungewissheit und Trauer wurde abergläubische Furcht, als auch der Vater des Jungen einen Monat später, an einem regnerischen Sonntag, von einem Gang im Tannenbusch nicht zurückkehrte. Ältere Pfälzer wussten, was der Mann im Tannenbusch gesucht hatte. Aber man schwieg, denn man kannte den Tannenbusch und dieses Kind war nicht das erste, das sich dieser Hain geholt hatte ...

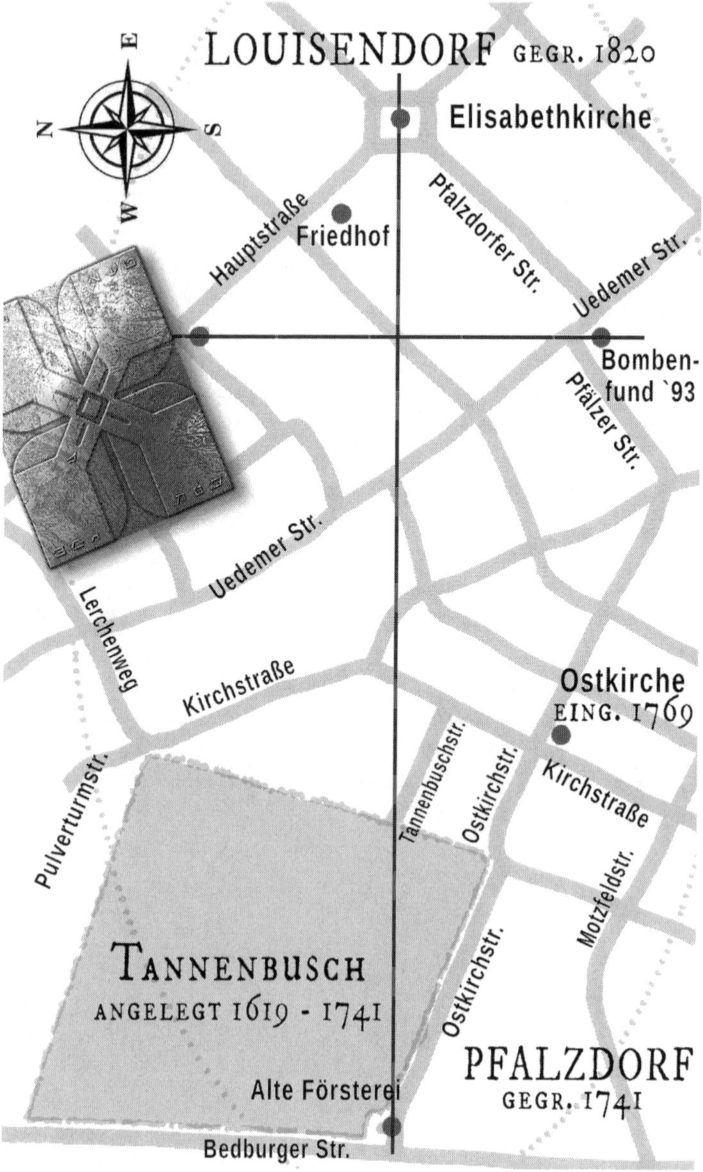
E
N
S
W
LOUISENDORF GEGR. 1820
Elisabethkirche
Hauptstraße
Friedhof
Pfalzdorfer Str.
Uedemer Str.
Bomben-
fund `93
Pfälzer Str.
Uedemer Str.
Lerchenweg
Kirchstraße
Ostkirche
EING. 1769
Tannenbuschstr.
Ostkirchstr.
Kirchstraße
Pulverturmstr.
Motzfeldstr.
TANNENBUSCH
ANGELEGT 1619 - 1741
Ostkirchstr.
PFALZDORF
GEGR. 1741
Alte Försterei
Bedburger Str.

PROLOG

Sonntag, 28. August 2011

»Lena Becker, dein Niederrhein ist langweilig – echt!«, nörgelte die rothaarige Steffi, während sie kritisch den Sitz ihrer weißen Jeans prüfte. »Gestern die öde Ballonfahrt und heute immer noch in dieser Gegend. Bloß weil wir jetzt die doofe Digitalkamera suchen müssen. Glaub mir, die finden wir in dem Waldstück doch sowieso nicht!«

»Deine Nörgelei finde ich blöd!«, versuchte Lena zu kontern. »Mein Niederrhein ist ganz und gar nicht langweilig und eine Ballonfahrt zu unternehmen ist auch nicht öde. Jedenfalls ist es mal was anderes. Außerdem, da wo du herkommst ist auch noch Niederrhein!«

»Mag sein«, rümpfte Steffi Pelzki die Nase, »trotzdem stinkt es mir, jetzt hier wie eine Pilzsammlerin durchs Unterholz kriechen zu müssen!« Sie spürte, wie etwas Nasses ihre Hand berührte und blickte hinauf zum wolkenverhangenen Himmel: »Na, klasse! Ausgerechnet jetzt beginnt es auch noch zu regnen!« Ihre Laune wurde noch mieser, besonders, da sie an die Empfindlichkeit ihrer Lieblingsjeans dachte. »Die Suche wird der Horror, wart's ab. Hoffentlich gibt es nicht noch ein Gewitter. Die im Radio sprachen jedenfalls davon. Und der Himmel über uns sieht auch irgendwie nach Blitz und Donner aus!«

In diesem Moment entdeckte sie einen dunklen Punkt am Firmament, der schnell näherzukommen schien. »Hey, der Hubschrauber von gestern ist auch wieder da. Ob es hier irgendwo Rundflüge zu gewinnen gibt? Aber bei diesem Wetter? Nichts für mich!«

Lena blickte in die Höhe und sah nun auch den Flieger, dessen Motorengeräusch immer lauter wurde. Schließlich donnerte der Hubschrauber mit voller Dröhnung über ihre Köpfe hinweg.

»Shit, auch das noch«, murmelte Lena, die nur zu gut wusste, was es zu bedeuten hatte, wenn ein Helikopter im Tiefflug über dasselbe Gebiet kreiste und das an zwei aufeinander folgenden Tagen. Und es waren dann, weiß Gott, mit Sicherheit keine Vergnügungsflüge!

»Was meinst du mit ›Shit‹?«, fragte Katrin Korte, die dritte im Bunde, die Lena wegen des Lärms nicht richtig verstehen konnte. Sie war bislang damit beschäftigt, ihren Rucksack nach einem grünen Anorak zu durchsuchen: »Was ist an einem Hubschrauber denn ›Shit‹?«

»Steffis Pessimismus finde ich Shit!«, lenkte Lena von ihrer Vermutung bezüglich des Hubschraubers ab. »Nur weil ich meine Kamera gerne zurückhätte. Bis das angekündigte Gewitter hier ist sind wir längst wieder raus aus dem Tannenbusch. So groß ist das Wäldchen nun auch nicht!«

»Ich kann sie ein wenig verstehen«, lächelte Katrin sie an und deutete auf Steffi, »so sind wir jetzt immer noch hier anstatt auf der Rückfahrt nach Krefeld! Du weißt auch, dass Steffi wieder ihr Insulin nehmen muss!«

»Klar weiß ich das. Aber ich habe mich nun mal erschrocken, als der Ballonführer den Brenner ganz ohne Vorwarnung wieder zündete!«, versuchte sich Lena zu rechtfertigen.

»Ach Lena, du hast doch auch gesehen, dass wir mit dem Korb fast schon die Baumspitzen berührten. Da ist es absolut üblich, den Brenner zu betätigen, damit der Ballon wieder an Höhe gewinnt. Du hättest die Kamera einfach besser festhalten sollen!«

»Weiß ich selbst«, zischte Lena schnippisch, »habe ich aber nicht. Vielleicht war ich auch über den blöden Hubschrauber erschrocken, der plötzlich über dem Tannenbusch aufgetaucht war und auf uns zuhielt. Ist doch egal, ich kann auch alleine nach der Kamera suchen, immerhin war die ziemlich teuer. Außerdem sind da nicht nur Aufnahmen von der gestrigen Ballonfahrt drauf!«

»Vom Freitagabend, denke ich mir«, kicherte Katrin und blinzelte zu Steffi rüber, »ich kann mir gut vorstellen, von wem. Lena sollte ihn schnell vergessen, er lohnt nicht, oder?«

»Genau«, stimmte Steffi zu, »sie sollte eigentlich froh sein, dass die Kamera weg ist!«

Genervt setzte sich Lena ihre gelbe Mütze auf und wandte sich zum Gehen: »Von wegen! Die war teuer. Die will ich wiederhaben. Jedenfalls gehe ich sie jetzt suchen. Ich habe mir nämlich die Stelle genau gemerkt, wo sie runtergefallen ist. Ziemlich in der Mitte des Wäldchens, dort, wo sich zwei breite Wege kreuzen. Sicher ist sie leicht zu entdecken. Ihr könnt ja hier am Waldrand warten, aber haut bloß nicht ab!«

Natürlich hatten Katrin und Steffi nicht ernsthaft vor, die Freundin alleine in den Tannenbusch ziehen zu lassen und so machten sich die drei Studentinnen aus der Seidenstadt mit einer gehörigen Portion Zweckoptimismus auf den Weg zu ihrem Suchgebiet Richtung Westen.

Obwohl das bewaldete Stück nicht einmal einen Quadratkilometer maß und man es in etwas mehr als einer halben Stunde durchwandern konnte, war es in seinem Inneren durchaus dicht bewachsen und an manchen Stellen von beinahe undurchdringlicher Dunkelheit. Hier etwas finden zu wollen konnte ein langwieriges Unterfangen werden.

Am Waldrand blieb Steffis schwarzer Fiat zurück.

Die Fahrt in einem Heißluftballon mit zwei Freunden war das Geschenk der Großeltern vor zwei Monaten zu Lenas 21. Geburtstag. Die Fahrt galt für einen Samstag ihrer Wahl.

Bis vor einigen Jahren lebte sie mit den Eltern selbst noch hier, direkt an der Uedemer Straße, nahe der kleinen Pfälzersiedlung Louisendorf und in Sichtweite des Tannenbuschs. Als Vater und Mutter 1994 den Entschluss fassten, von hier wegzuziehen, war sie vier Jahre alt. Warum – Vater stammte schließlich von einer der ältesten Familien der ersten Pfälzer-Generation ab – wusste sie nicht. Wegen der vielen Unfälle, die damals ständig auf der Uedemer Straße passierten, hatte ihr Vater einmal zu erklären versucht. Lena glaubte nicht, dass das der Grund war. Die Großeltern meinten Jahre später, dass ihr einziger Sohn 1994 mitsamt Frau und Klein-Lena von hier fort wollte, nachdem ihm die Gegend hier nach dem Fund zweier ominöser Fliegerbomben bei Louisendorf ein Jahr zuvor nicht mehr sicher schien. Seitdem kamen die Eltern gar nicht mehr in diese Gegend und ihr einziges Kind ließen sie bis zu seinem sechzehnten Geburtstag nur selten die Großeltern für ein Wochenende besuchen. Seit drei Jahren war Lena volljährig.

Lena brauchte einiges an Überredungskunst, die Freundinnen für ein Wochenende ins Klever Land zu locken, um mit ihnen gemeinsam ›in die Luft zu gehen‹.

Gestern war der große Tag und mit dem Fiat hatte man sich von Krefeld auf den Weg nach Louisendorf gemacht. Glücklicherweise verfügten die Großeltern über genügend Platz im Haus und so nahmen die zukünftigen Fahrerinnen der Lüfte deren Angebot, dort zu nächtigen, gerne an.

Eigentlich wollte man den Samstagabend wieder in Krefeld verbringen, doch wegen Lenas Missgeschick wurde nun ein Tag drangehängt.

Vor einer halben Stunde war man von Lenas Großeltern mit herzlicher Verabschiedung wieder Richtung Krefeld aufgebrochen. Dass sie noch diesen Abstecher zum Forst vorhatten, sollte den fast 80-Jährigen gegenüber nicht erwähnt werden. Lena hatte die Freundinnen darum gebeten.

Immer dunklere Wolken zogen heran und auch der Regen nahm nicht ab, wurde eher heftiger.

Die ersten hundert Meter Weges hielt das Naturdach aus Laub den größten Teil des Regens ab, doch nun nicht mehr. Es wurde immer schummriger, je tiefer sie ins Innere des Wäldchens vordrangen, dabei war es erst kurz vor 15 Uhr. Langsam wurde ihnen klar, dass sie vermutlich ganz alleine in diesem kleinen, aber dichten Hain unterwegs waren.

Schon auf den Straßen hierher begegnete ihnen nicht ein Auto. Heute war wohl kein Tag für Ausflügler, Jogger und Hundeführer. Außer einem rasanten Überholer auf der Kirchstraße vor wenigen Minuten – keine Menschenseele weit und breit. Auf der breiten Buschstraße zwischen einem kleinen Erdwall und dem östlichen Rand des Tannenbuschs stellten sie den Wagen ab und machten sich auf den Weg.

Begleitet vom Gezwitscher einzelner Vögel setzten sie Schritt vor Schritt. Nach wenigen Minuten Fußmarsch stoppte Lena und faltete die Gemeindekarte mit dem Tannenbusch-Grundriss auseinander. Gemeinsam versuchten sie ihren augenblicklichen Standort zu bestimmen.

»Wir müssten jetzt hier sein«, Lena zeigte auf eine Stelle in der Karte, »noch rund fünfzig Meter und wir können mit der Suche beginnen!«

Steffi blickte nach links und nach rechts: »Ich finde, dass es hier schon verdammt dunkel ist. Wie sollen wir da etwas finden?« Wirklich Sorge machte ihr die Tatsache, dass sie mit ihrer hellen Hose wahrscheinlich gleich den Weg verlassen und ins nasse, schmuddelige Gelände musste.

»Der Ballonführer hätte besser einen anderen Weg nehmen sollen, als ausgerechnet über dieses Waldstück. Auf einem Feld ist die silberfarbene Kamera sicherlich besser zu entdecken!«, bemerkte Katrin.

Lena murmelte halblaut: »Du hast doch gehört was der Mann sagte: wohin eine Ballonreise geht, bestimmt allein der Wind!«

Natürlich behagte auch ihr die dämmrige Atmosphäre nicht, jetzt, wo das Unterholz begann, noch dichter zu werden. Auch sie wollte hier wieder raus und das so schnell wie möglich. Vielleicht auch, weil ihr als kleines Kind immer eingetrichtert worden war, dass es im Tannenbusch unheimliche Wesen gäbe und hier schon seit alters her immer wieder Leute verschwänden und besonders Kinder. Heute wußte sie, dass die Eltern sie mit dieser Mär damals nur von diesem Ort fernhalten wollten. Dennoch, eine unterschwellige Furcht vor diesem Tannenbusch war geblieben. Und ausgerechnet jetzt kreiste noch ein Hubschrauber hier über diesem Gebiet.

Mittlerweile erreichten mehr und mehr Regentropfen zwischen all den Blättern den Waldboden und es wurde nass, matschig, mit einem Wort: ungemütlich. Sollte man die Suche abblasen? Noch nicht.

Lena blickte plötzlich auf: »Mädels, ich habe eine Idee. Wir sollten einen größeren Abstand zueinander halten und das in Frage kommende Gebiet in einem Abstand von zehn bis zwanzig Metern durchkämmen, nur so weit voneinander entfernt, wie wir uns noch gut sehen können. Ich denke, wir werden so schneller Erfolg haben und können dann auch eher von hier wieder verschwinden. Was meint ihr?«

Steffi und Katrin stimmten dem Vorschlag zu.

Sie begannen, zwischen Baumstämmen, Blättern, Farnen und abgebrochenen Ästen den Boden nach der Kamera abzusuchen und merkten nicht, dass sie sich mit jedem Schritt ungewollt weiter voneinander entfernten.

Da ihre Regenjacken weder allzu grelle Farben noch auffällige Muster vorzuweisen hatten, fiel es ihnen immer schwerer, einander im Unterholz zu erkennen und somit im Auge zu behalten. Nur Lena mit ihrer gelben Kappe war noch einigermaßen gut zu erkennen.

»Lena, Steffi, wir müssen lauter miteinander reden, damit wir wissen, wo sich jede von uns gerade aufhält«, rief Katrin und drehte ihren Kopf abwechselnd in die Richtungen beider Freundinnen.

»Gute Idee«, kam es von der Rothaarigen.

»Ich bin hier drüben«, meldete sich Lena und winkte, »habt ihr schon etwas gefunden?«

»Ich nicht!«

»Ich nur eine leere Sprite-Flasche!«

Die Wipfel der Bäume begannen sich zu wiegen, das Rauschen wurde lauter und untermalte auf unheimliche Weise das Prasseln der Regentropfen. Erstes Gewittergrummeln war in der Ferne zu vernehmen.

Plötzlich ertönte unweit das Brechen eines Astes.

Fast gleichzeitig erhoben sich die jungen Frauen aus ihrer gebeugten Suchhaltung.

Lena reagierte als erste: »War das eine von euch? Steffi, warst du das? Bist du auf irgendetwas getreten?«

»Nein!«, kam die prompte Antwort.

»Katrin, du?«

Wieder knackten Äste und ein feines Surren erfüllte die Luft, stimmte ein in das laute Rauschen der Baumwipfel und das Trommeln des Regens.

»Katrin, melde dich!«

Lena gefiel es ganz und gar nicht mehr, getrennt von den anderen durch dichtes Gehölz zu stapfen. Sie wartete auf eine Antwort von Katrin.

Doch diese kam nicht.

»Sag was, Katrin, verdammt noch mal!«, rief jetzt auch Steffi und hastete auf Lena zu, die ihrerseits auf Steffi zukam. »Ihren grünen Anorak kann man wirklich nicht erkennen!«

»Will die uns veräppeln?« Steffi war im Begriff, stinksauer zu werden – aber irgendwie war sie es schließlich schon die ganze Zeit.

»Weiß ich doch nicht!«, grantelte Lena. »Auf so etwas hab ich nun wirklich keinen Bock!«

Gemeinsam gingen sie zu dem Abschnitt, den Katrin absuchen wollte. Plötzlich stoppte Steffi, hielt dabei ihre Freundin am Arm fest: »Hörst du das?«

»Das Summen? Ich weiß auch nicht, wo es herkommt. Aber ich höre es schon seit einigen Minuten. Vielleicht stammt es von einem der außerhalb des Tannenbuschs liegenden Bauernhöfe, irgendeine Maschine, die dort läuft?« Sie wischte sich mit dem Ärmel den Regen von der Stirn.

Steffi schaute kopfschüttelnd an den Bäumen hoch, suchte das Geäst ab: »Nein, das Summen meine ich nicht. Höre doch, nicht ein Vogel singt mehr. Ist das nicht unheimlich?«

Spontan musste Lena an die vielen Tannenbusch-Geschichten aus ihrer Kindheit denken. Hieß es dort nicht auch, dass die Vögel des Waldes zu singen aufhören, wenn Fabelwesen unterwegs wären?

»Ja, wirklich seltsam – die Vögel haben doch gerade noch gezwitschert!«, erwiderte sie und versuchte gleichzeitig ihre Kindheitserinnerungen wegzuwischen. »Aber das hat sicher nichts zu sagen!« Sie blickte auf ihre Uhr: 15.35 zeigte diese an.

»Kaaatriiin«, erneut rief Steffi so laut sie konnte, »Kaaatriiin...!«

Da bekam sie von Lena einen sanften Stoß in die Seite: »Ich glaube es nicht: Da vorne sitzt sie ja!«

Steffis Augen folgten dem ausgestreckten Arm der Gefährtin und entdeckten die Vermisste ebenfalls: »Ist das denn möglich? Sitzt da herum und gibt keine Antwort. Der werde ich was erzählen!«

Durch tiefen Waldboden stapften die beiden jungen Frauen zunächst hastig auf Katrin zu, um dann abrupt zu stoppen, kaum zehn Schritte von der Gesuchten entfernt.

In Lena stieg Unbehagen auf. Irgendetwas stimmte da nicht. Das miese Licht, die stummen Vögel und die regungslose Freundin bildeten gemeinsam eine unheimliche Szenerie.

Ganz langsam kamen Lena und Steffi bis auf drei Meter an die Freundin heran. Deren Suchbereich war entgegen des überwiegenden Teils des Wäldchens nicht nur mit Blattwerk und Farnen übersät – hier gab es Gras, hohes Gras sogar, das die Hosenbeine schnell nass werden ließ.

Katrin saß zusammengesackt auf einem alten Baumstumpf, die Hände auf dem Schoss ein wenig unter ihrem Anorak verborgen. Sie starrte an ihnen vorbei in die Tiefe des Waldes. Die Freundinnen schien sie gar nicht wahrzunehmen.

»Hey, Katrin! Hast du unser Rufen nicht gehört?«, fragte Lena erst zaghaft – denn energischer.

Katrin antwortete nicht. Sie streckte sich ein wenig, hob den Kopf und starrte nach vorne, ohne den Eindruck zu erwecken, die Anwesenheit der Freundinnen überhaupt zu bemerken.

Steffi und Lena schauten einander ratlos an, dann richteten sich ihre Blicke wieder auf Katrin.

Lena wollte auf sie zugehen, doch Steffi hielt sie spontan mit einem Griff am Ärmel zurück. »Da – da sieh die Kamera«, flüsterte sie und deutete auf Katrins Hände.

Tatsächlich. Durch die kurze Körperbewegung fiel der Anorak zur Seite und gab Katrins Hände frei. Mit diesen umklammerte sie Lenas Kamera und es sah fast so aus, als richtete Katrin diese auf etwas.

»Mein Gott, sie hat sie gefunden!«, Lena spürte eine Mischung aus Freude und Unbehagen. »Hey, sie geht sogar noch. Die hat den Sturz wahrhaftig überlebt, sagenhaft. Sieh doch, Steffi, wie das kleine rote Lämpchen blinkt – Katrin muss etwas aufgenommen haben!«

Instinktiv schauten Lena und Steffi sich um, wollten sehen, auf was Katrin die Kamera gerichtet haben könnte. Doch da war nichts – nur Bäume und Gesträuch, umhüllt von schummrigem Licht.

Langsam, Schritt für Schritt, traten Lena und Steffi an Katrin heran.

Diese reagierte immer noch nicht, obwohl ihre Augen weit geöffnet waren und sie die Näherkommenden eigentlich hätte sehen müssen.

In diesem Moment wandelte sich das feine Summen, dessen Ursprung Lena auf einem der Bauernhöfe vermutete, in ein helles Pfeifen und in derselben Sekunde sahen sich Lena und Steffi zusammen mit ihrer Freundin von gleißendem Licht umgeben.

Sie spürten, wie etwas sie zu Boden warf und verloren die Besinnung.

Lena war die erste, die das Bewusstsein wiedererlangte.

Sie schlug die Augen auf und sah hoch über sich dunkle, hastig vorbeiziehende Wolken zwischen den fast schwarz erscheinenden Baumkronen. Und sie spürte den Regen auf ihrem Gesicht. Ein Blick nach links – dann nach rechts. Dort erkannte sie – zunächst schemenhaft, dann deutlicher werdend: Steffi. Diese lag regungslos keine drei Meter entfernt.

Lena richtete sich auf und stützte sich dabei auf dem weichen Boden ab. Sie fühlte ihre Benommenheit. Hatte ein naher Blitzeinschlag sie umgehauen? Sie fühlte sich schwach, pustete durch. Es galt, klare Gedanken zu fassen. Wieder sah sie hinüber zu Steffi. Da war keinerlei Regung. »Verdammt, Steffi, wach auf!«, stammelte sie. Gerade wollte sie zu ihr kriechen, als sie ein Krabbeln auf ihrem Oberschenkel verspürte.

Ein Blick und ein kurzer Aufschrei.

Soweit sie es bei dem dämmrigen Licht erkennen konnte, überquerte gerade ein großer Tausendfüßler ihren Oberschenkel, um dann zwischen Gräsern und Blättern zu verschwinden.

Blitzschnell rappelte sie sich auf, schüttelte sich, um dann vor Schwäche wieder auf die Knie zu sinken. Mit pochendem Herzen kroch sie auf allen Vieren zu Steffi. Diese lag immer noch regungslos auf dem Boden, umhüllt von nassem, klebrigem Blattwerk.

Lena legte ihr Ohr auf Steffis Brust und horchte.

Ein erleichtertes kurzes »Ja!« schrie sie, als ein Herzschlag zu vernehmen war. Nun begann sie an der Freundin zu rütteln und zu zerren.

Endlich. Steffi bewegte sich, öffnete langsam die Augen und starrte Lena verwirrt an. »Lena, du blutest am Ohr. Hast du dich verletzt?«

Reflexartig fasste die Freundin sich ans Ohr und spürte sofort etwas Warmes, Feuchtes. »Muss mich beim Sturz an einem Stöckchen oder

Zweig verletzt haben!«, versuchte sie zu erklären, richtete sich auf und zog auch Steffi mit hoch.

»Lass mal sehen, Lena!«

Trotz mieser Lichtverhältnisse sah sie sich die Wunde an. »Oh oh – meine Liebe! Nicht das Ohr wurde getroffen. Die Wunde liegt darüber. Dort sind Haare verklebt. Wir sollten schnellstens damit zum Arzt!«

Das plötzliche Brechen eines Zweiges ließ beide Frauen ihre Köpfe drehen und in die zunehmende Dämmerung starren.

Aus der Kontur eines dicken, zehn Meter entfernten Buchenstamms löste sich das Profil von Katrins Kopf und Schulter. Wackelig trat sie nun ganz hinter dem Stamm hervor und begann, wild mit den Armen gestikulierend, auf sie zuzukommen. Nun erst konnte Lena erkennen, dass Katrin versuchte, etwas zu sagen, ohne jedoch einen Ton herauszubekommen.

Sie erhob sich und ging, selbst noch wackelig auf den Beinen, der Freundin entgegen. Als sie Katrin fest in die Arme nahm, sah sie, wie Tränen über deren Gesicht kullerten. Oder war es nur der Regen?

»Was ist passiert, verdammt noch mal? Wieso waren wir alle ohnmächtig?«, sich die Blätter von den Hosenbeinen klopfend kam Steffi langsam heran. »Weiß jemand, wie spät es ist«, sie deutete auf ihre Armbanduhr, »meine Uhr ist stehen geblieben. Sie zeigt 15.40 Uhr an!«

»Was?«, reagierte Lena erschrocken und versuchte, die Zeit auf ihrer Uhr zu erkennen. »Meine Uhr geht auch nicht mehr, zeigt die gleiche Zeit!« Dann ein kurzer Blick auf Katrins Handgelenk. Das Gleiche.

»Ich glaube, ein Blitz hat irgendwo in der Nähe eingeschlagen«, versuchte Lena zu erklären, »und wir haben den Knall mit abbekommen – und unsere Uhren auch!«

»Nein, kein Blitz. Das war bestimmt kein Blitz. Ich glaube eher, dass es mit dem grellen Licht zusammenhing, was uns vorhin umgehauen hat, wer weiß«, murmelte Steffi, »oder mit dem lauten Summen!«

Bei dieser Äußerung Steffis wurde es Lena plötzlich ganz heiß. Ihr kam eine Geschichte ihrer Großmutter in den Sinn, die diese ihrer Nachbarin erzählt hatte, als sie zum ersten Mal hier ein Wochenende verbrachte. Sie hatte die Diskussion der Alten eher zufällig mitbekommen. In dieser Erzählung ging es um mysteriöse Begebenheiten, die im Umfeld des Tannenbuschs passiert sein sollten, kurz bevor ihre Eltern beschlossen, die Region zu verlassen. Damals sprach man von unerklärlichen Unfällen auf den Straßen nahe des Tannenbusch-Wäldchens. Angeblich sollte bei den Fahrzeugen sämtlich die Elektronik ausgefallen sein, ausgelöst durch Lichtblitze über besagtem Tannenbusch. Es hatte auch Tote gegeben. Sogar das Militär hatte sich damals damit befasst. In Lenas Kopf arbeitete es. War etwa das helle Licht, das sie besinnungslos gemacht hatte, einer dieser Blitze?

»Wie lange waren wir eigentlich weggetreten?«, fragte Steffi. »Es ist ja schon fast dunkel?«

Lena wurde zusehends nervöser: »Ist jetzt nicht wichtig. Ich weiß nur: wir müssen schleunigst raus aus diesem scheiß Wald. Glaubt mir, der ist nicht geheuer!«

In dieser Sekunde ertönt aus einiger Entfernung der Glockenschlag einer Kirchturmuhr.

Steffi zählte mit.

»Fünf Schläge!«, stellte sie fest.

»Ja, genau! Also fünf Uhr!«, bestätigte Lena.

»Verdammt, wie kann so was sein?« stotterte Steffi. »Waren wir denn wirklich fast eineinhalb Stunden weggetreten? Das kann doch nicht sein. Und wieso ist es so finster? Hört mal, das Summen – es ist weg. Und auch die Vögel singen wieder!«, dabei schlug sie einen schwarzen Käfer von ihrer verschmutzten Jacke und dann konnte sie die Bescherung erahnen: sie war von oben bis unten grünlich verdreckt und nass, genauso wie Lena und Katrin.

»Oh Mist!«, stammelte Lena. »Wir müssen weg hier!« Sie wies in die Richtung, in die auch die Kamera beim Auffinden Katrins gezeigt hatte.

Auch Steffi sah nun den Lichtschimmer, der in einiger Entfernung zwischen den Stämmen und Sträuchern für eine unheimliche Atmosphäre sorgte. Er bewegte sich sehr langsam, schien aber geradewegs aus der Mitte des Waldes auf sie zuzukommen. Immer wieder verdeckten Stämme den langsam heller werdenden Lichtkegel. Auch wurde er eindeutig größer.

Die jungen Frauen trauten sich kaum zu atmen, starrten nur in Richtung Lichtquelle.

»Auch das noch!«, erneut wurde Lena von Angst erfasst. Sollte sie Steffi von den früheren Erscheinungen erzählen? Sie verspürte trotz Regen eine trockene Kehle. Besser nicht, entschied sie und flüsterte Steffi zu: »Los, wir nehmen Katrin in unsere Mitte und dann nichts wie zum Wagen!«

»Okay, machen wir!«

Es waren keine hundert Meter des Weges zurückgelegt, da stoppte Lena abrupt und schaute Steffi fragend an: »Die Kamera! Hast du die Kamera?«

Steffi schüttelte den Kopf, Katrin reagierte nicht mal auf die Frage.

»Okay, cool bleiben! Steffi, du nimmst Katrin und siehst zu, dass ihr zum Auto kommt – so schnell wie möglich!«

»Und was machst du?«

»Ich lauf zurück und hole die Kamera. Sie kann nur da liegen, wo wir ohnmächtig geworden sind!«

Steffi reagierte erschrocken: »Bist du denn noch ganz bei Trost? Lass die blöde Kamera und komm mit zum Auto. Wir müssen aus diesem verfluchten Wald verschwinden, und zwar ganz schnell. Hörst du, ich habe richtig Schiss!«

»Ich auch, Steffi, ich auch! Aber ich will die Kamera, ich bin auch sofort wieder da. Hast du die Schlüssel?«

Steffi nickte und deutete auf ihre Jackentasche: »Tue es nicht, Lena, geh nicht zurück«, flehte sie, die kaum in der Lage war, Katrin zu halten, »hey, Lena, deine Mütze!«

»Was ist damit?«, wandte sich Lena zum Gehen.

»Deine gelbe Mütze! – Du trägst sie nicht mehr!«

»Egal«, kam es von Lena, die bereits davongeeilt war.

Steffi schaute ihr mit angstvollen Augen hinterher und sah, wie deren Konturen im diffusen, von Baumstämmen gebrochenen Licht schnell unschärfer wurden, bis sie sich schließlich auflösten.

Nun war sie mit Katrin allein. Was sollte sie tun?

Katrin musste zum Wagen gebracht werden, das war klar. Und dann – dann würde sie Lena entgegenlaufen, ihrer lieben, dummen Freundin.

Mühsam schleppte sie sich mit Katrin Richtung Stellplatz, schaute sich dabei immer wieder um.

Kaum fünfzig Meter weiter erlosch der unscharfe Lichtpunkt zwischen den Bäumen und fast gleichzeitig verstummte erneut der Gesang der Vögel.

Steffi stellte Katrin gegen einen Baumstamm und kramte in der Jackentasche nach dem Schlüssel. Dabei starrte sie angestrengt in die

Richtung, aus der sie Lena jeden Augenblick zurückerwartete. Der plötzliche Wegfall des diffusen Lichts ließ die Umgebung mit einem Mal pechschwarz erscheinen.

»Wo bleibt sie, wo bleibt sie?«, stammelte Steffi immer wieder. Dabei suchte sie nun in der anderen Tasche nach dem Wagenschlüssel. »Und wo ist jetzt der verdammte Schlüssel?«

Wieder schaute sie in die Richtung, aus der sie Lena erwartete.

»Mist, der Schlüssel? – Ich habe ihn verloren!«

Plötzlich hörte sie etwas. Schritte näherten sich. Lena?

Steffi spürte Erleichterung, doch da erkannte sie zwei Umrisse, die auf sie zukamen und was sie sah, ließ sie erstarren.

Ein einziger schriller Schrei entwich ihrer Kehle.

Die auf dem Rückweg befindliche Lena hatte auch mit Schrecken das plötzliche Erlöschen des mysteriösen Lichts registriert. Der erschütternde Schrei der Freundin ging ihr durch und durch. Ihren Herzschlag spürte sie bis zum Hals.

Trotz der Dunkelheit hastete sie instinktiv los und obwohl sie bis jetzt alles ohne Erfolg abgesucht hatte, wollte sie nur noch zu Steffi und Katrin. Ein unbedachter Schritt und sie stolperte über eine nicht zu erkennende, aus dem Boden ragende Baumwurzel.

Mit Wucht stürzte sie seitlich des Weges zwischen hohen Farnen zu Boden und blieb an einem kleinen Stamm einer jungen Buche liegen. Nasse Blätter flogen auf und landeten in ihrem Gesicht.

»Steffi, Katrin – ich komme – ich komme!« Es war mehr ein verzweifeltes Wimmern denn ein Rufen.

Lena wollte aufstehen, aber ein stechender Schmerz im Knöchel ließ sie wieder zu Boden sacken. Schnell schwoll der Knöchel an. Verstaucht, war ihr sofort klar. Sie brachte sich in eine sitzende Haltung und strich sich Blätter und Haare aus dem Gesicht. Dann begann sie die Umgebung nach einem großen Ast oder Stock abzutasten, mit dessen Hilfe sie die letzten Schritte zum Wagen schaffen könnte.

Und da sah sie es: ein rot blinkendes Lämpchen pulsierend direkt vor ihrer Nase. Es war die Kamera, die sie in diese Situation gebracht hatte. Nun lag sie da zwischen den Fächern einiger Farne.

Mit zitternder Hand griff Lena nach ihr, hielt sie hoch und betrachtete das verschmutzte Teil.

»Oh Gott, die Kamera läuft immer noch. Das ist unmöglich, der Akku müsste längst leer sein!«

Aber das war jetzt zweitrangig. Sie hatte Schmerzen und sie grübelte darüber nach, wie sie es anstellen sollte, zum Wagen zu kommen, zu den beiden anderen.

Sie steckte die Kamera in ihre Jackentasche und brachte sich dann in eine kniende Stellung. Als sie sich am Stamm der jungen Buche hochziehen wollte, spürte sie eine kräftige Hand auf ihrer Schulter.

Schreien wollte sie, aber ihre Kehle schien zugeschnürt. Pure Angst nahm von ihr Besitz, nur noch wirre Gedanken beherrschten ihren Geist. Den Schmerz spürte sie nicht mehr.

Langsam drehte sie ihren Kopf.

Mit aufgerissenen Augen starrte sie nach oben und stotterte mit angstvoller, brüchiger Stimme: »Alles wahr – die alten Geschichten über den Tannenbusch – ALLES WAHR!«

HÜRTGENER LAND 1564

Wie so oft in den letzten Tagen liege ich rücklings auf meiner Pritsche, die Arme hinter dem Kopf verschränkt und die Augen auf einen Punkt an der Zellendecke fixiert. Um konzentrierter nachdenken zu können, ganz nach dem Ratschlag des Vorstehers dieses Klosters. Sucht etwas, womit sich Eure Augen beschäftigen können, sagte er, liegt Ihr im Freien, vielleicht ein kreisender Raubvogel in großer Höhe, oder wie jetzt in meinem Fall: eine Spinne an der Decke, das reicht.

Diesmal jedoch gibt es einen besonderen Grund, alle Konzentration zu sammeln. Ich gestehe, ich bin ein wenig aufgewühlt. An der Spinne liegt das jedenfalls nicht.

Dass ich seit dem letzten Jahr Selbstgespräche führe ist mir bewusst. Mit EUCH, meine alten Freunde, eine einseitige Konversation zu betreiben ist meine einzige Chance, nicht durchzudrehen. Oft genug stand ich kurz davor.

Mit wem sonst, als mit meinen imaginären Weggefährten aus der Zukunft, kann, ja darf ich gefahrlos reden, wenn es gilt, oft nur mittels eines Wortes oder einer Idee, die hiesige Lebensweise zu erleichtern. Aber wie eingebrannt steht mir das Wort ›Paradoxon‹ ins Gehirn gebrannt. Mir ist bewusst, dass mein Wissen aus der Zukunft über gemachte technische Erfindungen oder über politische wie religiöse Entwicklungen epochale Verschiebungen auslösen – nicht nur könnten – sondern auch würden. Natürlich vermisse ich eine leckere Pfanne Bratkartoffeln oder ein Schälchen Pommes Frites, nur, auf die Kartoffel als Nahrungsmittel für den kleinen Mann wird das deutsche Volk noch gut hundert Jahre warten müssen. Ich weiß auch kaum noch, wie Kartoffeln schmecken. So ist es, mit euch kann ich darüber reden, ansonsten: Maul halten. So lege ich mich nieder, wenn mal eine längere Pause vom langweiligen Abschreiben alter Dokumente nötig ist und tue so, als seid ihr hier und erzähle euch in Gedanken, was ich hier so erlebe und dass wir uns eines Tages wiedersehen werden. So hoffe ich inbrünstig.

Der besondere Anlass, den ich erwähnte, hat mit unserem Wiedersehen in nicht zu ferner Zukunft zu tun.

Vor zwei Stunden erfuhr ich vom Klostervorsteher, dass jener fremde Mönch mit italienischem Akzent namens Albsa, der mich vor acht Jahren in Empfang nahm, mich am morgigen frühen Abend in Jülich treffen wolle, um über meine Rückkehr zu reden, da das Tor für eine Zeiten-Querung an Stabilität gewinnt. Ich solle mich bereithalten.

Oh, Mann! Soll das Warten und Versteckspielen tatsächlich ein Ende haben? Noch wage ich nicht daran zu glauben. Der geplante Besuch des Wochenmarktes mit Bruder Baltus am Vormittag in Merode sollte trotzdem eingehalten werden, um längst fällige Einkäufe zu tätigen. Danach werden wir nach Jülich weiterziehen.

Ich lausche. Sind das Schritte auf dem gepflasterten Gang? Der Klostervorsteher Michael auf dem Weg hierher? Gibt es noch was zu bereden bezüglich der Tagesreise nach Merode?

Jetzt aufgerichtet sitzend horche ich weiter.

Die Tür öffnet sich. Es ist tatsächlich Bruder Michael, der Vorsteher, den ich als einzigen in das Geheimnis der Gocher Heyde und den Umstand meines Hierseins eingeweiht habe. Es ist vielleicht gut, einen Vertrauten und Verbündeten zu haben, wenn es drauf ankommt.

»Bruder Christopher, Euer Herzenswunsch scheint jetzt in Erfüllung zu gehen. Aber seid Ihr auf die Rückkehr in Eure Zeit vorbereitet?«, mit dieser Frage begrüßt er mich.

»Ich denke ja. Aber was meint Ihr damit?«, frage ich.

»Der Fluss der Zeit, mein Freund. Ihr wünschtet, dass die Zeit, in die Ihr zurückkehrt, die gleiche ist wie zu Eurer Abreise, fast auf den Glockenschlag genau. Aber Ihr solltet wissen, dort sind bei Eurer Rückkehr nicht acht Jahre vorübergeeilt wie hier. Das Problem: Ihr reist zurück ohne Legitimationen, die Euch als jenen ausweisen, der ihr dann zu sein behaupten werdet. Hört mir zu! Ihr solltet Vorkehrungen treffen, solltet sie auf Euer verändertes Aussehen vorbereiten. Immerhin seid Ihr acht Jahre älter geworden, und auch Eure Kleidung ist eine völlig andere.« Er setzt sich zu mir auf meine Pritsche.

»Vorkehrungen treffen?«, wiederhole ich. »Ich kann ihnen doch nicht schreiben!«

»Warum nicht? Und ob Ihr das könnt, gerade Ihr als Chronist und Schreiberling!«

Ich stutze: »Ändert das etwas, wenn ich mir meine eigene Legitimation ausstelle und sie mit mir trage wie einen Passierschein, Bruder Michael? Wenn ich diese dort in meiner Zeit vorlege, wird sie doch ebenso als Täuschung abgetan und ihre Echtheit angezweifelt. Selbst wenn ich jetzt noch einige Zeilen niederschreibe, wird das Geschriebene samt Papier ein bis zwei Tage alt sein, auch wenn es altes Bütten und alte Tinte ist. Mit der C14-Methode hat man das im Jahre 2011 schnell geklärt!«

»C14-Methode? Ach ja, Genaues soll und darf ich nicht wissen. Aber ich nehme an, Eure Botschaft im Jahre 2011 muss demnach ein Alter von knapp 450 Jahren vorweisen?«

»So ist es!«, zucke ich mit den Schultern. »Ich kann zwar jetzt etwas schreiben, aber mitnehmen ist nicht. Es muss diese lange Zeit komplett durchleben und überdauern. Dabei nicht zerfallen, verbrennen oder sonstwie verschwinden. Wie soll das gewährleistet sein und wie bekomme ich es wieder in die Hände, um es dann als *indicium* vorlegen zu können?«

Michael schaut mich an. Seine Mundwinkel formen sich zu einem feinen Lächeln: »Es gäbe da eine Lösung, ich gebe zu, eine ungewöhnliche, aber die dürfte funktionieren!«

Ich schaue ihn verwundert an: »Ihr habt eine Idee? Wie sieht sie aus?«

»Ihr habt sicher davon gehört, dass heute eine mehrköpfige Pilgergruppe bei uns eingekehrt ist, um hier zu nächtigen. Es ist eine Gruppe aus dem Xantener Raum, gar nicht weit entfernt Eurer Heimat, darunter einige Mitglieder des dortigen Chorherrenstifts. Einer dieser Kanoniker, Hendrik Ryswijk, ist mir seit Jahren gut bekannt und er hat sich nicht nur als sehr zuverlässig und verschwiegen erwiesen, er ist auch ein Freidenker und neuen Dingen gegenüber durchaus offen. In Coelln hat er kirchliches und weltliches Recht studiert. Mit diesem *Doctor iuris utriusque* werde ich gleich reden. Ihr solltet Euch hinsetzen und einige Informationen für uns verfassen, damit wir Euch eindeutig als Mann aus dem Jahre 2011 beschreiben können. Erwähnt Begebenheiten aus dem Ort Eurer Herkunft oder familiäre Geheimnisse – irgendwas! Dass Ihr hier in Eurer Zelle auch Schreibfedern und Papier habt, sagtet Ihr mir. Also begebt Euch an die Arbeit. Morgen wird keine Zeit mehr dafür sein! Vergesst nicht namentlich die Person zu erwähnen, der dieses Schreiben auszuhändigen ist und in welchem Jahr und Monat es geschehen soll. Auch, was der Empfänger damit zu tun hat. Die eigene Frau anzugeben ist unklug. Du weißt nicht, was in den acht Jahren passiert ist, nichts für ungut, mein Bruder, aber das Schreiben sollte geraume Zeit vor Eurem Verschwinden zugestellt werden an jemanden, den Ihr für vertrauenswürdig haltet und der Euch kennt. Vergesst nicht zu erwähnen, dass er dieses Schreiben nur Euch auszuhändigen hat. Wir werden uns einen Plan ausdenken, wie es gelingen kann. In einer Schatulle, versehen mit einem klösterlichen Siegel, werde ich es dann Ryswijk mitgeben, um es im Xantener Archiv zu verwahren, bis die angegebene Zeit der Aushändigung gekommen ist. Verlasst Euch auf mich und nun beginnt mit dem Schreiben!«

Mit einem »Gott beschütze Euch«, verlässt er mein Zelle und ich bin wieder alleine.

Ich muss über unser Gespräch nachdenken. Er hat recht. Aber kann man dem Kanoniker aus Xanten trauen? Wird er sich an die Verabredung mit Bruder Michael halten? Was ich über Xanten weiß ist nicht allzu viel, nur dass das dortige St. Viktor-Stift 1802 im Zuge der Säkularisation aufgelöst wurde, es den Dom mit seinem Archiv und seiner Bibliothek im Jahre 2011 aber noch gibt. Das reicht!

Eine seltsame Stille beherrscht den Raum.

Außerhalb der Klostermauern dagegen scheint der Wind doch kräftiger zugelegt zu haben, als es zuerst den Anschein hatte. Auch trommeln schon erste Regentropfen gegen das winzige bleiverglaste Fenster meiner Unterkunft, oder sollte ich sagen ›meines Verstecks‹?

Wie viele Wochen, Monate und Jahre gebe ich hier schon den Junker Jörg vom Kreuzherrenkloster im südlichsten Teil des Herzogtums Kleve-Jülich-Berg. Und warum? Weil ich mich so habe entscheiden müssen, wollte ich euch eines Tages wiedersehen und ganz besonders meine Frau und meine kleine Tochter. Und jetzt soll es soweit sein?

Die Spinne ist nicht mehr da. Ist sie tatsächlich meiner optischen Überwachung entkommen? Ich nehme kurz die derbe Brille ab, eine Anfertigung aus Jülich letztes Jahr. Habe mich dran gewöhnt.

In all den verflucht langen Jahren habe ich nicht nachgelassen, meine Becca und unsere kleine Larissa zu lieben. Kein Tag, an dem ich nicht an sie denke. Doch nun beängstigt mich, dass beider Aussehen langsam vor meinen Augen zu verblassen beginnt.

»Keine Fotos dabei?«, werdet ihr fragen. Klar hatte ich ein Bild von ihnen, als ich hier strandete. Ein wunderschönes Farbfoto sogar, aber zu schön für diese Epoche. Es wurde verbrannt, gleich nach meiner Ankunft, zusammen mit allem, was ich sonst noch bei mir trug. Ich habe es nicht verhindern können.

»Es muss wohl sein«, versuchte der Klosterbruder Michael mich zu trösten, als er mich vor acht Jahren zum Kloster Schwarzenbroich brachte. Er hatte damals keinen Schimmer, um was es ging, was in dem damals von Erdbeben heimgesuchten Hürtgener Land geschah. Er war da, um mich in seine Obhut zu nehmen und zu verstecken, auf Anweisung des Klosterstifters von Merode. Erst später als Klostervorsteher wurde er von mir eingeweiht, obwohl ich dabei eine Menge riskierte.

»Mein Gott, acht Jahre ist das schon her«, wiederhole ich laut, »man ist doch zäher als man denkt!«

Dabei waren meine ersten Schritte in dieser Welt der Religionskriege und Entdeckungen, die ich an einem Waldrand knappe zwei Stunden Fußmarsch von hier machte, für mich mehr als bizarr, sie bestanden aus Hunger, Kälte und daraus, einen Schädel ohne jegliche Erinnerung zu haben.

Glücklicherweise war diese Leere nur vorübergehend. Meine Erinnerungen kehrten nur wenige Tage nach besagter Ankunft zurück. Stück für Stück sorgten sie dafür, dass mir alles wieder präsent wurde, was in den letzten Tagen, Stunden und Minuten vor meinem Leben hier abgelaufen war. Aber sie bestätigten genauso gnadenlos mein jetziges Schicksal, das mein Leben veränderte. Was habe ich anfangs geflucht, geschrien, war voller Depressionen, dann wieder voller Hoffnung – bis ich mich mit dem Schicksal arrangiert habe und wir gemeinsam auf den Tag X warteten. Ist dieser Tag X nun da?

Diese entbehrungsreiche Zeit, der ich einst sogar zugestimmt habe, ja, habe müssen, begann für mich auf dem nassen, kalten Boden eines Waldstücks.

Als ich zu mir kam, konnte ich mich an nichts erinnern, weder, wodurch ich meine Besinnung verloren hatte noch wie ich auf den Boden dieses teilzerstörten Waldes gelangt war. Das erste, was ich spürte, waren diese fürchterlichen Schmerzen an der linken Kopfseite, dann die Kälte und die Feuchtigkeit, die durch Hemd und Hose drangen.

Ich hob den Kopf etwas an und blinzelte.

Es musste noch früher Morgen sein, vermutete ich, denn die Strahlen der Sonne, so sie die Fetzen der Nebelschwaden durchdrangen, reichten kaum höher als einen Meter.

Eine genaue Zeitangabe war nicht möglich, da meine Armbanduhr genau um 21.02 Uhr stehengeblieben war, obwohl an ihr keine äußeren Beschädigungen erkennbar waren.

Mühevoll richtete ich mich auf und rückte meine Brille auf der Nase wieder zurecht. Dabei bemerkte ich das Blut auf der linken Hemdseite. Instinktiv betastete ich meine linke Kopfhälfte und fühlte an meinem Ohr eine Blutkruste. Für die Tatsache, dass meine Haare auf dieser Seite des Kopfes abrasiert waren, hatte ich keine Erklärung. Wieso oder wozu? Irre!

Zudem sah ich wie ein Dreckschwein aus. Das weiße Hemd und die Jeans waren voller Waldboden und teilweise zerrissen. Die hellen Schnürbänder an meinen ebenfalls verdreckten roten Turnschuhen hatten sich gelöst. Wieso trug ich rote Turnschuhe? Erst kaum beachtet, bemerkte ich jetzt die beiden an Kettchen befestigten Münzen sowie den kleinen Lederbeutel um meinen Hals.

Zu meinem Erstaunen befanden sich darin fünf weitere Münzen. Es waren Joachimstaler, deren Herstellung auf das Jahr 1526 hinwies. Dagegen fehlte bei den Münzen an den Ketten die Prägung auf den Rückseiten. Fehlstücke? Wie Beutel und Münzen um meinen Hals kamen – auch das konnte ich mir nicht erklären, zu jenem Zeitpunkt jedenfalls noch nicht!

Einige Meter entfernt lag eine schwarze Pistole im nassen Laub. Ich las ›Baretta‹ auf dem Griff. Weder im Lauf noch im Magazin gab es eine Patrone. War es meine? Habe ich etwa damit geschossen? Wegwerfen oder behalten? Ich entschied mich für das letztere und steckte sie mir im Rückenbereich in den Gürtel. Weiter war nichts zu entdecken, keine Jacke, die ich verdammt gut hätte brauchen können, eine Tasche oder etwas Ähnliches.

Mühsam fingerte ich dann aus der Jeans meine Brieftasche hervor und blickte hinein. Ein Führerschein war ausgestellt auf einen Chris van Heuvel. Mein Name? Das Foto schien fast noch ein Jugendbild zu sein. Erst als das Foto einer Frau und eines Mädchens zum Vorschein kam, klickte es, denn wer die beiden waren, wusste ich sofort.

»Becca – Larissa«, stammelte ich erfreut, »dann werde ich wohl besagter Chris sein, der sich hier im Tannenbusch aller Wahrscheinlichkeit nach einen abfriert! Nur, wieso sind viele Bäume aus dem Boden gerissen, diverse auf halber Höhe abgeknickt und was hat mich hier zu Boden geworfen und wegtreten lassen?« Ich wusste es nicht.

Erst einmal raus aus diesem Wäldchen, das schien mir im Augenblick wichtig. Als Orientierung diente der Stand der Sonne. Sie bestimmte ab jetzt meine Richtung.

Mehr schleppend als laufend bewegte ich mich mit der Pistole im Gürtel so schnell ich konnte vorwärts, auch um warm zu werden. Überall lag abgebrochenes Astwerk herum und nicht nur einmal stürzte ich deswegen zu Boden.

Ich wusste damals nicht, bewegte sich der Erdboden hin und wieder unter mir oder war ich noch zu wackelig auf den Beinen oder mein Gleichgewichtssinn noch nicht wieder intakt? Weitere Verletzungen an meinem Kopf wollte ich auf alle Fälle vermeiden.

Plötzlich schlug ein mächtiger Ast so dicht vor mir zu Boden, dass er mich mit all seinen ausladenden Zweigen und dem Rest an braunem Blattwerk mit sich riss.

Als der erste Schrecken verdaut war und ich mich aufrappeln wollte, merkte ich, dass einer der größeren seitlichen Äste meinen rechten Fuß eingeklemmt hielt. Nur mit großer Anstrengung gelang die Befreiung, allerdings auf Kosten des Schuhs. Dieser war ohnehin schon ziemlich ramponiert.

Noch auf den Knien entdeckte ich zwischen dem Wust an Zweigen und braunen Blättern zwei mit Moos bewachsene Seil-Enden, die mit einem der Hauptäste fest verknotet waren. Neugierig wollte ich mir diese anschauen und fuhr erschrocken zurück. Zwischen den Blättern wurden Teile zweier Skelette sichtbar. Auch die anderen Enden der Seile waren jetzt zu sehen – als Schlingen um die Hälse der Getöteten. Ich zuckte zurück. Gehenkte! Waren es Räuber gewesen? Verdreckte, grobe Leinenkleidung hielt deren knochige Körper zusammen und einer der Schädel trug sogar noch einen Hut. Die nahezu vollständig verwesten Körper ließen vermuten, dass diese Männer schon eine kleine Ewigkeit hier hingen, vielleicht vier bis fünf Jahre, mindestens. Ich drückte einige Zweige zur Seite und entdeckte, dass ihnen die Handgelenke auf dem Rücken zusammengebunden waren. Leicht angerostete Schwerter hingen noch an den Gürteln. Aber das würde bedeuten …? Ich wollte der Frage jetzt nicht weiter nachgehen, da ich in jenem Augenblick das Jaulen eines Hundes oder doch eher das eines Wolfes aus der Tiefe des Waldes zu vernehmen glaubte. Aber, ein Wolf im Tannenbusch?

Ich raffte mich auf und setzte den Weg fort, jetzt deutlich langsamer, was mit nur einem Schuh verständlich war.

Als ich nach einer Dreiviertelstunde immer noch keinen Waldrand erreicht hatte, wich die Vorstellung, im Tannenbusch zu sein, immer mehr. Dieser Wald war größer und er schien einfach nicht enden zu wollen. Und dazu die Toten und die unzähligen, entwurzelten Bäume und, nicht zu vergessen, das Heulen des Wolfes.

Endlich wurde es lichter zwischen den noch stehenden Bäumen und ich erreichte die Grenze des Waldstücks. Doch hier empfing mich eine Nebelwand und zeigte nur schemenhaft das, was vor mir lag. Noch schnaufend stand ich da und versuchte sie zu durchdringen, wollte mir einen Überblick verschaffen, suchte nach Vertrautem in der Landschaft. Aber Fehlanzeige.

Auffallend waren die vielen breiten Risse im Erdboden, die sich beinahe kilometerlang hinzogen, bis der Nebel sie verschlang. Sie sahen so verdammt neu aus. Rechts von mir schien sich auch eine riesige Erdscholle von Hunderten Metern Größe Richtung Tal verworfen zu haben. Auch hier zeugten unzählige abgeknickte Bäume davon, dass ungeheure Kräfte im Boden am Werk gewesen sein mussten. War das letzte Nacht geschehen? Am Ende der Geröllawine konnte ich schemenhaft die Umrisse eines Dorfes ausmachen, einige der Hütten schienen zu brennen, andere zusammengestürzt zu sein.

Wo aber waren die Dörfler? Keinerlei Wehklagen drang herauf zu mir, kein verängstigtes Muhen der Rindviecher, keine betriebsamen, keine flüchtenden, überhaupt keine Menschen waren zu entdecken. Es wirkte so, als sei diese Siedlung schon vor Jahren verlassen worden, denn nicht mal Hunde oder sonstige Hoftiere waren zu hören. Es lag eine Totenstille über dieser offensichtlich von Menschen verlassenen, weitestgehend zerstörten Landschaft.

Plötzlich, im Dunst der Nebelschwaden, bemerkte ich eine leichte Bewegung. Eine von mir aufgescheuchte Krähe?

Es war keine Krähe. Durch meine blutbeschmierte Brille erkannte ich nun vier Reiter, die in einiger Entfernung den Hügel heraufkamen mit einem fünften Pferd am langen Zügel. Sie trugen Gewänder, die wie Kutten geschnitten waren. Eines war wohl schwarz-weiß gehalten und drei in dunkelrot, soviel war zu erkennen. Sie trugen ein Kreuz vor sich her. Kamen sie aus dem Dorf? Warum? War es ein von der Pest heimgesuchtes Dorf, oder von Dämonen? Wie im Mittelalter? Fast sah es so aus. Die roten Kutten irritierten mich.

Nach einem weiteren Ruckeln im Boden traf mich Frage und Erkenntnis gleichermaßen wie ein Faustschlag mitten in die Fresse: Scheiße, Quesa trug auch so eine Kutte! Wie kam ich auf den Namen Quesa? Sie war zuletzt bei mir, genau! Oh Gott, war es tatsächlich passiert? Hatte ich Raum und Zeit verlassen, wie sie es mir prophezeit hatte, wenn ...? Wenn was noch mal gleich ...?

Auf wackeligen Beinen leicht vorgebeugt, mich mit den Händen auf den Oberschenkeln abstützend, schockierten mich meine Gedankensplitter. Ich schlug mit der Linken gegen meinen Schädel, als wollte ich ein Mehr an Erinnerungen aus diesem herausprügeln. Dabei schien es seltsam, dass neben dem ganzen Adrenalin noch Platz in meinem Kopf war für eine nicht zu leugnende Faszination.

Trotz des Wirrwarrs in meinem Schädel nahm ich näher kommende Hufe wahr. Erst noch diffus, dann immer deutlicher und letztendlich wurde es zur Gewissheit: Es waren die Mönche. Sie hatten ihre Kapuzen tief ins Gesicht gezogen und das Zeichen auf dem Skapulier des Mannes in schwarz-weiß wies ihn als Mitglied eines Kreuzherrenordens aus, was ich damals natürlich noch nicht wusste.

Was ich zunächst für ein metallisches Kruzifix gehalten hatte, entpuppte sich als Hellebarde mit beidseitig fast gleichförmigen, schmalen Schneiden. Ich bemerkte, dass zwei der drei Mönche in den roten Habits Schwerter am Gürtel trugen und jeder von ihnen einen groben Leinensack in der Hand hielt. Ganz koscher waren mir diese drei Typen jedenfalls nicht.

Auf Zeichen einer der Rotkutten, wohl der Wortführer, sollte der Kreuzbruder jetzt mit dem Ersatzpferd einige Schritte zurückbleiben und Abstand zu ihnen halten.

Die drei anderen kamen bis auf sechs Schritte an mich heran und zügelten ihre Pferde. Sie betrachteten mich von oben herab, als würden sie mich einem Check unterziehen. Meiner Wunde, aber mehr noch meiner Kleidung galt ihr ganzes Interesse.

Es war eine geradezu unheimliche Szenerie für mich: Drei bedrohlich wirkende Gestalten standen hoch zu Ross im Restnebel mit den Strahlen der Sonne im Rücken und mittelalterlichen Waffen am Gürtel mir gegenüber. Mit Blut an Kopf und Ohr, in verschmutztem weißen Hemd, das aus der blauen Jeans hing und mit nur einem roten Schuh bestückt, griff ich instinktiv nach der Pistole, wohl wissend dass sie leer war. Aber da war keine Pistole mehr. Sie musste beim Sturz aus dem Gürtel gefallen sein. So wirkte ich auf die Drei sicher alles andere als bedrohlich. Nicht mal einen wehrtauglichen Knüppel hatte ich bei mir.

Neben dem Schrecken wegen der Leere im Kopf machte sich in mir jetzt auch Unbehagen breit – und nicht zu knapp. Hatte ich doch zunächst vermutet, der Trupp käme aus dem Unglücksdorf, wo es galt, Trost durch Gebete zu verbreiten, musste ich nun meinen Irrtum eingestehen, sie waren anscheinend nur meinetwegen hier.

Die Haut des Wortführers hatte einen eigenartigen, hellen Ton, ganz im Gegensatz zu den beiden anderen Kuttenträgern und dem Mann etwas weiter hinten. Auch altersbedingte Furchen oder Falten zeigte sein Gesicht nicht, alles ziemlich glatt. Ich konnte das, trotz Kapuze, gut erkennen. Pigmentstörungen? Ein Albino?

Er stieg vom Pferd, schritt einmal erhaben ganz um mich herum und betrachtete mich von oben bis unten. Danach positionierte er sich vor mir, trat noch dichter an mich heran und blickte mir lange in die Augen. Dann öffneten sich seine Lippen und er sprach in einer Art, die ich erst später wiedererkennen sollte, zudem war da auch ein leicht italienischer Akzent: »Seid Ihr auf dem Weg hierher einer Person begegnet? Hat Euch irgendjemand gesehen oder gar angesprochen?«

»Lebende Personen jedenfalls nicht«, stammelte ich unsicher, »und mir ist auch niemand begegnet! Wer seid Ihr? Und wo bin ich?«

Ohne mich aus den Augen zu lassen: »Mein Name ist Albsa. Ich wurde beauftragt, Euch hier in Empfang zu nehmen. Ich muss Euch darüber aufklären, dass wir hier und jetzt, nach dem gregorianischen Kalender, den 18. Februar 1556 haben. Dass Ihr noch keinen Kontakt hattet ist gut. Um Euch retten zu können, müssen wir Euch jetzt die Zunge herausschneiden. Chris, ich frage Euch nur einmal: Seid Ihr damit einverstanden? Denn nur so könnt Ihr diese Zeit überleben!«

Einer der beiden Rotkutten ließ seinen Leinensack zu Boden fallen, stieg ebenfalls vom Pferd und holte ein Messer unter seinem Überwurf hervor, als wäre die Frage sein Stichwort. Scheiß Wortspiel!

Er kannte meinen Namen. Erschrocken schüttelte ich den Kopf: »Zum Henker, nein! Nein, ganz sicher bin ich nicht damit einverstanden. Um Gottes Willen nein! Ich kann mich, scheiß noch mal, an nichts erinnern. Ich weiß nicht einmal, wo ich hier bin! Warum sollte ich mit der Verstümmlung einverstanden sein?«

»Weil Neugierde wie Einsamkeit Euch gleichermaßen geschwätzig werden lassen, früher oder später, wenn die Erinnerung zurückgekehrt ist allemal. Und das würde katastrophale Folgen nach sich ziehen für diese Zeitepoche und für die Eure. Ich denke, Ihr wisst, auf was ich anspiele. Wir werden kein Paradoxon dulden. Euch am Leben zu lassen ist ein unkalkulierbares Risiko, aber …«, er hielt kurz inne, »aber man versprach Euch eine Rückkehr zu gegebener Zeit wegen einer selbstlosen Tat – eine Rückkehr zu Eurer Familie. Wie also sähe hier eine Lösung aus, was könnte eine Alternative sein zum Verlust der Fähigkeit zu sprechen? Sagt es mir!«

Er deutete auf das Messer seines Nebenmannes.

Der Typ, der sich Albsa nannte, war eiskalt und schien ohne jegliche Emotionalität hier seinen Job zu machen. War ich am Ende gar nicht der erste, den er so begrüßte?

»Ich spiele den Stummen«, antwortete ich hastig, »ja, bin von Geburt an stumm und rede kein Wort! Worüber auch. Ich kann mich an nichts erinnern, an absolut nichts. Ganz bestimmt! Und ich werde mich versteckt halten!«

Natürlich verschwieg ich, dass Becca und Larissa bereits wieder in meinem Kopf herumschwirrten.

»Ach ja? Ihr glaubt, Ihr könnt das? Das Leben in dieser Zeit ist rau und hart und geprägt von Kriegen, Plünderungen und Morden. Dörfer wie Klöster sind in den momentanen religiösen Spannungen immer wieder Ziele von Überfällen. Und wenn ein Krieg diesen Landstrich überrollt? Wo wollt Ihr Euch dann verstecken? Wie stumm bleibt Ihr, wenn man Euch foltert?«

Ich wollte gerade etwas zum Ausbruch des Achtzigjährigen Krieges sagen, konnte es mir aber in letzter Sekunde verkneifen, weil mir einfiel, dass dieser erst in zehn Jahren stattfinden würde und sagte stattdessen: »Um meine Lieben wiederzusehen schaffe ich das, bestimmt!«

»Bei den Heiligen, den Stummen spielen werdet Ihr nicht durchhalten!«, antwortete er. »Einmal unbedacht reden, und in diesen unsicheren Zeiten werdet Ihr als vermeintlicher Spion am nächsten Baum aufgeknüpft. Keine gute Lösung. Außerdem, besonders der Klerus darf absolut nichts über Eure wahre Herkunft erfahren!«

Er winkte den Kreuzbruder heran. »Bruder Michael, was machen wir mit ihm? Töten, Zunge herausschneiden, an Kaiser Karl V. Ausliefern?

Über einen Spion des Clever Herzogs wird er sich bestimmt freuen. Nur, dann müsste die Zunge auf alle Fälle raus! Aber – aber ich habe die Order, diesen Kerl zu beschützen, quasi meine Hand über ihn zu halten, bis die Zeit gekommen ist!«

Ich konterte in meinem mühsam erlernten kleverländischen Dialekt: »Min dän Tong herütt schnehe, en dan op min oppasse. Wat soll dann denn Quats!«

»Oh, er spricht die Sprache der Soldaten aus dem Norden des Herzogtums, die im klevischen Krieg auch hier im Jülicher Raum kämpften«, mischte sich Bruder Michael plötzlich ein, »das ist gut. Wenn er sich an nichts erinnern kann, können wir ihn als ehemaligen Söldner ausgeben, der sich hier von Gott hat bekehren lassen und mit abgelegtem Schweigegelübde im Kloster Schwarzenbroich ein neues Zuhause fand!«

Albsa nickte kurz, überlegte, schien einverstanden: »Ein wahrlich guter Gedanke, Bruder Michael, Schweigegelübde, Chris«, dabei sah er mich an, »Ihr habt es gehört, so machen wir es. Und jetzt runter mit den Kleidern!«

Der zweite Begleiter war mittlerweile auch vom Ross gestiegen und hatte aus seinem Sack schwarzweiße Klosterkleidung, wie Bruder Michael sie trug, und Sandalen herausgeholt und mir vor die Füße geworfen. Der Mönch mit dem Messer hatte derweil aus seinem Sack ölige Holzscheite hervorgeholt und mittels dieser begonnen, auf dem Boden schnell ein Feuer zu entfachen.

»Los, die Kleider müssen ins Feuer«, befahl Albsa, »auch der lächerliche rote Schuh mit dem aufgebrachten Drudenfuß. Sollte er Euch vor Dämonen schützen? Im Kloster braucht Ihr sie nicht, dort schützt Euch der Gott der Christen! Wo ist der andere Schuh?«

Ich konnte zu dem Zeitpunkt natürlich selbst auch nicht begreifen, wie ich zu solchem Schuhwerk gelangt war. »Habe ihn im Wald verloren!«, entgegnete ich.

»Werden wir finden müssen. Nun gut. – Ihr wisst, dass Chris Euer Name ist?«

Ich entschied, die wenigen Erinnerungen zunächst zu verschweigen: »Chris steht auf einer Karte in meiner Hosentasche!«, stotterte ich, während mir beim Ausziehen der Jeans die Brieftasche aus der Gesäßtasche fiel.

»Ab jetzt heißt Ihr Christopher van de Cleef, also Bruder Christopher«, entschied er, nachdem er meinen Namen nebst Foto auf meinem Führerschein sah.

Er durchsuchte auch die Brieftasche und betrachtete alles ganz genau, besonders das Foto mit Becca und Larissa.

»Kann ich es behalten?«, fragte ich geradezu bittend. »Bitte, lasst mir das Bild!«

»Kennt Ihr die beiden? Vielleicht Weib und Tochter?«

»Es wird mir einfallen, bestimmt. Lasst mir das Bild!«

»Nein«, war die knappe Antwort, während es im alles verzehrenden Ölfeuer landete, »und nun noch das Ding auf der Nase. Solche Augengläser kennt man in dieser Gegend überhaupt nicht, Ihr bekommt andere. Ach, und solch einen Armschmuck tragen Männer des Glaubens nun absolut nicht!«

So machte meine Armbanduhr Bekanntschaft mit der Hellebarde.

Albsa deutete auf den Lederbeutel und die beiden Münzen um meinen Hals: »Da schau her, einen kleinen Münzvorrat tragt Ihr mit Euch herum«, bemerkte er, als er einen schnellen Blick hineingeworfen, die Silberlinge aber nicht herausgeholt hatte.

Ich hielt den Atem an, würde er es merken? Ich erwartete seine Reaktion.

»Die Münzen dürft Ihr behalten, auch die, die Ihr um den Hals tragt. Zeigt sie aber nicht offen. Es sind schon für weniger Taler Leute getötet worden!«

Dann hieß es für alles, was mich irgendwie verdächtig machen konnte: Endstation Feuer.

Ich war nun im wahrsten Sinne des Wortes nackt, konnte meinem neuen Leben ohne jeglichen Hinweis auf die Zukunft wie ein Neugeborenes entgegentreten.

Ich bibberte vor Kälte. Das Mönchsgewand, das ich übergestülpt bekam, wärmte auch nicht wirklich.

Albsa deutete auf das mitgeführte Pferd: »Für Euch, Bruder Christopher, schließlich sollt Ihr nicht bis zum Kloster laufen! Ihr wisst: Es gilt jetzt, unsichtbar zu bleiben und auf den Zeitpunkt der Rückreise zu warten – kann bis zu zehn Jahre dauern. Wenn es soweit ist, werde ich es Euch wissen lassen!« Während er und seine Begleiter ihre Rösser bestiegen, legte Albsa ein letztes Mal den Finger auf die Lippen als Zeichen des Schweigens und dann verließen sie mich, Bruder Michael – und ein niedergebranntes Lagerfeuer.

So gelangte ich in die Obhut von Bruder Michael und des Klosters Schwarzenbroich.

Den Albino-Mönch und seine beiden Begleiter sollte ich die nächsten Jahre nicht wiedersehen.

Noch am selben Tag lernte ich das Kloster kennen und meine neue Bleibe, eine kleine Zelle im älteren und versteckteren Teil des Anwesens. Gut ausgesucht von Bruder Michael, denn dieses Kloster ist seiner Bestimmung nach ein offenes Haus, dessen Hauptaufgabe darin besteht, Pilger und Reisende zu betreuen, so sie hier das Gebet suchen oder einen Platz für die Nacht benötigen. Als nicht vollwertigem Kreuzherren-Mitglied blieb mir die Tonsur erspart.

Keine drei Tage später begannen meine Erinnerungen zurückzukehren, Stück für Stück. Schon bald – so glaubte ich – waren sie komplett hergestellt. Nicht nur einmal im Laufe der langen Jahre wünschte ich, sie wären im Dunkel geblieben.

So lebe ich seit acht Jahren hier unter dem Schutz des Clever Herzogs Wilhelm V., trage schulterlange Haare, die schon grau geworden sind, halte tagsüber mein Schweigegelübde ein und schreibe nach Sonnenuntergang fleißig an der ganzen Geschichte meines Lebens: *PROIECTUM MORAINE Das Geheimnis der Gocher Heyde*. Heimlich natürlich. Hilfreich dabei ist, dass man mir auf Grund meiner Fähigkeiten die Rolle eines Klosterschreibers übertragen hatte, was mir wiederum Zugang zu Feder, Tinte und Büttenpapier ermöglichte.

Vielleicht kommt irgendwann einmal eine meiner Aufzeichnungen Euch unter die Augen und Ihr lest sie, so Euch das kleverländische Federkielgeschreibsel nicht zu befremdlich erscheint!

Es ist noch nicht völlig dunkel im Raum, doch seit geraumer Zeit flackert bereits eine Kerze auf meinem Pult. Laute Geräusche von draußen. Ein kurzer Blick Richtung Fenster. Ein Ast, dicht am Gemäuer, wird wohl mit lautem Krachen abgebrochen sein. Nichts passiert, weiteratmen. Niemand hier weiß um meine wahre Identität, bis auf Bruder Michael. Für alle anderen bin ich der Söldner Christopher van de Cleef, der am Morgen nach dem Erdbeben einfach aus dem Hürtgener Wald bei Lendersdorf aufgetaucht war – ohne Erinnerungen. Vielleicht lasse ich Michael, bevor meine Rückkehr startet – an meinen Erlebnissen teilhaben. Aber würde er dann noch mehr wissen wollen über die Zukunft und vielleicht gar an seinem Glaubensbild zweifeln?

Ich hole meine Mappe mit den Blättern und die Tinte samt Feder hervor, um weiterzuschreiben, Buchstabe um Buchstabe, Wort um Wort, Satz um Satz.

Mein Blick ruht auf der Mappe meiner bisher verfassten Aufzeichnungen über das ganze unsägliche Abenteuer, weswegen ich hier in dieser Zeitepoche gestrandet bin. Möglich ist es mir nur, weil ihr mich damals mit vielen Informationen versorgt habt, an die ich selbst nicht kommen konnte und die nur ihr auf Grund eurer Jobs erlangtet. So kann ich jetzt ein lückenloses Bild der Geschehnisse erstellen, die im Jahr 1993 begannen, ihre Fortsetzung 1997 fanden und 14 Jahre später, im Jahre 2011 endeten – für mich im Jahre 1556.

Tja, damals hielt ich mich noch für einen ganz normalen Zeitgenossen des 20. Jahrhunderts, der für die eine örtliche Zeitung die Fotos lieferte. Aber schon bald sollte mir auf brutale Art klar werden, dass genau das nicht der Fall sein sollte!

Ich öffne die Mappe und beginne zu lesen. *Es war Mai 1993 …*

DIE ENTDECKUNG 1993

Mittwoch, 12. Mai 1993

Punkt 11 Uhr. Wolf August Smeets, der von allen nur W. A. Smeets genannt wurde, hatte es sich nicht nehmen lassen, eine Runde Sekt zu spendieren. Hatte man doch den 46-jährigen vom Politik-Ressort weg zum Redaktionsleiter für den Bereich Kleve ernannt. Nun war er für den weiteren Erfolg der auflagenstärksten Zeitung des Kreises verantwortlich. Die Redaktionsmitglieder, die Damen und Herren der Anzeigenabteilung und die Fotografen, alle waren sie da.

Kurze Reden, höfliche Floskeln und allerlei Allgemeines wurden ausgetauscht, wie halt immer bei solchen Anlässen.

Ich stand etwas abseits und genoss meinen Sekt. Sekt am Vormittag ist eine ganz riskante Geschichte. Müsste ich nicht gleich wieder raus zu einem Termin, wäre noch ein Glas drin, aber so nicht! Was soll's, der Orangensaft schmeckte ohnehin besser.

Als Fotograf stand ich außerdem immer auf Abruf bereit, musste dorthin, wo etwas passierte. Der Termin heute gegen 12.30 Uhr war allerdings kein spontaner, sondern stand seit gestern fest. Ich sollte das hoffentlich geglückte Entschärfen von drei Fünf-Zentner-Bomben in der Klever Oberstadt im Bild festhalten. Klasse Job!

Ein bisschen Zeit hatte ich noch. Wirkt Sekt eigentlich beruhigend?

Jetzt wurden noch reichlich Kanapees angeboten. Na, dann viel Erfolg, Herr Redaktionsleiter.

Die Entwarnung gegen 13 Uhr ließ die Anwohner wieder in ihre Häuser und Wohnungen zurückkehren.

Der Feuerwerker hatte ein Einsehen mit uns Fotografen und blieb noch für einige Aufnahmen in seinem Erdloch, obwohl er es eilig hatte und schnellstens zurück nach Düsseldorf wollte.

»Bis demnächst«, rief er uns lächelnd zu und dennoch konnte man die Anspannung der letzten Stunde in seinem Gesicht erkennen.

Der Mann, der nicht zum ersten Mal seinen riskanten Job in Kleve ausübte, hatte gar nicht so unrecht. Was hier an explosiven Altlasten des Zweiten Weltkrieges aus dem Boden geholt wurde, war schon eine Menge. Kaum drei Monate her hatte man bei Ausschachtungsarbeiten in Hassum eine Bombe gefunden und im Dezember eine auf einem Acker bei Pfalzdorf. Glücklicherweise verstehen die Feuerwerker ihr Handwerk.

»Und jedesmal darf ich diese hässlichen Zeugnisse des Wahnsinns ablichten«, moserte ich in Richtung Polizeimeister Hermann Cramer, der dafür Sorge trug, die Schaulustigen vom Gelände fernzuhalten.

»Ja, guten Tag, Herr van Heuvel«, frotzelte der Beamte, »vielleicht sind Sie der entbehrlichste Mitarbeiter bei der Zeitung, kann doch sein!«

Ich musste lachen. Sein Einsatz war auch nicht beneidenswert. Schließlich waren bei der ganzen Entschärfungsaktion die Jungs von der Polizei, nach dem Mann an der Bombe, jene, die am nächsten an einem möglichen Knall dran waren.

Etwas später war ich auf den Weg zum englischen Soldatenfriedhof am Rande des Reichswaldes, des großen zusammenhängenden Forstgebiets, das von Kleve bis westlich an die Grenze zu den Niederlanden reichte. Hier war ich gegen 14 Uhr mit meinem Partner Paul Brakel verabredet.

Paul war Redakteur bei derselben Zeitung und wenn er einer Sache auf der Spur war, musste ich mit. Wir waren ein eingespieltes Team. Paul hatte immer den richtigen Riecher für knallige Stories.

Der wird bald Kleve den Rücken kehren und vielleicht nach Düsseldorf in die Reportage-Redaktion wechseln. Man war schon auf ihn aufmerksam geworden. Würde mich für ihn freuen. Aber ob seine Frau mit dem Kind auch mit in die Landeshauptstadt wollte, bezweifelte ich stark.

Sonntag, 16. Mai 1993

Als Fotograf der Zeitung gehörte es natürlich auch zu meinen Aufgaben, Sonntag für Sonntag die Ligaspiele der beiden Klever Fußball-Landesligisten VfB und SC 63 zu besuchen, zumeist mit Stephan Pose, der die entsprechenden Sportberichte verfasste.

Zwanzig Minuten später war alles im Kasten und ich fuhr weiter nach Goch zur Viktoria.

Nachdem ich im dortigen Stadion sogar eines der erzielten Viktoria-Tore auf Film hatte, beschloss ich, die Rücktour über Pfalzdorf, Louisendorf und Moyland zu machen. Vielleicht boten sich noch ein paar Schnappschüsse vom Schlosspark an.

Das Wetter war angenehm jetzt Mitte Mai, und so war es nicht verwunderlich, dass eine Menge Radfahrer unterwegs waren. Auch sie hatten die beschaulichen Routen zwischen Feldern und Wiesen gewählt.

Gut gelaunt ließ ich Pfalzdorf hinter mir und steuerte das kleine Louisendorf mit seiner zentral auf einem winzigen Hügel gelegenen Elisabethkirche an.

Jetzt im Nachhinein fallen mir zwei Dinge auf, denen ich damals auf dieser Fahrt keinerlei Bedeutung beimaß. Erstens: Während der Fahrt von Goch nach Moyland verspürte ich leichte Kopfschmerzen, die allerdings in Moyland wieder fort waren. Zweitens: als ich auf der Ostkirchstraße am großen Loogenhof vorbeifuhr, bemerkte ich den schweren Mercedes des Klever Bauunternehmers Richard Tönnes, den viele auch nur Rich Tönnes nannten. Seine Initialen zierten das Nummernschild des unverwechselbaren Fahrzeugs.

Heute weiß ich, dass er damals vom alten Loogenbauern ein großes Wiesengrundstück erwerben wollte.

Man muss wissen, dass sich hier im Boden der Hügellandschaft große, für ein Bauunternehmen äußerst interessante Sand- und Kiesvorkommen befinden. Paul hatte später ermittelt, dass an diesem besagten Sonntag der Vertrag unterschrieben wurde, über den Tönnes mit dem Bauern vier Wochen lang verhandelt hatte.

Ausschlaggebend für den Verkauf soll letztlich die Tatsache gewesen sein, dass der einzige Sohn kein Interesse an der Landwirtschaft bzw. an der Fortführung des Hofes hatte und zudem die Frau des Bauern seit über einem Jahr unter extremen Kopfschmerzen litt, so dass als einzige Heilungsmöglichkeit ein Ortswechsel in Betracht gezogen werden musste. Keiner der Fachärzte hatte eine körperliche Ursache dieser heftigen Kopfschmerzen feststellen können.

Obwohl die notarielle Beglaubigung des Grundstücksverkaufs noch vorgenommen werden sollte, bekam Rich Tönnes per Handschlag die Genehmigung, schon ab kommender Woche mit den Vorbereitungsarbeiten für das Anlegen einer Kies- und Sandbaggerei zu beginnen. Die behördlichen Genehmigungen bei Einhaltung diverser Auflagen sollte Rich so gut wie in der Tasche haben, hieß es.

Michael, den 22-jährigen Sohn des Bauern, sollte ich später auch noch kennenlernen. Allerdings unter äußerst dramatischen Umständen.

In Moyland hielt ich mich nur noch kurz auf, denn die Sportredakteure wollten ihre Fotos vom Wochenende, also ab in die Dunkelkammer der Lokalredaktion.

Freitag, 21. Mai 1993

»Ob es in Louisendorf eine Frittenbude gibt?« Egal auf welcher Baustelle Bodo Heger eingesetzt wurde, die Frage nach Speis, Trank und Information wurde als erstes geklärt. »Und kann man hier irgendwo die Bild und Express kriegen?«

Sein Kollege Reiner Rolf lachte: »Warst du schon mal in dem Pfälzerdorf?«

»Nur zum Fußballspielen!«

»Dann weißt du, dass es hier keine City gibt mit Cafés und Wurstbuden. Du wirst dir einen Henkelmann mit deinen geliebten Fritten schon mitbringen müssen!«

Die beiden Männer standen an der Uedemer Straße und schauten über diese hinweg in eine langgezogene Allee hinein. Diese Straße führte zu besagter kleiner Ansiedlung, von der im Moment nur unzählige Baumkronen und eine Kirchturmspitze zu sehen war.

»Ist klar!«, maulte Heger mürrisch, ergriff seine Schaufel und ging zurück aufs Feld, um nach hundert Metern langsam im Boden zu versinken. Er stieg sachte in die neue Kiesgrube von Tönnes hinab. Rolf folgte.

Seit gestern waren sie hier eingesetzt, lösten die Kollegen ab, die seit Montag mit schwerem Gerät die Basisarbeit erledigt hatten. Nun mussten diverse Vorarbeiten für die neue Kiesgrube getroffen werden: Vorbereitungen für eine Einzäunung des Areals und Befestigung der Fahrwege für die vielen Kiestransporter. Auch musste das Fundament für die Baubude nebst Klo angelegt werden. Natürlich war Hegers Job aber auch, mittels seines Radladers die Lkws zu befüllen.

Bodo Heger war schon etliche Jahre als Radlader- und Baggerfahrer bei Tönnes tätig, sein Kollege Reiner Rolf erst seit zwei Jahren.

Der dritte Mann, der ebenfalls zu dieser Baustelle gehörte, war Erich Doll. Er fuhr den schweren Lkw, mit dem die abgetragenen Erdschichten zu einer firmeneigenen Deponie transportiert und gleichzeitig Schotterboden von dort für die benötigte Wegbefestigung herbeigeschafft wurde.

Es war flaches Gelände, ehemaliges Ackerland, das Tönnes erworben hatte. Einen Hügel zu kaufen wäre ihm lieber gewesen, da brauchte man sich nur horizontal hinein zu baggern, um an die Sand- und Kiesvorräte zu gelangen. Hier musste er Meter für Meter tiefer in den Boden eindringen. Ein Hügel stand aber nicht zum Verkauf.

Das Anlegen der kompletten Kiesgrube sollte in mehreren Abschnitten geschehen. Ab Montag war ein Trupp mit Radladern, Schaufelbaggern und Lkws schon aktiv gewesen und hatten kräftig Erdreich abgetragen. Auf einer Länge von 120 Metern entstand so eine gelblich-beige Steilwand. Der erste Abschnitt war in Angriff genommen.

Es war genau 09.45 Uhr, als Erich Doll von einer Tour zurückkam. Wie immer kippte er den mitgebrachten Schotter auf eine seitlich der Grube angelegte Fläche ab. Dann setzte er seinen LKW rückwärts die schräge Abfahrt in die Grube hinunter, wo Bodo Heger mit seinem Radlader bereits wartete. Mit der schweren Schaufel seines Laders schlug er auf die zuoberst liegende Erdschicht. Das abrutschende Material wurde dann auf den Lkw gekippt.

Als er erneut eine Schaufel oben ansetzte, passierte es: Auf einer Breite von fünfundzwanzig Metern brach eine drei Meter starke Erd- und Sandscheibe ab und rutschte zu Boden. Durch dieses Nachrutschen wurde ein längliches Metallobjekt freigelegt, das deutlich sichtbar aus der Sandwand ragte.

Sofort setzte Heger den Radlader zurück und stellte den Motor ab.

Zusammen mit Erich Doll, der sich instinktiv ebenfalls mit seinem Lastwagen in einen sicheren Abstand gebracht hatte, traten sie an dieses Objekt heran.

»Sach, wat is dat?«, stutzte Doll, der das sichtbare Teil auf gut fünf Meter Länge schätzte. »Bodo sach, wat is dat?«, wiederholte er.

Was sollte Heger sagen? Er hatte so etwas doch auch noch nicht gesehen.

Ratlos betrachteten sie den Fund.

»Ick weeß, wat dat is!« mischte sich auf einmal Reiner Rolf ein, der den abschüssigen Schotterweg herunter gelaufen kam. »Dat is eine dicke, fette Fliegerbombe. Wat ick euch sach!«

Heger und Doll guckten ihren Kollegen, den Ex-Berliner, ungläubig an.

»Ährlich. Janz sicher«, bestand Rolf auf seiner Vermutung, »vor einem halben Jahr, im Dezember, hat man hier bei Pfalzdorf och eine jroße Fliegerbombe gefunden und entschärft. Mitten uf einem Acker lag die Wuchtbrumme. Habt ihr dat nich jelesen?«

»Ich gucke mir das Teil mal aus der Nähe an!«

»Bloß nicht anfassen, Doll!«, hielt Heger ihn zurück. »Wir haben keine Ahnung, ob es wirklich eine Bombe ist oder nicht. Vielleicht kann ich von einem der Nachbarn aus den Chef anrufen und fragen, was wir tun sollen!«

Knappe zehn Minuten später war Heger zurück.

»Von der Straße aus kann man nichts sehen«, rief er den beiden Wartenden zu, »und das ist gut so!«

»Was sagt Boss Tönnes?«, wollte Rolf voller Ungeduld wissen. »Kommt er raus, selber kieken?«

»Nein! Er wollte aber die Polizei informieren. Wir sollen unterdessen dreißig Meter entfernt weiter arbeiten!«

Die Drei taten, was ihnen aufgetragen wurde.

Doch kaum begonnen, rutschte auch hier die Schicht mit Erde und Sand herab. Eine weitere Überraschung: Auch an dieser Stelle kam solch eine Fliegerbombe zum Vorschein. Das Erstaunliche war, dass beide Teile exakt gleich groß zu sein schienen und im gleichen Winkel von unten nach oben links aus dem Geröll ragten. Obwohl sie wie fest im Boden eingegossen wirkten, sahen sie merkwürdig blank poliert aus, wie frisch hergestellt.

Heger rief erneut seinen Chef an. Dieser wies ihn an, die Arbeit einzustellen, bis die Polizei sich die Sache angesehen hatte. Er selbst würde auch noch kommen.

Dieser Maivormittag brachte es schon auf eine angenehm warme Temperatur. Die Wiesen und Felder zeigten ein saftiges Grün und auch die Sträucher und Büsche saßen voller Knospen, die es kaum abwarten konnten aufzuspringen.

Jetzt eine Tour über Dörfer und Wiesen des Niederrheins zu machen konnte nur für gute Laune sorgen.

Die hatte auch Polizeiobermeister Hermann Cramer, der eine Routinetour machte. Er freute sich schon darauf, dass er in der nächsten Woche wieder verstärkt mit dem Motorrad, statt wie jetzt per Wagen, unterwegs sein würde.

Es ist nicht viel los heute, resümierte er, der diese Routinefahrt heute ausnahmsweise alleine machte.

Seine Gedanken kreisten um sein Haus und um den geplanten Ausbau und um die zu erwartenden Kosten.

Über Funk wurde er aus seinen Überlegungen gerissen.

»11 12 bitte melden – hier die Einsatzleitstelle«, tönte es aus dem Funkgerät.

»Ja, 11 12 hört. Was gibt es?«

»Vermutlicher Bombenfund bei Baggerarbeiten an der Uedemer Straße nahe Louisendorf. Bitte überprüfen und gegebenenfalls entsprechende Maßnahmen treffen!«

»Okay, ich fahre hin«, antwortete Cramer und steckte das Funkgerät zurück in die Halterung.

»Langsam werde ich zum Bombenexperten«, lachte Cramer und setzte seine Fahrt mit neuer Richtung fort.

Von weitem schon sah er einen der Arbeiter am Straßenrand stehen. Es war Heger, der ihn winkend aufforderte, ihm zu folgen.

Cramer fuhr holpernd aufs Feld. Über den provisorischen Weg ging es dann in die Kiesgrube hinein. Sofort sah er die von Sand und Geröll umgebenen, blitzenden Metallteile.

In den letzten Monaten war er schon bei einigen Bombenfunden dabei gewesen. Viele dieser gefährlichen Kriegsüberbleibsel hatte er schon betrachtet, aber solche Bomben? Negativ! Bomben dieses Typs waren ihm unbekannt.

Er ging näher an die Objekte heran, um sie aus nächster Nähe zu betrachten. Zwar war er kein Fachmann, aber diese Dinger sahen absolut anders aus als herkömmliche Bomben. Waren die Funde gefährlich?

Heger und seine Kollegen sollten Abstand halten, aus Sicherheitsgründen.

Danach eilte er zu seinem Dienstfahrzeug und forderte über Funk einen weiteren Streifenwagen an mit der üblichen Ausrüstung zum Absperren. Vorsichtshalber verlangte er auch einen Feuerwerker, der diese merkwürdigen Metallteile mal genauer unter die Lupe nehmen sollte.

Auch die Personalien der Arbeiter notierte er.

Mittlerweile war es halb elf.

Gemeinsam wartete man auf polizeiliche Verstärkung, denn schon hatten einige der vorbeifahrenden Fahrzeuge die Fahrt verlangsamt oder wendeten und kamen zurück. Sie hatten zwar nicht die Grube, wohl aber den verlassenen Polizeiwagen einige Meter im Feld stehen sehen. Dieser weckte Interesse. Die Menschen sind nun mal von Natur aus neugierig, am Niederrhein genauso wie woanders.

Die ehemalige Römersiedlung Xanten ist allemal einen Besuch wert. Und wer dort ist, sollte sich unbedingt den Archäologischen Park ansehen. Natürlich auch den Dom, obwohl Xanten nie Bischofssitz war.

Paul und ich befanden uns damals auf der Rückfahrt nach Kleve. Wir hatten eine Besprechung in der Regionalredaktion, die ihren Platz unmittelbar am Dom hatte. Thema war die Erstellung einer Broschüre über Xanten, Dom und das ehemalige St. Viktor-Stift. Den Text sollte Paul beisteuern, die Fotos waren mein Part.

Die Nachricht über den Bombenfund erreichte uns, als wir in Kalkar kurz Rast machten, um telefonisch in der Redaktion Neuigkeiten zu erfragen.

»Nicht schon wieder«, stöhnte ich, als ich die Telefonzelle verließ.

»Wer so ein talentierter Bomben-Fotograf ist, der darf sich nicht wundern, wenn er solche Jobs kriegt«, lachte Paul, als ich ihm die Nachricht vom Fund bei Louisendorf erzählte.

»Also, jetzt dort hinfahren bringt nichts. Es ist Freitag, und da wird die Stelle sowieso von der Polizei gesichert und die Zufahrt gesperrt. Soll ich Trassenband ablichten? Der Feuerwerker kommt frühestens Montag. Dann fahre ich dahin und fotografiere, wenn das Drecksteil entschärft worden ist. Das müsste doch auf jeden Fall reichen!«

Paul stimmte zu: »Gute Entscheidung. Am Ende ist es nicht mal eine Bombe, sondern irgendein landwirtschaftliches Teil aus der Vorkriegszeit. Ist ja auch schon vorgekommen!«

Hätte ich gewusst, was in jenen Minuten gut einen Kilometer von Louisendorf entfernt seinen Lauf nahm, wäre ich natürlich zum Fundplatz gefahren und hätte mit den Aufnahmen nicht bis Montag gewartet, logisch.

Ich werde euch die Vorgänge an der Kiesgrube nach Hermann Cramers Berichten schildern. Schließlich war er der Beamte, der als erster an diesem Ort eintraf.

Gegen 10.40 Uhr waren die angeforderten Kollegen vor Ort. Gemeinsam sperrte man die Fundstelle im Abstand von 50 Metern rund um die Grube ab. Gaffer wurden zum zügigen Weiterfahren aufgefordert und neugierige Anwohner gebeten, Abstand zu halten.

Der benachrichtigte Feuerwerker, der sich wegen einer Schulungsmaßnahme zufällig in Kleve aufhielt, traf wenige Minuten nach elf ein, gleichzeitig mit dem Bauunternehmer Rich Tönnes.

Kurz darauf erschien auch Cramers Vorgesetzter Polizeikommissar Meiser.

Während der Bombenexperte zu den Objekten ging, erstattete Cramer seinem Chef Bericht. Tönnes hatte sich zu seinen Männern gestellt und diskutierte mit ihnen über den doppelten Fund. Daraufhin setzte sich Heger auf den Radlader, fuhr ihn unter lautem Motorgeheul aus der Grube heraus und platzierte ihn seitlich neben den verschiedenen Haufen Schotter.

»Nie und nimmer sind das Bomben!«, rief der Feuerwerker den Beamten zu, als er von der ersten Besichtigung zurückkam. »Ich werde meine Messgeräte aus dem Wagen holen. Vielleicht wissen wir danach mehr!«

Mit zwei Aluminiumkoffern ging er eine Minute später wieder zu einem der beiden großen Metallfunde. Rich Tönnes folgte ihm, dann auch der Kommissar.

Der Feuerwerker sah sie und schüttelte den Kopf: »Ich muss gestehen, dass ich bislang keinen Schimmer habe, was das sein könnte. Große britische Grand Slam oder Tallboy-Blindgänger sind das auf keinen Fall. Und dann gleich zwei so dicht nebeneinander, sehr unwahrscheinlich! Ich werde sie erst einmal auf Strahlung untersuchen, dann versuche ich eine Materialbestimmung. Bleiben Sie bitte etwas zurück!« Er zog sich einen dünnen Spezial-Overall über und begann mit den Messungen.

Wie üblich wollte er sichergehen, dass von diesen glänzenden Teilen keine Gefahr für Mensch und Tier ausging.

»Ach, verflucht noch mal«, rief er plötzlich aufgeschreckt, »da haben wir den Salat!«

Mit einem Satz kam der Mann auf Meiser und Tönnes zugelaufen: »Sofort alle weg hier. Der Geigerzähler zeigt eine geringe Strahlung an. Weg hier, schnell, sicher ist sicher!«

Alle Anwesenden standen nun oberhalb am Rande der Grube und tuschelten miteinander und durcheinander.

Der Feuerwerker wandte sich an den Kommissar: »Sie müssen das Gelände viel großräumiger absperren lassen, mindestens 500 Meter im Umkreis, besser wären 1000!«, er stockte kurz, prüfte die Windrichtung, drehte sich dann Richtung Louisendorf. »Wenn das überhaupt langt. Vielleicht muss das Dorf evakuiert werden? Meine Kollegen aus Duisburg müssen sofort kommen!«

Kommissar Meiser hatte das Sprechfunkgerät bereits in der Hand und informierte den Gruppendienstleiter über diesen Notfall. Dieser forderte beim Staatlichen Amt für Arbeitsschutz in Duisburg ein Einsatzteam an. Diese Teams sind unter anderem speziell für die Erkennung, Bestimmung und Gefahrenminimierung bei den verschiedenen Arten von Strahlenunfällen ausgebildet. Einer dieser Trupps machte sich unverzüglich auf den Weg.

Zu Tönnes gewandt erklärte Kommissar Meiser, dass das ganze Gebiet um die Kiesgrube erst einmal Sperrgebiet sei und eine Weiterarbeit nicht erfolgen könne.

Der Bauunternehmer nickte wortlos, ging zu seinen Mitarbeitern und klärte sie über die Sachlage auf. Dann setzte er sich in seinen Wagen und fuhr fluchend davon.

Bodo Heger und seine Kollegen räumten ihre Sachen zusammen und fuhren ebenfalls mit dem LKW davon.

Der Radlader blieb stehen.

Die Uhr zeigte 12.25 Uhr, als der Kleinbus aus Duisburg von Polizeibeamten auf das Gelände gelassen wurde. Die Uedemer Straße war zu diesem Zeitpunkt bereits gesperrt. Die eingerichtete Umleitung erfolgte über Louisendorf. Natürlich war auch die Pfalzdorfer Straße, die direkte Zufahrt zum Ort selbst, gesperrt. Hier standen weitere Beamte und sorgten für die Einhaltung der Umleitung.

Der Kleinbus hielt in gebührendem Abstand zu den Objekten.

Drei Männer stiegen aus und ließen sich vom mittlerweile eingetroffenen Gruppendienstleiter Fred Wegener begrüßen.

Während sie sich gemeinsam vom Feuerwerker über die Situation aufklären ließen, zogen die drei Männer ihre Schutzkleidung an.

So gesichert begaben sie sich an eines der Objekte heran und begannen, ihre Messgeräte zu installieren. Sie wollten als erstes die Strahlungsstärke überprüfen.

Die anderen Anwesenden standen in respektvollem Abstand und warteten auf erste Ergebnisse. Dabei wurde wild über diesen seltsamen Fund spekuliert.

Polizeiobermeister Hermann Cramer war überhaupt nicht wohl bei dem Gedanken, dass hier irgendetwas Radioaktives im Boden lag und das vielleicht schon verdammt lange.

Nach einer Viertelstunde kam einer der futuristisch aussehenden Duisburger, es war deren Teamleiter, zu den Wartenden, nahm den Helm ab und machte einen besorgten Eindruck: »Der Erstverdacht hat sich leider bestätigt, wenn auch die Messwerte zum Glück doch nicht so hoch liegen, wie sie der Herr Kollege vor einer guten Stunde registriert hat. Das jedenfalls sind die ersten Erkenntnisse unserer Untersuchung. Selbstverständlich brauchen wir noch mehr Zeit, um die Art der Strahlung genauer zu analysieren!« Er drehte sich zu seinen Mitarbeitern um, weil diese gerade mit einem Werkzeug gegen eine der Metallwände schlugen, fuhr dann fort: »Da wir alle nicht genau wissen, was sich da im Boden befindet und wie gefährlich diese Teile tatsächlich sind, werde ich 1. unverzüglich die Kreispolizeibehörde informieren, damit dort die weiteren Schritte veranlasst werden können, und 2. muss das Ordnungsamt der zuständigen Gemeindeverwaltung informiert und um seine Mitarbeit gebeten werden. Vielleicht können Sie diese Aufgabe übernehmen, Herr Wegener!«, dabei blickte er den Gruppendienstleiter an.

»Selbstverständlich, ich kümmere mich darum!«

Punkt 13 Uhr waren der verantwortliche Bürgermeister und der Leiter des Ordnungsamtes mit drei Gemeindefahrzeugen vor Ort, um mit der Polizei die notwendigen Maßnahmen abzustimmen und gleich in die Tat umzusetzen. Die Lastwagen waren randvoll mit Material, welches zur Absicherung und zur Sperrung von Straßen und Wegen benötigt wurde. Der Bürgermeister und seine Mitarbeiter erklärten sich selbstverständlich zu jeglicher konstruktiven Mitarbeit bereit.

Ins Sperrgebiet wurden auch sie jetzt nicht mehr hineingelassen, der Gesundheit wegen. Was sie aber zu hören und, trotz dieser Entfernung, an Aktivitäten zu sehen bekamen, machte ihnen schnell klar, dass man es hier mit etwas ganz Ungewöhnlichem zu tun hatte.

Man beschloss, die Angelegenheit zunächst tatsächlich wie den Fund einer äußerst gefährlichen Bombe zu behandeln. Das bedeutete, Maßnahmen zur Sperrung sämtlicher Zufahrtsstraßen zum Fundort amtlich zu machen. Ob eine Ausweitung des Sperrgebietes nötig wäre, würde sich zeigen müssen. Schließlich stand man erst am Anfang der Untersuchungen.

Mehr Kopfzerbrechen bereitete den Verantwortlichen, wie sie die strahlenden Dinger sichern sollten: Strohballen und Schutzwälle schieden wegen der Größe der Objekte aus. Man entschied sich, jeweils große, schwere und extrem reißfeste Abdeckplanen über diese Grube zu ziehen – und somit auch über diese Bomben.

Das Duisburger Team arbeitete mit Hochdruck, um mehr über sie herauszubekommen.

Die Jungs der Mittagsschicht lösten die Polizeikollegen ab, die den halben Vormittag hier gewesen waren. Auch Hermann Cramer machte sich somit auf den Weg zur Hauptwache.

Der Dienststellenleiter war schon vor zehn Minuten gefahren. Auch der Feuerwerker verabschiedete sich und stieg kopfschüttelnd in seinen Wagen. Gleichzeitig mit dem anderen Streifenwagen verließ er das Gelände.

Polizeiobermeister Hermann Cramer hatte nun Feierabend. Später erfuhr er, was nach dem erfolgten Anruf des Teamleiters aus Duisburg bei der Kreispolizeibehörde weiter passierte.

Etwa gegen 12.45 Uhr ging der Anruf bei der Kreispolizeibehörde ein. Man reagierte schnell, denn man wusste a) nicht, was da freigelegt wurde, b) wie gefährlich es war und welche Stärke die Strahlung nun tatsächlich hatte, schließlich arbeiteten die Männer ja noch daran, und c) welche Gefahr für die Bevölkerung bestand.

Um 13.00 Uhr schickte man deshalb eine **WE**-Meldung (**W**ichtiges **E**reignis) an die Bezirksregierung nach Düsseldorf und zugleich auch an das Innenministerium des Landes Nordrhein-Westfalen.

Nachdem das Team aus Duisburg eine Gesundheitsgefährdung durch radioaktive Strahlung bestätigt hatte und zu der deprimierenden Erkenntnis kam, dass man völlig ratlos war, was Herkunft oder Zweck dieser zwei geheimnisvollen Teile anging (der erste Versuch, sie aus dem Geröll zu lösen, scheiterte kläglich und ein weiteres Hantieren an ihnen erschien den Beteiligten zu gefährlich), wurde die Sachlage dem Kreis mitgeteilt. Daraufhin schickte die Kreispolizeibehörde um 14.30 Uhr eine Nachtrags-WE-Meldung an das Landesinnenministerium.

Das Landesinnenministerium gab diese Meldungen an das Bundesinnenministerium weiter. Dieses unterhält für die unterschiedlichsten Krisen-Anlässe ein ständiges Lagezentrum, in dem analysiert, beurteilt, entschieden und gehandelt wird.

Hier entschied man sich gegen 19.00 Uhr, das Bundesverteidigungsministerium zu informieren. Möglicherweise waren die Louisendorfer Objekte militärischen Ursprungs. Aus dem 2. Weltkrieg, vielleicht.

Wenn militärische Aspekte eine Rolle spielen, schaltet das Bundesverteidigungsministerium den militärischen Abschirmdienst, kurz MAD genannt, ein.

Auch der MAD prüfte und kam zu dem Schluss, dass der sicherste Weg, diesen geheimnisvollen Dingen auf die Spur zu kommen, der sei, das Militär mit der Aufklärung zu betrauen. Auch weil es vielleicht tatsächlich militärische Geheimnisse aus dem letzten Weltkrieg waren, die ans Tageslicht befördert wurden.

Es war eine bislang ruhige Rückfahrt ohne viel Verkehr. Bis zur Kreuzung Lindchen war es nicht mehr weit.

Der Oberkreisdirektor hatte einem Fest in Uedem beigewohnt und war nun gegen 22.15 Uhr auf dem Weg zurück nach Kleve.

Als sie sich der Kreuzung näherten, räusperte sich Wellmann: »Herr Dr. Schmincke, wir können nicht geradeaus weiter. Sie wissen, wegen des Fundes zweier Bomben. Soll ich über Kalkar fahren?«

Der OKD sah jetzt ebenfalls, dass die Uedemer Straße in Richtung Kleve durch eine Straßensperre blockiert war. Und nicht nur das, ein bewaffneter Soldat schien hier Wache zu halten.

»Fahren Sie mal an den Posten heran, Herr Wellmann. Ich will wissen, welche Übung heute Nacht läuft, von der ich anscheinend nicht in

Kenntnis gesetzt worden bin!« Der OKD blieb gelassen. So schnell war er nicht aus der Ruhe zu bringen.

»Hallo, Soldat«, grüßte der Fahrer den jungen Mann durch das geöffnete Fenster, »der Oberkreisdirektor möchte wissen, welche Übung hier gerade stattfindet!«

Der Wachposten trat an den Mercedes und antwortete kurz und knapp: »PROJEKT ENDMORÄNE – und dies ist keine Übung!«

»Was heißt: Dies ist keine Übung?«, beugte sich der OKD zum Fahrerfenster hin.

Der Wachposten schien nicht beeindruckt, vom Kreis-Chef angesprochen worden zu sein und wiederholte: »Dies ist keine Übung. Wir sichern einen gefährlichen Bombenfund. Und nun fahren Sie bitte weiter. Hier können Sie auf keinen Fall durch.« Er stellte sich dabei vor die schmale Öffnung neben dem hölzernen Hindernis.

»Das werden wir aufklären, Herr Gefreiter. Wer ist der verantwortliche Offizier dieser Operation?« Dr. Schmincke hatte trotz der Dunkelheit den Dienstgrad des Wachpostens genau gesehen.

»Oberst Helge Kampen«, kam es unverzüglich.

»Okay, ich danke Ihnen. Herr Wellmann, fahren Sie!«

Wie das Militär nun in dieses Spiel einbezogen wurde und was an diesem Abend passierte, ließ sich anhand von Feldwebel Mückers Erzählungen rekonstruieren.

Lars Mücker arbeitete in der Stabskompanie der Gocher Reichswaldkaserne, in der auch das Radarführungsregiment untergebracht war.

Zu diesem Regiment gehörten die zwei Radarstellungen in Norddeutschland und das in unmittelbarer Nachbarschaft von Goch liegende Uedem. Eine ihrer wichtigsten Aufgaben war die militärische Luftraumüberwachung im westlichen NATO-Raum.

Feldwebel Mücker war in einer Abteilung tätig, in der er durch seine Geheimhaltungsstufe auch von geheimen und extrem brisanten Sachlagen Kenntnis bekam.

Am 21. Mai 1993 machte er länger Dienst, so dass er noch in der Kaserne war, als gegen 18.30 Uhr der Kommandeur Oberst Helge Kampen einen Übungsalarm auslösen ließ, der für alle im Kasernenbereich befindlichen Soldaten das Ende aller ihrer Wochenendpläne bedeutete.

Der Auslöser für diesen Alarm, so erfuhr Mücker später, sollte ein Anruf vom MAD gewesen sein.

Natürlich war auch Feldwebel Mücker zähneknirschend auf dem Kasernenhof angetreten, als der Kommandeur sie über das PROJEKT ENDMORÄNE in Kenntnis setzte. Das Operationsgebiet läge nur wenige Kilometer entfernt und er sei befugt, dieses Gebiet zum militärischen Sperrgebiet zu erklären, mit allen dafür nötigen Maßnahmen und Mitteln.

Die genauen Aufgaben würden die Zugführer mitteilen. Abmarsch ins Operationsgebiet sei um 19.45 Uhr.

Gegen 20.15 Uhr traf die Lastwagenkolonne im Operationsgebiet ein, vollbeladen mit Materialien fürs Errichten von Zäunen, mit Scheinwerfern, diversen Sperrvorrichtungen für Straßen und Wege sowie mit Zelten für die Wachmannschaften.

Leiter des gesamten Einsatzes war Major Knut Hinrichs. Er war es auch, der dem verdutzten Leiter der Kreis Klever Alarmgruppe, einer aus Polizisten bestehende Truppe für besondere Aufgaben, die bis zu diesem Zeitpunkt die Bewachung des Geländes übernommen hatte, militärisch knapp mitteilte, dass das ganze Areal um die Fundstelle ab 20.30 Uhr als militärisches Sperrgebiet gelte. Der Leiter der Alarmgruppe setzte per Funk seinen Vorgesetzten in der Einsatzleitung darüber in Kenntnis und meldete sich ab.

Wenige Minuten später verließen sämtliche Zivilisten das Gelände.

Was die Soldaten sichern sollten, war ihnen zu diesem Zeitpunkt ein Rätsel. Dort, wo die Wagenkolonne stoppte und absitzen ließ, befand sich eine leicht hügelige Ebene, die früher Gocher Heyde genannt wurde. Vereinzelte Häuser standen hier und ganz in der Nähe gab es den Tannenbusch, ein vor fast 400 Jahren angelegtes Wäldchen. Taschenlampen erhellten ein Straßenschild: Pfälzer Straße. Die meisten von ihnen kannten diese Ecke. Was konnte es hier schon zu bewachen geben?

Befehle und Kommandos hallten übers Gelände. Es wurden Wachposten an allen Zufahrtsstraßen und allen Wegen im Radius von 1000 Metern aufgestellt. Einzelne Trupps begannen damit, Stacheldrahtzäune zu errichten. Zuerst jedoch wurden große Scheinwerfer installiert, um das Areal zu beleuchten.

Das Scheinwerferlicht erhellte eine gespenstische Szenerie: ein verwaister Radlader seitlich einer Einfahrt, die hinunter führte in eine Grube, über die große Planen gespannt waren. Es sah aus, als wollte ein Künstler sein begonnenes Werk noch nicht herzeigen.

Auf Befehl des Majors entfernten einige Soldaten die Planen. Was sie da im Scheinwerferlicht sahen, erzeugte ein Raunen unter ihnen.

Auch Mücker starrte fassungslos auf die zwei durch das Anstrahlen hell reflektierenden Objekte. Die über ihnen kreisenden Helikopter gaben der Szenerie eine richtige Science Fiction Atmosphäre, dachte er.

Zu diesem Zeitpunkt wusste Mücker noch nicht, wie recht er damit haben sollte.

Ich wollte gerade meine Wohnung in der Brabanter Straße für einen abendlichen Kneipenbesuch verlassen, als das Telefon klingelte.

Es war Paul, der bis 02.00 Uhr den Redakteur vom Dienst zu spielen hatte, und er klang sehr aufgeregt, redete schnell und wirr.

»Was ist los?«, unterbrach ich ihn. »Ich habe nichts verstanden. Sprich langsam, Paul!«

»Okay! Chris, du erinnerst dich doch an die Rücktour von Xanten, an die Info über den Bombenfund? Gerade bekam ich einen Hinweis zu diesem ›Bombenfund‹ bei Louisendorf oder Pfalzdorf, ist doch auch egal, jedenfalls scheint da jetzt eine ganz große Nummer zu laufen!«

»Wie? Was für eine Nummer? Ich verstehe nicht?«

»Genau weiß ich es auch noch nicht«, fuhr Paul fort, »dort hat anscheinend jetzt das Militär das Sagen. Die haben da ein richtiges Sperrgebiet errichtet«, Paul holte noch einmal Luft, »komm mit. Wir müssen da jetzt unbedingt hin. Vielleicht kommen wir irgendwie rein. Wir treffen uns in Louisendorf, dort, wo die Kaisereiche stand, am Weg hoch zur Kirche. Du musst über Lerchenweg und Hauptstraße kommen. Die Uedemer Straße ist gesperrt. Bis gleich und beeile dich!«

Ohne, dass ich noch etwas sagen oder gar etwas notieren konnte, hatte er aufgelegt.

»Na dann los!« Ich knöpfte mir die Jacke zu, schnappte die Kamera und stürmte aus dem Haus.

Paul war schnell gefunden. Er stand bei einer Gruppe von Dorfbewohnern an der Stelle, an der bis vor wenigen Monaten noch die alte Kaisereiche ihren Platz gehabt hatte. Schon auf dem Weg zum Treffpunkt bemerkte ich die vielen Leute, die vor ihren Häusern standen und miteinander redeten.

»Paul, was geht hier ab?«

»Wir werden es sehen!«, antwortete er kurz und knapp. »Kurz nach acht tauchte plötzlich Militär auf und riegelte hier ein großes Gebiet ab, hauptsächlich jenseits der Uedemer Straße. Dort entsteht seit wenigen Tagen eine neue Kiesgrube!«

»Die sperren eine Kiesgrube ab?«

»Dort soll die Bombe gefunden worden sein!«

»Okay, Paul, gehen wir nachschauen!«

Zu Fuß bogen wir in die Pfalzdorfer Straße ein. Vorbei an der alten ›Luisenwirtschaft‹ mit Ziel Uedemer Straße.

Schon von weitem sah man zwischen den Stämmen der Allee die vielen Scheinwerfer.

»Paul, schau mal«, flüsterte ich, »die ziehen sogar Stacheldraht über die Straße. Das ist ein Ding.«

Im Schutz der Alleebäume ging es langsam voran.

Da erkannten wir vor uns, in ca. 300 Metern Entfernung, eine Sperre, die über die ganze Straßenbreite reichte.

Als plötzlich ein Wachposten an der Sperre auftauchte, sprangen wir instinktiv zur Seite und gingen in die Hocke. Hatte der Posten uns schon entdeckt? Mit dem Lichtschein im Rücken erkannten wir deutlich Helm und ein Gewehr auf seinem Rücken.

»Die haben hier vorne schon eine Absperrung aufgestellt. Shit, da kommen wir niemals durch«, schimpfte Paul, »und links und rechts diese Stacheldrahtrollen. Verflucht, was machen wir jetzt?«

»Hast du ein Fernglas im Auto?«, fragte ich.

»Klar. Ich hole es schnell!«

»Gut, ich mach inzwischen ein paar Fotos von diesen Aktivitäten. Mal sehen, was bei diesen Lichtverhältnissen möglich ist!«

Einige Minuten später war Paul wieder da: »Die Leute da hinten an der Kirche sollten wir auch noch befragen!«

»Ja, gleich«, erwiderte ich, »aber erst schau mal, ob du durch das Glas etwas erkennen kannst!«

Paul schaute durchs Fernglas und schwenkte langsam über die gesamte Szenerie.

Ich konnte so schon erkennen, dass jede Menge Soldaten fieberhaft daran arbeiteten, einen Zaun fertigzustellen. Andere mühten sich mit großen Zelten herum.

Am Straßenrand standen die Militärfahrzeuge aufgereiht. Wenn auch große Betriebsamkeit zu erkennen war, wirkte alles durchaus organisiert und ohne Hektik.

»Schnell, Kopf runter, ein Hubschrauber«, rief ich Paul zu. Und schon dröhnte ein Helikopter keine hundert Meter über unsere Köpfe hinweg. Mit einem Suchscheinwerfer leuchtete er die Ackerflächen zwischen Louisendorf und dem Sperrgebiet ab, um zu verhindern, dass sich Neugierige abseits der Straße heranschlichen.

»Ob der uns gesehen hat?«

»Wie denn«, beruhigte ich ihn, »unter den Bäumen kann er uns nicht sehen. Aber soll ich dir sagen, an was mich das gerade erinnert hat? Du wirst lachen: an Spielbergs *Unheimliche Begegnung der Dritten Art.* Wie die drei Darsteller zum Devil's Tower gelaufen sind und die Helikopter mit dem Schlafgas hinterher. Wow!«

»Du kannst einem ja richtig Angst machen, Mensch. Meinst du, die haben auch so etwas hier?« Paul schien tatsächlich besorgt.

»Hör mal, du Chefreporter, bremse deine Fantasie! Bei Spielberg ging es um Ufos in Wyoming, wir sind hier am Niederrhein und haben wahrscheinlich einen Bombenfund mit einer gleichzeitigen Bundeswehrübung, mehr nicht!« Ich wunderte mich ein wenig über Pauls Besorgnis. So kannte ich ihn gar nicht.

Auf einmal pfiff er leise durch die Zähne, während er das Fernglas nicht von den Augen nahm: »Irgendetwas verstecken die da! Pass auf, Chris«, sagte er dann und seine Besorgnis schien wieder wie weggeblasen zu sein, »ich gehe jetzt hinüber zum Wachposten und versuche ihn etwas auszuhorchen. Ganz simpel und ganz direkt.«

Ich schaute ihn ermutigend an: »Okay, versuch es. Ich kann mit meiner Ausrüstung hier nichts machen. Wäre ich dichter dran an den Scheinwerfern, könnten Aufnahmen klappen, aber so ist es einfach zu dunkel!«

Ich hängte die Kamera wieder über meine Schulter.

»Halt! Stehenbleiben!«, hörte ich eine schroffe Stimme rufen. »Kehren Sie um. Hier können Sie nicht durch!«

Paul versuchte völlig harmlos und freundlich auszusehen. »Nein, okay. Ich will ja gar nicht durch, ich möchte mich nur mit Ihnen unterhalten!«

Er blieb zehn Meter vor dem Posten stehen, griff in die Jackentasche und holte seinen Presseausweis hervor.

»Bitte, hier mein Ausweis«, dabei versuchte er einige Schritte näher zu treten.

Der Soldat hatte trotz der Warnleuchten an den Absperrungen nicht genug Licht. Mit seiner starken Taschenlampe leuchtete er Paul an. Dann fiel der Lichtkegel auf den Ausweis, den Paul dem Soldaten entgegenhielt.

»Aha, von der Zeitung. Wie ist Ihr Name?«, scheinbar war Pauls Name auf diese Entfernung nicht zu entziffern.

»Paul Brakel ist mein Name. Darf ich Ihnen jetzt einige Fragen stellen?«

»Dürfen Sie nicht, Herr Brakel«, brummte der Wachsoldat, »Sie dürfen jetzt hier verschwinden!«

Dabei machte er eine abfällige Bewegung. Er nahm ein Notizbuch aus seiner Uniform-Tasche und machte eine Eintragung.

»Wer leitet diese Aktion? Wer ist Ihr Vorgesetzter?«, bohrte Paul weiter.

»Major Hinrichs. Ich habe aber Order, ihn nicht zu stören. Auf Wiedersehen!«, war die knappe Antwort.

»Echt blöde gelaufen«, schimpfte Paul, als er wieder zurück war, »lass uns fahren!«

»Morgen in der Früh, sobald es hell wird, bin ich hier und mache Aufnahmen. Bevor die da alles abdecken. Tja, das war's für heute! Und nun genehmige ich mir ein Bier im ›Kurfürsten‹«, ich sah Paul an, »haste Lust?«

»Wirklich doof gelaufen«, wiederholte Paul, als wir zu unseren Autos liefen, »danke für die Einladung, aber heute nicht!«

Mit lautem Rotorengeräusch dröhnte ein weiterer Helikopter über uns hinweg.

Polizeimeister Hermann Cramer berichtete mir dann, wie er von der militärischen Operation erfuhr.

Es war genau 05.45 Uhr, als er vom Radiowecker mit Countrymusik aus dem Schlaf gerissen wurde. Brutaler geht's kaum. Oder waren es die plötzlichen Kopfschmerzen, die ihn geweckt hatten?

Okay, mit seiner Frau hatte er gestern Abend ein Glas Wein getrunken, als sie sich über diverse Umbaumaßnahmen am Haus unterhielten. Davon bekommt man kein Kopfweh.

Im Radio wechselten um diese Zeit ständig Musik und Nachrichtenbeiträge. Cramer brauchte zum Aufstehen diese Untermalung, meinte er. Seine Frau Susanne nicht. Sie konnte trotz Radio problemlos weiterschlafen. Vor sieben Uhr würde sie selten aufstehen, samstags nie.

Er hatte aber Dienst an diesem Tag.

Von einem Glas Wein solche Kopfschmerzen bekommen? Doch nicht wirklich, grübelte er, aber wovon dann? Er beschloss, erst einmal ausgiebig zu duschen. Wegen des Radios hatte er die Badezimmertür einen Spalt weit aufgelassen.

In diesem Moment brachten die 6-Uhr-Nachrichten des Lokalsenders eine Meldung, in der es um einen Bombenfund bei Louisendorf ging.

Cramer drehte die Dusche ab, um besser hören zu können.

Der Moderator berichtete, dass an der Uedemer Straße bei Louisendorf zwei große 20-Zentner-Fliegerbomben aus dem Zweiten Weltkrieg gefunden worden waren. Wegen der großen Gefahr, die von diesen Bomben ausgehe, sei eine Einheit der Bundeswehr beauftragt worden, das Gebiet großflächig zu sichern und die Bewohner zu evakuieren, bis die Objekte entschärft seien.

Polizeiobermeister Cramer schüttelte den Kopf.

Schließlich hatte er die Objekte gesehen und das waren niemals Fliegerbomben, meinte er, Fliegerbomben, dass ich nicht lache! Würde gerne wissen, warum die uns verarschen?

Da die Kopfschmerzen trotz Dusche und anschließendem Kaffee nicht nachlassen wollten, beschloss er, sich krank zu melden.

Samstag, 22. Mai 1993

Wer an einem Samstagmorgen um sieben Uhr in der Frühe schon aktiv ist, hat entweder eine Schwäche für den Angelsport oder er muss arbeiten. Ich tat das Letztere.

Mit Kamera, einem zusätzlichen Teleobjektiv und Farbfilmen im Gepäck fuhr ich erneut nach Louisendorf und stellte meinen Wagen wieder in der Nähe der Kirche ab. Hier schien alles irgendwie seltsam ruhig angesichts der militärischen Aktivitäten vor den Toren des Ortes. Nur von einigen Höfen klang ländliche Betriebsamkeit herüber.

Ich ging die gleiche Strecke wie letzte Nacht mit Paul und blickte dann, die Deckung der Bäume ausnutzend, zur Absperrung. Die Wache saß gelangweilt auf der Holzkonstruktion und rauchte genüsslich ihre Zigarette.

Gott sei Dank war auf dem Sperrgebiet nicht abgedeckt worden, stellte ich fest. Auch schien mir, dass jetzt wesentlich weniger Militär präsent war als vergangene Nacht.

Doch aus dieser Position hatte ich keine besonders gute Möglichkeit, um einwandfreie Aufnahmen zu machen. Immer noch zu viele Bäume dazwischen.

Ich sah mich um. Vielleicht mehr von der Seite?

Ich schaute rüber und erblickte den am Sportplatz angrenzenden Friedhof. Von dort aus müsste es deutlich besser funktionieren. Die Deckung wäre dort auch geeigneter.

Minuten später schritt ich zwischen den Reihen von Gräbern bis fast zur hinteren Begrenzung, wo ein Kriegerdenkmal seinen Platz hatte. Im Halbkreis um die Denkmalsäule befand sich eine Mauer, deren Rückseite zur Uedemer Straße wies. Hohes Strauchwerk bot genügend Deckung nach allen Seiten.

Diese Position war perfekt. Mit aufgeschraubtem Teleobjektiv wollte ich gerade die Mauer erklettern, als ich eine Stimme mit typisch Pfälzer Einschlag hinter mir hörte: »Wollen Sie Vögel knipsen oder haben Sie es auf die Krachmacher da hinten abgesehen?«

Ich drehte mich um und sah einen Mann so um die 75 Jahre, der das typische Friedhofswerkzeug in Händen hielt: Gießkanne und kleine Handharke.

»Nee, Vögel interessieren mich nicht. Jedenfalls nicht heute Morgen!«, sagte ich zu dem Alten.

Er schaute mich an und meinte: »Dann wollen Sie sicher wissen, was da drüben los ist, nicht?«

»Genau!«, antwortete ich und fingerte etwas verlegen an meiner Kamera herum. »Übrigens, ich heiße Chris!«

»Von meinem Dachfenster hätten Sie aber eine viel bessere Sicht, Chris«, ließ der Mann nicht locker, »wenn Sie wollen, können Sie von da aus fotografieren!«

»Wo wohnen Sie denn?«, wollte ich wissen.

»In der Dachwohnung der ehemaligen ›Luisenwirtschaft‹ von Familie Hanns, direkt vorne an der Pfalzdorfer Straße. Wenn Sie wollen, können Sie in paar Minuten mitgehen!«

Ich war mehr als einverstanden. Dass es hier am Niederrhein für viele üblich ist, in aller Herrgottsfrühe zum Friedhof zu gehen und die Gräber der Verstorbenen zu pflegen, das wusste ich. Aber nie war ich so begeistert von dieser Marotte wie gerade jetzt.

Ich schnappte mir meine Ausrüstung und wartete.

Nach zehn Minuten war der Alte mit seiner Arbeit fertig und wir machten uns auf den Weg.

Als wir das große, viereckige Kirchengrundstück passierten, deutete ich auf den Turm der Elisabethkirche: »Von da oben müsste man fotografieren!«

»Da kommen Sie jetzt aber nicht hoch. Unter der Woche ist die Kirche immer verschlossen«, bekam ich als Antwort, »die Aussicht von meinem Dachfenster wird Ihnen auch gefallen!«

Es stimmte. Aus seiner Wohnung heraus gab es tatsächlich eine perfekte Aussicht auf die kleine Kiesgrube mit den ›Bomben‹. Ich schoss eine ganze Fotoserie. Gerade noch rechtzeitig.

Noch während ich meine Sachen einpackte, war mit bloßem Auge zu erkennen, dass überdimensionierte, olivgrüne Planen über die merkwürdigen Teile im Geröll gezogen wurden. Auch schien wieder etwas Bewegung in das Sperrgebiet zu kommen. Egal. Ich hatte meine Aufnahmen.

Als ich die Treppe hinunterstieg, empfing mich der freundliche alte Herr mit einer Tasse Kaffee.

»Im Radio sagten sie, da lägen zwei riesige Bomben im Boden«, meinte er, »aber ich glaub das nicht.«

»Und wieso nicht?«, fragte ich neugierig.

»Weil mein Großvater immer meinte, dass unser Grund und Boden hier am Niederrhein eines Tages ein Geheimnis offenbaren wird und vielleicht ist das, was gerade passiert, der Beginn davon!«

»Sie glauben so etwas?«

»So wahr ich Klaus Vesterhof heiße!«

Zu dem Zeitpunkt hatte ich keine Ahnung, wer dieser Vesterhof war.

Ich hatte mir zwei belegte Brötchen gekauft, als ich intuitiv beschloss, in der Redaktion anzurufen.

Paul ging ran. »Hallo, Chris, bist du schon wieder unterwegs? Doch nicht etwa in Louisendorf?«, er klang neugierig.

»Moin, Paul! Richtig! Ich war vorhin dort, um Fotos zu schießen, du weißt schon!«

»Und? Hast du Erfolg gehabt?«

»Klar. Ein netter alter Herr hat mir dabei geholfen!«

»Klasse! Ich habe das Gefühl, dass wir mit den Fotos für ein wenig Unruhe sorgen können. Wo bist jetzt!?«

»In Kalkar am Rathaus!«, antwortete ich.

»Sehr gut!«

»Wieso?«

»Weil unser neuer dynamischer Redaktionsleiter W.A. Smeets mich vor fünf Minuten aufgesucht hat, um mir mitzuteilen, dass sich heute einige Wissenschaftler in Kalkar oder Umgebung einquartieren werden. Nur wo genau wusste er nicht. Vielleicht bei Siekmann oder im Landhaus Beckmann? Keine Ahnung. Kannst du dich da einmal ein bisschen umhören?«

»Kann ich! Kommst du auch noch nach Kalkar oder hat Nina dich nachher in Beschlag?«

»Nee, nee, ich komm auch noch. Es kann aber zehn Uhr werden. Ich fahre dann direkt dorthin, wo die Wissenschaftler abgestiegen sind. Wenn du es weißt, rufe mich an, okay?«

»Mach ich, bis dann!«, verabschiedete ich mich und genoss nun mein wohlverdientes Frühstück.

An einem Mai-Samstag wie heute wimmelte es im kleinen historischen Städtchen Kalkar nur so von Fahrzeugen mit auswärtigen Kennzeichen. Schon am frühen Vormittag war der Marktplatz voll von ihnen und in den umliegenden Geschäftsstraßen drängten sich Besucher und Wochenendeinkäufer aus nah und fern. Hier irgendwelche Wissenschaftler zu finden war unmöglich. Ich musste anders vorgehen.

Nacheinander rief ich die Hotels und Pensionen an, die in und um Kalkar lagen. Es galt, aktuelle Buchungen von gestern Abend bzw. heute Morgen ausfindig zu machen. Da ich mich als Pressemann der hiesigen Zeitung vorstellte, der über Unterbringungswünsche, Ansprüche usw. der Touristen im Kreis Kleve schreiben wollte, hielten die meisten Hotelbetreiber mit Auskünften über aktuelle Buchungen nicht hinterm Berg.

Bei ›Beckmann‹ hatte ich Glück. Mögliche Kandidaten sollten dort abgestiegen sein. Ich machte mich sofort auf den Weg.

Unter den vielen Autos auf dem Parkplatz des Hotels fiel mir sofort der Rover mit Mainzer Kennzeichen auf. An der Fahrerseite stand ein Mann, der sich mühte, einen Faltplan wieder zusammen zu bringen. Der etwa 60-jährige Mann hatte eine Halbglatze, trug die grauen Haare am Hinterkopf dafür umso länger. Unter einem hellen Trenchcoat war eine dunkelbraune Cordhose zu erkennen. Als er sich zu mir umdrehte, sprang mir seine knallrote Fliege ins Auge, die er zu einem grauen Hemd trug.

Er schlenderte ins Haus.

»Wenn das kein Professor oder zumindest ein Wissenschaftler ist«, murmelte ich, »den sprichst du an!«

Die Empfangsdame gestattete ein kurzes Telefonat und ich informierte Paul über meinen Standort und dass er kommen sollte.

Wenig später stand ich im Beckmannschen Eingangsbereich und schaute mich um.

Meinen vermeintlichen Professor entdeckte ich im Aufenthaltsraum, sah, wie er sich des Trenchcoats entledigte und sich an einen 2-Personen-Tisch setzte.

Die Gelegenheit schien günstig und ich trat an den Unbekannten heran: »Entschuldigen Sie, guten Morgen!«

Der Mann schaute auf: »Guten Morgen!«, erwiderte er freundlich. »Kann ich etwas für Sie tun?«

»Vielleicht«, lächelte ich zurück, »mein Name ist Chris van Heuvel. Ich arbeite für die Zeitung in Kleve. Dürfte ich Ihnen ein paar Fragen stellen?«

»Kommt darauf an«, klang es nun skeptischer, »was Sie fragen wollen!«

»Sie sind Herr...?«

»Tamm, Professor Lukas Tamm.«

»Herr Professor, in einer Serie unseres Blattes über die Kleverländische Sprachentwicklung schreibe ich über Menschen, die hier am Niederrhein Urlaub machen und in wieweit sie die Einheimischen verstehen können, so diese das Hochdeutsche verlassen. Dazu besuchen wir Hotels und Gaststätten der Region, wie heute dieses Hotel«, flunkerte ich ein wenig, denn schließlich konnte ich nicht mit der Tür ins Haus fallen und ihn geradeheraus fragen, ob er wegen der Sache in Louisendorf hier sei, »und ich gestehe, dass Sie mir aufgefallen sind, da Sie für mich nicht gerade wie ein typischer Niederrheiner oder gar Klever aussehen!«

Der Professor musste lachen, während er sich eine Zigarette ansteckte: »Ich nehme dies als Kompliment. Aber Sie haben schon recht, ich bin in der Tat kein Niederrheiner und auch kein Urlauber, sondern Geologe, der hier eine Untersuchung durchführen soll!«

»Sie werden hier doch nicht etwa nach Öl bohren?«, scherzte ich. Noch wusste ich nicht, ob dieser Mann der Richtige war.

»Nein, nein! Aber so abwegig ist das gar nicht. In den 50er Jahren wurde hier am unteren Niederrhein tatsächlich nach Öl gebohrt, aber es schien wenig lukrativ, da zu aufwendig.« Er machte eine Pause, schaute sich kurz um und meinte dann: »Junger Mann, Ich bin hier wegen der Endmoräne. Ich denke, Sie wissen doch, was eine Endmoräne ist?«

»Eine Endmoräne? Aber klar!« Wieder flunkerte ich. Hätte ich ›Nein‹ gesagt, wäre das Gespräch mit diesem Mann möglicherweise jetzt zu Ende. »Im Gegensatz zu vielen unserer Wochenendbesucher aus Holland oder aus dem Raum Düsseldorf, vermute ich!«

»Würden Sie darüber schreiben, wenn ich Ihnen etwas über den Niederrhein und seine Endmoräne erzähle, vielleicht sogar in Kleverländisch, ha?«

»Na sicher! Infos über die Entstehung unserer Hügelkette würden die Leser ganz bestimmt interessieren und ich beherrsche das Kleverländisch ganz gut.«

»Dann setzen Sie sich. Ich habe einige Minuten Zeit, bis ich abgeholt werde«, Tamm wies auf den freien Stuhl am Tisch, »ich werde es Ihnen erklären!«

Aus dem Stapel seiner Unterlagen nahm er ein weißes Blatt Papier heraus und zeichnete den Querschnitt einer Hügellandschaft darauf. Dann schaute er mich an: »Der gesamte Landstrich hier war vor 200 000 Jahren, zu Beginn der sogenannten Saale-Eiszeit, noch völlig eben. Zu dieser Zeit setzte eine starke Abkühlung ein. Daraus folgte eine Verschiebung des arktischen Klimas bis in diese Breiten. Die Durchschnittstemperatur sank um 5 bis 7 Grad. Mehrere 100 Meter hohe Gletscher bildeten sich und schoben sich immer weiter Richtung Süden. Dass diese mächtigen Eispanzer tatsächlich aus dem hohen Norden kamen, belegen die Funde vieler nordischer Findlinge, darunter gigantische Felsblöcke. Ich erkläre Ihnen das alles natürlich sehr vereinfacht, Sie verstehen?«

Ich nickte.

Der Professor zog diverse Linien aufs Papier und begann einige Bereiche zu schraffieren. Er erklärte: »Die ersten Gletscher reichten nur bis Norddeutschland. Auf der Höhe dieser Eiszeit erreichten zwei dieser gigantischen Eispanzer auch den heutigen Niederrhein von Nijmegen, Kleve und kamen schließlich bis Krefeld. Die Endmoräne, also die Hügelkette, die heute diese Landschaft prägt, ist das Resultat dieser Gletscher. Sie schoben während ihres südlichen Vordringens riesige Sandablagerungen vor sich her und pressten sie zu Wällen zusammen. Diese Wälle bilden die Ihnen so vertraute Hügellandschaft von Nijmegen bis Krefeld, in der wir uns hier befinden. Deshalb vermutete man in den 50er Jahren auch Ölvorkommen in diesen gepressten Wällen.«

Nun galt es, die richtigen Fragen zu stellen, Tamm war in Erklärungslaune: »Herr Professor, eine Frage: Wenn riesige, tonnenschwere Findlinge vom Eis hergeschoben werden konnten, ist es dann denkbar bzw. könnte es sein, dass auch andere extrem schwere Objekte im Geröll mit hergebracht worden sind?« Ich war sehr gespannt auf die Antwort. Natürlich dachte ich dabei an die beiden großen Metallteile im Boden bei Louisendorf.

»Im Grunde ja. Die Gletscher haben eine riesige Kraft. Nur müssten ...«, Tamm stoppte, da jemand ihm ins Wort fiel. Es war ein Major der Luftwaffe, der sich breit vor uns aufbaute: »Im Grunde natürlich nicht, nicht wahr, Herr Professor! Außerdem müssen wir jetzt fahren!«

Bingo! Und ob ich den richtigen Mann gefunden hatte. Ich frohlockte innerlich.

»Aber natürlich, Herr Major Hinrichs«, antwortete der Professor, schaute mich dann fragend an, »aber was sollte schon im Boden mitgeführt worden sein außer Geröll? – Auf jeden Fall viel Erfolg für Ihre Wochenendserie, Herr van Heuvel!«

»Ah, Herr van Heuvel«, wiederholte der Major und musterte mich, »eine Wochenendserie, soso!«

Hastig packte der Professor seine Unterlagen unter den Arm und verließ an der Seite des Majors den Raum.

Dabei stießen sie fast mit einem Mann zusammen, der in diesem Augenblick eintrat. Es war Paul Brakel.

Paul sah mich und kann direkt auf mich zu: »Hast du etwa mit den beiden gesprochen?«, er zeigte mit dem Daumen über seine Schulter nach hinten.

»Nur mit dem Zivilisten, ein Geologe aus Mainz.«

»Aus Mainz? Habe ich etwas verpasst?«

Ich sah ihn an: »Und ob! Weißt du eigentlich, was eine Endmoräne ist?«

»Natürlich. Und damit hast du ihn gekriegt?«

»Nein, gepackt habe ich ihn mit meiner Serie über den kleverländischen Sprachraum Niederrhein und wie Fremde damit umgehen. Ich stellte in Aussicht, dieses Mini-Interview auf kleverländisch abzudrucken, cool, oder?«

Paul schaute ungläubig: »Du kannst kleverländisch? Seit wann?«

Ich grinste: »Morgen fange ich an, es zu lernen. Ein bisschen kleefs Platt, etwas holländisch, ein Hauch französisch, eine Prise spanisch – gut gerührt, nicht geschüttelt – fertig!«

Seit zwanzig Minuten kontrollierten Bundeswehrsoldaten im gesamten Sperrgebiet, ob alle betroffenen Anwohner ihre Höfe und Häuser verlassen hatten.

Die Einsatzleitung des PROJEKT ENDMORÄNE hatte Punkt zwölf Uhr die totale Evakuierung des Gefahrenbereichs bekannt gegeben. Der großen Gefahr wegen, die von den ›Bomben‹ ausging.

Auch der Landwirt Hans Loogen und seine Frau Maria hatten die wichtigsten Sachen in einen kleinen Koffer gepackt. Mit Kleidung und anderen Dingen des alltäglichen Bedarfs waren zwei große Taschen gefüllt worden. Alles war im Kofferraum ihres Wagens verstaut.

Für die Zeit der Evakuierung würden sie bei Marias Bruder im Örtchen Kessel bleiben. Obwohl man sich gut verstand, hofften die Loogens dennoch, nicht lange vom Hof fortbleiben zu müssen.

Ein Militärfahrzeug passierte die Einfahrt zum Gehöft.

Der Beifahrer, ein junger Gefreiter, stieg aus und ging auf das Ehepaar zu, das bereits in der Haustür stand: »Alles fertig zur Abreise?«, fragte der Soldat. »Ist jetzt niemand mehr im Haus?«

Bauer Loogen schüttelte den Kopf: »Niemand mehr!«

»Alles klar? Okay, dann verlassen Sie jetzt bitte den Sperrbezirk«, der Gefreite versuchte, höflich zu wirken.

Er begleitete das alte Bauernehepaar zur Garage.

»Passen Sie auch gut auf unser Haus auf? Dass da niemand etwas stiehlt? Man kann doch nie wissen, nicht, Herr Soldat?«, Frau Loogen war unwohl zumute.

»Aber sicher doch, gute Frau. Da passiert schon nichts«, versuchte der Gefreite zu beruhigen, »wir passen schon auf!«

Hans Loogen schaute seine Frau an: »Geht's mit den Kopfschmerzen? Hast du die Medikamente?«

Sie nickte kurz und flüsterte: »Hoffentlich kommt der Michael nicht jetzt schon zurück aus Duisburg, jetzt, wo niemand da ist!«

»Der Junge ist Donnerstag gefahren und wollte doch eine ganze Woche dort bleiben. Wenn Michael wiederkommt, sind wir auch wieder hier.« Er half seiner Frau in den Wagen, setzte sich dann ans Steuer und setzte den Wagen in Gang. Langsam fahrend verließ er seinen Hof.

Der Gefreite und sein Kamerad eskortierten die Loogens, bis sie das große Tor im Stacheldrahtzaun passiert und somit das Sperrgebiet verlassen hatten.

Niemand sah, wie sich hinter dem Bauernhaus der Loogens, im umgebauten Teil des alten Schuppens, eine Metalltür ganz langsam öffnete. Im Spalt tauchte ein verschlafenes Gesicht auf.

Es gehörte Michael Loogen, dem Sohn des Landwirts.

Dieser war seit gestern Abend gegen 22 Uhr wieder aus Duisburg zurück.

Sein Freund hatte ihn wegen des Manövers und der Straßensperre wenige hundert Meter entfernt abgesetzt. Da er wusste, dass seine Eltern früh ins Bett gingen, wollte er sie nicht wecken und übernachtete in seinem Computerraum im hinteren, umgebauten Teil des Schuppens, wie er das schon öfters getan hatte, wenn er erst spät heimkam.

Oberst Helge Kampen, Kommandeur des Radarführungsregiments in Goch, eröffnete die Pressekonferenz gleichzeitig mit dem Beginn der Evakuierung aller Bewohner des Sperrgebiets.

Smeets, der mittlerweile über die ›Bomben‹ bei Louisendorf umfassend informiert worden war, schickte Paul zu diesem Pressetermin in die Reichswaldkaserne Goch, um das erste offizielle Statement zu den Funden in der Kiesgrube zu erhalten. Ich sollte ihn begleiten, um Fotos zu machen.

»Wetten, Paul! Der Zeitpunkt dieser Pressekonferenz wurde extra so gelegt, um die ganze Journaille von der Zwangsräumung fernzuhalten, die jetzt zur gleichen Zeit angelaufen ist!«, flüsterte ich meinem Nebenmann zu, »Und schau, alle sind gekommen! Wahrscheinlich, weil es nachher wieder leckere Häppchen gibt!«

Paul sah mich an und zuckte mit den Schultern: »Wir wurden hergeschickt, um vielleicht etwas Interessantes zu erfahren. Wer weiß?«

Für diese Konferenz hatte man einen der Schulungsräume hergerichtet: Vorne, wie üblich, der Platz für die, die etwas zu erzählen hatten, dann die Stuhlreihen mit den Reportern und Fotografen, am hinteren Ende des Raumes lockte ein Buffet für einen kleinen verlängerten Aufenthalt in der Kaserne.

Der Oberst räusperte sich: »Meine Damen und Herren von der Presse und vom Lokalradio. Zu dieser Pressekonferenz möchte ich Sie herzlichst begrüßen. Ich freue mich und danke Ihnen, dass Sie gekommen sind.« Er machte eine Pause und schaute in die Runde.

»Ihnen ist selbstverständlich nicht entgangen, meine Damen und Herren«, fuhr er fort, »dass hier an der Uedemer Straße, Ecke Pfälzer Straße, zwei spezielle Bomben, genauer Luftminen genannt, von besonderem Kaliber gefunden wurden, je mehrere Tonnen schwer. Hinzu kommt, dass diese Minen eine geringe Strahlendosis abgeben, was ungewöhnlich ist. Dieser gefährliche Fund war für uns Anlass genug, zur Sicherheit aller eine militärische Aktion ablaufen zu lassen: sperren, evakuieren, sichern und entschärfen. Möglich, dass Ihnen der ganze militärische Aufwand sehr übertrieben vorkommt. Aber die Bomben, meine Damen und Herren, stellen eine enorme Gefahr da. Versuche, sie aus dem festen Erdreich zu bergen, sind gescheitert. Daraufhin haben wir die umliegende Bevölkerung evakuiert. Wenn der Zündmechanismus identifiziert ist, wird ein Spezialistenteam umgehend mit der Entschärfung der Blindgänger beginnen. Möglicherweise können die Bewohner schon Montag wieder in ihre Häuser zurück!«

»Wieso Zünder identifizieren?«, warf der Vertreter des ›Express‹

ein. »Sind diese Funde denn nicht gleich der vielen anderen gefundenen Blindgänger, nur schwerer?«

»Leider nicht!«, der Oberst nickte einem Gefreiten zu, der daraufhin eine Grafik an das Flipchart heftete.

Der Oberst fuhr fort: »Hier sehen sie eine Querschnittzeichnung einer der zwei Bomben und auch, wie sie im Erdreich positioniert ist. Der Zünder der Bombe ist noch nicht freigelegt, wir vermuten ihn in etwa dort«, dabei zeigte er auf einen Punkt in der Zeichnung, »auch der Zünder der zweiten Bombe liegt noch nicht frei!«

Ich stieß Paul an.

Dieser machte sich gerade einige Notizen.

»Hey, das sind nicht die Bomben. Schau doch mal!«

Paul schaute auf: »Was ist? Ach so, die Bomben. Lass mich eben fertig schreiben!«

Ich stieß ihn noch heftiger in die Seite: »Mensch, Paul, nun guck doch endlich richtig hin, verdammt noch mal, das sind nie und nimmer die Bomben von der Gocher Heyde!«

Die letzten Worte waren vielleicht doch ein wenig zu laut geraten, denn sämtliche Kollegen und Kolleginnen drehten sich mit einem Male zu uns um.

Einige Augenblicke war es still im Raum.

Auch ein Major, der soeben mit zwei weiteren Männern in Zivil hereinkam, hatte wohl meine Bemerkung mitbekommen: »Aha, der Herr van Heuvel. Weiß er wieder mehr als andere?«, witzelte der Hereingekommene.

Es war Major Hinrichs. Er ging zu der Tischreihe, von der aus der Oberst die Konferenz abhielt und flüsterte ihm etwas ins Ohr.

»Aber sicher, Leute, lasst euch doch nichts vormachen!« Ich stand auf und wandte mich meinen Kollegen zu: »Ich habe die echten Bomben gesehen und fotografiert. Und die dort auf dem Blatt da vorne sind es garantiert nicht!«

Paul hatte sichtlich Spaß an meinem Auftritt.

Das Raunen im Saal wurde von Oberst Kampen übertönt: »Selbstverständlich entsprechen die hier abgebildeten Bomben den gefundenen, wenn auch, das gebe ich zu, in einer ganz vereinfachten Form!«

Geschickt stellte er an dieser Stelle einen der Männer vor, die zusammen mit dem Major den Raum betreten hatten. Diesen Mann kannte ich: Es war Professor Tamm, der Geologe aus Mainz. Nun war mir auch klar, weshalb Tamm hier am Niederrhein war. Es ging um die Erdformation, in der die Fundstücke eingebettet waren.

»Ist das nicht der vom Hotel Beckmann?«, fragte Paul.

Ich nickte: »Ganz genau! Und der ist mit Sicherheit nicht in Kalkar oder Goch, um Urlaub zu machen. Der soll helfen, die Riesendinger gefahrlos aus dem Boden zu bekommen. Wetten?«

»Hey, wir sind hier nicht in Vegas, lass das wetten!« Paul bekam Spaß an dieser Pressekonferenz.

Der Oberst ließ nun den Professor einiges zum Thema Endmoräne und deren Eigenschaften vortragen.

Dann beantworteten er und Major Hinrichs noch die Fragen der Journalisten, außer die von Paul und mir gestellten. Die Antworten fielen zumeist sehr vage und ausweichend aus. Nichts anderes hatte ich erwartet.

Kurz vor Beendigung der Pressekonferenz lud der Oberst noch alle Anwesenden zu einem kleinen Buffet ein. Pressemappen mit einer Kopie des gezeichneten Bombentyps und deren Lage im Geröll wurden verteilt.

Ich und auch Paul waren stinksauer.

Als viele sich zum Buffet begaben, eilte ich zum Major: »Glauben Sie wirklich, uns für blöd verkaufen zu können? Wir bekommen schon noch heraus, was hier gespielt wird. Ich besitze nämlich Fotos von Ihren ›Bomben‹, Herr Major Hinrichs!«

Ohne eine Antwort abzuwarten, drehte ich mich um und ging. Paul folgte auf dem Fuß.

Hinrichs hörten wir hinter uns herrufen: »Ich gebe Ihnen den guten Rat, Herr van Heuvel, sich nicht zu weit aus dem Fenster zu lehnen – und kaufen Sie sich lieber eine Brille!«

»Hast du gehört«, wandte ich mich zu Paul, »war das jetzt eine Drohung oder nicht? Da stinkt etwas zum Himmel. Und ich werde es herauskriegen.«

»Mann, Chris, mach dir keinen Ärger«, Paul versuchte mich zu beruhigen, »warte doch erst einmal ab, was weiter passiert. Okay?«

»Ich sage dir, die haben dort irgendetwas gefunden, wovon wir nichts wissen dürfen. Du solltest dir den Film *›Unheimliche Begegnung der Dritten Art‹* von Spielberg ansehen, dann weißt du, was ich meine!«

Wieder im Auto hatte ich mich immer noch nicht beruhigen wollen: »Ich werde was unternehmen. Und ich hoffe, du bist dabei!«

Paul nickte heftig: »Aber klar bin ich dabei. Wobei denn?«

Nach dieser Pressefarce mit dem arroganten Major Hinrichs stand mein Entschluss fest: Ich wollte Beweise beschaffen, Beweise, die die Bombentheorie der Militärs als Lügengeschichte entlarvten.

Ich spielte die Möglichkeiten durch, die ich hatte, aber ehrlich gesagt, es waren kaum welche. Letztlich blieb mir nur eine Möglichkeit: Ich musste in die Kiesgrube gelangen und bessere Fotos schießen. Je eher, desto besser. Im Klartext hieß das, ich musste ins streng bewachte Sperrgebiet hinein, möglichst noch heute Nacht. Aber wie? Denn ich musste ja erst einmal die Umzäunung des Sperrgebietes überwinden.

Gemeinde- und Ortskarten, Wander- und Bebauungspläne wurden studiert. Dann stand mein Plan.

Ich entschied mich, über die Ostkirchstraße an den Zaun zu gelangen. Vom Zaun bis zur Fundstelle war es laut Karte zwar 1,5 Kilometer weit, aber hier gab es wenigstens Deckungsmöglichkeiten.

So machte ich mich an die Vorbereitung meines verwegenen Planes.

Pech gehabt! Vergeblich hatte ich mir für diesen Samstagabend einen wolkenverhangenen Himmel gewünscht, aber wenigstens war kein Vollmond.

Kurz vor 23 Uhr passierte ich die Ostkirchstraße und näherte mich so geräuschlos ich nur konnte dem Sperrgebiet. Um mich herum herrschte gespenstische Stille. Aus Richtung Pfalzdorf schallte das Kläffen eines Hundes herüber. Sekunden später antwortete ein zweiter, leiser und aus einer anderen Richtung.

Es waren weder Fahrzeuge noch Menschen unterwegs, alles wirkte wie ausgestorben, als wären auch hier, außerhalb des Sperrgebiets, alle evakuiert worden. Man sah kaum Licht brennen in den Häusern ringsum und auch der Grillduft, der ansonsten von so mancher Samstagabend-Gartenparty kündete, erfüllte heute nicht die Luft.

Nun sah ich den Zaun. Sehr martialisch wirkte diese aus Maschendraht mit Stacheldrahtabschlüssen bestehende und über 2,5 Meter hohe Barriere. Alle dreihundert Meter boten zusätzlich aufgestellte Scheinwerfer eine mäßige Beleuchtung. So war es zum Glück doch alles viel dunkler, als ich befürchtet hatte.

Ich bog nach rechts ab und bewegte mich querfeldein auf den Hetzerhof zu.

Nach wenigen Minuten war der Zaun erreicht.

Ich wählte für meinen Einstiegsbereich einen Abschnitt rund zweihundert Meter vom Hetzerhof entfernt. Dort bot mir niedriges Buschwerk ausreichend Deckung. Ich setzte mich hinter die Sträucher und begann zu warten.

Die Kollegin vom ›Magazin‹ hatte mir die wichtigste Info für mein Vorhaben verschafft.

Auf der Pressekonferenz in Goch hatte ich sie gebeten, da ich ja keine Antworten mehr bekam, nach der Bewachung des Sperrgebiets zu fragen, damit ihre Leser sicher sein konnten, dass niemand an die Bomben gelangte, um Blödsinn zu machen.

Die Wachen seien jede Stunde auf Rundgang. Also wartete ich jetzt auf den nächsten dieser Rundgänge und überdachte meine weitere Vorgehensweise.

Darüber, dass ich Paul nichts von diesem verrückten Vorhaben gesagt hatte, war ich froh. Mitgenommen auf diese gefährliche Tour hätte ich ihn ohnehin nicht.

Plötzlich nahm ich Stimmen wahr. Mein Adrenalinausstoß nahm zu.

Zwei junge Soldaten kamen jenseits des Zaunes entlanggeschlendert und passierten mein Versteck.

Endlose Minuten verstrichen. Ich wagte kaum zu atmen, so groß war meine Anspannung; würde ich entdeckt werden oder nicht?

Worüber sie redeten, konnte ich nicht deutlich verstehen. Nur soviel, dass ihr Thema ebenfalls die Bomben waren und dass man ihnen versichert hätte, die Strahlung wäre für den Menschen ungefährlich, und dass es wohl eine ganz neue Art von Bombe sei!

Freunde, ich habe Fotos von euren ›Bomben‹. Wenn die Vergrößerungen auch ein wenig unscharf geworden sind, aber Bomben sind das jedenfalls nicht.

Als die Soldaten außer Sicht- und Hörweite waren, holte ich aus der schwarzen Gürteltasche eine Drahtzange und begann vorsichtig, ein Loch in den Maschendrahtzaun zu schneiden.

Gedanken schossen durch meinen Kopf: Mein Gott, ich spiele hier James Bond. Nur ohne Kanone. In dunklen Tarnklamotten versuche ich wie ein Geheimagent in ein militärisches Sperrgebiet einzudringen. Oh Mann, ich muss übergeschnappt sein. Ich war ja nicht mal sonderlich trainiert. Ein bisschen Badminton sorgte bisher für meine ganze körperliche Fitness. Aber ich wollte nun mal hinter dieses Geheimnis kommen.

Noch ein letzter Schnitt, die Öffnung war groß genug und ich schlüpfte durch.

Jetzt war ich auf der anderen Seite des Zaunes, in einem militärischen Sperrgebiet. Wird hier eigentlich scharf geschossen? Hinweise darauf hatte ich entlang des Zaunes keine gelesen. Ich hatte das Gefühl, als schlüge mein Herz doppelt so laut wie normal. Cool bleiben, machte ich mir selbst Mut, sonst kannst du dieses Vorhaben gleich abblasen und durch den Zaun zurückkriechen. Doch das kam auf keinen Fall in Frage.

Um eine vorzeitige Entdeckung zu verhindern, verschloss ich provisorisch die Einstiegsöffnung.

Anderthalb Kilometer lagen vor mir. Zwischen den verlassenen Höfen, Gebäuden und Stallungen, zwischen Bäumen und Sträuchern musste ich mir nun meinen Weg zur Kiesgrube suchen und dabei möglichst unentdeckt bleiben.

Während des Tages waren weitere Fachleute im Sperrgebiet eingetroffen. Neben den örtlichen Militärs liefen auf einmal viele offizielle Beobachter herum, mit Sicherheit auch Regierungsbeamte aus Bonn. Alle taten sehr wichtig. Physiker, Chemiker und diverse Experten anderer Disziplinen gaben sich ebenfalls ein Stelldichein.

Zudem begannen seit den frühen Abendstunden Soldaten damit, einen großen Sichtschutz aus Fertigteilen rings um die Kiesgrube zu bauen. Es entstand eine regelrechte Halle, deren vordere Öffnung so angelegt wurde, dass Unbefugte keine Sicht mehr auf die teils freigelegten Objekte hatten.

Zuletzt wurde eine riesige Plane gespannt, die die ganze Anlage komplett überdachte. Noch während am Nachmittag die Evakuierung im Gange war, wurden die Zelte der Einsatzleitung durch feste Holzbaracken ersetzt.

In der Baracke der Einsatzleitung war man sehr nervös. Für 22.30 Uhr erwartete man die Infrarotaufnahmen eines Aufklärungsflugzeuges, das während des Nachmittags den gesamten nördlichen Kreis Kleve aus großer Höhe fotografisch erfassen sollte.

Endlich traf der Kurier mit den Fotoabzügen ein.

Oberst Helge Kampen war ebenso anwesend wie der Einsatzleiter Major Knut Hinrichs.

Der Geologe Tamm und die anderen Fachleute standen um den großen Tisch, der in der Mitte des Raumes seinen Platz hatte. Die Abzüge wurden an die Anwesenden verteilt und sie sorgten sogleich für eine augenblickliche, fast gespenstische Ruhe im Raum.

»Ich kann nicht glauben, was ich sehe!«, durchbrach Professor Tamm die Stille. »Meine Herren, sagen Sie mir, dass das nicht wahr ist, was ich hier sehe?«

Auch der Oberst starrte auf das Foto in seinen Händen.

Unterdessen war ich bis auf hundert Meter an die Kiesgrube herangekommen. Aus einer Baracke drangen die Stimmen der Einsatzleitung und das Gegröle der Wachmannschaften aus einer anderen.

Da ich davon ausging, dass neben den Patrouillen am Zaun auch Posten in unmittelbarer Nähe der Freilegung aufgestellt waren, war ich höllisch auf der Hut. Ich muss gestehen, dass dieses Versteckspiel ein gehöriges Kribbeln verursachte.

In tief geduckter Haltung schlich ich weiter nach vorne, wohl wissend, dass ich mich noch außerhalb der Strahler befand, die um die mit Planen abgedeckte Kiesgrube aufgestellt worden waren. Die Planen konnte ich jetzt schon erkennen. Auch den Radlader zwischen all den militärischen Fahrzeugen. Von weiteren Wachsoldaten war bis jetzt noch nichts zu sehen, Gott sei Dank!

Um aber zum Eingang der Grube zu gelangen, musste ich seitlich um diese herum kommen. Ich beschloss, erst einmal zum Radlader zu gelangen. In dessen Schatten wäre ich so schnell nicht zu entdecken. Von dort aus wären es weniger als dreißig Meter bis zu den Objekten.

Ich sah mich nach allen Seiten um.

Außer den Stimmen aus den Baracken war es ruhig. In der Ferne röhrten zwei Motorräder vorbei, dann herrschte außerhalb des Sperrgebiets wieder absolute Stille.

Gerade wollte ich zum Radlader schleichen, da flog die Tür der Mannschaftsbaracke auf und zwei Soldaten traten lautstark ins Freie.

Ich verharrte.

Dann Entwarnung: die beiden Männer mussten nur pinkeln.

Nun aber kamen ihre Kameraden auch allesamt aus der Baracke. Gruppenpinkeln? Wachablösung?

Egal, ich musste mich schnell unsichtbar machen, d. h. verstecken. Nur wo? In diesem Bereich gab es keine Sträucher und Büsche. Da fiel mein Blick auf die Planen, die weit über die Grubenkante hinaus ausgelegt und im Boden befestigt worden waren. Auf Grund ihrer Größe deckten sie gleichzeitig auch eine Menge Materialkisten ab. So lagen die Planen nicht überall fest auf dem Boden, sondern bildeten durch die verschieden großen Materialkisten ein Auf und Ab. Es gab somit kleine Hohlräume unter den Planen. Das war meine Chance, ich musste unter das Stück Plane, das mir am nächsten war.

Geschafft. Nun befand ich mich zwischen Ackerboden und Zeltplane an der dem Eingang zum Fundort abgewandten Seite der Grube.

Moment, das würde doch bedeuten, dass ich mich direkt über den ›Bomben‹ befand. Wow! Mir wurde warm, hoffentlich gab es keinen Ritt auf der Kanonenkugel. Andersherum bedeutete es auch, ich war meinen Fotos schon verdammt nah. Das war wiederum cool!

Vorsichtig robbte ich weiter nach vorne, Richtung Grubenkante. Dabei versuchte ich, jegliche Berührung mit der direkt über meinem Kopf liegenden Plane zu vermeiden. Ich hatte gesehen, dass in diesen Bereichen die Strahler alles ausleuchteten und die geringste Bewegung sofort bemerkt werdenwürde, da absolute Windstille herrschte.

Endlich war ich kurz vor der Kante. Nervös versuchte ich meine Kamera aus der Gürteltasche zu holen, aber auf dieser lag ich quasi drauf.

Plötzlich hallten Stimmen aus der Grube herauf.

Eine erkannte ich. Es war die von Major Hinrichs.

Ach du Scheiße, was macht der denn um diese Zeit noch hier in der Grube.

Befehle wurden erteilt, Kommandos gegeben, Lkw-Motoren heulten auf.

Verdammt, was geht da vor? Ich lauschte angestrengt.

Aus den Wortfetzen, die ich verstehen konnte, folgerte ich, dass damit begonnen werden sollte, eine stabilere Überdachung über die Grube zu bauen. Oh klasse, ich liege genau auf ihrem Bauplatz. Ich muss hier weg, irgendwie, nur schnell weg! Ohne die Objekte aus nächster Nähe gesehen und fotografiert zu haben? Kam nicht in Frage! Aber wenn die mich hier entdecken, bin ich im Arsch! Also ...!

Durch den Motorenlärm hörte niemand, wie ich unter der Plane langsam rückwärts kroch und dann vorsichtig meinen Kopf ins Freie steckte.

Die Luft war rein.

Wieder außerhalb der Strahler war ich in meinem schwarzen Outfit kaum zu sehen, mein Glück.

Major Hinrichs erteilte immer noch Befehle, nur stand er jetzt an den Mannschaftsbaracken, wo er zwei Wachgruppen hatte antreten lassen. Drei Mannschaftstransporter standen seitlich und warteten darauf, dass der Major den Befehl zum Aufsitzen gab. Seine Ansprache an die Soldaten war klar: die Jungs sollten zurück zur Kaserne und Material für den Bau der Grubenüberdachung holen, damit noch diese Nacht mit dem Bau begonnen werden konnte.

Ich sah, dass die Transporter zwischen Grubeneingang und Major Hinrichs mit seinen Soldaten standen. Wenn ich am südlichen Rand entlang schlich, konnte ich die Fahrzeuge als Deckung benutzen, um unbemerkt bis zum Radlader zu gelangen. Immer wieder spähte ich nach allen Richtungen, aber von weiteren Wachsoldaten war im Moment jedenfalls nichts zu sehen.

Nach einigen Minuten und einem großen Bogen um die Planen sah ich den verwaisten Radlader vor mir.

Nur noch wenige Schritte, geschafft. Jetzt nur noch um den Motorblock herum, und im Schlagschatten des Ungetüms erst mal verschnaufen.

In diesem Augenblick bekam ich einen Schrecken, der mich fast aufschreien ließ.

Ich war mit jemandem zusammengestoßen, der hinter dem Radlader mit schwarz verschmiertem Gesicht auf mich gelauert zu haben schien.

Mir stockte fast das Herz. Jetzt bist du dran, schoss es mir durch den Kopf, als der Jemand flüsterte: »Pssst! Sei leise. Du verrätst uns noch!«

Ich zitterte immer noch vor Schreck und ließ mich am großen Reifen des Radladers hinab auf den Grasboden rutschen. Hatte da etwa einer die gleiche Idee gehabt wie ich? Trotz der Dunkelheit nahm ich die Umrisse meines Nebenmannes wahr. Sie gehörten zu einem schmalen jungen Mann, der sich nun ebenfalls auf den Boden setzte.

»Mein Name ist Michael Loogen«, stellte er sich im Flüsterton vor und hielt mir dabei seine Hand entgegen.

»Chris van Heuvel. Mann, hast du mich erschreckt! Was machst du hier? Weißt du eigentlich, wie gefährlich das hier ist?«, raunte ich ihn an, während wir uns kurz die Hand schüttelten.

»Ich wohne hier, verdammt noch mal!«, entgegnete er. »Was geht hier überhaupt vor? Wieso ist das hier jetzt Sperrgebiet? Meine Alten haben sie hier rausgeschickt. Quasi von ihrem Hof vertrieben. Weshalb?«

Ich sah nun in ein junges, wenn auch verschmutztes Gesicht. Über dem linken Auge verlief eine verheilte Narbe wie eine dünne Mondsichel.

»Man hat hier Bomben gefunden, deshalb!«, deutete ich auf die Planen jenseits des Radladers.

»Bomben? Du meinst doch nicht etwa die zwei Monsterteile, die da unten aus dem Geröll ragen? Ich war gerade da unten«, dabei deutete er auf die Fundstelle, »so ein Quatsch. Die bewachen da unten etwas ganz anderes. Das sage ich dir!«

»Du warst da drin«, ich staunte, »wie bist du überhaupt auf dies gesperrte Gelände gekommen? Über den Zaun?«

»Nicht doch, man hat mich mit eingezäunt!«

»Wie das denn?«

»Also, ich war in Duisburg und wollte erst bis nächste Woche Mittwoch bleiben. Nun bin ich aber schon gestern aus Duisburg zurückgekommen. Als ich dann abends gegen 22 Uhr ankam, war hier der Teufel los. Überall Militär. Die Uedemer Straße und andere Zufahrten waren gesperrt und mit Wachposten besetzt. So bin ich auf Schleichwegen zum Hof hin. Um meine Eltern nicht zu wecken, schlich ich in den Schuppen hinterm Haus. Dort habe ich mein Computerzimmer und hin und wieder schlafe ich dort, so auch letzte Nacht. Als ich am anderen Tag dann einen Blick nach draußen riskierte, sah ich, dass da Hektik ohne Ende war und alle Bewohner das Gelände verlassen sollten, auch meine Eltern!«

»Aber du bist geblieben, wie es scheint?«

»Klar! Ich blieb. Ich wartete in meinem Versteck, bis es dunkel wurde, dann tarnte ich mich und wollte sehen, was der Grund dieses Aufstandes war. Und den Grund habe ich jetzt gesehen. Oh Mann.« Er schwieg und drehte seinen Kopf, als hätte er etwas Verdächtiges gehört.

»Und?«, drängte ich weiter.

»Und? Ich war drinnen. Ich hab sie gesehen. Ich stand vor Dingern, die auf zehn Meter Länge freigelegt worden sind. Und ich habe sie angefasst. Superglatt war die Oberfläche und reichlich fremdartige Symbole befanden sich da, sahen wie eingraviert aus. Solche Zeichen habe ich noch nie gesehen.« Der junge Loogen machte eine kurze Armbewegung in Richtung Grube: »Und du? Hast du die Teile schon gesehen?«

»Ich war noch nicht drin!«

»Ich wünsche dir viel Glück dabei. Die zu sehen lohnt sich. Ich sehe zu, dass ich jetzt zurückschleiche in meine Computerbude. Mach es gut!«

Er lugte um den Radlader und vergewisserte sich, dass alles ruhig war. In gebückter Haltung verschwand er dann in die von Scheinwerfern nur schwach erhellte Nacht.

»Ich muss auch in die Halle, unbedingt«, war mein einziger Gedanke.

Ob da nun was strahlt oder nicht war mir im Augenblick egal. Ich wollte sie aus nächster Nähe sehen, ich wollte sie anfassen und ich wollte sie fotografieren. Meine Kamera mit entsprechendem Film wartete in meiner Gürteltasche auf ihren Einsatz. Ich wollte sie herausholen. Zu meinem Entsetzen stellte ich fest, dass der Reißverschluss meiner Gürteltasche der Länge nach aufgerissen war und die Kamera nicht mehr da. Nein!!! Ich versuchte mich zu konzentrieren, überlegte, wo dieses Malheur passiert sein konnte. Es kam nur die Zeit unter der Plane in Frage. Sollte die Kamera noch dort liegen? Wie standen die Chancen, sie zu holen, ohne entdeckt zu werden? Ich machte mir nichts vor: Die Chancen standen schlecht! Aber ohne Kamera keine Fotos und ohne Fotos keine Beweise! Mist! Ich hätte kotzen können. Trotzdem, ich musste in die Grube, jetzt erst recht! Aber kühlen Kopf bewahren und überlegen, wie es am besten anzustellen sei!

Gerade wollte ich meine Deckung verlassen, um erste Blicke zu riskieren, da fiel ein Schuss und ich hörte ein energisches Rufen: »Halt! Stehenbleiben. Verdammt, bleiben Sie stehen!«

Ein zweiter Schuss folgte. Ich spürte plötzlich meinen Herzschlag, schaute suchend am Radlader hoch, sah, dass die Fahrertür nicht verschlossen war. In der Kabine des Radladers würde ich mich sicherer fühlen.

Wieder ein Schuss, der dritte.

»Michael Loogen«, zischte ich leise durch die Zähne, »verdammt nochmal, hier wird scharf geschossen!« Ich bekam nun richtigen Bammel.

Schon nach dem ersten Schuss flogen die Türen der Baracken auf, weitere Soldaten stürmten heraus und begannen, das Gelände abzusuchen. Überall sprangen die Lichtkegel der Taschenlampen hin und her.

Fast zwanzig Minuten verharrte ich lautlos im Führerhaus des Radladers. Immer wieder blinzelte ich durch die Frontscheibe. Ganz vorsichtig. Was war mit dem jungen Loogen? Wenige Minuten nach den Schüssen sah ich von meinem Versteck aus, wie jemand auf einer Trage herangebracht, in ein Sanitätsfahrzeug verladen und aus dem Sperrbereich gefahren wurde. War das Loogen? Hatte er zu viel gesehen?

Als es wieder ruhig auf dem Gelände war, kletterte ich vorsichtig die Tritte am Radlader hinunter, duckte mich zwischen den riesigen Rädern des Fahrzeugs und überlegte angestrengt. Jetzt abhauen ohne Beweis? Nee. Ich wollte trotz weicher Knie den einen Blick riskieren, nur den einen. Ich war fest entschlossen.

Ein Blick auf die Uhr: Mitternacht.

Jetzt oder nie, dachte ich und schlich auf Zehenspitzen um die Radladerschaufel herum, als ich nur noch für den Bruchteil einer Sekunde den Kolben eines Sturmgewehres wahrnahm. Dann wurde es dunkel.

Au weh, mein Schädel schmerzte.

Langsam kam ich zu mir. Benommen richtete ich mich auf. Wo war ich? Was war passiert?

Ich musste blinzeln. Dann begannen sich meine Augen an die blendenden Sonnenstrahlen zu gewöhnen, die durch das ovale Fenster ins Innere des ansonsten dämmrigen Raumes drangen. Ich lag auf harten Holzdielen, die Füße Richtung Fenster. Gegen das helle Licht konnte ich die Mauereinfassung erkennen und sie begann nur wenig über meinen Füßen. Jetzt sah ich einen Teddy, der mich anschaute. Wieder blinzelte ich zum Fenster, schloss die Augen, bis das Helle verschwand. Dann fiel ich zurück aufs Bett und war erneut ohne Besinnung.

Sonntag, 23. Mai 1993

Die Tür wurde aufgestoßen und der Redaktionsleiter Smeets stand in der Zellentür. An seiner Seite ein dem Gesichtsausdruck nach mies aufgelegter Major Hinrichs.

Nicht allein, dass mein Kopf brummte wie ein Bienenschwarm, jetzt auch noch das: Hinrichs und Smeets.

»Stehen Sie auf«, hörte ich Hinrichs in seinem unverwechselbaren barschen Ton, »Sie können gehen. Wir wollen Sie hier nicht mehr sehen!«

Ich war immer noch nicht ganz wach, als ich mich aufrichtete und umschaute. Wo war das gleißende Licht geblieben, wo war das ovale Fenster, der harte Holzboden? Geträumt? Oh, mein Kopf, brummte er oder schmerzte er? Ich tastete ihn ab. Seitlich an der Stirn spürte ich eine große Beule.

Auch Smeets sah sie.

»Er ist letzte Nacht ins Sperrgebiet eingedrungen und hat sich an einem Radlader, der dort – zugegebenermaßen – sehr ungünstig steht, den Kopf gestoßen. Als wir ihn ohnmächtig fanden, brachten die Soldaten ihn erst einmal hierher«, erklärte der Major und sah Smeets lächelnd an.

»Lügen Sie doch nicht so unverschämt. Ihre Leute haben mich niedergeschlagen. Davon ist die verdammte Beule. Und erzählen Sie meinem Chef lieber von dem jungen Mann, der ganz sicher auf Ihren Befehl erschossen wurde«, giftete ich den Major an. Dieser schaute Smeets an und schüttelte schmunzelnd den Kopf: »Er ist noch ein wenig durcheinander!«

»Kommen Sie und halten Sie Ihren Mund«, pfiff mich Smeets an. Bis jetzt hatte er verdächtig wenig gesagt. Das war sicher nur die Ruhe vor dem Sturm.

Ich raffte mein Sweatshirt und meine Gürteltasche an mich und wollte gerade den Raum verlassen, da fiel mir die verlorengegangene Kamera ein. Ich fragte danach, aber der Major tat so, als wüsste er von nichts, natürlich.

Hatte ich mir gedacht. Ich wollte loslegen, doch Smeets Blick riet mir, jetzt den Mund zu halten.

»Okay, Chef, aber hören Sie, die haben letzte Nacht einen Jungen auf dem Gelände erschossen, weil der etwas gesehen hatte, was er sicher nicht hätte sehen sollen!«

»Seien Sie doch ruhig jetzt. Noch sind wir auf dem Kasernengelände.« Dabei betrachtete er meine Aufmachung. In meinen schwarzen Klamotten sah ich wahrscheinlich lächerlich aus, wie ein Karnevals-Ninja.

Smeets hatte seinen Wagen vor der Kaserne geparkt. Bei unserem Weg zum Tor sah ich einen Trupp Soldaten beisammen stehen: »Sind hier auch Amis stationiert?«

Der Redaktionsleiter schüttelte den Kopf: »Nicht dass ich wüsste. In Kalkar, denke ich!«

»Aber wieso laufen denn so viele von denen hier herum?« Durch die frische Luft konnte ich langsam wieder klarer denken.

»Weiß ich nicht, interessiert mich nicht. Wo steht Ihr Auto?«

»An der Ostkirche!«

»In Pfalzdorf also! Übrigens, van Heuvel, wissen Sie, womit ich Sie herausgeholt habe?«, Smeets wartete meine Antwort erst gar nicht ab, »Mit der Zusage, dass wir über dieses leidige PROJEKT ENDMORÄNE nichts berichten, was spekulativ sei und was von den Militärs nicht gegengelesen wurde. So, wir sehen uns dann Montag um zehn Uhr in der Redaktion und seien Sie pünktlich. Dann will ich alles wissen. Was Sie gesehen haben, welchen Verdacht Sie hegen und bringen Sie die verdammten Fotos mit, von denen Sie bei der Pressekonferenz gesprochen haben. Und keine Extratouren mehr. Sonst gibt's mächtig Ärger, das kann ich Ihnen versprechen!«

Ich stieg um in meinen Wagen. Anschließend fuhren wir in verschiedene Richtungen davon.

Nachdem ich geduscht hatte, genoss ich eine Tasse Kaffee. »Fällt mir nicht im Traum ein, meine Finger von der Sache zu lassen«, murmelte ich. Dabei dachte ich an die Schüsse und den jungen Michael Loogen. Was ist wohl mit ihm geschehen? Wo haben die ihn hingebracht? Was mir nicht geglückt war, ihm war es gelungen: Er hatte die Objekte gesehen und sogar berührt. Er wohnte, wie er sagte, im momentanen Sperrgebiet. Wo genau wollte ich nun wissen. Im Telefonbuch hatte ich seine Adresse schnell ausfindig gemacht. Mein Versuch, diese Nummer anzurufen, scheiterte: Die Leitung war tot. Unwillkürlich versuchte ich eine weitere Nummer. Deren Adresse verriet, dass sie ebenfalls im Sperrgebiet lag, auch diese Leitung war stillgelegt. Zwei weitere Versuche mit anderen Nummern ergaben das gleiche Resultat. Ich wunderte mich: wenn die Häuser und Höfe verwaist waren, sollte ein Freizeichen zu hören sein, vielleicht ein Besetztzeichen, falls die Hörer danebengelegt worden waren, aber wieso waren alle Leitungen tot? Zumindest die, die ich angerufen hatte?

Noch war Sonntagvormittag und bis zu meinen Fototerminen auf den Sportplätzen war es noch etwas hin. Trotz Beule würde ich meinen Job machen, keine Frage.

Ich holte mir einen Schreibblock, machte Notizen und Skizzen. Die kopierten Versionen heftete ich in neue Order ab, die Originale allerdings in einer alten Mappe mit der Aufschrift: *Abiturfest 1983.*

Auch die Farbfotos, die ich aus Vesterhofs Dachfenster geschossen hatte, kamen in diese Mappe.

Ich überflog meine bisherigen Aufzeichnungen. Mittlerweile war ich davon überzeugt, dass da etwas völlig Fremdes im Boden unter der Uedemer Straße lag. Nur was und wie groß insgesamt? Ist das bisher Sichtbare vielleicht nur der winzige Teil eines größeren Ganzen, eines viel, viel größeren Ganzen? Künftig werde ich vorsichtiger recherchieren müssen. Dass Hinrichs Männer sofort schießen, hatte ich eindrucksvoll miterlebt.

Unter diesen Umständen und in dieser jetzigen Situation fand ich es geradezu gut, dass ich zurzeit alleine lebte.

Aber was war mit Paul?

Durfte ich ihn überreden, bei dieser illegalen Sache mitzumachen? Er hatte schließlich Familie. Vom beruflichen Standpunkt aus wäre er sofort dabei, da war ich mir sicher. Andersrum: Ich brauchte ihn dabei. Nur er wäre in der Lage, alles so zu schreiben, dass wir mit dieser Story richtig groß herauskämen. Ich würde ihn fragen.

Und die Zeitung? Ob Smeets und die Zeitung da mitmachen? Wenn es gut recherchiert ist, bestimmt. Dafür sind Paul und ich ja bekannt.

Auch dachte ich über eine optische Veränderung nach. Hinrichs, der Oberst und viele andere aus dem militärischen Umfeld kannten mich bereits, spätestens durch die Pressekonferenz in der Gocher Reichswaldkaserne.

Ein Schnäuzer musste her und eine Brille. Hey, da hatte ich noch eine richtige ›Highway-Policeman-Brille‹, eine verspiegelte. Total scharf – oder auch total lächerlich.

Am Nachmittag nahm ich mir zwischen zwei Sportplatzeinsätzen die Zeit, um zur Stätte meines nächtlichen erfolglosen Besuchs zu fahren.

Schon aus der Ferne sah ich, dass in Louisendorf richtig was los war. Vom Ortskern aus mit dem Auto in die Pfalzdorfer Straße hinein zu fahren war unmöglich. Auf Höhe der ›Luisenwirtschaft‹ hatte die Polizei erste Sperren aufgestellt. Nur zu Fuß konnte man bis an den Absperrzaun der Militärs heran.

Ich stellte meinen Wagen am Sportplatz ab.

Am Zaun hatten sich eine Menge Schaulustige eingefunden, die sich das Treiben der Soldaten ansahen. Etwas abseits stehend erkannte ich Klaus Vesterhof, der sich gestenreich mit einem Mann etwas jüngeren Alters unterhielt. Es sah fast so aus, als stritten sie miteinander.

Ich ging hin, um ›hallo‹ zu sagen.

Vesterhof sah mich, nickte freundlich und deutete sogleich auf seinen Nebenmann: »Hallo, Chris, der gute Mann hier an meiner Seite ist Herr Sven Becker, der auch aus dem Sperrgebiet vertrieben wurde. Er wohnt auf der Heydeseite der Uedemer Straße. Ist aus einer ganz alten Pfälzerfamilie – eigentlich aus einer der allerersten, die hier siedelten!«

Sie standen nun wie die besten Freunde nebeneinander. Dann deutete er auf mich: »Das ist Chris, oh, ich weiß gar nicht einmal Ihren Nachnamen?«

»Van Heuvel«, antwortete ich und reichte gleichzeitig Becker die Hand: »Also auch vertrieben? Wo wohnen Sie denn für die Zeit?«

»Meine Frau und ich sind solange bei meinem Sohn untergekommen, hier in Louisendorf. Die Kleine hier ist meine Enkelin Lena!«, der fast weißhaarige Mann deutete auf die Dreijährige an seiner Hand.

»Ich hoffe, die Soldaten sind nicht zu rüde mit Ihnen umgegangen! – So, ich will mal weiter. Hat mich gefreut!«

»Ihnen alles Gute!«, hörte ich die Wünsche der Pfälzer hinter mir.

Als wenn all diese Sonntagsspaziergänger hier auch nur im Entferntesten ahnten, warum die Jungs aus der Reichswaldkaserne wirklich hier waren. Wahrscheinlich wussten es viele der Soldaten selbst nicht einmal genau.

Ich schaute zum Sperrgebiet und war erstaunt: Major Hinrichs hatte es tatsächlich geschafft, die Abdeckplanen durch eine hölzerne Überdachungskonstruktion zu ersetzen. Ein zwei Meter hoher Palisadenzaun umschloss die Grube und verwehrte somit jeglichen Blick auf die ›Bomben‹. Aus dieser Entfernung war es ohnehin sehr schwer, etwas zu erkennen. Dazu wäre ein Fernglas bzw. Teleobjektiv nötig gewesen.

Plötzlich entdeckte ich unter den Anwesenden Polizeimeister Hermann Cramer, diesmal in Zivil.

Wir kamen ins Gespräch.

Er erzählte, dass er seit Tagen an Kopfschmerzen litt und nun krankgeschrieben sei. Dann zeigte er auf die Absperrung und meinte, dass er der erste nach den Bauarbeitern gewesen war, der diese ›Bomben‹ gesehen hätte.

Ich wollte feststellen, ob ich ihm etwas mehr entlocken konnte: »So viel Aufwand für zwei Blindgänger aus dem letzten Weltkrieg?«

»Ich halte sie nicht dafür. Aber man will es uns glauben machen. So wird es morgen in der Zeitung stehen. Das Radio brachte es heute schon: ›Bombenfund‹ hieß es da!«

Ich wurde hellhörig und fragte, ob wir uns mal in Ruhe über diesen Fund unterhalten könnten.

Cramer nickte. Er würde sich bei mir in der Redaktion melden, sagte er noch und zog dann weiter.

Ich blieb eine Viertelstunde, dann fuhr ich zurück. Die Dunkelkammer rief. Die Schreiberlinge wollten ihre Fotos.

Was ich daher nicht mehr mitbekam war, dass am frühen Abend wieder hektische Betriebsamkeit an der Grube einsetzte. Schweres Gerät wie Bagger, Kräne, Tieflader und weitere Lastwagen kamen durchs südliche Haupttor ins Sperrgebiet.

Einer der Bundeswehrlastwagen führte Kompressoren und Schweißausrüstungen mit.

An dieser Stelle kann ich nur wiedergeben, was der damalige Feldwebel Mücker beobachtet hatte. Er war als Protokollführer beim PROJEKT ENDMORÄNE eingesetzt worden:

In der Einsatzbaracke herrschte große Anspannung.

Oberst Helge Kampen schien schon den ganzen Nachmittag äußerst nervös zu sein. Die Fotos, die das Aufklärungsflugzeug geliefert hatte, waren natürlich schon alarmierend. Sie lagen auf dem Besprechungstisch ausgebreitet, zusammen mit Fotos der Teile aus der Grube.

Das Einsatzteam um Oberst Kampen wurde größer. Vom Deutschen Astrophysikalischen Institut, kurz DAI, waren zusätzlich zwei Fachleute als Berater hinzugezogen worden.

Als man gegen 17.30 Uhr hier eintraf, um die Lagebesprechung fortzusetzen, befand sich ein weiterer Mann an der Seite des Obersts, den dieser als Hol Texome vorstellte. Texome war amerikanischer Regierungsbeamter.

Noch immer sorgten die Fotos für hitzige Diskussionen. Auch für die hinzugezogenen Experten waren die Aufnahmen eindeutig: Diese freigelegten Teile gehörten zu einem Objekt, das die unglaublichen Maße von nahezu 4500 Metern Länge und 2500 Metern Breite aufwies. Die Höhe dagegen war ihren Berechnungen nach mit 50 – 60 Metern geradezu gering. Demnach ein flaches Objekt. Nach der Position auf den Infrarotaufnahmen war hier nur ein kleines Stück des seitlichen Teils durch die Bauarbeiter freigelegt worden. Das komplette Objekt lag wie eingegossen in der Endmoräne und erstreckte sich zwischen der Alten Bahn im Osten bis fast an die Bundesstraße im Westen. Das Pfälzerdorf wie auch der komplette Tannenbusch befanden sich darüber.

»Vermutlich«, so Prof. Tamm, »wurde dieses monströse Objekt vor Zigtausenden von Jahren von einem Eiszeitgletscher mitsamt Geröllmassen hergeschoben. Ständige Erosionen haben die drüber liegende Erdschicht immer dünner werden lassen, so dass es jetzt erst entdeckt werden konnte. Was Ober- und Unterseite des Objekts ist? Keine Ahnung!«

»Leider stimmt das nicht ganz«, meldete sich der Begleiter von Oberst Kampen zu Wort, dessen Aussprache eindeutig den Amerikaner verriet. »Colonel, Gentlemen, mein Name ist Hol Texome«, er begrüßte alle nochmals durch kurzes Kopfnicken, »sorry, aber ich habe in meinen Unterlagen ein Dokument, das ich Ihnen nicht vorenthalten möchte.« Er zog aus seiner Aktenmappe einen Umschlag heraus mit dem Aufdruck TOP SECRET/GERMANY/73.

Aus diesem Umschlag wiederum holte er einen Stapel Fotos heraus: »Gentlemen, diese Bilder wurden 1973 von der SKYLAB bei Erdumrundungen aufgenommen«, begann er und es klang, als würde er diese Informationen nur ungern herausgeben. Er reichte die Bilder herum. »Wie Sie sehen, war die amerikanische Airforce schon '73 über die Existenz dieses Objekts im Boden informiert. Sie werden sich zu Recht fragen, warum Ihre Regierung Sie hier in der BRD nicht darüber unterrichtet hat? Well, aus zwei Gründen, kurz und einfach: 1. Vermeidung von Panik in West-Germany, und 2. nachdem wir es noch einige Male aus der Luft untersucht und vermessen hatten und dabei keinerlei Anzeichen irgendwelcher Lebensformen entdeckten, beschlossen wir, dieses Objekt erst einmal im Boden zu belassen. Gleichzeitig trafen unsere Regierungen ein Abkommen: Sollte irgendwann einmal irgendwo in Westdeutschland ein nicht identifizierbares Teil entdeckt werden, so hat die amerikanische Luftwaffe die Erlaubnis, dieses fremde Teil zu bergen. – Sorry, Colonel, Gentlemen, das sind die Fakten!«

Der Oberst und die anderen Herren waren sprachlos. Saßen sie hier seit Jahrhunderten auf einem wie-auch-immer fremden Objekt und niemand wusste es? Nur Uncle Sam!

»Okay!«, unterbrach der Oberst die kurze Stille, bedankte sich bei Hol Texome für dessen Offenheit und wandte sich an die Anwesenden: »Dass wir, und auch die Amerikaner, solch ein gigantisches Objekt nicht aus dem Boden heben können, bedarf keiner weiteren Kommentierung. Wir wollen aber sehen, ob wir da irgendwie hineinkommen!«

Feldwebel Lars Mücker, der alles dokumentiert hatte, bemerkte nun, wie sich bei einigen Wissenschaftlern enormes Unbehagen breitmachte.

Einer der Biologen ergriff das Wort: »Wenn jetzt schon eine wenn auch geringe Strahlung festgestellt wurde, wer garantiert uns, dass uns nicht weit Gefährlicheres erwartet. Was wissen wir über biochemische Gase, über mögliche Erregerkulturen, die in einem Zustand ähnlich einem Kälteschlaf überlebt haben könnten? Wir sollten ausgiebigere Untersuchungen anstellen, bevor wir hineingehen, falls es überhaupt gelingt!«

Was jetzt an Fachchinesisch durch den Raum geworfen wurde, konnte Mücker nicht wiedergeben. Nur soviel: Man wollte sofort beginnen, nach einer Öffnung am Objekt zu suchen, die nach einem Zugang aussah. Besonders betont wurde, dass, solange man nicht wisse, was genau hier im Boden lag, der Öffentlichkeit weiterhin die ›Bomben-Story‹ verkauft werden sollte.

Der Oberst erteilte den Befehl, sofort mit den Maßnahmen zu beginnen.

Dann verließen alle die Einsatzbaracke, um zurück in die Reichswaldkaserne zu fahren. In der dortigen Offiziersmesse wartete ein Abendessen.

Major Hinrichs hatte derweil in der Kaserne alles vorbereiten lassen und auf diesen Befehl gewartet. Nun hatte er wieder das Kommando hier. Allerdings nannte sich diese ganze Aktion ab jetzt: PROJECT MORAINE. Der Ami bestand darauf.

Wenige Minuten später machte sich ein riesiger Tross mit schweren Baumaschinen und Baugeräten auf den Weg Richtung Louisendorf.

Die Bagger fraßen sich tiefer und tiefer ins Geröll und die Lastwagen kippten Hänger um Hänger davon hinter die Palisadenkonstruktion.

Gegen 02.05 Uhr wurden der Oberst und sein amerikanischer Gast informiert. Alle Maschinen wurden gestoppt, bis die beiden anwesend waren. Die Wissenschaftler würde man bei Tagesanbruch dazuholen.

Major Hinrichs zeigte den beiden, was sie für einen möglichen Einstieg hielten.

Ein 3-Mann-Team, geführt von Oberfeldwebel Markus Stein, stand bereit. Sie zogen sich nun die bereitgelegten Schutzanzüge über und setzten die Schutzhelme auf. Schweißgeräte wurden vorbereitet und man begab sich zu der vermeintlichen Einstiegsluke.

Ein Bundeswehrradlader rollte heran. Seine Schaufel war schon vorher derart umgebaut worden, dass sie den Männern problemlos als Plattform dienen konnte.

Ganz langsam führte der Laderfahrer das Gefährt mit der neuen Arbeitsplattform ganz dicht an die Stelle der mutmaßlichen Einstiegsöffnung heran. An einer von zwei sechseckigen Platten, die erst nach dem Freilegen sichtbar geworden waren, sollte begonnen werden.

Der Schneidbrenner wurde vorsichtig an einem zuvor markierten Punkt angesetzt. Alle hielten den Atem an.

Auf den Gesichtern der Umstehenden war die Anspannung abzulesen.

Nochmals schaute der Teamleiter Stein zum Oberst, der ihm aufmunternd zunickte. Also los!

Das gleißend helle Licht des Schneidbrenners wurde von der metallischen Oberfläche noch verstärkt. Der Schweißer versuchte einen kurzen Testschnitt, hielt dann kurz inne, prüfte die Oberfläche und schüttelte Richtung Oberst seinen Kopf. Eine Veränderung des Metalls war nicht zu erkennen, nicht mal im Ansatz, ließ er dem Oberst mitteilen.

Oberfeldwebel Stein wich intuitiv einen Schritt zurück, als er glaubte, ein Geräusch im Inneren des Metalls gehört zu haben.

Nun begann sich das Sechseck zu verfärben, erst nahm es eine grünliche, dann gelbliche Färbung an.

Plötzlich verschob sich mit einem lauten Kratzgeräusch eine Seitenplatte von der Größe zweier Tischtennisplatten, drehte sich wie um eine Achse herum nach unten und stieß mit ungeheurer Wucht seitlich gegen den Radlader.

Durch die Wucht kippte die Plattform so sehr zur Seite, dass alle drei Männer von der Plattform stürzten.

Einer von ihnen schrie auf vor Schmerzen. Ein anderer regte sich nicht. Der dritte von ihnen schien dagegen keinen Kratzer abbekommen zu haben und rappelte sich wieder hoch. Es war der Schweißer Oberfeldwebel Stein.

Sofort liefen der Oberst, Texome und einige diensthabende Soldaten zu den Verletzten, andere versuchten, die Schweißgeräte abzustellen.

Sanitäter wurden herbeigerufen.

Nur Major Hinrichs und Feldwebel Mücker hatten während dieses Durcheinanders etwas Seltsames beobachtet.

Nur für einen kurzen Augenblick sahen sie, wie aus einer Öffnung, die unter der abgesenkten Platte sichtbar wurde, ein spitzer Obelisk von fast 4 Metern Länge herausfuhr, einen dumpfen Knall verursachte und dann wieder in die Öffnung verschwand. Augenblicklich hob sich das große Seitenteil und fügte sich wieder glatt in die metallische Außenwand ein.

Der Major trat an seinen Vorgesetzten heran: »Herr Oberst, angesichts des Unfalls und des defekten Radladers schlage ich eine Pause vor. Zudem habe ich eine absolut merkwürdige Beobachtung zu melden!«

»Was für eine Beobachtung, Herr Major? Raus mit der Sprache«, forderte Kampen.

»Es ging blitzschnell«, fing Hinrichs an. Dann erzählte er, was er am Objekt beobachtet hatte.

Oberst Kampen stellte sich in Positur: »Okay, meine Herren, lassen Sie uns die Arbeit einstellen, die Verletzten versorgen und den Radlader reparieren!« Er schaute auf seine Uhr: »Jetzt haben wir Montag früh 2.30 Uhr. Wir machen weiter um Punkt 7.30 Uhr. Gute Nacht, meine Herren!«

Dann wandte er sich wieder Hinrichs zu: »Wie schwer sind die beiden Soldaten verletzt?«

»Sie müssen in ein Krankenhaus!«

»Okay, aber nicht in ein ziviles. Die Männer haben zu viel gesehen. Sie kommen in den Sanitätsbereich der Reichswaldkaserne, verstanden!«

»Verstanden, Herr Oberst. Und der Schweißer?«

»Bleibt auf dem Gelände. Wie ist sein Name? Wohnt er außerhalb?«

»Oberfeldwebel Markus Stein wohnt in Weeze.«

»Hat er das Schweißen bei uns gelernt?«

»Nein, Herr Oberst, er hat ein Metallhandwerk erlernt und ist als ausgebildeter Schweißer und Metallgießer zu uns gekommen. Er ist sozusagen ein Fachmann, was Metalle angeht! Er wird später den väterlichen Betrieb übernehmen!«

»Ja, später vielleicht. Jetzt brauchen wir ihn hier. Der Mann kommt mir nicht vom Gelände, und sollte seine Familie noch so nerven! Ist das klar, Herr Major?«

»Jawohl, Herr Oberst!«

»Noch ein Sache!«

»Herr Oberst?«

»Es gab einen Zwischenfall letzte Nacht, hörte ich. Es sollen Schüsse gefallen sein?«

Hinrichs wirkte nervös: »Ein Versehen der Wachen. Die Sache ist bereits geklärt!«

Da nicht mehr Leute als unbedingt nötig bei diesem PROJECT MORAINE eingeweiht werden sollten, verzichtete man auf die Fahrbereitschaft und auf den Fahrer des Obersts. So durfte Protokollführer Lars Mücker Oberst Kampen und Hol Texome zurück in die Kaserne bringen. Schon an der nächsten Kreuzung hörten sie ganz deutlich die Feuerwehrsirenen, die durch die Straßen von Goch schallten.

Später sprach Lars Mücker einen der Physiker auf den dumpfen Knall an und was er beobachtet hatte.

Dieser erklärte, dass Mückers Beschreibung nach dieser dumpfe Knall von einer Art Schallkanone stammen könnte, vielleicht. Da er leider nicht dabei war, sei es auch nur eine Vermutung.

Montag, 24. Mai 1993

Normalerweise begann mein Job montags immer erst um zehn Uhr und darum pflegte ich an diesem Morgen etwas länger zu schlafen. Alle in der Redaktion wussten es, selbst W.A. Smeets war diese Tatsache bekannt. Und dennoch läutete das Telefon. Irgendein Ignorant rief mich an.

Das nervige Läuten holte mich zurück in den Alltag. Gähnend nahm ich das Telefon zur Hand: »Ja bitte?«

»Spreche ich mit Chris van Heuvel?«, ertönte eine Männerstimme.

»Wer will das wissen?«

»Sind Sie Chris van Heuvel, früherer Christopher Huth?«

»Ja, verflucht! Wer holt mich so früh aus den Federn? Es ist gerade mal halb acht!«

»Sie wirbeln Sand auf, Chris!«

»Wer sind Sie?«

»Sie werden es noch erfahren. Zur Sache, Herr van Heuvel: Sie sind Protestant, aber nicht sehr gläubig und Ihre Frau Mutter kannte einen Mann namens Victor. Ist das richtig?«

»Ja, schon. Aber wer sind Sie, verflucht noch einmal? Was wollen Sie?«

»SIE!«, war die knappe Antwort und dann war aufgelegt worden.

Bitte? Was war das denn? Ein Spinner? Ich war auf einmal hellwach. Was wusste der Anrufer von Victor? Woher?

Wieder ging das Telefon. Zwei Anrufe montags um diese Zeit hatte es seit Jahren nicht gegeben. War sicher der Typ von gerade, wer sonst? Dem werde ich Bescheid sagen: »Sag mir deinen Namen, du Spinner!«

Ein erschrockenes Räuspern: »Paul! Ich bin es, Paul! Was ist denn los?«

»Entschuldige, Paul! Ich hielt dich für einen anderen. Warum rufst du so früh an?«

»Damit du dein Radio einschaltest und zwar ganz schnell. ›Antenne‹ bringt Nachrichten aus Goch. Los, mach schon! Und dann zieh dich an, wir müssen dort hin. Smeets will es! Bis gleich und tschüss!«

Ich ging zum Radio und schaltete es ein. ›Antenne‹ war drauf. Schon nach den ersten Sätzen war ich wie erstarrt:

»… ist heute Nacht gegen 2.27 Uhr der 69 Meter hohe Turm der Gocher St. Maria Magdalena Kirche eingestürzt. Nach ersten Meldungen tappt man bezüglich der Einsturzursache noch im Dunkeln. Dass das 92er-Erdbeben damit zu tun hat, ist nicht auszuschließen, sagte ein Vertreter der …«

Ich schnappte das Telefon, und rief Paul zurück.

»Chris, du bist es. Okay, wann und wo treffen wir uns?«

»Direkt an der Kirche, in einer Dreiviertelstunde! Hey, hast du nichts von dem Einsturz mitbekommen? Du musst doch heute Nacht Sirenen, Feuerwehr oder irgendetwas gehört haben, du wohnst doch in Goch?«

»Schon, aber ich habe trotzdem nichts mitbekommen. Und du sagst, der Turm ist runter, einfach so?«

»Tja, das glaub ich eben nicht. Ich habe so einen Verdacht, dass der Einsturz mit der Geheimniskrämerei auf der alten Gocher Heyde zusammenhängt!«

»Sag mal, mein Lieber, was habe ich von Smeets gehört: Du bist vorletzte Nacht ins Sperrgebiet eingedrungen? Warum hast du mir nichts gesagt. Ich wäre doch mitgegangen. Du bist vielleicht ein Kumpel!«

»Sei froh, dass du nicht dabei warst, mein Lieber. Dort wurde auf einmal scharf geschossen und ich selbst wurde niedergeschlagen. Erzähl ich dir aber noch alles ausführlich! Also, treffen wir uns kurz vor neun. Übrigens, sei pünktlich, ich muss um zehn in der Redaktion sein. Dann bekomme ich meine Spezialstandpauke. Kannst ja auch kommen!«

Damit war das Telefonat beendet. Von dem mysteriösen Anruf zuvor wollte ich nichts sagen. Ich wusste ja noch nicht einmal, wer der Anrufer war.

Ich musste jetzt unter die Dusche. Im Spiegel betrachtete ich mein verhauenes Gesicht. Die Beule leuchtete zwar noch in allen Farben, aber die Schwellung war zurückgegangen. Dafür spürte ich einen leichten Schmerz über meinem linken Ohr. Nur einmal hatte ich dort einen ähnlichen Schmerz, aber da war ich noch ein Kind. Dass mir das gerade jetzt einfiel …!

In Goch herrschte Endzeitstimmung. Ein Bild der Verwüstung zeigte sich um die Kirche herum. Überall lagen Trümmer des ehemaligen Turms verstreut. Glücklicherweise sollte niemand zu Schaden gekommen sein.

Ich machte mit meiner Ersatzkamera jede Menge Fotos. Paul sprach mit einigen Anwohnern und notierte sich alles, was ihm interessant erschien.

Gegen zehn hatte ich mich im Besprechungsraum eingefunden, in dem Paul schon wartete. Wir redeten über die Gocher Kirche, als Smeets eintrat.

Ich rechnete mit dem Rüffel der Woche, doch nicht die Spur davon.

Smeets setzte sich auf einen Stuhl, schaute erst Paul und dann mich an und fragte verdächtig ruhig: »Und jetzt will ich in allen Einzelheiten informiert werden, was hinter der ganzen Sache steckt. Wofür riskiert einer meiner Mitarbeiter Kopf und Kragen? Nebenbei gesagt, geht der Major Hinrichs mir auch gehörig auf die Nerven. Also, ich höre!«

Paul und ich schilderten Smeets die von uns vermuteten Zusammenhänge im Fall der ›Bomben‹ und des verdächtigen PROJEKT ENDMORÄNE, über das Verschwinden von Michael Loogen und letztlich unseren vagen Verdacht, der Einsturz des Kirchturms könnte unter Umständen auch etwas mit der Sache zu tun haben.

Smeets hörte sich alles an. Dann stand er auf und sagte: »Solch eine Spinnerei, meine Herren, habe ich lange nicht mehr gehört. Aber vielleicht ist ja etwas dran an der Sache. Darum weitermachen. Übrigens heißt es bei den Militärs jetzt: PROJECT MORAINE, klaro! Aber darüber bitte nicht die übrige Arbeit vergessen. Bis dann!« Smeets verließ den Raum und ich war erstaunt, Glück gehabt.

Zur gleichen Zeit, so berichtete mir später Lars Mücker, wurde von der Einsatzleitung im Sperrgebiet eine folgenschwere Entscheidung getroffen.

Seit den Morgenstunden saß die Einsatzleitung erneut in der Baracke und analysierte den fehlgeschlagenen Versuch von letzter Nacht, in das Objekt einzudringen. Den verletzten Soldaten ging es wieder relativ gut. Sie befanden sich in militärärztlicher Obhut in der Gocher Kaserne.

Major Hinrichs, der zwischenzeitlich vor Ort das weitere Freilegen des Objekts beobachtete, kam gegen halb neun in die Baracke und bat den Oberst und die anderen Herren, unbedingt mitzukommen, um sich etwas Merkwürdiges anzusehen.

Der beschädigte Radlader war wieder repariert worden und Lkws schafften die Geröllmassen raus aus der Grube. Links und rechts davon hatten sich regelrechte Wälle gebildet.

»Wir haben es bemerkt, als Sonnenstrahlen ins Innere der Grube drangen«, berichtete der Major und zeigte auf einen kleinen, etwa 20 cm langen Riss in der Plane. »Letzte Nacht war er in der Plane gegen den Nachthimmel nicht zu entdecken. Herr Oberst, Sie erinnern sich an meine Beobachtung letzte Nacht? Der ausgefahrene Obelisk, der den dumpfen Knall erzeugte, zeigte genau dorthin!«

»Sie meinen, dieses Objekt hat so etwas wie einen Schuss abgegeben und der ist durch die Plane hindurch?«, fragte der Oberst.

»Schon möglich«, nickte Hinrichs, »oder der Obelisk hat die Plane zerstört.«

Einer der Wissenschaftler war zum Objekt gegangen, schaute sich die Öffnung in der Plane an und blickte dann auf eine Karte vom Kreis Kleve, die er in Händen hielt. Er nickte ein wenig und kam dann zur diskutierenden Gruppe zurück.

»Es sieht ganz so aus, dass, was immer auch abgeschossen wurde, in Richtung Goch ging«, sagte er und zeigte den anderen zur Bestätigung seiner Annahme die Karte.

»Meine Herren, solange wir nicht genau wissen, was wir hier im Boden haben und ob etwas abgefeuert wurde oder nicht, ist jeglicher Zusammenhang zwischen PROJECT MORAINE und dem Einsturz in Goch zu dementieren. Folgen Sie mir in die Einsatzbaracke!«

Dort war vor zwei Minuten Hol Texome eingetroffen. Auch er hatte vom Einsturz des Kirchturms gehört.

Im Rahmen der ausgiebigen Erörterung präsentierte Major Hinrichs einen Bericht der Radarstation Uedem über seltsame Signale aus unmittelbarer Umgebung der Stellung. »Man hat sie«, so erzählte der Major, »bisher als Störungen im elektronischen System zu erklären versucht. Nach dem Wissen der letzten Stunden jedoch bekommen sie natürlich eine ganz neue Bedeutung. Besonders, wenn man sich an die ersten Signale erinnert, die nach Aufzeichnungen in der Nacht vom 12. auf den 13. April '92 genau um 3.15 Uhr registriert worden sind. Und wie man sich vielleicht erinnern kann, gab es am Niederrhein zu diesem Zeitpunkt ein für diese Gegend völlig ungewöhnliches Erdbeben. Nach den neuen Fakten glaube ich, dass dieses Erdbeben vom Objekt ausgelöst wurde. Ein Befreiungsversuch möglicherweise? Wer weiß das schon. Jedenfalls fing die Station letzten Monat erneut diese merkwürdigen Signale auf. Die Auswertung ergab, dass zweimal etwas Metallisches mit wahnsinniger Geschwindigkeit vom Boden aus steil in den Himmel gestiegen sein musste. Die errechnete Entfernung ergab eine Position aus dem Tannenbusch-Wäldchen. Und dieses liegt, wie uns auch bekannt ist, nur einen Kilometer von diesem Fundort entfernt. Soweit die Informationen der Radarstation zu dem Thema. Danke, meine Herren!« Der Major reichte die Unterlagen Oberst Kampen.

Die darauffolgende Erörterung der Lage dauerte nur zwanzig Minuten. Alle Anwesenden gaben ihre Meinungen und Empfehlungen ab. Daraus ergaben sich folgende Feststellungen: Fakt 1 – Um dieses riesige Objekt bergen zu können, bedarf es neuer Konzepte. Fakt 2 – Niemand könne absehen, welche Verteidigungsmechanismen dieses Objekt noch zu seinem Schutz aktivieren könnte und welche Konsequenzen dies für die Region nach sich zöge. Man denke da an chemische und biologische Angriffe.

Fakt 3 – Die Bekanntmachung allein, dass unter dem Lebensraum vieler tausend Bürger ein unbekanntes, riesiges Objekt ruhe, würde eine Panik und eine Massenflucht auslösen. Die daraus resultierenden Folgen wären unabsehbar.

Der Oberst fällte nach kurzem Wortwechsel mit Hol Texome eine brisante Entscheidung:

1. Die ›Bomben‹- und die Militärübungsversion wird unter allen Umständen aufrechterhalten.
2. Die Grube wird wieder völlig geschlossen. Das ganze Areal wird, da man offiziell noch mit mehr solcher Bomben rechnet, für jegliche Auskiesungen und sonstige Baggerarbeiten gesperrt.
3. Der Abtransport der freigelegten und entschärften Bomben wird vorgetäuscht. Aufnahmen dieser Blindgänger werden vom Militär ›gemacht‹ und der Presse zur Verfügung gestellt.
4. Alle Beteiligten, die Informationen über die wahren Hintergründe des PROJECT MORAINE preisgeben, werden mit hohen Haftstrafen zu rechnen haben. Alle Beteiligten sind unverzüglich hierüber in Kenntnis zu setzen.
5. Neugierige Einzelpersonen wie auch Organisationen werden eindringlich zu entsprechender Zurückhaltung ermahnt!

Auch Feldwebel Lars Mücker wurde unmissverständlich auf die persönlichen Konsequenzen bei eventueller Geschwätzigkeit hingewiesen.

Wie Mücker weiter berichtete, wurde unverzüglich mit der Umsetzung dieser Entscheidung begonnen.

Schon am späten Abend war die komplette Kiesgrube wieder zugeschüttet und planiert worden.

Bevor aber Baracken, Palisaden und das ganze Absperrmaterial verladen wurden, präparierte man zwei der Lkws. Als diese dann nachts das Tor des Sperrgebietes verließen, teilte man den wenigen Neugierigen vor dem Tor mit, dass diese zwei ›Bomben‹ umgehend zu einem Spezialdepot für Kriegswaffen transportiert wurden, um sie einer genaueren Untersuchung zu unterziehen. Die anfangs gemessene Strahlung hätte keine Folgen für die Bevölkerung in diesem Gebiet. Fotos der ›Bomben‹ würden in den nächsten Tagen in Goch bereit liegen.

Noch in dieser Nacht erklärte man die Übung PROJECT MORAINE für beendet.

Zäune, Baracken und Scheinwerfer verschwanden. Nur ein Schild blieb im Boden verankert, das Verbot, in diesem Boden zu graben, wegen den gemessenen Strahlungswerten.

Gegen vier Uhr am frühen Dienstag war das gesamte Militär abgerückt.

Als in den frühen Morgenstunden die ersten Autofahrer auf dem Weg zur Arbeit die wieder frei gewordene Uedemer Straße befuhren, sahen sie auf diesem Acker nur noch zwei Dinge: ein großes Warnschild und den verwaisten Radlader des Bauunternehmers Rich Tönnes.

Ich konnte es nicht glauben, als ich von Smeets erfuhr, dass der ganze Spuk um die ominösen Objekte vor den Toren Louisendorfs vorbei sei. Die militärische Übung abgeschlossen und die falschen Bomben schon unterwegs zu irgendeiner Militäreinrichtung, zwecks genauerer Untersuchung? Das durfte doch wirklich nicht wahr sein. Sofort machte ich mich auf den Weg zur Uedemer Straße.

Als ich um neun vor dem planierten Feld stand, glaubte ich es.

Nichts deutete mehr darauf hin, dass hier noch vor wenigen Stunden eine Kiesgrube existiert hatte. Keine Zäune, keine Baracken, keine Scheinwerfer: hätte dort nicht ein Radlader gestanden, man könnte meinen, alles wäre nur ein Traum gewesen.

Die hatten wirklich ganze Arbeit geleistet, alles war penibel aufgeräumt und gesäubert worden.

Doch es war kein Traum. Die kleine Schwellung, die ich immer noch am Kopf hatte, erinnerte mich schmerzhaft an die Bekanntschaft mit dem G3 Sturmgewehr der Bundeswehr.

Das Reporterteam eines privaten Fernsehsenders packte enttäuscht seine Sachen zusammen. Diesmal waren die Jungs halt nicht schnell genug gewesen. Außer Kurzinterviews mit einigen Ex-Evakuierten, war nichts zu holen, wie es schien, für eine Story zu wenig.

Mir fiel Michael Loogen ein, der mir mitgeteilt hatte, dass sein elterlicher Hof hier ganz in der Nähe läge.

Schnell hatte ich den genauen Standort heraus und fuhr los, um zum

Loogenhof zu kommen. Vielleicht erfuhr ich Neues über Michael, vorausgesetzt, die Bewohner waren schon zurück.

Ich hatte Glück. Vor dem Haupthaus traf ich ein älteres Ehepaar, das wohl gerade ins Haus wollte.

»Hallo, guten Morgen. Mein Name ist Chris van Heuvel. Ich bin von der Zeitung.«

»Guten Morgen«, erwiderten die beiden mit leichtem Misstrauen.

»Sind Sie Herr und Frau Loogen?«, ich nahm meine verspiegelte Brille ab.

»Ja, sicher. Das sind wir!«, Der Mann kam ans Auto.

»Herr Loogen, ich sehe, Sie kommen gerade zurück. Sicher wurden Sie evakuiert. Wie haben Sie erfahren, dass die Evakuierung aufgehoben wurde?«

»Durchs Radio heute Morgen.«

»War es für Sie eine schlimme Zeit, mit der Ungewissheit zu leben, wie es mit diesem Bombenfund wohl ausgehen könnte?«

»Nein, nein«, war die Antwort, »wir waren bei meinem Schwager. Es war halt ein wenig wie nach dem Krieg, als wir kleine Kinder waren. Da hatten wir auch zusammenrücken müssen, wegen der Einquartierungen, Sie wissen schon. Etwas Positives hatte das Ganze: meine Frau ist seit gestern Abend ihre Kopfschmerzen los. Sie müssen wissen, durch ihre Schmerzen war sie vorher schon seit Jahren nicht mehr richtig aus dem Haus gekommen. Da wird sich auch unser Sohn freuen. Er wird Donnerstag wiederkommen!«

»Sie haben Kinder?«

»Nur einen Sohn, den Michael. Er war für ein paar Tage mit einem Freund nach Duisburg gefahren. Leider hat der Junge kein Interesse, den Hof weiter zu führen. Deshalb haben wir schon einen Teil von unserem Land verkauft, an einen Bauunternehmer!«

»Ist es das Land, wo der Radlader steht?«

»Ja, das alles dort gehörte vorher uns!«

»Dann haben Sie Glück und der Bauunternehmer Pech. In der Redaktion sprach man davon, dass dort ab sofort nicht mehr gebaggert werden darf. Das ganze Gebiet darf wegen möglicher weiterer Bomben nur noch landwirtschaftlich genutzt werden!«

»Nein, das wissen wir noch nicht. Wenn das aber stimmt, wird der Bauunternehmer ganz schön sauer sein.«

Ich bedankte mich bei den Loogens für das kurze Gespräch und verabschiedete mich. Das, was ich von ihrem Sohn wusste, behielt ich für mich. Hatte Tönnes jetzt wirklich mit Zitronen gehandelt? Mich würde es nicht wundern, wenn er unversehens Kaufangebote vom Bund, vom Land oder irgendeiner Behörde erhielte.

Gegen 10 Uhr war ich wieder in der Redaktion.

Paul und Smeets warteten bereits auf mich. Was zum Teufel war denn nun schon wieder los?

Ein Anruf, den Smeets von Major Hinrichs erhielt, war der Grund unserer Unterredung.

Hinrichs hatte nochmals auf seinen Deal mit dem Redaktionsleiter hingewiesen und mit Nachdruck gemeint, dass eine zu aufklärerische Berichterstattung seitens unseres Blattes Konsequenzen nach sich ziehen würde. Mein Eindringen in das Sperrgebiet der Bundeswehr könne nach wie vor strafrechtliche Folgen für mich und viel Ärger für das Blatt bedeuten. Okay.

Doch wie sollten wir uns nun verhalten? Wie konnten wir uns verhalten? Ehrlich gefragt, was hatten wir eigentlich in Händen? Welche Beweise, außer diesen Fotos aus einiger Entfernung? Keiner von uns hatte das Objekt direkt und ganz nah gesehen. Ein Foto, in der Grube aufgenommen, mit den von Michael Loogen erwähnten fremdartig anmutenden Symbolen, ja, das wäre was gewesen, aber so? Und Polizeimeister Cramer? Als Zeuge würde der Staatsdiener in eine verzwickte Situation kommen. Auch wussten wir noch nichts Genaueres von den Radarsignalen oder der Skylabaufnahme, hatten keine Ahnung, ob die vielen Kopfschmerzfälle tatsächlich etwas mit den Funden bei Louisendorf zu tun hatten. Wer überhaupt außer den Leuten der Einsatzleitung, einigen Wachsoldaten oder den Strahlenschutzleuten aus Duisburg hatte Konkretes gesehen und würde oder dürfte darüber Auskunft geben? Würde jemand den Bauleuten von Tönnes Glauben schenken? Hätte Tönnes selbst überhaupt Interesse daran, hier etwas gesehen zu haben? Wir wollten uns auf gar keinen Fall einschüchtern lassen, aber im Grunde genommen hatten wir NICHTS!

Was blieb uns anderes übrig, als Ruhe zu bewahren und erst im Falle eines echten Beweises die ganze Story der Öffentlichkeit mitzuteilen. So lange wollten wir behutsam und akribisch an der Sache weiterarbeiten.

»Übrigens, van Heuvel«, Smeets sah mich mit ernster Miene an, »Hinrichs hat verlauten lassen, dass er Ihren Namen dem MAD durchgegeben hat, nur damit Sie Bescheid wüssten!«

»Ach wirklich? Was soll's. Von mir aus können die wissen, dass ich mehr weiß. Seit dem Gewehrkolben in der Fresse können die mir auch keine Angst mehr machen!«, entgegnete ich meinerseits.

»Ich würde es nicht auf die leichte Schulter nehmen«, entgegnete Smeets, »wenn die einen erst mal im Visier haben, kann es nervig werden. Und nehmen Sie doch bitte diese unmögliche Brille ab! Van Heuvel, Sie sehen ja aus wie die Heinis vom Secret Service.«

Ich stand auf, ging zum Fenster und blickte zur Schwanenburg hoch.

Paul schaute ebenfalls hinaus.

»CIA, MAD, Militärs, Wissenschaftler und unbekannte Objekte«, sinnierte er, »jetzt ist hier Schluss mit der ländlichen Postkartenidylle, mit fröhlichen Fahrradtouren übers hügelige Land. Es scheint, dass du ein großes Geheimnis hast, Niederrhein!«

»So ist es«, bestätigte ich, » aber trotzdem ist ab heute wieder Zeitungsalltag angesagt!«

»Ganz recht, meine Herren«, ergänzte Smeets, klopfte mir noch auf die Schulter und verließ den Raum.

Sekunden Ruhe.

»Aber alles bislang Erfahrene sollte dennoch mit einem Resümee enden, richtig, Paul? Und dafür sollten wir uns heute Abend gegen acht beim ›Kurfürsten‹ treffen. Ich gebe einen aus, um den verdammten Bombenfrust zu verscheuchen. Lassen wir es krachen!«

Paul willigte nach kurzem Zögern ein.

Mittwoch, 26. Mai 1993

Nach 11 Uhr erschien Paul zur Arbeit. Er hatte sich von seiner Frau zur Redaktion bringen lassen und kam recht angeschlagen ins Büro. Sein Auto wollte er nach Feierabend vom ›Kurfürsten‹ holen.

»Nina war mächtig sauer, als ich ihr erzählte, ich hätte mich überreden lassen, an der Sache dranzubleiben.«, meinte ein besorgter Paul.

Okay, ich war auch etwas ›matschig‹. Gestern Abend war es noch heftig geworden, besonders nach dem Kneipenbesuch mit den Drinks bei mir zu Hause. Mann, haben wir uns wieder in die ›Bomben-Story‹ hochgeschaukelt! Wie heftig war der Streit mit Nina aber wirklich?

»Hör zu, Paul«, versuchte ich ihn aufzumuntern, »wenn an dieser Sache was dran ist, und du bringst das raus, bist du mit einem Schlag bekannt. Und dann steigst du auf und machst noch Karriere. Ich halte dich für einen Spitzenreporter. Du musst nur mal eine richtig heiße Story bekommen, dann bist du wirklich wer. Gibt dann auch mehr Geld. Das würde Nina doch sicher gefallen, oder nicht?«

Paul zuckte mit den Schultern: »Ich weiß nicht einmal genau, ob sie das überhaupt will oder lieber nur ein ruhiges Familienleben. Seit sie mit dem zweiten Kind schwanger ist, hat sie sich verändert. Ich glaube nicht, dass ich sie überreden könnte, von hier wegzuziehen, beispielsweise nach Düsseldorf oder Köln oder wohin auch immer!« Er begann seine Hosentaschen abzutasten. »Mist, jetzt habe ich auch noch meine Wagenschlüssel zu Hause liegen lassen!«

»Das legt sich wieder bei Nina. Ich denke, das ist die Schwangerschaft. Du wirst sehen.« Ich wollte gerade weitere aufmunternde Bemerkungen machen, als das Läuten des Telefons dazwischenfunkte.

Paul nahm ab: »Redaktion Kleve, Brakel am Apparat, guten Tag.« Mit einem »Ja« und dann mit einem zweiten »Ja« schaute er zu mir rüber.

Ich sah, wie sich seine Stirn in Falten legte und er dann sagte: »Okay, wenn Sie meinen, dass es so wichtig ist, Sie aber nicht zur Redaktion kommen wollen, trifft er Sie an der Kirche in Louisendorf – gegen zwölf Uhr mittags. Okay, ich werde es ausrichten!«

Ich musste unwillkürlich lachen: »Wen soll ich treffen: Gary Cooper, ha?«

»Quatsch«, erwiderte Paul und guckte mich ganz irritiert an, »da will dich jemand wegen des geheimnisvollen Fundes unter der Gocher Heyde sprechen.«

»Geheimnisvoller Fund unter der Gocher Heyde, sagte er das so?«, wiederholte ich erstaunt.

»Ja, genau so! Er schien wohl vom ›Bombenfund‹ zu wissen und er tat so, als würde er dich kennen. Er meinte, die Menschheit müsse gerettet werden, so jedenfalls formulierte er es!«

»Der kennt mich? Menschheit retten? Wohl wieder so ein Wichtigtuer oder ein Trittbrettfahrer. Hat er sich denn mit Namen vorgestellt?«, wollte ich wissen.

»Ja, mit Togdor, Gaz Togdor!«

Ich sah Paul an und zuckte mit den Schultern: »Mein Gott, was ist das denn für ein Name? Ich kenne keinen Gaz Togdor! Na gut. Wie spät ist es jetzt? Zwanzig vor zwölf. Dann fahre ich einfach mal hin!«

»Mach das, kann lustig werden!«

»Fahr doch mit, du setzt mich dort ab und startest durch nach Goch, um deine Wagenschlüssel zu holen. So braucht Nina sie dir nicht nach Kleve bringen!«, schlug ich vor.

»Okay, dann mal los!«

Im Wagen setzte ich natürlich meine verspiegelte Brille auf, der Sonne wegen, klar!

Als wir von der Uedemer Straße zur Louisendorfer Kirche abbogen, war der Radlader nicht mehr da.

Langsam fuhren wir die Straße entlang. Am Sportplatz stoppten wir.

»Da steht er«, stieß mich Paul an und zeigte zur Kirche, die auf einer leichten Anhöhe stand, umringt von vielen Linden.

Nun sah auch ich den Mann. Mein Gott, wie sieht der denn aus! Wie eine Art Prediger! Und so einer will mich kennen?

Wir suchten noch mal die ganze Umgebung ab, es gab nur diesen hageren Mann an der Kirche, als wir den zwölf-Uhr-Glockenschlag von oben herunter vernahmen.

»Zwölf Uhr mittags«, flachste ich, »High Noon, komm, gehe ich halt zu Gary Cooper!«

Wegen des schönen und warmen Wetters trugen Paul und ich dünne Jacken, jener jedoch einen langen schwarzen Mantel mit Schulterumhang, wie wir von weitem sehen konnten.

»Da gehe ich noch eben mit. So jemanden sieht man schließlich nicht alle Tage. Könnte der viktorianischen Zeit entsprungen sein«, lächelte Paul mich von der Seite an.

Wir schritten auf den Fremden zu, der direkt vor dem Kirchentor auf mich zu warten schien. Je näher wir kamen, desto deutlicher konnte ich ihn sehen, obwohl die Sonne etwas blendete.

Er schien so um die fünfzig zu sein. Auffällig war sein ungewöhnlicher schwarzer Hut, der ihn größer erscheinen ließ. Ebenso markant waren seine dunklen Koteletten. Trotz seiner Kleidung schien er von hagerer Gestalt zu sein.

Als wir noch wenige Schritte von ihm entfernt waren, kam er uns entgegen: »Die Herren van Heuvel und Brakel?«

Wir nickten. »Ja, das sind wir«, antwortete ich, nahm die Brille ab und ließ sie in der Jackentasche verschwinden, »Sie haben nach mir geläutet und ich bin gekommen, ha!«

Das ließ ein kurzes Lächeln auf seinem Gesicht entstehen: »Ich schätze mich äußerst glücklich, dass meinem Wunsch entsprochen wurde. Mein Name ist Gaz Togdor und ich komme aus Heidelberg. Vielleicht ist Ihnen bekannt, dass die Vorfahren der Bewohner dieses kleinen Ortes, in dem wir uns befinden, ebenfalls aus der Gegend nördlich von Heidelberg stammten. Nun denn. Dann sind Sie Chris?«

Ich war überrascht und schaute Paul an. Kannte er mich doch nicht?

»Ja, ich bin Chris van Heuvel«, antwortete ich und streckte ihm meine Hand entgegen. Aus Heidelberg kam er also. Klang deshalb seine Stimme so merkwürdig, wie auch sein Dialekt?

Er schüttelte mir die Hand. Dabei fiel mir auf, dass er seine schwarzen Handschuhe anbehielt. Heidelberger Sitte?

Nun schaute er meinen Nebenmann in die Augen: »Dann haben wir miteinander telefoniert. Sie sind der Herr Brakel!«

»Stimmt genau. Am Telefon klangen Sie recht mysteriös, wenn ich so sagen darf, Herr Togdor?«

»Ja wirklich?«

»In der Tat! Nicht jeder, der die Redaktion anruft, spricht von ›Gocher Heyde‹ und ›Menschheit retten‹!«, erklärte Paul.

»Meine Herren, dass ich in der Redaktion angerufen habe, hat seinen Grund. Ich konnte in Erfahrung bringen, dass ich dort den Mann finden werde, der mich bei meinem Vorhaben unterstützen kann. Genauer gesagt, Herr van Heuvel ist derjenige, auf den es ankommt!«

Wieder wechselten Paul und ich Blicke.

Ich wollte etwas sagen, aber in diesem Augenblick rief jemand meinen Namen: »Hallo, Herr van Heuvel, Sie sind mittlerweile aber oft hier!«

Ich suchte nach dem Rufenden und fand ihn an der Einmündung zur Hauptstraße. Es war der alte Klaus Vesterhof, der dort mit seinem Fahrrad stand und mir zuwinkte.

»Ja, es gefällt mir hier!«, antwortete ich mit einem begrüßenden Winken. Dabei machte ich einen Schritt zur Seite. Nun hatte Vesterhof auch freie Sicht auf Paul und Gaz Togdor.

Vesterhof trat dichter an den Drahtzaun heran, der rund um das rechteckige Kirchengrundstück verlief. Er schaute angestrengt zu uns herauf. Doch ich hatte den Eindruck, dass er nicht mich, sondern den Fremden im langen Gehrock intensiv fixierte.

»Jetzt, wo die Soldaten fort sind, habt ihr ja wieder Ruhe«, rief ich ihm zu.

Aber der alte Louisendorfer antwortete nicht. Er schaute noch einmal, stieg dann zittrig auf sein Fahrrad und fuhr wackelig und überhastet davon.

»Was ist denn mit dem?«, musste Paul kurz auflachen. »Der tut ja so, als hätte er einen Geist gesehen!«

»Er hat mich gesehen«, sagte Gaz Togdor mit ruhiger Stimme, »der arme Mann hat mich wiedererkannt. Ich hätte das bedenken müssen. Chris, lassen Sie uns in das Gotteshaus gehen. Es ist besser, als hier draußen zu stehen. Dort werden wir in Ruhe über mein Anliegen reden können!«

Ich stutzte: »Was meinen Sie mit ›wiedererkannt‹? Waren Sie denn schon einmal hier?«

»Oh ja, Chris, ich bin nicht das erste Mal hier! Darum lassen Sie uns besser hinein gehen und darüber reden, wie eine schlimme Katastrophe verhindert werden kann!«

Paul schaute recht ungläubig: »Ach ja? Sind Sie ein Weltuntergangsprediger oder so etwas? Und wo soll die Welt untergehen?«

»Hoffentlich nicht direkt unter uns. Aber genau deshalb bin ich hier!«

Was für ein Typ! Der redete von dem Objekt im Boden, ich war mir da ganz sicher. Egal, wenn ich schon mal hier war, wieso nicht seine Geschichte hören. Was aber war mit dem alten Vesterhof geschehen, der plötzlich so hektisch und verstört davonradelte?

»Nun gut«, antwortete ich, »gehen wir ins Gotteshaus!«

Paul stieß mich an: »Gib mir deinen Autoschlüssel, dann fahre ich jetzt nach Goch, du weißt schon, außerdem will er ja nur dich sprechen.«

»Vergiss nicht, mich wieder abzuholen, ich weiß nicht, wie lange das Gespräch hier dauert!«

»Okay, ich beeil mich!«

»Lassen Sie sich Zeit. Herr Brakel«, meldete sich Gaz Togdor,

»nicht, dass Sie am Ende noch im Graben landen. Sollten wir nach Ihrer Rückkehr nicht mehr hier sein, habe ich Herrn van Heuvel zur Redaktion gebracht!«

Ich sah Paul an und nickte zustimmend: »Okay, dann sehen wir uns in der Redaktion. Hier, die Schlüssel und gib acht auf meinen Mazda! Ach, und nimm die Brille, du fährst gegen die Sonne!«

So ausgerüstet schritt Paul den sanften Abhang hinunter.

Die Kirchentür war nicht verschlossen. Seltsam, sagte Vesterhof nicht, sie sei während der Woche stets zu?

Gaz Togdor schritt voran, ich hinterher.

Nach einem kurzen Eingangsbereich kam der Teil des Kirchensaales, den man Anfang der 50er Jahre vom Altarraum durch eine Doppeltüre abgetrennt und so einen zusätzlichen Mehrzweckraum für die Kirchengemeinde bekommen hatte. Sicher auch dem zu erwartenden Rückgang des Gottesdienstbesuches geschuldet.

Wir standen nun im Mittelgang des verkleinerten Altarraumes.

Durch die Fenster blinzelten jene Sonnenstrahlen, die es zwischen den üppigen Kronen der Linden hindurch schafften. Sie schufen eine beruhigende Atmosphäre.

Auf Gaz Togdors Bitten setzten wir uns rechts in die erste Bankreihe.

Für Augenblicke blieb er stumm, schaute zum Altar. Es sah aus, als sammle er sich.

Der versteht es, seinen Auftritt vorzubereiten, ging es mir durch den Kopf. Im selben Augenblick schaute er mich an und sagte: »Auftritte, ja, Auftritte hatte ich schon viele, heute ist ein ganz wichtiger!«

Konnte der Typ Gedanken lesen? Ich war auf jeden Fall schon mal, zumindest ein wenig, beeindruckt.

»Chris van Heuvel«, begann er, »zwei Dinge, die ich mit Ihnen bereden oder besser, von denen ich Sie überzeugen muss, sind der Grund meines Hierseins! Die eine Sache ist recht simpel erklärt: Halten Sie sich zurück oder bedeckt oder wie auch immer mit der Behauptung, das Militär vertusche hier etwas. Natürlich haben Sie recht mit dieser Vermutung. Im Boden unter diesem ganzen Teil der Gocher Heyde befindet sich tatsächlich etwas sehr Großes, das nicht hierher gehört. Und es kann zur tödlichen Gefahr für den gesamten Niederrhein werden. Deshalb meine Wortwahl ›Katastrophe‹! Um diese zu verhindern arbeiten Leute aus vergangenen Epochen schon sehr lange daran – im Verborgenen! Also, Sie dürfen diese Arbeit nicht gefährden durch lautes Gezeter in der Öffentlichkeit!«

Mir ist im Laufe meiner Zeitungszugehörigkeit schon so manche wilde Story aufgetischt worden, auch hatte ich es oft mit den tollsten Geschichtenerzählern zu tun, aber ich weiß nicht, wie ich es beschreiben soll, dies hier klang von Anfang an anders, bedrückend glaubwürdig wirkten seine Worte.

»Reden Sie weiter, ich bin ganz Ohr!«, forderte ich den seltsamen Fremden auf. »Demnach wissen Sie, dass es keine Bomben oder Luftminen sind, wie man uns weismachen will?«

Gaz Togdor lehnte sich zurück, den Hut immer noch auf dem Kopf, die Handschuhe immer noch an den Händen. Er holte tief Luft: »Wären es doch nur alte Bomben aus dem Zweiten Weltkrieg, die könnte jeder erfahrene Feuerwerker entschärfen. Aber was hier unter dieser Kirche und unter dem Tannenbusch im Boden liegt, ist tausendmal schlimmer als eine Bombe oder auch zwei. Kein Feuerwerker kann hier etwas tun. Was da liegt ist nämlich nicht von der guten alten Erde!« Er machte eine Pause, sah mich dabei prüfend an.

»Puuh, das klingt krass«, bemerkte ich nach einigen Augenblicken absoluter Ruhe. Saß ich hier – seiner Andeutung nach – also auf einem gigantischen Objekt aus dem All? Ich stand auf und ging einige Schritte hin und her.

»Glauben Sie mir nicht?«, fragte Togdor jetzt herausfordernd.

Ich war zögerlich: »Weiß nicht! Hört sich heftig nach Science Fiction an. Kommen Sie, das müssen Sie doch zugeben?«

Togdor stand nun auch auf und ging zum Altar. Dort blieb er stehen, drehte sich um und sah mir fest in die Augen. »Chris, es ist wahr. Die Militärs und die Regierung werden sich die Zähne daran ausbeißen, egal wie viele Fachleute und Wissenschaftler sie auch ankarren. Die werden nur Schaden anrichten. Der Einsturz des Gocher Kirchturms – Sie haben davon gehört – war nur der Anfang. Diese offiziellen Wichtigtuer werden es schließlich mit Gewalt versuchen und dann: ›Gute Nacht‹ Region!«

Ich fiel ihm ins Wort: »Das mit dem Kirchturm waren die Militärs? Warum zum Kuckuck verhindern jene, die angeblich schon seit vielen Jahren oder Jahrhunderten davon wissen, so etwas nicht und stoppen die heutigen Verantwortlichen in ihrem Tun?«

Togdor schüttelte den Kopf, als hielte er die Frage für Nonsens. »Wäre das mal so einfach! Chris, das wird nicht funktionieren. Klar könnten jene mit den Verantwortlichen reden, nur werden die deren Ziele und Beweggründe nicht begreifen. Die Spezies Mensch ist völlig anders ›programmiert‹, sie wird von Egoismus gesteuert! Der Mensch ist halt beschränkt intelligent!«

»Mag sein! Aber wie soll es dann weitergehen?«

»Chris, zu Beginn sprach ich von zwei Dingen, von denen ich Sie überzeugen muss. Einmal, dass Sie in der ›Fundsache‹ die Füße stillhalten, also kein Aufhebens machen – und der zweite Punkt betrifft Sie, nur Sie!«

»Wieso mich?«, erwiderte ich überrascht. »Ich bin Fotograf und nur aus beruflicher Neugierde auf diese Story gestoßen!«

»Und doch werden Sie eine Schlüsselrolle bei der Lösung dieses Problems spielen. Haben Sie schon darüber nachgedacht, von hier wegzuziehen, zumindest vorübergehend?«

Die Frage erstaunte mich; »Ich soll wegziehen? Sie meinen, ich soll mich vor dem großen Knall in Sicherheit bringen?«

»Nein, nicht vor dem großen Knall – und auch nicht einfach nur wegziehen. Auf den Punkt gebracht: Sie sollen sich verstecken!«

»Wie bitte? Verstecken? Wovor oder vor wem sollte ich mich verstecken? Doch nicht etwa vor den Militärs?«

»Chris, dieses Gespräch sollte eigentlich erst in einigen Jahren stattfinden: erst wenn die Sache akut wird sollten Sie eingeweiht werden und alles erfahren!«

»Was erfahren, bei Gott noch mal?«, in mir rumorte es erheblich.

»Kommen Sie, setzen wir uns wieder und dann hören Sie gut zu!«

Wir nahmen wieder Platz. Ich gebe zu, ich war auf der einen Seite neugierig, was da jetzt noch käme, aber gleichzeitig nahm ein gewisses Unbehagen von mir Besitz.

»Also ...«, suchte Togdor nach dem richtigen Einstieg, »also darüber, dass hier etwas im Boden schlummert, sind im Jahre 1745 auch die Familienoberhäupter zweier Pfälzer Gründerfamilien informiert worden, die der Grossards und der Beckers. Auch darüber, weshalb sie und ein Teil der anderen auswanderungswilligen Pfälzer Familien 1741 tatsächlich hier stranden mussten. Sie sollten Teil des Rettungsplanes werden, ohne es selbst zu wissen. Die beiden eingeweihten Familien und ihre Nachkommen waren zur Verschwiegenheit verpflichtet – bis heute. Ihre Hauptaufgabe bestand darin, sich mit den anderen Kolonisten hier auf der Gocher Heyde, die bis zu ihrem Eintreffen quasi Niemandsland war, breitzumachen, diese zu kultivieren und nach Vorgaben bestimmte Häuser zu positionieren, damit diese zu gegebener Zeit als Markierungen fungierten. Natürlich war auch ein gewichtiger Grund, niemand zu dicht an das Objekt zu lassen. Zwei protestantische Kirchen in Pfalzdorf und eine weitere in Louisendorf 80 Jahre später wirkten zudem schon abschreckend genug auf die erzkatholischen Ureinwohner. Die beiden Familien waren außerdem im Besitz einer wichtigen geheimen Information: wo und wie man in das Objekt gelangen kann, ohne dass es sich und den Niederrhein in Millionen Stücke zerfetzt. Diese Information wurde und wird von Generation zu Generation den Söhnen, manchmal den Töchtern oder auch den Schwiegersöhnen, weitergegeben. Schon im Kindesalter erfahren sie es, da die Lebenserwartung der Eltern, zumeist der Väter wegen der Kriege und wegen Erkrankungen damals leider sehr überschaubar war, was natürlich nicht nur die Grossards und Beckers betraf!«

Irritiert schaute ich den Mann an: »Interessant und spannend, Herr Togdor, aber was in aller Welt habe ich damit zu tun?«

»Schon bald mehr als Ihnen lieb sein wird. Doch bis es soweit ist, sollten Sie sich versteckt halten. Es wäre eine gute Entscheidung!«

»Sie haben mir noch nicht gesagt, warum. Vor dem Militär jedenfalls nicht, soviel habe ich schon herausgehört!«

»In erster Linie vor einer Gruppierung, die seit der Wiederentdeckung des Objekts sich dessen bemächtigen will – mit durchaus rabiaten Methoden! Und da Sie in wenigen Jahren die Schlüsselrolle spielen werden, habe ich für Ihre Sicherheit zu sorgen!«

»Aber ich habe meinen Job hier. Wo soll ich denn hin?«

»Tauchen Sie in einem x-beliebigen Städtchen unter, wo es nett ist und man Sie nicht so schnell finden kann. Wenn die Zeit gekommen ist, kehren Sie zurück. Aber bis dahin genießen Sie dort Ihr Leben mit Frau und Tochter, und wenn es soweit ist, werden Sie uns helfen, ganz einfach!«

»Ich bin Single. Wissen Sie das nicht?«

»Noch, aber nicht mehr lange, mein Freund!«

»Ah, Sie können Gedanken lesen, und bestimmt auch wahrsagen! Ich werde also eine Frau haben und eine Tochter? Cool! Aber woher wollen Sie das wissen?«

»Ich vermute es eher! Chris, sprach Ihre Mutter jemals darüber, dass sie außer ihrem Ehemann Heinz Huth noch einem anderen Mann nahestand, einem Victor?«

»Ja!«, ich war verblüfft. »Ja, sie erwähnte ihn einmal, nach dem Herztod meines Vaters. Besagter Victor soll 1969 von heute auf morgen verschwunden sein. Laut Mutter war ich da vier Jahre alt. Ich kann mich an ihn aber nicht mehr erinnern! Mutter erzählte, dass er immer davon gesprochen hatte, eines Tages zurückzukehren ins Land seiner Pfälzer Vorfahren. Vielleicht hat er es in die Tat umgesetzt! Nach dem Tod meines Vaters nahm sie wieder ihren Mädchennamen van Heuvel an!«

Gaz trat näher: »Ich habe mich hier in Pfalzdorf und Umgebung umgehört. Es wird gemunkelt, besagter Victor sei nach einem Besuch im Tannenbusch als verschwunden gemeldet worden, vier Wochen nach einem Erntefest in Pfalzdorf. Er soll dort nach seinem kleinen Sohn gesucht haben, der während des erwähnten Erntefestes plötzlich verschwunden sei …! Naja, Gemunkel! Aber dass Ihr Vater, der den Herztod starb, eigentlich gar nicht Ihr leiblicher Vater war, sondern dieser Victor, das ist nicht neu für Sie, denke ich!«

Ich war sprachlos. Wow! Diese Tatsache war aber so was von neu für mich! Man, der Kerl spinnt doch total. Da saß dieser Typ seelenruhig neben mir in der Kirchenbank und behauptete etwas, das Mutter mir gegenüber nie erwähnt hatte. Nur den Namen Victor erwähnte sie, der war mir bekannt. Den Nachnamen hatte sie mir verschwiegen oder ich konnte mich nicht mehr an diesen erinnern. Woher wusste dieser Togdor das alles … und was sollte das mit dem kleinen Sohn, der verschwunden war? Hatte ich einen Bruder?

»Habe ich Sie ins Grübeln gebracht, Chris? Dann hätte ich da noch etwas. Wie ich schon sagte, das Treffen mit Ihnen war eigentlich erst in einigen Jahren geplant. Aber der Fund der ›Bomben‹ und Ihr aktives Interesse daran machte ein Handeln erforderlich. Erst seit zwei Jahren wissen wir von Ihnen, wissen wir, dass Sie ein Nachfahre der ersten Siedler aus der Kurpfalz sind. Ja, mein Freund, Sie haben Pfälzerblut in Ihren Adern!«

Meine Augen wurden groß und größer. Ist der Alte jetzt ganz durchgeknallt? Erst die Story über das Objekt im Boden und jetzt diese frohe Botschaft?

»Soso, demnach war mein leiblicher Vater ... dann war dieser Victor ...«

Togdor beendete den Satz: »... der Sohn des Alten mit dem Fahrrad vorhin!«

»Vesterhof«, stotterte ich ungläubig, »Klaus Vesterhof ist mein Großvater?«

»So ist es! Und da seine Frau als letzte direkte Nachfahrin eines Grossards einen Vesterhof heiratete, könnten – ja müssten Sie als Grossards-Urenkel derjenige sein, der jetzt das Geheimnis hütet – es sei denn, es gibt da noch einen dritten Sohn. Meine Recherchen weisen jedenfalls darauf hin, dass ich hier den aktuellen Geheimnisträger vor mir habe!«

Togdor packte mich bei den Schultern: »Erinnern Sie sich, hat Victor Ihnen etwas gegeben oder gezeigt, als Sie ein Knabe waren? Sollen Sie etwas aufbewahren und es zu gegebener Zeit Ihrem Kind anvertrauen?«

Ich sprang auf, löste mich aus den Händen Togdors und ging einige Schritte den Mittelgang auf und ab.

»Aber ich erinnere mich nicht daran, von Victor in irgendein Geheimnis eingeweiht worden zu sein. Noch habe ich etwas von ihm bekommen. Ich sah ihn schließlich zuletzt als kleiner Bub!«

»Sie haben Zeit. Zeit genug, sich zu erinnern!«

»Was heißt: Zeit genug?«

»Eben Zeit genug, Chris, genau 18 Jahre!«

»Und wenn das Militär oder andere Irre ungeduldig werden und anfangen das Ding aus dem Boden rausholen zu wollen, bevor ich mich erinnert habe? Dann ist Schluss mit ›Zeit genug haben‹!«

»Möglich ist das! Die Verantwortlichen beim Militär werden nichts unternehmen, ihre Unwissenheit ist einfach zu groß. Gefahr droht von der Gruppierung! Aber auch sie wissen um das Problem des Eindringens in das Objekt und warten ab. Ich will offen zu Ihnen sein«, entgegnete Togdor, und nach kurzer Pause »so wie ich Sie gefunden habe, werden auch jene Sie finden. Sie werden versuchen, an Sie heranzukommen, d.h. an das Geheimnis, mit dessen Hilfe sie gefahrlos das Objekt in Besitz nehmen können!«

Jetzt war mir das alles doch zu unheimlich geworden. Ich stand auf, wandte mich dem Ausgang zu und verließ mit einem »mir reicht's jetzt« und einer abwinkenden Handbewegung das Kirchengebäude.

Togdor folgte mir auf dem Fuße.

Die Luft tat gut.

Ich atmete tief durch. Ich ein Pfälzer, ha!

Vor dem Portal standen wir nun nebeneinander, wie zwei Typen, die gerade etwas verbockt haben. Ich sagte nichts, Togdor sagte nichts.

Dann sah ich an der Stelle, wo bis Januar '93 die alte Kaisereiche ihren Platz hatte, erneut jenen alten Mann stehen, der nun angeblich mein Großvater war.

Dieser hielt ein Bild in der Hand, auf das er immer wieder blickte und dann zu uns herauf. Das Bild hatte einen schwarzen Rahmen mit silberbeschlagenen Ecken.

Auch Togdor sah Vesterhof und fand auf einmal seine Stimme wieder: »Chris, hier entlang. Bitte! Mein Wagen steht an der nördlichen Einmündung!« Togdor eilte einige Schritte voraus.

Ich folgte ihm, sah dabei nach links zu Vesterhof. Dieser setzte sich jetzt ebenfalls Richtung nördlicher Pfalzdorfer Straße in Bewegung. Er also war der Vater von dem verschwundenen Victor.

»Haben Sie mich am Montag angerufen?«, rief ich Togdor hinterher, der schon einige Meter voraus geeilt war, »Stimmt doch, Sie waren es, nicht wahr?«

Togdor stoppte, drehte sich um: »Wieso meinen Sie, dass ich Sie angerufen habe?«

»Weil der Anrufer auch von Victor wusste, dass ich Protestant bin und als Kind noch Huth mit Nachnamen hieß. Und er wollte meine Hilfe, wie Sie, für was auch immer!«

»Nein, ich war es nicht!«

»Und wer dann? Rückt mir jetzt schon jemand auf den Pelz?«

Gaz schaute mich nur an. Ich sah ein Zucken in seinen Augen. Dann wandte er sich wieder dem Weg abwärts zu.

»Aber wer sind die, verdammt?«, schrie ich ihm hinterher. »Sie wissen es doch!«

Ich hastete hinter ihm her. Am Auto packte ich ihn bei den Schultern und drehte ihn zu mir. »Also, raus mit der Sprache, wer sind die?«

»Wahrscheinlich die, die Victor geholt haben – und seinen Sohn, den anderen Sohn, meine ich!«, Togdor verzog keine Miene, »Sie wollten es wissen, Chris!«

»Also seit 1969 sind jene schon hier und warten ...!«

»Schon länger – aber es besteht keine Gefahr für Sie, Chris, das sollten Sie wissen! Kommen Sie, steigen Sie in den Wagen. Wir fahren!«

Durchs Rückfenster sah ich Vesterhof, der jetzt stehenblieb und uns nur noch nachschaute.

Es war eine ungewöhnlich schweigsame Fahrt nach Kleve.

Mir gingen tausend Dinge durch den Kopf. Wie sollte ich das alles einordnen? Alles wahr? Nichts wahr? Ein bisschen wahr? Und die Sache mit Victor und dem Anruf? War das hier alles eine große Verarsche oder was? Ein fremdes Objekt unter Louisendorf und unter der halben Gocher Heyde? Ha, wie sollte ich das Mutter erklären, meinen Freunden und Bekannten? Die würden mich zum Spinner des Jahres küren. Oder mein Chef und die Kollegen erst?

Ich beobachtete Togdor. Woher kommt der Typ eigentlich? Aus Heidelberg, sagt er. Aber die entscheidende Frage ist doch: Wieso, verdammt noch mal, weiß er das alles? Ist er am Ende gar selbst so ein Alien-Typ in Menschengestalt? Wieso diese blöde Aufmachung?

Plötzlich lachte Togdor auf, wurde aber gleich wieder ernst: »Oh nein, mein Freund, ich bin kein Alien-Typ in Menschengestalt. Ich weiß halt nur ein wenig mehr als viele andere! Und finden Sie sich damit ab, da unten liegt ein sehr großes Teil und wenn wir nichts unternehmen, wird's wohl irgendwann einen Mega-Knall geben und dann: Adieu schöner Niederrhein! Die Offiziellen wissen längst von dem Teil. Die Amerikaner sowieso, nur der Öffentlichkeit sagt man nichts. In diesem speziellen Fall vielleicht nicht mal verkehrt – zu diesem Zeitpunkt!«

»Das heißt, wenn also alles über die Zeitung publik gemacht würde, hätten wir eine riesige Panik hier?«

»Ich denke ja!«, antwortete Togdor, der auch jetzt in seinem roten Wagen den auffälligen Hut nicht abnahm, noch seine Handschuhe auszog. »Und alle, die von einem Objekt und von fremden Intelligenzen faseln, kommen ins Irrenhaus! Ist doch klar!«

Paul war nicht zum ersten Mal mit meinem Mazda unterwegs. Gleich nach dem Start hatte er wegen der blendenden Sonne meine verspiegelte Brille aufgesetzt. So verließ er Louisendorf in Richtung Goch.

Ohne übertriebene Hast fuhr er die Straße entlang, als er plötzlich einen heftigen Schlag gegen den Wagen spürte.

Er hatte keinen blassen Schimmer, wo der schwarze Wagen neben ihm plötzlich herkam. Und dann ging alles ganz schnell.

Mit gekonnt hartem Schwenk stieß der dunkle Wagen den Mazda bei 100 km/h rechts in die Straßenböschung, bevor Paul noch reagieren konnte.

Der Wagen überschlug sich mehrmals, knickte einen jungen Baum ab und blieb auf dem Dach liegen. Der schwarze Wagen raste davon.

Niemand hatte den Unfall beobachtet.

Aber schon eine Minute später wurde durch einen anderen Autofahrer per Autotelefon die Polizei informiert.

Der Fahrer des Mazdas hing besinnungslos in den Gurten. Die Sonnenbrille fiel von dessen Nase und blieb wippend am Innenspiegel hängen.

Ich erfuhr von dem Unfall gegen 14 Uhr, als ich bei Smeets in der Redaktion saß.

Togdor wollte mit zur Zeitung kommen und mir helfen, Überzeugungsarbeit beim Redaktionsleiter zu leisten. Zuvor aber müsse er jedoch noch eine Sache klären, wie er sagte. Er setzte mich in Kleve ab mit der Zusage, eine halbe Stunde später nachzukommen. Aber er kam nicht. Ich hatte so etwas geahnt. Also informierte ich Smeets in groben Zügen vom Treffen mit Gaz Togdor in Louisendorf, von dessen unglaublicher Katastrophentheorie und dass ich und der gesamte Niederrhein noch 18 Jahre Zeit hätten, bevor uns der mysteriöse Fund im Boden der Gocher Heyde um die Ohren fliegen würde. Den Teil, in dem ich als Pfälzer und vermeintlicher Retter ins Spiel kam, ließ ich weg.

Smeets hatte die ganze Zeit still zugehört und wollte gerade etwas sagen, da schaute ein Mitarbeiter kurz anklopfend durch den Türspalt und informierte uns darüber, dass Pauls Frau Nina gerade mitgeteilt hätte, Paul läge nach einem Autounfall im Gocher Krankenhaus. Dank der Sicherheitsgurte habe er aber keine lebensgefährlichen Verletzungen davongetragen, lediglich Prellungen und ein Schleudertrauma. Besucht werden dürfe er allerdings erst am Abend. Der Wagen sei schrottreif.

»Wie ist das passiert?«, wollte Smeets wissen.

»Weiß keiner. Autofahrer haben den Wagen neben der Straße auf dem Dach liegend gefunden. Es soll keine Bremsspuren gegeben haben.«

Der Mitarbeiter ging wieder.

»Fahrerflucht, was sonst. Sind doch alle kriminell«, schimpfte ich,

»aber zum Glück ist Paul noch glimpflich davongekommen. Der Mazda allerdings ist im Eimer, aber er ist vollkaskoversichert, also cool bleiben. Paul ist jetzt wichtiger. Ich werde später noch zu ihm hin, irgendwie!«

Smeets sah mich an: »Kommt es häufiger vor, dass Kollege Brakel mit Ihrem Wagen fährt?«, fragte er.

»Nee, eher selten«, antwortete ich.

Das Telefon klingelte.

Obwohl er angeblich nicht gestört werden wollte, nahm Smeets ab: »Ja bitte?«

»Hören Sie gut zu«, tönte eine männliche Stimme aus der Muschel, »es ist einer Zeitung nie gut bekommen, wenn sie zu intensiv nach Dingen sucht, die sie nichts angehen. Haltet euch also von der Gocher Heyde und den Bomben fern. Wenn noch jemand seine Nase zu tief in diese Sache steckt, kann es ihm ergehen wie dem Kollegen Chris van Heuvel!«

»Wer, verdammt noch einmal, spricht da?«, ätzte Smeets.

Doch der Anrufer hatte bereits aufgelegt.

Ich pfiff durch die Zähne.

Smeets hatte nach den ersten Worten auf Lautsprecher geschaltet, so dass ich mithören konnte.

Für Sekunden war es still im Raum.

»Der, der, der Unfall war ein Anschlag!«, stotterte ich. »Und er galt nicht Paul. Die dachten, ich säße im Mazda!« Ich hatte auf einmal einen Kloß im Hals: »Sorry, Paul!«

»Mist, was läuft hier eigentlich gerade ab, Chris? In was haben Sie beide Ihre Nasen wieder reingesteckt?«, Smeets versuchte ganz ruhig zu bleiben. »Die Bomben-Geschichte kann es doch nicht sein. Deswegen werden auf meine Mitarbeiter sicher keine Anschläge gemacht!«

In mir brodelte es: »Verdammt, es geht nicht um irgendwelche fucking bombs, es geht um ein fucking Object im Boden der Gocher Heyde, Chef!«

»Ok, ok! Wenn dem so ist, besorgen Sie mir knallharte Beweise. Wir können nicht auf Grund eines ominösen Anrufs oder der Prophezeiungen eines spleenigen Togdor die Leute hier verrückt machen. Oder gar auf Verdacht den ganzen Niederrhein evakuieren. Wie stellen Sie sich das vor, Chris? Nein, nein! Ein ultimativer handfester Beweis muss her, dann sehen wir weiter!«

»Pauls Unfall, der Anruf gerade? Und weshalb reagiert das Militär so nervös? Da ist doch was faul!«

»Vielleicht!«, nickte Smeets. »Die Militärs reagieren bedeckt, klar. Aber dass die hinter dem Unfall stecken, glaube ich eher nicht!«

»Ich muss mir schnellstens ein neues Auto besorgen. Hoffentlich stresst die Versicherung da nicht «, murmelte ich, als die Wohnungstür hinter mir ins Schloss fiel.

Smeets hatte mich nach Hause geschickt mit der Aufforderung, jetzt frei zu machen, da ich nachher noch Paul in Goch besuchen wollte, quasi auch als Vertreter der Zeitungsbelegschaft. Geld fürs Taxi gab's obendrein, da mein Wagen schließlich während der Arbeitszeit fahruntauglich wurde. »Fahruntauglich – schöne Formulierung!«

Mein Telefon läutete.

Ich war gefasst auf alles, auf Smeets, auf neuerliche perfide Drohungen. Aber es war – Gaz Togdor.

Ich war geladen: »Danke, dass Sie mich haben hängen lassen! Aber Moment mal, woher haben Sie meine private Nummer?«

»Tut mir leid, aber ich musste etwas Dringendes erledigen, das hat leider länger gedauert – und die Nummer habe ich von der Zeitung! Chris, weshalb ich anrufe: ich glaube, dass Sie die Aufmerksamkeit Anderer bereits zu sehr auf sich gezogen haben und das ist nicht gut!«

»›Aufmerksamkeit Anderer‹, na klasse! Wissen Sie, dass Brakel mit dem Wagen verunglückt ist – und dass es kein Unfall war, sondern möglicherweise ein Mordversuch, und der galt mir! Er fuhr nämlich meinen Wagen!«

»Nein, das weiß ich nicht. Aber wenn es wirklich Ihnen gegolten hatte, war es ganz sicher kein Mordversuch, eher ein Einschüchterungsversuch, man braucht Sie lebend!«

»Und deshalb rufen Sie mich an?«

»Nein, nicht deswegen. Es gibt da noch etwas, das Sie wissen sollten«, entgegnete er, »Sie waren vorhin so schnell raus aus der Kirche und auch ziemlich aufgebracht!«

»Ist das verwunderlich! Was sollte ich noch wissen?«

»Chris, es gibt da noch ein metallisches Teil, Tagoon genannt, nach dessen Form der Grundriss Louisendorfs angelegt wurde. Dieses Original war zusammen mit einem Nachguss seit 1818 auch in der Obhut der

Grossards. Nach einem Diebstahlversuch 1820 versteckte Alois Grossard beide Teile getrennt voneinander. Die Gruppierung glaubt, dass die fremdartigen Symbole auf dem Original auch auf den gefahrlosen Zugang hindeuten könnten und werden versuchen, es ebenfalls in ihren Besitz zu bringen!«

›Tagoon‹ sagte mir nichts, hatte ich noch nie gehört. Es klang mittlerweile immer fantastischer.

»Und was soll ich mit der Information?«

»Ich wollte es nur erwähnt haben, Chris. Ich melde mich wieder!«

Gaz Togdor hatte das Gespräch abrupt beendet.

Hä? Was sollte das denn jetzt? Ein total irrer Typ, dieser Togdor, dabei irgendwie unheimlich und auch ganz schön durchgeknallt. Klar, ich weiß, was ich in der Grube gesehen habe, aber seine Geschichte – ich als ›Schlüsselwächter‹ – schien ein bisschen ›very crazy‹. Aber was, wenn es doch stimmt?

Mein Besuch in Gocher Krankenhaus war noch zu früh. Paul schlief tief und fest. Ich stellte ein Mitbringsel auf einen Tisch und plante, am folgenden Tag wiederzukommen.

So fuhr ich noch bei Nina vorbei, die nur wenige Straßen entfernt wohnte. Sie hatte den ganzen Nachmittag im Krankenhaus an Pauls Bett verbracht. Der Junge war bei einer Freundin.

Nina war ziemlich fertig. Während meines Besuchs schimpfte sie ständig auf seine Arbeit, dass sie nie wüsste, wo er gerade recherchierte, ob es gefährlich war oder nicht. Wenn Paul wieder gesund wäre, würde sie mit ihm reden.

Ich blieb bis 21 Uhr, da sie mich einlud, zum Essen zu bleiben. Man konnte ihr die Schwangerschaft mit dem zweiten Kind deutlich ansehen.

Vergeblich hofften wir beide noch auf einen Anruf aus der Klinik, dass Paul wach wäre und wir noch hätten reinschauen dürften.

Ein Taxi brachte mich nach Hause.

Unterwegs fielen mir wieder Togdors Worte ein: Ich ein Nachkomme der alten Pfälzer? Unglaublich! Ich beschloss, diesen Fakt erst einmal für mich zu behalten. Und gegenüber Klaus Vesterhof? Ach, was sollte ich den alten Mann noch in Aufregung versetzen. Oder wusste er tatsächlich etwas von dem Geheimnis aus der Gründungszeit Pfalzdorfs?

Sollte ich Mutter vom Besuch bei Vesterhof erzählen? Was wusste sie über einen möglichen anderen Sohn Victors?

Als ich die Haustür aufschließen wollte, staunte ich, die Tür war angelehnt. Da es draußen begann zu dämmern, musste ich im Treppenhaus das Licht einschalten.

Vor der Wohnungstür sprang das Licht im Treppenhaus wieder aus, früher als normal.

Erneut drückte ich den Lichtschalter. Ich hielt den Atem an und horchte. Im Treppenflur war alles ruhig.

Vorsichtig betrat ich meine Wohnung.

Ich hatte keine Lust, nochmal was über die Rübe zu kriegen. Ich schaltete das Licht ein und erschrak.

»Oh Gott, was ist denn hier passiert?«, stöhnte ich laut auf. »Einbrecher!«

Ein Blick zur Türschloss. Keinerlei Einbruchsspuren. Wie kam wer hier herein?

Alles war durchwühlt und umgeworfen. Der Küchenschrank war weit offen, das Geschirr lag zerbrochen auf dem Boden. Im Wohnzimmer waren die Sessel umgeworfen und die Bilder von der Wand gerissen. Warum? Was gab es bei mir schon zu holen? Da schoss mir ein Gedanke durch den Kopf. Ich kletterte über das Chaos in das ebenfalls heftigst durchwühlte Arbeitszimmer und schaute mich um. Nun wusste ich, was der oder die Einbrecher gesucht hatten: Die von Paul und mir gestern spätabends akribisch zusammengestellten Unterlagen über die Bomben-Angelegenheit. Diese Ordner: 1991, 1992 und 1993 fehlten. Die Einbrecher hatten sie komplett mitgehen lassen – mit allen entscheidenden Fotos, Notizen und Interviews. Und meine komplette Fotoausrüstung fehlte, soweit nicht einzelne Teile davon in der Redaktion waren. Eine Kamera hatte man mir ja ohnehin schon abgenommen. Wer hier gewütet hatte, konnte ich erahnen: MAD, Militärs oder so ähnlich …!

Prüfend glitt mein Blick über die durcheinandergeworfenen Regale. Ein kurzes Frohlocken, da war er, der Abiturordner '83. Den haben die wohl nicht gründlich genug durchgeblättert. Dabei enthielt diese Mappe doch alle Rohnotizen und auch die Fotos, die ich aus Vesterhofs Dachfenster geschossen hatte, die aber leider nicht viel hergaben.

Miese Fotos, kein Beweise mehr, niemand, der einem so recht glaubt. Der Freund im Krankenhaus. Michael Loogen scheinbar verschwunden oder vielleicht sogar tot. Sollte ich da wirklich noch weitermachen oder mich doch lieber wegducken? Gar unsichtbar machen, wie es Togdor empfahl?

Die halbe Nacht war nötig, um die Wohnung wieder in einen halbwegs bewohnbaren Zustand zu bringen. Sollte ich die Polizei rufen? Nein, in diesem Fall nicht!

»Wenn Gaz Togdor sich meldet, soll er sagen, was ich tun soll, außer mich zu verstecken, und was es mit der anderen Gruppe auf sich hat, wer die sind und wie ich sie erkennen kann!«, murmelte ich ein wenig desillusioniert vor mich hin. Glücklicherweise war da noch ein Rest in der Whiskyflasche.

Doch von Gaz Togdor kam kein Anruf, nicht am folgenden Tag und auch nicht die Tage drauf. Er hatte sich wohl schon unsichtbar gemacht! Oder war ihm etwas zugestoßen, so wie Paul?

Smeets wollte ab sofort in der Redaktion nichts mehr von den Bomben hören.

Nach kürzester Zeit sah man an der Ecke Uedemer Straße/ Pfälzerstraße keine Spur mehr von einer Kiesgrube mit einem Zaun drumherum.

In den umliegenden Kneipen klagten die Leute nach wie vor über Kopfschmerzen, besonders, wenn ihre Radtouren in der Nähe des Tannenbuschs stattfanden.

Die Loogens suchten einen Käufer für ihren Hof. Sie wollten endgültig von hier weg, nachdem die Kopfschmerzen von Maria Loogen wieder zugenommen hatten.

Paul kam nach seiner Genesung wieder zur Arbeit. Aber er hatte sich verändert. In seiner Ehe kriselte es immer mehr.

Schließlich ließ ich die ganze Sache auf sich beruhen. War es Angst oder die Erkenntnis, mich vielleicht tatsächlich in etwas verrannt zu haben? Ich wusste es nicht – damals nicht.

Außerdem hatte ich eine total nette Frau kennengelernt. Eine Bayerin. Eine Bayerin und ein Niederrheiner – wenn das mal gutgeht!

Vier ganze Jahre war es ruhig und friedlich um die Gocher Heyde geblieben, bis zum März des Jahres 1997.

HÜRTGENER LAND 1564

Bruder Baltus und ich sind schon früh am Morgen auf dem Weg zum Markt nach Merode.

Es ist bewölkt und sieht nach Regen aus. Obwohl der dichte Wald auf dem Weg dorthin genügend Schutz bietet, nehmen wir den zweiachsigen Ochsenkarren des Klosters in Anspruch, allein der Einkäufe wegen. Geführt wird er vom Bediensteten Gertes, begleitet von seiner Tochter Ruth. Den Karren überspannt eine derbe Lederplane als Regenschutz für die Waren. Zudem ist der Weg nach Merode wie auch der nach Jülich auf Schusters Rappen durchaus beschwerlich, geht es doch ständig bergauf und bergab, Höhenunterschiede bis zu 140 Meter sind keine Seltenheit. Ein plötzlicher Wolkenbruch würde einen Fußmarsch zur Tortur werden lassen. Während Bruder Baltus, Gertes und Ruth vorne auf dem Bock sitzen, mache ich es mir hinten auf einem Stapel übereinandergelegter Säcke bequem. Was soll ich auch vorne, reden darf ich ohnehin nicht.

So sitze ich hinten auf der Ladefläche und versuche mit dem Gedanken klarzukommen, dass es nun bald zurück geht in meine Zeit, nach unglaublich langen acht Jahren. Larissa müsste gemessen an meinem Alter jetzt eine junge Frau von 19 Jahren sein. Was könnte ich meiner Tochter und Becca alles aus dieser Zeit der kriegerischen Zwistigkeiten und des harten Lebens auf dem Lande berichten! Die Frage ist nur, werden sie mir glauben? Werden sie glauben, wenn ich ihnen erzähle, in Düren bei Hexenverbrennungen persönlich zugegen gewesen zu sein? Und da ist auch noch die rätselhafte Begegnung mit einer gefolterten ›Wettermacherin‹! Auch sie landete auf dem Scheiterhaufen.

Kann ich sie überzeugen, dass ich einen Trip in die Vergangenheit habe machen müssen, um auch sie zu retten?

Die Einkäufe in Merode sind erledigt und wir befinden uns auf dem Weg nach Jülich, ich wieder auf der Ladefläche. Nach hinten raus habe ich gute Sicht, zu den Seiten und nach vorne kaum.

Wieder durchqueren wir auf schlechten Wegen dichten Wald und üppige Wildnis, verdammt ideal, um überfallen zu werden, schießt es mir durch den Kopf. Bloß das nicht, nicht so unmittelbar vor der Rückkehr. Erst wollte ich meine bisherigen Aufzeichnungen, die für EUCH bestimmt sind, mitnehmen, sie auf keinen Fall mehr alleine lassen.

Nun bin ich froh, dass sie in Schwarzenbroich geblieben sind. Meinen Münzbeutel dagegen habe ich dabei, trage ihn am Gürtel. Die Münzen könnten eine Beute darstellen, wenn auch von den ursprünglichen fünf Joachimstalern nur noch zwei übrig sind. Um den Hals trage ich immer noch die zwei Taler ohne Rückseitenprägung.

Da es heller Tag ist, fühlen wir uns relativ sicher. Doch dieses Gefühl sollte trügerisch sein.

In Merode müssen einem Strolch unsere umfangreichen Einkäufe aufgefallen sein, was sodann seinen Bandenboss animierte, uns unserer Ladung, die hauptsächlich aus Lebensmitteln und Fleischvorräten besteht, zu berauben. Als wir im dichten Wald an einem Bach kurz halt machen, fällt ein Schuss.

Erschreckt blinzele ich durch einen Riss in der Plane. Ich sehe fünf Kerle, vier mit Schwertern in den Händen und einen, der mit einer seiner zwei Steinschlosspistolen auf Gertes zielt. Drohend und gestenreich fordern sie ihn, Bruder Baltus und Ruth auf, den Bock zu verlassen. Kaum herunter, werden sie brutal zu Boden gestoßen. Ruth muss sich dabei ernsthaft verletzt haben, denn ihr Hemd verfärbt sich schnell rot. Auch bewegt sie sich nicht mehr. Gertes will hin, nach der Tochter sehen, doch er wird wieder zurück zu Boden gestoßen.

Da ertönt erneut ein Schuss, ein viel lauterer diesmal.

Augenblicklich schallt das schmerzvoll-stöhnende Gebrüll eines Ochsen durch den Wald. Mit zertrümmertem Bein sinkt eines der beiden Zugtiere zu Boden und lässt den Karren schwanken.

Ich spüre, wie ich über die gefüllten Körbe und Sacke voller Waren an die Kopfseite geschleudert werde und verspüre durch den Aufschlag für Sekunden stechende Schmerzen in der Schulter.

Dann herrscht Stille.

Ich fürchte, durch rufen nach Bruder Baltus, meine Anwesenheit den Wegelagerern zu verraten, schweige und lausche.

Weiterhin ist alles still. Nur das Plätschern des Waldbaches ist zu vernehmen. Oder? Höre ich da das Getrappel von Pferdehufen?

Zwischen den durcheinander geratenen Waren und Säcken versuche ich, die Lage zu erfassen.

Plötzlich verdunkelt ein massiver Pferdeleib meine Sicht.

Sie haben mich entdeckt, schießt es mir durch den Kopf und ich schließe resigniert die Augen.

»Da ist ja Bruder Christopher van de Cleef vom Kloster Schwarzenbroich mit dem abgelegten Schweigegelübde«, vernehme ich plötzlich jene italienisch durchtränkte, markante Stimme, die ich nur einmal gehört habe – vor acht Jahren im Hürtgener Wald.

Ich öffne die Augen und sehe die rote Kutte und dann ihn selbst: Albsa.

Hinter ihm tauchen zwei weitere Rotkutten zu Pferde und ein weiteres Pferd auf. Beide halten in der linken Hand futuristisch anmutende Pistolen, aus deren Läufen eine Art weißer Rauch nach unten entweicht und sich auflöst. Wurde aus ihnen gerade gefeuert? Ich habe nichts gehört! Verdammt, das sind keine Waffen dieser Zeit. Diese hier stammen bestimmt nicht aus dem 16. Jahrhundert.

Gleichzeitig sehe ich fünf tote Wegelagerer auf dem Waldboden liegen. Auch Bruder Baltus sehe ich, sowie Gertes und dessen Tochter. Sie liegen ebenfalls regungslos am Boden.

Da nur Albsa und seine Begleiter mir gegenüberstehen, pfeife ich auf mein Schweigegelübde: »Sollte, sollte ich Euch nicht in Jülich treffen?«, entgegne ich stotternd, während ich aus dem Wagen klettere. »Weshalb seid Ihr uns entgegengekommen?«

Albsa beugt sich zu mir herunter: »Um Euch vor den Halunken zu retten. Schließlich sollt Ihr heute durchs Zeitentor zurück in Eure Welt reisen. Ich bin dafür verantwortlich. Seid Ihr in der Lage zu reiten?«

»Ja, bin ich. Aber was ist mit den Halunken passiert? Was mit Bruder Baltus, Gertes und seiner Tochter? Haben Eure Leute sie alle getötet?«

»Nein. Die Wegelagerer sind tot, aber deine Begleiter nur ohne Besinnung!«, fällt Albsa mir ins Wort. »Meine Männer kümmern sich hier um alles. Sie bringen Bruder Baltus und die beiden anderen zurück ins Kloster und auch die Waren kommen dort unbeschadet an. Aber es braucht Euch nicht mehr zu interessieren!«

Er deutet auf das mitgeführte Pferd: »Kommt, wir müssen los, sofort. Wir beide allein. Ich bringe Euch auf direktem Weg zu den Durchgangskoordinaten. Steigt auf. Wir dürfen keine Zeit verlieren!«

Mir wird ganz heiß. Was ist mit meinen Aufzeichnungen? »Kann ich noch einmal zurück nach Schwarzenbroich? Ich muss dort noch etwas holen. Es ist wichtig!«, frage ich fast beschwörend.

»Nein, kein Zurück ins Kloster, » antwortet Albsa streng und völlig emotionslos, »die Zeit haben wir nicht!«

»Kann ich mich wenigstens von Bruder Baltus verabschieden?«

»Er ist noch eine Zeitlang ohne Besinnung. Was bitte wollt Ihr ihm sagen, da er nicht in Euer Geheimnis eingeweiht ist? Steigt endlich auf!«

Mir bleibt keine Wahl. Fast ein wenig traurig begebe ich mich aufs Pferd und wir setzen uns in Bewegung, Albsa vorneweg, ich hinterher. Seiner Aussage nach haben wir einen fast zweistündigen Ritt vor uns.

Ich beginne zu grübeln.

Wie soll das eigentlich vonstattengehen, dieses Travelling? In den acht Jahren habe ich nie wirklich darüber nachgedacht. Ob es gutgeht? Ich werde nicht nur durch die Zeit, sondern auch über eine große Entfernung geschickt. Gott sei Dank habe ich gestern noch spät mit dem Kanoniker aus Xanten selbst sprechen können. Durch eine frühere Dokumentation über das St. Viktor-Stift zusammen mit Paul Brakel war ich ziemlich gut informiert über die Stifts-Biographie und wusste von Entwicklungen nach der Zeit von Hendrik Ryswijk, besonders, dass das Stift 1802 aufgelöst werden würde, was ich ihm verbotenerweise auch verriet. Ich weihte ihn in mein Geheimnis ein und gab ihm meine schriftlichen Notizen, wie Bruder Michael es gewünscht hatte. Was auch immer er und Bruder Michael zusammentrugen, die Schatulle sollte bis zur Auflösung des Xantener Stifts dort unter Verschluss bleiben und anschließend der dortigen Dombibliothek anvertraut werden. Im Jahr 1920 solle dann der verantwortliche Dombibliothekar während der 100-Jahr-Feier der Pfälzersiedlung Louisendorf als Vertreter der Stadt Xanten die Schatulle ohne Aufsehen der Familie Grossard übergeben. Wenn sich alle an die Abmachung halten, und das glaube ich, wird meine Botschaft an mich nach langen 450 Jahren bereits auf mich warten, schon mehr als zwei Jahrhunderte vor dem ›Bombenfund‹ bei Louisendorf und am verabredeten Ort. Ich werde sie mir nur holen müsse. Doch wusste ich von dieser Botschaft an mich selbst in der Zukunft?

Natürlich nicht. Und Gaz Togdor? Da bin ich mir nicht sicher. Vielleicht nicht vor dem Bombenfund im Mai 1993, dann schon eher, als er die Redaktion in Kleve anrief, um mit mir über meine Rolle in dieser brisanten Angelegenheit zu reden.

Führe ich wieder Selbstgespräche? Ja, aber was soll's. Nicht ich alleine, nur mit Hilfe meiner Freunde konnte ich die damaligen Geschehnisse fast lückenlos rekonstruieren, die ich seit acht Jahren aufschreibe. Und diese Aufzeichnungen kann ich jetzt nicht mitnehmen, weil ich sie nicht mehr abholen kann. Hätte ich sie doch nur eingesteckt …

UNTERGETAUCHT 1997

Dienstag, 11. März 1997

Zum Glück war es entgegen vieler Vorhersagen nicht glatt auf den Straßen des Kreises Kleve. Die Nacht war zwar kalt, aber es war trocken. In südwestlicher Richtung konnte man im hellen Mondlicht die Konturen der hügeligen Landschaft gut erkennen. Für eine gespenstische Abwechslung sorgte das Schattenspiel der vereinzelt stehenden Bäume und Sträucher. Der Himmel war von Sternen nur so übersät und die Sicht extrem klar.

Dennoch fuhren die wenigen Autos, die in dieser Nacht unterwegs waren, kaum schneller als 80 km/h.

Vielleicht war es die Angst vor unliebsamen und plötzlich auftretenden Rutschpartien oder aber man genoss ganz einfach diese wenig hektische Nachtzeit.

Auch der unweit Kleve wohnende Guido de Hooge war in dieser Nacht von Goch aus unterwegs. Nach einem gelungenen Abend im Restaurant hatte er nach erfolgreichem Geschäftsabschluss mit seinem Geschäftspartner zusammen gegessen und bei einem guten Tropfen den Tag ausklingen lassen. Kurz nach Mitternacht hatte er sich auf den Heimweg gemacht und befand sich nun auf der Uedemer Straße Richtung Bedburg-Hau.

Die Musik aus dem Autoradio passte zu Guidos guter Laune. Der Geschäftsmann überlegte gerade, ob er nach Kleve durchstarten und dort noch etwas unternehmen sollte, als plötzlich die Musik verstummte.

Jetzt geschah Seltsames.

Die komplette Elektronik seines Wagens schien auf einmal verrückt zu spielen: Lampen blinkten, Anzeigennadeln schwenkten unkontrolliert hin und her.

In diesem Moment blickte Guido irritiert aus dem Fester und sah für den Bruchteil einer Sekunde in einen Blitzstrahl, der nur wenige hundert Meter von ihm entfernt senkrecht in den Himmel schoss. Geblendet schloss er die Augen.

Gleichzeitig beschleunigte der Wagen wie von Geisterhand von selbst und raste los.

Die Scheinwerfer fielen aus.

Guido de Hooge konnte die Straße vor sich nicht mehr erkennen. Er versuchte zu bremsen, doch diese versagten.

Der Wagen brach aus und stieß frontal gegen einen Baum.

Der Mann war auf der Stelle tot.

Vom Schwung des Aufpralls pendelten die nicht angelegten Sicherheitsgurte hin und her. Ebenso plötzlich wie sie erloschen waren, sprangen die Scheinwerfer wieder an. Sie bewirkten jetzt ein gespenstisches Licht.

Auch das Radio spielte wieder und untermalte die Szenerie mit einem alten Schlager.

Die Uhr hinter dem Lenkrad des Autos war zertrümmert und dennoch konnte man die Zeit erkennen: es war genau 00.20 Uhr.

Minuten später heulten Sirenen von alarmierten Polizei- und Rettungswagen durch die Nacht.

Unweit des Unfallortes, am Rande des Wäldchens Tannenbusch, wollten die Hunde des Bauernhofes nicht mehr mit dem Kläffen aufhören.

»Informieren Sie den Master Controller Major Adomeit über diesen Vorfall«, forderte Radarleitoffizier Leutnant von Gruitens den Gefreiten Klaus Derrik auf, »er wird im Officer-Restroom sein!«

Von Gruitens Assistant Derrik hastete los.

Schmale Gänge, englische Bezeichnungen überall an Wänden und Türen und miese Luft hier in der unterirdischen NATO-Luftraumüberwachungseinrichtung Brockzetel, nahe der ostfriesischen Stadt Aurich.

Bis jetzt war die Nacht absolut ruhig gewesen wie fast immer, wenn das Nachtfliegen geendet hatte und keine außerplanmäßigen militärischen Übungen liefen. Das Nachtfliegen, zumeist Trainingsflüge junger Piloten, war in der Regel spätestens um 23.30 Uhr vorbei und dann zeigten die Radarschirme, die nur einen begrenzten Luftraum abtasteten, nichts weiter an als einige ordnungsgemäß gemeldete Linienmaschinen. Spannender wäre es, wenn die Höhenradars auch jene Radarkeulen zuschalteten, die bis zum Boden reichten. Dann sähe man nicht nur alle schnellen Tiefflieger, sondern auch Züge, so sie eine bestimmte Geschwindigkeit überschritten.

Aber auch so zeigten die Radars hin und wieder Seltsames. Wie jene Signale, die in regelmäßigen Abständen für eine gewisse Aufregung im Operational Center dieser NATO-Einheit sorgten: Bodenblitze.

Die Schwingtüren flogen auf.

Major Adomeit betrat den SOC-Kontrollraum und forderte eine Lagemeldung. Gleichzeitig beugte er sich über den ersten Radarschirm des Raums und musterte die wenigen aufleuchtenden Signale.

»Ich höre!«, forderte der Master Controller.

Die Position des MC wurde zumeist von einem Oberstleutnant bekleidet, heute aber von einem Major.

Im schmalen Kontrollraum des SOC (**S**ector **O**perational **C**enter) sind zwar Einsatzpositionen für die Bereiche Fighter, Sam-Units und Weather-Controlling vorhanden, aber nachts sitzen nur ein Officer und zwei Assistants im Raum. Diese beiden lösen einander im 2-Stunden-Takt ab.

Zurzeit war gerade Gefreiter Klaus Derrik neben Leutnant von Gruitens auf Posten.

»Herr Major, wir empfangen wieder diese ungeheuer intensiven Signale, die von unseren Geräten nicht identifiziert werden können!«, begann von Gruitens. »Den Messungen zufolge schießen erneut metallische Kleinteile mit gigantischer Geschwindigkeit senkrecht in den Himmel.«

»Schon wieder? Danke, Leutnant von Gruitens!«

Der Major setzte sich: »Sind das diese verdammten Erscheinungen, die wir schon seit Jahren ohne Erfolg zu deuten versuchen?«

»Ich fürchte ja, Herr Major, jedoch in einer Stärke, die wir so bisher noch nicht aufgezeichnet haben. Sofort schalteten wir die Radarabtastung für den Bodenbereich zu. Natürlich war es da schon wieder vorbei. Lediglich hohe Spannungsaufladungen konnten wir messen. Diese werden gerade ausgewertet.«

Der Major stand wieder auf und zupfte seine Uniform glatt: »Ich verstehe. Haben Sie die Position lokalisiert?«

»Natürlich!«, entgegnete Leutnant von Gruitens. »Wie immer: am Niederrhein. Und wieder aus unmittelbarer Nähe unserer Empfangsantenne in Marienbaum. Es macht fast den Eindruck, als kämen diese Energiebündelungen direkt aus dem Boden geschossen!«

»Okay! Bitte ins Logbuch eintragen«, erwiderte der Master Controller kurz und knapp, »und bei den Kameraden am Höhenradar die Abschaltung der Bodenabtastung anfordern!«

Schon war Major Adomeit wieder aus dem Controlling Room verschwunden.

Während Leutnant von Gruitens Blick noch auf der schweren Pendeltür haftete, starrte Gefreiter Derrik auf den Radarschirm: »Herr Leutnant, die Signale werden schwächer. Es sieht ganz so aus, als würden sie gleich ganz verschwinden.«

»Auch gut«, antwortete der Leutnant, »machen Sie einen Eintrag über Beginn und Ende der Signalaufzeichnung und rufen Sie die Jungs vom Radar an!«

Er setzte sich in seinen schweren Drehstuhl, lehnte sich zurück und blinzelte von weitem zum Schirm, auf dem jetzt wieder absolute Ruhe herrschte. Lediglich drei Lufthansamaschinen und eine British Airways waren zu dieser Zeit unterwegs, wie an den Flugnummereinblendungen leicht zu erkennen war.

Nun begann er genüsslich in einer mitgebrachten Penthouse zu blättern. Dieses Magazin schien allemal interessanter als jene blöden Signale vom Niederrhein. Nach alten Logbuchnotizen wurden diese schließlich schon aufgefangen, als er selbst noch zur Schule ging: »Gäbe es wenigstens noch Nachtflüge«, murmelte er, »dann hätten wir zumindest etwas Action hier – aber so?«

Der Gefreite nickte wortlos, während er die Eintragung machte. Anschließend blätterte er im Kontrollbuch Seite für Seite zurück und zählte drei ähnliche Vorfälle allein in den letzten zwei Jahren, jedes Mal waren es zwei Abschüsse innerhalb einer halben Stunde.

»Herr Leutnant, wissen Sie, ob man diese blitzähnlichen Erscheinungen schon mal näher untersucht hat?«, fragte Derrik.

Der Angesprochene nahm das Männermagazin herunter und schaute herüber: »Meines Wissens soll 1993 in der ehemaligen Radarstation Uedem erhebliche Unruhe wegen ähnlicher Vorfälle gewesen sein. Selbst die Amerikaner sollen sich eingemischt haben. Ist aber nichts bei herausgekommen. Mehr weiß ich auch nicht. – Was ist, wollen Sie die erste Wache übernehmen, Derrik?«

Der Gefreite nickte abermals: »Klar doch, Herr Leutnant, warum nicht!«

Er war neugierig geworden und wollte die Eintragungen älterer

Kontrollbücher überprüfen. Sein Interesse war geweckt. Besonders, weil die Signale, die er heute zum ersten Mal während einer seiner Nachtschichten mitbekommen hatte, dort aufgefangen wurden, wo er herkam: aus Goch.

Er beschloss, tags darauf seinen Freund Lars Mücker anzurufen. Da dieser in Goch stationiert war, müsste er doch etwas darüber sagen können.

Natürlich konnte der Gefreite Derrik zu dieser Zeit nicht wissen, dass er die Kontrollbücher für 1993 und 1994 vergeblich suchen würde. Diese lagen seit jener Zeit beim Kommandeur unter Verschluss. Ebenso die Bandaufzeichnungen von Gesprächen verschiedener Radarleitoffiziere während der ersten Signalregistrierungen.

Später wurde ermittelt, dass in dieser Nacht während des 30minütigen Signalempfangs zwischen 0.20 Uhr und 0.50 Uhr auch am unteren Niederrhein wieder zwei dieser seltsamen Abschüsse aus dem Boden registriert worden waren.

Mitternacht war seit einer knappen halben Stunde vorbei, als mich mein Pieper aus der Arbeit riss. Ich war länger aufgeblieben und damit beschäftigt, eine Menge Fotos des letzten Jahres zu archivieren.

Jetzt wurde mein Rückruf in der Redaktion erwartet.

»Unfall oder Hausbrand?«, murmelte ich und ging zum Tisch mit dem Telefon.

Noch während ich die Nummer der Redaktion wählte, ging mein Pieper erneut los.

»Ist ja gut, ich höre das Grollen des Zeus! Was gibt's?«, fragte ich und überlegte gleichzeitig, wer wohl heute Redakteur vom Dienst war.

»Chris? Bist du es?«

Aha, Wim hatte Dienst. »Na klar bin ich es«, entgegnete ich, »wer denn sonst auf dieser Leitung? Ist was passiert oder langweilst du dich nur und willst quatschen?«

»Von wegen! Komm in die Socken – schwerer Unfall auf der Uedemer Straße. Wahrscheinlich Tote. Sieh zu, dass du dahin kommst!«

Mit einem: »Bin unterwegs!«, legte ich auf. Jacke an, Kamera gegriffen und los. Becca Bescheid sagen? Ich ließ sie schlafen.

Ich rauschte über die Uedemer Straße in Richtung Louisendorf und dachte daran, was mich wohl erwartete.

Es war kalt und dank der klaren Sicht sah ich schon aus weiter Ferne die rotierenden blauen Leuchten der Polizei- und Rettungsfahrzeuge.

In diesem Moment kam mir ein Notarztwagen entgegen – ohne Blaulicht. Was in diesem Fall bedeutete, dass es zu spät war, Eile war nicht mehr geboten.

Eine Minute später fuhr auch der Leichenwagen an mir vorbei.

Zwei aufgestellte Scheinwerfer der Polizei erhellten die gesperrte Unfallstelle.

Ich stoppte, ergriff meine Kamera und eilte hin. Sofort erfasste ich die Situation, sah den zerstörten Wagen, der einige Meter vom Unfallbaum weggezogen worden war. Bei der zertrümmerten Front wunderte es mich nicht, dass hier der Leichenwagen zum Zuge kam.

Nur wenige Meter davon entfernt ging einer der Beamten in gebeugter Haltung über die Fahrbahn nach links und nach rechts, so, als suche er nach etwas.

Ich erkannte ihn – es war Polizeiobermeister Hermann Cramer.

Schnell ging ich auf ihn zu. »Hallo, Hermann! Der Wagen sieht ja fürchterlich aus. Was ist hier passiert?«

»Nichts zu sehen, absolut nichts zu sehen!«, murmelte dieser vor sich hin, als habe er meine Frage gar nicht zur Kenntnis genommen.

Nun richtete er sich auf und sah mich an. Dabei klappte er den Kragen seiner grünen Lederjacke hoch: »Ach, hallo, Chris, auch im Einsatz?«

»Na klar! Sag, was sieht man nicht?«, wollte ich sogleich wissen.

»Na, hier – keinerlei Bremsspuren. Der Fahrer hat überhaupt nicht versucht zu bremsen!«

»Hermann, ich sah den Notarztwagen, dann den Leichenwagen, demnach hat es Tote gegeben?«

»Nur einen. Der Mann ist alleine unterwegs gewesen.«

»Hat er noch gelebt, als ihr eingetroffen seid?«

»Nein. Der Mann war bereits tot, als wir eintrafen. Der Notarzt hat ihn kurz untersucht und dann freigegeben. Da war nichts mehr zu machen!«

»Habt ihr schon Infos über den Mann? Kann ich mir etwas notieren?«, bohrte ich weiter. Neuerdings durfte ich auch schon mal einige Zeilen für die Zeitung schreiben. Das brachte neben der Fotoarbeit zusätzlich Kohle in die Tasche.

Polizeiobermeister Cramer schaute mich an: »Nein, eigentlich nicht. Vielleicht ist der Mann am Steuer eingeschlafen, plötzlich aufgewacht, Schreck gekriegt, versuchte noch etwas zu korrigieren und dann – zack – ran an den Baum.« Mit einer schnellen Handbewegung demonstrierte er den Crash.

»Und was ist mit Fremdeinwirkung?«, horchte ich weiter. »Kannst du dazu etwas sagen?«

Der Polizist machte einen genervten Eindruck: »Auf den ersten Blick ist ein Fremdverschulden auszuschließen. Könnte möglicherweise einer von diesen ominösen Sekundenschlaf-Fällen sein. Nur komisch, dass es wieder auf der Uedemer Straße passierte. Los, schieße endlich deine Fotos und dann hau ab, damit wir hier unsere Arbeit machen können!«

Mittlerweile traf auch der Abschleppwagen ein.

Ich erinnerte mich an eine ganze Reihe dieser merkwürdigen Unfälle in den letzten Jahren, speziell hier auf diesem Straßenabschnitt. Die Konsequenz dieser Unfälle war, dass seitdem auf der Uedemer Straße höchstens 70 km/h gefahren werden durfte und ein absolutes Überholverbot galt. Doch die Unfälle, gerade nachts, hörten nicht auf.

Nachdem ich noch einige Aufnahmen gemacht hatte, fiel mein Blick auf den vom Mond angestrahlten Louisendorfer Kirchturm, der nur wenige hundert Meter vom Unfallort entfernt stand wie ein stummer Zeuge des Geschehens.

Vielleicht war aus dem Dorf noch jemand um diese Zeit unterwegs gewesen und hatte etwas gehört oder gesehen? Ich sollte mich morgen mal bei den Anwohnern umhören.

Auf der Rücktour beschloss ich, meine Kamera überprüfen zu lassen. Bei einer der ersten Aufnahmen am Unfallort war mir, als ginge das Blitzgerät etwas zu früh los.

Die Uhr an der Wand des Redaktionsbüros zeigte genau elf Uhr und gab dieses auch akustisch kund.

Ich blickte von der Tastatur auf und entdeckte meinen Becher Kaffee. Den hatte ich in den letzten Minuten tatsächlich vergessen. Ein Griff danach, ein Schluck, igitt! Der Kaffee im Becher war kalt. Was sonst! Ich konnte mir einen neuen machen, doch wirkliche Lust dazu verspürte ich nicht. So konzentrierte ich mich wieder auf meinen Bericht, den ich bezüglich des Unfalls von letzter Nacht zu schreiben hatte.

»Hier wird nach Zeilen bezahlt, nicht nach Stunden«, murmelte ich, »ein paar Zeilen müssen schon noch her!«

Meine Gedanken drehten sich plötzlich um den verunglückten Fahrer des Wagens, der nun tot war, eine Unaufmerksamkeit, und schon ist es passiert.

Ich blickte aus dem Fenster, hoch zur Schwanenburg, wie schon so oft.

Hätte mir das auch zustoßen können? Wäre so etwas dann Schicksal? Hatte Becca mitbekommen, dass ich letzte Nacht die Wohnung verließ und erst nach eineinhalb Stunden wiederkehrte? Bestimmt! Sicher, sie war früh zu Bett gegangen, und ich hatte sie nicht wecken wollen. Vielleicht sollte ich demnächst eine Notiz hinterlegen, wo ich hin bin – ach, besser nicht daran denken, dass so etwas geschehen könnte.

Während ich meinen Kopf vom Fenster abwandte, fiel mein Blick auf die in der Ablage vor mir liegenden Fotoabzüge meines letzten Nachteinsatzes.

Ich gönnte der Tastatur eine Pause, um mir die Fotos noch einmal anzusehen.

»Das schien einmal ein flotter BMW gewesen zu sein …«, klang es plötzlich hinter mir mit holländischem Akzent.

Ich drehte mich um und erblickte Wim Graachten, mit dem ich dieses Büro teilte.

Er grinste mich mit seinem Drei-Tage-Bart an: »Sollen wir wetten, auch hier steht die Polizei wieder vor einem Rätsel?« Er liebte es zu wetten. Dabei griff er blitzschnell an mir vorbei, schnappte sich meinen Becher Kaffee und schlürfte ihn aus.

»Wetten, du wusstest nicht, dass der Kaffee eiskalt war?« erwiderte ich meinerseits und konnte mir ein Grinsen nicht verkneifen.

»De coffie was goed!«, reagierte Wim völlig cool.

Wim Graachten war Lokalredakteur, Holländer und außerdem noch zu haben. Aber scheinbar wollte bislang niemand uns von diesem unrasierten Typen befreien.

»Wim, mein Bester, was meinst du mit Rätsel? Wie kommst du da drauf?«, wollte ich nun wissen.

»Ich hörte, dieser Unfall geschah auf der Uedemer Straße. Darum!«, war die knappe Antwort.

»Na, das ist ja eine rätselhafte Logik.«

»Wieso das?«, konterte Wim, »Die meisten Unfallursachen, die Uedemer Straße betreffend, konnten nicht geklärt werden. Prüfe das mal nach. Du wirst dich wundern!«

»Das werde ich tun. Aber komm bitte mal her, Wim, und schau dir dieses Foto an. Sage mir, ob dir etwas auffällt!«

Ich hielt ihm eines der Bilder entgegen.

Er nahm es und betrachtete es: »Ja, und? Für mich ist das ein normales Unfallfoto, ich entdecke nichts Ungewöhnliches. Was soll denn damit sein?«

Er hielt es demonstrativ noch dichter an seine Nase und zuckte dabei mit den Schultern. »Nee, ich sehe nichts!«

In diesem Augenblick läutete das Telefon.

Ich schaute Wim bittend an: »Komm, sei so gut, geh du ran – ich – äh, ich muss meinen Bericht unbedingt fertig schreiben!« Übertrieben heftig haute ich auf die Tasten.

Wim nickte und ergriff den Hörer: »Ja bitte? Zeitungsredaktion, Wim Graachten am Apparat. Was kann ich für Sie tun?«

Wim lauschte angespannt. »Ob ich die geheime Adresse von Chris van Heuvel wüsste? Wie war noch gleich der Name? Gasdoktor? Nach der geheimen Adresse können Sie Herrn van Heuvel selbst fragen. Er sitzt hier am Nebentisch. Augenblick bitte!« Wim deckte die Sprechmuschel mit der Hand ab und blickte schulterzuckend zu mir rüber.

»Chris, kennst du einen Gasdoktor aus Heidelberg? Der will deine geheime Adresse!?«

Wim hielt mir den Hörer hin.

Schon als er das erste Mal den Namen nannte, hörte ich automatisch auf zu tippen und guckte in Richtung des Holländers, wahrscheinlich mit einem völlig blöden Gesichtsausdruck.

Gaz Togdor! Jetzt nach vier Jahren, ausgerechnet! Und ich hatte geglaubt oder besser gehofft, nie wieder von diesem Mann zu hören.

»Was ist nun, Chris? Der Mann wartet!«, drängte Wim.

»Gib schon her! Der Mann heißt Gaz Togdor!«

»Hallo, hier ist Chris. Genau, Chris van Heuvel.«

»Einen schönen Tag, Herr van Heuvel. Sie sind also doch noch im Lande. Wohl noch keine Zeit gehabt, sich ein Versteck zu suchen, wie? Ich nehme an, Sie erinnern sich noch an mich: Gaz Togdor aus Heidelberg.«

Ich erkannte sofort den undefinierbaren Dialekt mit dem Kieks in der Stimme: »Ja natürlich, Herr Togdor. Natürlich erinnere ich mich an Sie. Es war schließlich eine aufregende, wenn auch kurze Zeit mit Ihnen zusammen!« Oh mein Gott, was war denn das für ein Satz, schoss es mir durch den Kopf und ich schaute hinüber zum Holländer.

Natürlich hatte auch er meine Wortwahl mitbekommen. Er schaute mich mit großen Augen an, ließ dann demonstrativ die Kinnlade herunterfallen, zog die Stirn in Falten und schien sich da etwas zusammenzureimen.

»Hallöchen, wer ist denn das?«, fragte er flüsternd und konnte sich kaum halten vor Lachen.

Ich machte eine abwertende Armbewegung und tippte mit dem Zeigefinger an die Stirn.

»Herr Togdor, seit '93 ist hier am Niederrhein alles ruhig geblieben, besonders, was die Gocher Heyde betrifft. Auch ich und meine Freunde haben Ihrer Empfehlung entsprechend die Füße still gehalten. Sie sind sicher davon ausgegangen, dass ich mich schon verdünnisiert habe, sonst würden Sie sich nicht nach meiner neuen Adresse erkundigen. Also, was ist los? Haben Sie schon wieder eine haarsträubende Geschichte auf Lager wie 1993?«

»Haarsträubend – sehr schön formuliert! Nein, keine Story! Dennoch sollten wir uns unbedingt treffen, Chris. Wirklich, es ist sehr, sehr wichtig. Wie sieht es mit Mittwoch aus?«

»Meinen Sie etwa morgen, den morgigen Mittwoch?«, fragte ich überrascht.

»Ja! Morgen passt es mir sehr gut. So gegen elf könnte ich in Kleve sein ... nein warten Sie ... besser, wir treffen uns im kleinen Städtchen Rees am Rhein. Kennen Sie die ›Rheinterassen‹? Bestimmt kennen Sie das Restaurant! Also wir sehen uns dann morgen in Rees und bringen Sie auch Herrn van Brakel mit. Ist er vom Unfall damals wieder genesen? Der ist doch noch bei der Zeitung, oder?« Der Mann schien ziemlich aufgeregt.

Per Handzeichen forderte ich Wim auf, mitzuhören.

»Was ist denn los, Herr Togdor?«, hakte ich nach, »Wenn ich nach Rees kommen soll will ich aber vorher einige Infos haben!«

»Nicht am Telefon, Herr van Heuvel. Ist zu riskant. Nur soviel: Es gibt eine neue Sachlage zu dem, was wir 1993 in der Louisendorfer

Kirche besprochen haben und ich habe Wichtiges für Sie – und das ist etwas, das von Ihnen stammt! Also morgen um elf in Rees und bitte pünktlich!«

Dann das Freizeichen. Ohne Verabschiedung hatte Gaz Togdor aufgelegt.

»Hey, Chris, was war denn das für eine Marke?«, lachte Wim, der die letzten Sätze des Anrufers vom Nebenapparat mitgehört hatte. »Sag, kennst du noch mehr solche Spinner?«

»Genau! Spinner ist das richtige Wort für den Mann!«

»Aber ihr habt eine kurze, aufregende Zeit zusammen gehabt. Das waren deine Worte. Weiß Becca eigentlich von dem tête-à-tête?«

»Blödmann«, grinste ich ihn an und verkniff mir jeden weiteren Kommentar. Ich sah wieder auf meinen Monitor und auf den mühsam angefangenen Artikel über den verunglückten BMW, der immer noch auf seine Fertigstellung wartete.

»Worüber habt ihr zwei Hübschen denn vor vier Jahren so intensiv in der Pfälzer Kirche gesprochen, über eure Trauung hoffentlich nicht, ha?« Wim, zog sich einen Drehstuhl vom Nebentisch heran, setzte sich und erwartete wohl mit einem Grinsen im Gesicht eine Story von mir: »Junge, erzähle, was meinte er mit ›geheimer Adresse‹ und mit ›verstecken‹, das betraf doch dich, oder?«, drängelte er.

»Weißt du was«, erwiderte ich und lehnte mich zurück, »du holst mir einen Becher heißen Kaffee und bekommst von mir dann eine verrückte, wahre Geschichte, die du mir dennoch nicht glauben wirst!«

Selten habe ich Wim so laufen sehen, um für einen Kollegen Kaffee zu besorgen. Tja, wenn der Herr Graachten wüsste, was hier '93 abgelaufen ist, noch bevor er bei dieser Zeitung anfing, dass ich und Paul in so ein richtiges Wespennest gestochen haben. Verflixt, ich muss Paul noch aufstöbern. Der soll doch morgen mit nach Rees. Seit damals arbeitet er nicht mehr bei der Zeitung. Wie es dem wohl geht? Aber warum soll ich ihn mitbringen?

Ich sprang auf den Flur und rief laut und vernehmlich: »Weiß jemand, ob Paul Brakel noch unter der alten Adresse wohnt?«

Keiner reagierte. Pech. Werde ich ihn heute Nachmittag suchen müssen.

Mein halbfertiger Bericht interessierte mich auf einmal nicht mehr. Ich vergaß sogar, die bisherigen Textfetzen zu sichern.

»Da ist der Kaffee«, flötete Wim, der mit gleich vier vollen Bechern das Büro betrat, »und nun pack aus!«

»Danke, aber ich weihe dich in die verrückte Geschichte erst ein, wenn das Treffen morgen vorbei ist, versprochen. Solange musst du dich gedulden! Okay? Aber schaue mal hier«, versuchte ich ihn zu trösten, ergriff erneut die Unfallfotos und hielt sie ihm noch einmal hin, »ist dir wirklich nichts aufgefallen auf diesen Aufnahmen? Ich bin da nämlich auf etwas ganz Merkwürdiges gestoßen. Los, komm näher an die Lampe heran!«

Der Stundenschlag der Uhr am Turm der Burg, der stets Sekunden vor dem unserer Bürouhr loslegte, ließ mich zur Wanduhr aufschauen. Es war 18 Uhr.

Eilig begann ich den Inhalt meiner Fototasche zu überprüfen. Dem Blitzgerät galt meine besondere Aufmerksamkeit. Irgendetwas funktionierte daran nicht korrekt.

Wim Graachten beobachtete mein Treiben: »Hast du noch einen Termin?«

»Nein. Es ist das Blitzgerät. Wenn ich mich jetzt nicht beeile, ist das Fotogeschäft zu und ich kann es nicht mehr abgeben!«

Ich verabschiedete mich von Wim und den anderen Mitarbeitern, so sie noch arbeiteten, hatte meine dicke Jacke halb an und öffnete die Tür zum Treppenflur.

War das eine freudige Überraschung. Vor der Tür, mit der Hand schon am Klingelknopf, stand Becca.

»Hey«, begrüßte ich sie, »was machst du denn hier?«

Becca stützte ihre Fäuste in die Seiten und zog die Stirn in Falten: »Na klasse! Das nenne ich eine liebevolle Begrüßung! Komme ich extra hier herauf, um dich abzuholen – und statt eines Kusses gibt's eine blöde Frage. Ich kann auch wieder gehen!«

Au weia. Jetzt nur keinen Stress! »Liebling! Ich war doch nur so überrascht, sooo unendlich freudig überrascht. Komm, gib mir ein Lächeln!«

»Gib du mir erst einen fetten Kuss«, schmollte sie, »dann kriegst du auch dein Lächeln, obwohl ich nicht weiß, ob du es auch wirklich verdienst!«

»Bitte!«

»Hm, na gut. Dir sei verziehen.«, dabei legte sie ihre Arme um meinen Hals und wir küssten uns, das heißt, eigentlich küsste sie mich und ich sah dabei ziemlich hilflos aus: im rechten Ärmel der halb herabhängenden Jacke hatte sich mein Arm verheddert und mit der anderen Hand hielt ich die Fototasche. Irgendwie konnte ich sie in diesem Moment nicht wirklich umarmen. Und das hätte ich wirklich gerne getan, denn ich liebte diese 28-jährige über alles. Eine Bayerin – wer hätte das gedacht!

Vor 12 Jahren war ihr Vater aus Ingolstadt nach Kleve gekommen, als er, ein Bundeswehroffizier, an den Niederrhein versetzt wurde. Da ihre Mutter bereits gestorben und sie noch minderjährig war, musste sie mit nach Kleve. Sie machte hier das Gymnasium zu Ende, wurde nach ihrer Banklehre von der Sparkasse übernommen und arbeitete anschließend in der Kreditabteilung. Vielleicht war es gar ein Glücksfall, dass mir '93 meine Kamera von den Militärs gestohlen wurde. Hätte ich sie sonst kennengelernt?

»Ich wollte noch kurz in die Stadt!«, sagte Becca und holte mich aus meinen Gedanken. »Musst du auch noch wohin?«

Ich zog mir jetzt die Jacke richtig an: »Zum Fotoladen wollte ich. Bist du mit dem Wagen da?«

»Nein, wie du bin ich heute auch zu Fuß zur Arbeit, soll ja viel gesünder sein. Dann lass uns mal gehen!«

Minuten später schritten wir zügig Kleves Einkaufsmeile hinunter, denn lange hatten die Geschäfte nicht mehr offen.

Ein frischer Wind wehte uns um die Nasen.

»Wie war dein Tag?«, wollte sie wissen. »Warst du nicht müde nach der langen Nacht? Tja, mein Lieber, ich habe mitbekommen, dass du noch mal raus warst.«

»Ich wollte dich nicht wecken«, erwiderte ich und es klang verdammt nach einer Entschuldigung, »du brauchst deinen Schlaf, vor allem, wenn du so früh aus den Federn musst. Ich habe jedenfalls nicht gehört, wie du aus dem Haus bist!«

Becca lächelte: »Ich hab es halt nicht so gut wie du, du Langschläfer!«

»Dafür brauchst du dir auch keine Verkehrstoten anzuschauen, sondern nur langweilige Banker!«

»Haha! Du hast dir letzte Nacht also einen Toten angeschaut?«

»Fast. Ich kam zu spät. Der Leichenwagen war schneller. Aber dennoch war da etwas ganz Seltsames.«

»Was Seltsames?«, Becca löste für einen Augenblick ihren Blick von den Auslagen der Schaufenster und schaute mich an. »Was meinst du mit seltsam?«

»Heute habe ich mir die Aufnahmen von letzter Nacht am Unfallort bei Louisendorf mal genauer angeschaut. Da bin ich auf etwas Merkwürdiges gestoßen. Ich habe die Fotos dabei. Wenn wir zu Hause sind, zeige ich dir, was ich meine. Du wirst staunen, bestimmt!«

»Okay. Da bin ich gespannt!« Sie beobachtete die Passanten, die gerade den Kaufhof verließen und stoppte: »Ich muss noch kurz rein, dauert aber nicht lange. Schlimm?«

»Nein, überhaupt nicht«, entgegnete ich, »ich wollte sowieso hier gegenüber ins Fotogeschäft. Der Fotoblitz meiner Kamera arbeitet nicht richtig.«

»Dauert nicht lange, ha«, nörgelte ich, als ich hinter Becca die Treppen in die Wohnung hochstiefelte, mit Fotokoffer und Einkaufstüten, »jetzt haben wir fast sieben!«

»Mannsbilder!«, war Beccas kurzer Kommentar.

»Frauen«, murmelte ich, als die Wohnungstür hinter uns ins Schloss fiel, »typisch!«

Die Stadt erst runter und dann wieder hoch laufen bis zur Brabanter Straße und dann noch diese Treppen: Ich schwitzte wie ein Bär in der dicken Jacke, derer ich mich sofort entledigte.

Ich brachte die Fototasche ins Arbeitszimmer, entnahm die Fotoabzüge aus einer Seitentasche und suchte nun nach der Lupe.

Becca hatte sich in die kleine Singleküche begeben, die hier zur Wohnung gehörte.

»Du kannst wählen, A – Lasagne mit Wein oder ohne?«, rief Becca Richtung Arbeitszimmer, »Und B – wo soll ich servieren: im Wohn- oder im Arbeitszimmer?«

»Mit Wein im Wohnzimmer! Aber dauert die Zubereitung einer Lasagne nicht länger?«, wollte ich wissen und suchte weiter nach der Lupe.

»Habe ich schon zubereitet, bevor ich dich abgeholt habe. Geht nur noch kurz in die Mikrowelle!«

Seit einem Jahr war es ›unser‹ Wohnzimmer, seitdem sie bei mir wohnte und wir die Miete teilten. Sie hatte darauf bestanden.

»Chris, bringst du gleich die Fotos mit, die angeblich so seltsam sind? Ich möchte sie gerne sehen. Fünf Minuten hast du noch Zeit, dann ist das Essen fertig!«

Als ich ins Wohnzimmer kam, war alles vorbereitet.

»Du musst die Weinflasche öffnen!«, lächelte sie mich an und zeigte auf die Flasche.

Ich gehorchte.

Als wir fast fertig gegessen hatten, schob ich ihr zwei der Aufnahmen vom Unfall letzte Nacht rüber.

»Schau dir einmal dieses Foto an. Achte bitte auf den Hintergrund. Fällt dir da etwas auf?« Ich tippte auf das rechte Foto.

»Auf den ersten Blick, mal sehen ... hm, holländisches Kennzeichen?«, entgegnete sie.

»Nein, sorry, ich meine nicht den Wagen, ich meine den Horizont, diesen hellen senkrechten Strich dort. Als wenn ein schnurgerader Blitz in den Tannenbusch fährt. Findest du nicht?«

Sie nahm das Foto zur Hand und rückte ihre Brille gerade. »Ich dachte, das sei eine Überstrahlung, verursacht durch das Blitzgerät oder ein Fehler beim Entwickeln.«

»Nein nein«, erwiderte ich hastig und hielt ihr die zweite Aufnahme hin, »schau her, dieses Foto habe ich nur Sekunden später gemacht. Auch mit Blitzlicht – logisch – und? Da ist der Himmel total dunkel, kein Strich, nichts!«

Meine Freundin sah auf diesem Bild nur Himmel und die Silhouette des kleinen Tannenbusch-Wäldchens.

»Jo mei, das stimmt! Woran kann das liegen?«, fragte sie, während ihr Blick vom einen zum anderen Bild wechselte.

»Genau das ist die Frage. Ich bin mir sicher, diese hellen Streifen auf älteren Nachtaufnahmen schon einmal gesehen zu haben. Ich weiß nur noch nicht, wo und in welchem Zusammenhang das war.«

»Jetzt kürzlich?«

»Nein, muss schon länger her sein. Ich meine, zu der Zeit, als ich noch mit Paul unterwegs war. – Übrigens brauche ich den Paul morgen.«

»Paul Brakel?«

»Ja. Ich werde ihn gleich anrufen, wenn wir mit dem Essen fertig sind. Hoffentlich hat er noch die alte Nnummer.«

»Mach das«, nickte Becca, »aber um noch einmal auf die Fotos zurückzukommen: der weiße Streifen, das ist das Seltsame? Na ich weiß nicht, ich habe mir mehr darunter vorgestellt!« Sie wirkte ein wenig enttäuscht.

»Tut mir leid, Schatz. Ich finde es merkwürdig!« Ich nippte an meinem Glas und stand auf. »Den Paul werde ich besser jetzt anrufen, bevor es zu spät wird, was meinst du?«

»Okay. Chris, wenn du in dein Arbeitszimmer gehst, nimm bitte die Fotos wieder mit. Und diese zwei Teller bitte in die Geschirrspülmaschine!«

Endlich, gegen 21 Uhr hatte ich Glück. Es meldete sich Paul auf der anderen Seite der Leitung. Nach vielen Versuchen.

»Grüß dich, Paul«, flötete ich künstlich gutgelaunt, »hier ist Chris am Apparat, Chris van Heuvel!«

»Ach tatsächlich! – Hallo Chris«, Pauls Stimme klang irgendwie müde und überhaupt nicht erfreut, meine Stimme zu hören.

»Komm schon, Paul, dein alter Kumpel ist dran«, säuselte ich weiter, »ich wollte schon längst einmal mit dir reden!«

»Ich weiß, wer dran ist!«

»Das ist gut. Entschuldige bitte, wenn ich dich so einfach überfalle. Doch ich habe da so eine Sache und dafür brauche ich dich. Wenn du morgen vielleicht Zeit hättest, komm doch bitte gegen zehn Uhr in die Redaktion. Denn rate mal, wer heute angerufen hat!«

»Keine Ahnung. Und in die Redaktion kommen, nein danke. Da habe ich nun wirklich keinen Bock drauf!«

»Kann ich verstehen, Paul, ist auch okay. Aber ich brauche dich trotzdem. Gaz Togdor hat angerufen und will uns unbedingt sehen, uns beide!«

»Der durchgeknallte Typ von der Kirche? Geschenkt. Kein Bedarf!« Jetzt hörte sich Pauls Stimme nicht mehr müde, sondern eher schon verärgert an.

»Du musst aber kommen!«, drängelte ich weiter. »Wir wollen uns gegen elf Uhr in Rees treffen. Der Gaz klang ganz aufgeregt. Er faselte davon, dass sich eine neue Sachlage ergeben hat, bezüglich der '93er Angelegenheit, du weißt schon!«

»Und was soll das für eine Sachlage sein?«, fragte Paul.

»Gaz meinte nur, dass es mit dem Fund bei Louisendorf zu tun hätte. Mehr verriet er nicht!«

»Davon will ich nun wirklich nichts mehr hören. Ich dachte, das wäre klar!«

»Jaja, ich doch auch nicht. Aber anhören sollten wir ihn. Also, gib dir einen Ruck und komm. Kannst ja um zehn vor der Redaktion warten. Ich komme dann runter und wir fahren gemeinsam zum Treffpunkt.«

»Ich überlege es mir. Ich verspreche aber nichts.« Wortlos legte Paul auf und nur das Telefonsignal war noch zu hören.

Ob es richtig war, Paul damit zu kommen? Ich wusste es nicht. Da fiel mir Togdors Hinweis ein, *er habe etwas, was von mir sei*? Keine Ahnung, was er damit meinte, aber meine Neugierde war geweckt.

Mein Grübeln verflog, als ich Beccas Stimme vernahm: »Chris, komm endlich wieder ins Wohnzimmer. Ich möchte dir auch was zeigen. Während du im Fotoladen warst, habe ich mir im Kaufhof eine Kleinigkeit für drunter gekauft, um dich zu überraschen. Na, wie gefällt dir das?«

Mittwoch, 12. März 1997

Geschlagene zehn Minuten beobachtete ich bereits den Platz vor unserem Redaktionsgebäude durch das Fenster. Passanten, Käufer, Arbeitnehmer, Schulschwänzer, Politessen, jede Menge Leute da unterwegs, aber kein Paul Brakel.

Wim schüttelte nur den Kopf: »Überanstrenge deine Augen nicht, Paul wird nicht kommen«, spottete er, während er weiter an seiner Kolumne arbeitete. Sein Grinsen schien nicht mehr aufzuhören: »Trinke lieber deinen Kaffee, bevor er kalt wird. Kommst groß damit herein, stellst ihn ab, ohne einen Schluck zu nehmen und starrst nur aus dem Fenster. Er kommt nicht, glaube mir!«

Wir teilten uns diesen Arbeitsraum. Es gibt Schlimmeres, war ich mir sicher.

Entgegen der Gepflogenheit anderer Büros saßen wir uns nicht direkt gegenüber. Unsere Tische standen in respektablem Abstand zueinander.

»Oh doch, er kommt«, erwiderte ich selbstbewusst, »noch ehe der Kaffee lauwarm ist. Warte es nur ab!« Da ich meinen Kopf nicht Wim zuwandte, sah es aus, als redete ich auf das Fenster ein.

Wieder verglich ich die Zeit meiner Armbanduhr mit der der Wanduhr: beide zeigten genau 10.02 Uhr.

»Oh nein, er kommt nicht!«, Wim schaute immer noch nicht von seinem Computer hoch. »Wie wäre es mit einer Wette? Hey, traust du dich?«

»Die hättest du in diesem Augenblick verloren!«

Ich sah, wie Paul aus der Schlossstraße heraustrat, seinen Schritt verlangsamte und am Elsa-Brunnen stehen blieb. Suchend schaute er in die Runde.

Dass er nicht hoch in die Redaktion kommen würde, war mir klar. Also musste ich runter, denn sein Suchen galt mir.

»Paul ist da. Ich fahre mit ihm jetzt nach Rees, um Gaz Togdor zu treffen. Halt die Ohren steif, Wim!«

»Na dann viel Spaß!«

In der Tür drehte ich mich noch einmal auf dem Absatz um: »Eines noch: Zwei der Unfallaufnahmen von letzter Nacht sollten wir unbedingt untersuchen lassen. Es könnte sein, dass ich zufällig einen Kugelblitz mit auf den Film gebannt habe. Bis später!«

»Kugelblitz, ha!« Wim Graachten musste lachen, was ihm aber schnell verging, als er in Vorfreude auf einen extra Kaffee an meinen Tisch eilte und enttäuscht feststellen musste, dass dieser von mir längst getrunken und der Becher leer war. So ein Pech.

Schweigend saß Paul neben mir im Auto. Eine flüssige Konversation kam bislang nicht richtig zustande. Zumeist redete ich. Er nickte dann, hin und wieder kam ein kurzes Ja oder ein Nein.

Nun waren wir auf der Reeser Brücke.

Wir blickten durch die dicken Stahltrossen auf den Rhein, über den mächtige Schubschiffe und mittelgroße Tanker ihre Ladungen flussaufwärts beförderten. Weithin waren die donnernden Dieselmotoren zu hören.

Fasziniert von einem Containerschiff bemerkte Paul nicht, wie ich ihn betrachtete. Ich hatte ihn wirklich lange nicht mehr gesehen. Er sah schlecht aus. Sagen würde ich ihm das allerdings nicht.

Ich musste vor unserem Treffen mit Gaz Togdor noch einige Worte mit ihm wechseln, unbedingt. So stoppte ich kurzerhand den Wagen auf dem Seitenstreifen. Normalerweise sollte man auf dieser Brücke nicht so einfach halten. Im Moment war es mir egal.

»Warum bist du gekommen, Paul? Ehrlich gesagt habe ich nicht damit gerechnet«, startete ich meinen Gesprächsversuch, während ich den rückwärtigen Verkehr im Auge behielt. Ich ließ den Motor laufen.

Er drehte seinen Kopf und ich schaute ihm in die Augen, in müde und traurige Augen. Irgendwie erschien es mir, als wäre er seit damals richtig alt geworden, trotz seiner 34 Lenze.

»Ich weiß es nicht!«, flüsterte er mit brüchiger Stimme und schaute dabei auf seine schmutzigen Schuhe, »Ich weiß es wirklich nicht, keine Ahnung. Ich war auch ziemlich unschlüssig, bis heute Morgen!«

»Wenn du nicht willst, musst du nicht mit. Ich kann dich irgendwo absetzen und nach meinem Termin wieder mitnehmen. Du entscheidest!«

Paul nickte wieder einmal: »Nein nein! Ich will schon hören, was der alte Spinner zu sagen hat. Vielleicht will ich auch den Beweis, verstehst du. Einen Beweis, der mir sagt, dass ich doch nicht verrückt bin. Einen Beweis, der mir hilft, meine Frau zurückzubekommen und meinen Kindern wieder in die Augen schauen zu können!«

»Aber wenn sich das Treffen und der Beweis als Flop herausstellen?«

»Geht schon in Ordnung. Ich will mit«, Paul schaute mich an, »komm, fahr los, lassen wir den Mann nicht warten!«

Einen Augenblick später fädelte ich mich wieder in den fließenden Verkehr hinter einen roten Benz ein.

Erschrocken stieß ich Paul mit dem Ellenbogen an.

»Sieh mal da ...«, ich deutete mit dem Finger auf das Auto vor uns, »das Nummernschild! Es ist eine Heidelberger Nummer. Wenn mich nicht alles täuscht, ist der Fahrer vor uns kein geringerer als der alte Gaz Togdor.Wieso kommt er von dieser Rheinseite und nicht von der A3? Dass er immer noch den roten Benz fährt? Unglaublich!«

Wir näherten uns der Ampelkreuzung, von der aus es links nach Rees ging.

Es kam Gelb, ich bremste ab, Gaz Togdor nicht. Es wurde Rot, ich hielt, er nicht. Er steuerte seinen Benz in die Kreuzung, bog nach links ab und brauste mit unverminderter Geschwindigkeit auf die Kleinstadt zu.

»Der ist doch total bekloppt«, schüttelte Paul den Kopf.

»Oder er hat es eilig, uns zu treffen!«, schmunzelte ich. »Er hätte nur in den Rückspiegel schauen müssen.«

»Ich denke, er hat eher auf die Uhr geguckt und gesehen, dass es schon einige Minuten nach elf Uhr ist!«

Wir hatten Glück. Auf dem Parkplatz der ›Rheinterrassen‹ war nur noch ein Parkplatz frei – neben einem roten Mercedes.

Im Restaurant entdeckten wir unsere Verabredung sofort.

Obwohl der Parkplatz ziemlich voll stand, waren hier im Lokal überraschend wenig Gäste anwesend. Wir gingen an den Tischen vorbei, direkt auf Togdor zu. Diesen Mann würde ich immer wiedererkennen, auf hundert Meter oder mehr. Er war, wie immer, dunkel gekleidet und trug seinen großen Hut. Natürlich behielt er ihn auch hier auf. Genauso wie er seine schwarzen Handschuhe anbehielt, wie schon vor vier Jahren. Eine Ekzemerkrankung würde dieses notwendig machen, erklärte er damals. Besonders aber fiel mir der braune Aktenkoffer auf, der neben seinem Stuhl auf dem Boden stand.

Mit einem ›Hallo‹ streckte ich ihm meine Hand zur Begrüßung entgegen, während ich mich unwillkürlich umdrehte, da Togdor zum wiederholten Male und ganz auffällig an mir vorbei zur Tür blickte.

»Hallo, Herr Togdor, erwarten Sie weitere Gäste?«, fragte ich neugierig.

Nun bemerkte er mich: »Nein, nein mein Bester. Keine weiteren Gäste. Mir war so, als sei da jemand!« Er schüttelte mir die Hand und forderte uns auf, an seinem Tisch Platz zu nehmen.

Ein Kellner fragte uns höflich nach unseren Wünschen. Wir bestellten.

»Ich freue mich, Sie beide gesund zu sehen«, begann Togdor nun in seinem eigentümlichen Dialekt.

»Schon gut«, fiel Paul ihm ins Wort und es klang ein wenig genervt, »Chris sagte mir, Sie hätten Neuigkeiten für uns?«

»Neuigkeiten?«, Togdor schaute sich besorgt im Lokal um. »Neuigkeiten, und ob, aber nicht nur erfreuliche. Ob die 93er Vertuschung nun damit belegt werden kann oder nicht ist nebensächlich. Es geht um geheime Infos. Chris weiß, wovon ich spreche. Und diese haben irgendwie natürlich mit der 93er Geschichte zu tun!«

»Okay! Und was sind das für geheime Infos?«, bohrte Paul weiter. Ihm war offensichtlich nicht ganz wohl bei diesem Treffen.

Ich mischte mich ein: »Paul – lass den Mann doch erst mal seine Neuigkeiten mitteilen!«

»Ist schon recht«, entschuldigte sich Brakel, »aber ich habe wirklich keine Lust, mehr Zeit als nötig hier zu verbringen! Herr Togdor, sorry, reden Sie weiter!«

»Gut. Hören Sie zu: Ich weiß jetzt ...«, er machte eine kunstvolle Pause, sah abwechselnd Paul und dann mich an, »... ich glaube zu wissen, wo eines der geheimnisvollen Metallteile zu finden ist. Chris, Sie wissen was ich meine: die Teile, die Alois Grossard 1820 versteckte.«

»Oh bitte was? Metallische Teile? Was soll das in Teufels Namen jetzt sein?« Paul reagierte unwirsch.

»Ich verstehe Sie, Paul«, erwiderte Gaz, »so Herr van Heuvel Ihnen davon nichts erzählt hat, können Sie es nicht kennen. Aber, Herr Brakel, Sie sind doch mitgekommen, weil Sie Hoffnung hegen!«

»Hoffnung hegen?«, Paul schaute mich an. »Was meinen Sie denn damit?«

Togdor schaute erst ihn, dann mich an: »Aber sicher doch. Insgeheim hegen Sie beide doch die Hoffnung, es all jenen, von denen Sie damals wegen Ihrer Endmoränen-Geschichte ausgelacht wurden, zu zeigen, dass Sie recht hatten. Natürlich hatten Sie und Ihre Mitstreiter recht. Was hat bislang gefehlt? Ein klarer Beweis. Das Metallteil ist dieser Beweis. Dass auf seiner metallischen Oberfläche sehr bizarre Schriftzeichen, man könnte sagen fremdartige Zeichen, eingearbeitet sind ist das Eine, viel spannender ist aber seine eigenwillige Form. Diese entspricht exakt der der Dorfanlage Louisendorfs. Und dieses Objekt ist um viele Jahrhunderte, sogar um Jahrtausende älter als dieser Ort, glauben Sie mir!«

»Und Sie wissen, wo dieses Teil liegt?«, fragte Paul.

»Ja! Dank alter Aufzeichnungen. Ich werde es holen. Mit diesem Beweis komme ich anschließend zu Ihnen in die Redaktion, zu der Sie beide doch sicher wieder zurückfahren, oder?«

»Sollen wir Sie zum Versteck begleiten?«, fragte ich.

»Nein nein – auf keinen Fall«, war seine schnelle Antwort, »diese Aktion könnte gefährlich werden. Ich habe da ein ungutes Gefühl. Und niemand darf durch mich in Gefahr gebracht werden und Sie schon gar nicht. Verstehen Sie?«

»Was meinen sie mit ›Gefahr‹?«, unterbrach Paul.

»Fragen Sie Chris. Er kann Sie aufklären!«, wandte Togdor sich Paul zu. »Ich merke, dass weiter darüber zu reden erst Sinn hat, wenn ich das Objekt in Händen halte. In der Redaktion werden wir sicherlich weiter und in aller Ausführlichkeit miteinander die weitere Vorgehensweise besprechen. Sagen wir, gegen ein Uhr in Kleve. Okay! Dann fahre ich jetzt. Bis dann und auf Wiedersehen!«

Ohne seinen bestellten Kaffee auch nur angerührt zu haben, erhob er sich und verließ sichtlich nervös, aber beinahe tänzelnd das Café. Er drehte sich nicht einmal mehr um.

Dem Kellner deutete er beim Verlassen unmissverständlich an, dass die Rechnung von uns übernommen würde.

Paul drehte sich zu mir: »Sag, ist der schwul geworden? Wieso läuft und redet er so? Von vor vier Jahren habe ich ihn noch anders in Erinnerung!«

»Vielleicht ist der nur überdreht. Weiß ich, was der in der Zwischenzeit durchgemacht hat. Regierung, Militär, MAD, sie waren doch alle hinter ihm her. Vielleicht ist er ins Transvestitenmilieu abgetaucht, um sich besser verstecken zu können, was weiß ich!« Mir war sein tuntiger Tonfall schon am Telefon aufgefallen. 1993 sprach er noch nicht so.

Wir entschieden uns, noch zu bleiben und ein weiteres Kännchen Kaffee zu bestellen.

Da Paul auf der Fahrt nicht gerade redselig gewesen war, versuchte ich hier mein Glück, mehr über seine Situation zu erfahren.

»Erzähl mal, was machst du so?«, fragte ich ihn, während ich dem Kellner dankend zunickte, der soeben die leeren gegen zwei volle Kännchen ausgetauscht hatte. »Plötzlich warst du verschwunden, kamst nicht mehr zur Zeitung und telefonisch kam man auch nicht an dich heran. Ich hatte keine Ahnung, dass dir die damalige Sache so zugesetzt hatte. Oder gab es einen anderen Grund?«

Paul stützte sich mit den Ellenbogen auf den Tisch, faltete seine Hände, legte sein Kinn darauf und fixierte mich einige Sekunden lang. Dann holte er tief Luft: »Ich weiß bis heute nicht, wieso ich mich damals in diese Scheiß-Story habe reinziehen lassen. Was hatte ich mit den Verfolgungsbehörden zu tun bis dato? Meine Ehe war intakt, mein Job lief gut und plötzlich – alles aus!«

»Du hast dich reinziehen lassen, weil du ein investigativer Journalist bist oder zumindest warst. Du wolltest mitmachen, erinnere dich, du wolltest wie wir anderen auch ein Geheimnis lüften!« Ich trank meinen Kaffee. Meldete sich nun mein Gewissen, hätte ich mich mehr um ihn kümmern müssen? Ich wollte alles wissen und langsam öffnete er sich mir. Ich erfuhr so, dass er seit den '93er-Geschehnissen keinem festen Beruf mehr nachging und sich mit Gelegenheitsjobs über Wasser hielt, dass er seit seiner Scheidung in Goch eine kleinere Wohnung bewohnte.

Auch dass er eine Therapie abgebrochen hatte, aber keinerlei Alkoholprobleme hätte, wie er mir versicherte.

Als wir gegen 11.45 Uhr zurückfuhren, stand mein Entschluss fest, den Kontakt mit ihm zu halten. Irgendwie würde ich ihm helfen können, bestimmt!

Die Tür wurde aufgerissen.

»Chris, zum Chef, sofort!«, hörte Wim eine weibliche Stimme in perfektem Kommandoton hinter seinem Rücken rufen.

Wären da nicht die vielen Plakate an den mit Glasscheiben versehenen Trennwänden zum Flur hin angebracht worden, hätte Wim die stürmische Kollegin rechtzeitig kommen sehen. So bekam er doch einen gehörigen Schrecken.

»Bei Beatrix von den Niederlanden, bist du verrückt, Maria! Da stürzt doch vor Schreck gleich der Computer ab!« Der Holländer war sichtlich bemüht, nicht noch unhöflicher zu werden.

»Chris soll zum Chef kommen«, wiederholte die Sekretärin, »aber flott!«

»Chris ist nicht hier!«

»Dann entschuldige bitte die Störung, Herr Wilhelm Graachten aus den königlichen Niederlanden!«

Während Maria eingeschnappt die Tür hinter sich zuzog, machte sich Wim, weiterhin fluchend, wieder an die Arbeit. »›Wilhelm‹, die spinnt wohl«, schimpfte er vor sich hin, »wenn das jemand gehört hätte. Das ist nicht zu glauben!«

Eine Minute später öffnete sich abermals die Tür.

Dieses Mal betrat der Redaktionsleiter W.A. Smeets den Raum. Zwei Herren folgten ihm. Vor Wims Tisch blieben sie stehen.

»Herr Graachten«, begann Smeets und der Ton in seiner Stimme klang genervt, »diese beiden Herren haben sich als Mitarbeiter des Bundeskriminalamts Wiesbaden ausgewiesen. Sie haben einige Fragen an Sie!«

»Fragen? An mich, ja wieso denn?«, Wim guckte verwundert Smeets, dann die beiden Männer an: »Ich bin hier für den Sport und Lokales zuständig. Wirtschaft und Politik sind ein Büro weiter!«

Smeets reagierte beschwichtigend: »Ja ja, Herr Graachten, ich weiß, aber dennoch ...«, er wandte sich an die Beamten, »bitte sehr, meine Herren, fragen Sie!«

Die Männer stellten sich vor und zeigten gleichzeitig ihre Ausweise vor, steckten sie dabei aber so schnell wieder ein, dass Wim kaum etwas lesen konnte.

Er verschränkte seine Arme vor der Brust, lehnte sich in seinem Stuhl zurück, als würde gerade seine Mittagspause beginnen und fixierte die Männer.

»Herr Graachten, Sie sind Holländer?«, fragte der größere der beiden und baute sich vor Wim auf. Dieser konnte dennoch sehen, wie der zweite Mann kurz aus dem Fenster zur Schwanenburg hochschaute und sich dann am zweiten Arbeitsplatz im Zimmer zu schaffen machte.

»Hey, Sie da, ist das nicht verboten?«, reagierte Wim grantig. »Haben Sie einen Durchsuchungsschein oder wie das heißt?«

»Befehl! Das heißt bei uns in Deutschland Durchsuchungsbefehl!«, kam es arrogant zurück. »Okay, lassen wir das, es geht schließlich auch nicht um Sie. Wir möchten von Ihnen etwas über Herrn van Heuvel erfahren.«

»Über Chris? Tja, über den weiß ich so gut wie gar nichts. Warum fragen Sie ihn denn nicht selber?«

Der zweite Beamte kam heran, beugte sich zu Wim hinunter und flüsterte bissig: »Das werden wir auch noch. Darauf können Sie sich verlassen. Jetzt aber fragen wir Sie. Also denken Sie mal nach. Hat er in den letzten Tagen vielleicht merkwürdige Anrufe erhalten? Oder hat er sich möglicherweise mit jemandem treffen wollen, der Ihnen unbekannt war? Na, fällt Ihnen dazu etwas ein, Herr Graachten?«

»Lieber Mann! Hören Sie gut zu«, entgegnete Wim völlig gelassen, »es bringt unser Beruf mit sich, dass wir Leute treffen, die wir überhaupt nicht kennen und trotzdem ausfragen – aber so etwas kennen Sie ja. Das ist doch genau wie bei Ihnen, oder?«

»Sie wissen also nicht, wo Herr van Heuvel sich gerade aufhält?« Der Tonfall wurde leicht aggressiv.

»Keine Ahnung«, säuselte der Befragte geradezu provozierend, »nicht die geringste Ahnung. Ehrlich!«

Jetzt mischte sich Smeets ein, der bisher an der Wand lehnend alles mitangehört hatte: »Tut mir leid, meine Herren, aber, wie ich es Ihnen schon in meinem Büro gesagt habe, wenn es irgendwelche Informationen in dieser Richtung gibt, sind Sie die ersten, die es erfahren werden. Können wir Herrn Graachten jetzt weiter seine Arbeit tun lassen?« Er öffnete die Tür und mit einer schwungvollen Armbewegung komplimentierte er die BKA-Leute aus dem Raum. Der Redaktionsleiter ging als Letzter. Er drehte sich nochmals zu Wim um, der unverändert zurückgelehnt in seinem Stuhl saß, und zwinkerte ihm zu.

Wim schaute rüber zum verwaisten Arbeitsplatz und murmelte: »Junge Junge, Chris, auf was hast du dich denn da schon wieder eingelassen? BKA, na toll.«

Er schnappte sich seinen Kaffeebecher und ging ans Fenster. Unten auf der Straße eilten Menschen in ihre Mittagspause.

Wims Blick glitt hoch zum Turm der Schwanenburg, dem Wahrzeichen der Kreisstadt. Die goldene Uhr zeigte exakt 12.10 Uhr. Er musterte die grauen Wolken.

»Typischer Niederrheinhimmel«, murmelte er.

In diesem Moment betrat Smeets erneut das Büro und stellte sich neben Wim ans große Fenster.

»Sie können es nicht wissen, Herr Graachten, aber solche Typen hatten wir vor vier Jahren genügend hier. Und raten Sie mal, wen die Beamten damals sprechen wollten?

»Chris van Heuvel?«

Smeets nickte: »Genau!«

»Chris steckt doch nicht etwa in Schwierigkeiten?«

»Das würde ich gerne von Ihnen wissen. Woran arbeitet der Herr Kollege denn gerade, von dem ich nichts weiß?«

Wim druckste herum: »Da war nur so'n Anruf – gestern. Mehr nicht!«

»Hoffentlich nicht so ein Anruf wie vor vier Jahren«, zischte Smeets und ging kopfschüttelnd zur Tür hinaus.

Wim stand noch immer am Fenster und betrachtete die Wolken: »Ich werde noch herausbekommen, was 1993 los war. Wetten? Außerdem wollte Chris mich noch einweihen, bin gespannt, wann er das macht!«

Es war ganz und gar nicht mehr der Paul von vor vier Jahren. Jetzt, so kurz nach dem Wiedersehen, wollte ich ihn natürlich nicht bedrängen, ihn aushorchen oder einfach fragen, was los sei. Vielleicht würde er redseliger, wenn ich zu quatschen begänne. Ich versuchte es: »Du glaubst es nicht, Paul, aber ich vermute, dass ich vor kurzem einen Blitz bzw. einen Kugelblitz fotografiert habe. Verrückt, nicht?«

»Weißt du was?«, erwiderte Paul und es sah aus, als hätte er gar nicht gehört, was ich sagte. »Ich gehe mit hoch in die Redaktion!«

»Was? Oh ja, das finde ich gut«, nickte ich heftig und lächelte ihn an, »nach der langen Abstinenz dich mal zu zeigen bei den alten Kollegen ist eine gute Idee. Übrigens gibt es da oben einige neue Gesichter. Eines gehört zu Wim, mit dem ich jetzt zusammenarbeite. Ich denke, er gefällt dir!«

»Na sicher.« Paul schaute mich an. Auf seinem Gesicht zeigte sich ein kleines Lächeln.

»Was hältst du von dem Spinner aus Heidelberg?«, fragte er nach einer Weile.

»Was soll ich sagen. Wir werden ja sehen, ob er mit leeren Händen in die Redaktion kommt oder nicht!

Paul schüttelte den Kopf, lachte sogar: »Ja, ich erinnere mich an seinen Auftritt vor der Louisendorfer Kirche. Ganz schön abgedreht. Damals wie auch jetzt denke ich, dass er uns nur eine Menge Blödsinn erzählen wird!«

Nun wusste ich natürlich noch einiges mehr über diese Angelegenheit als Paul. Wir würden es ja sehen.

»Aha, neue PCs habt ihr bekommen, war auch nötig!«, bemerkte Paul, als wir ins Zimmer traten, wo er zuvor seinen Arbeitsplatz hatte. »Und die Tische stehen jetzt anders!«

Sonst hatte sich hier seit seinem Weggang nicht viel verändert. An seinem ehemaligen Tisch saß nun ein Unrasierter, der jetzt aufstand und auf uns zukam.

Mit einem ›Entschuldigung‹ Richtung Paul zog er mich beiseite. Sein Gesichtsausdruck war düster: »Chris, zwei Typen vom BKA waren beim Chef und dann hier. Sie wollten dich sprechen. Mittlerweile sind sie wieder fort, aber der Chef will dich sehen, sobald du wieder im Hause bist.«

»Ist in Ordnung«, sagte ich und hing meine Jacke an den Kleiderhaken neben der Tür, »ich werde nachher rübergehen!«

Paul war ans große Panoramafenster getreten, wo er auch früher oft gestanden hatte. Nur um einfach hinauszugucken, wie er dann immer gesagt hatte.

»Ich wette, Sie sind Paul Brakel? Richtig? Ich bin Wim, der Holländer. Markenzeichen: Drei-Tage-Bart, den ich hin und wieder schon mal sechs Tage trage. Ansonsten bin ich für den Sport zuständig und auch für Lokales. So, jetzt habe ich mich richtig vorgestellt. Freut mich, Sie kennenzulernen!« Er hielt ihm die Hand hin.

Paul schaute Wim in die Augen, ergriff die Hand.

»Mich auch«, erwiderte Paul.

»Ich weiß, dass sie beide sich von früher her kennen. Muss hart gewesen sein, mit einem wie dem Chris auskommen zu müssen, ha!«

Ich starrte auf die Tür: »Hey, wer hat das Poster von der Tür genommen? Wim, du warst das! Gib es zu.« Ich setzte einen leichten Boxschlag gegen seine Schulter: »Gouda, du weißt genau, das war mein Lieblingsposter!«

»Sachte, sachte, mein Freund«, grinste dieser, »wir wollten nur, dass wir zukünftig rechtzeitig sehen, wer zu uns kommt. Man kann nie wissen. Oder? Dein Poster liegt übrigens auf dem Schrank. Fotomensch, sag mal, was wollen die vom BKA eigentlich von dir?« Wenn Wim mich frotzeln wollte, nannte er mich immer ›Fotomensch‹. Dafür durfte ich bei entsprechendem Bedarf ›Gouda-Mann‹ sagen.

»Keine Ahnung. Haben die denn nichts angedeutet?« Ich tat gleichgültig, war innerlich doch beunruhigt. Nicht schon wieder BKA.

»Sie haben lediglich gefragt, ob du dich mit obskuren Typen triffst oder so.«

»Was für Typen meinten die denn? Mafia, Kriminelle, oder was?«

»Haben sie nicht gesagt!«

Paul kam auf mich zu: »Sicher wegen Gaz! Ist doch schon komisch, kaum taucht der Spinner auf, stehen auch schon die Schnüffler wieder auf der Matte!«

Ich bat Paul, an meinem Tisch Platz zu nehmen und hielt Ausschau nach sauberen Trinkbechern, die ich seitlich meiner Stapelablagen aufzubewahren pflegte.

Plötzlich stutzte ich. Mit einem Blick erkannte ich, dass das oberste meiner Unfallbilder aus der Ablage verschwunden war.

»Verdammt! Mein Kugelblitzfoto ist weg«, rief ich aufgeregt und kontrollierte die Restbilder.

»Hattest du die Fotos nicht gestern mit nach Hause genommen, um sie Becca zu zeigen?«, fragte Wim.

»Doch, schon. Aber heute Morgen habe ich sie wieder hier zu den anderen Fotos in die Ablage gelegt.«

Wim schüttelte den Kopf: »Ich habe sie nicht angerührt, bestimmt nicht!«

»Wie früher«, lachte Paul leicht amüsiert, »irgendetwas sucht man immer!«

Das Foto mit dem Kugelblitz blieb verschwunden.

Um mich zu beruhigen bot Wim mir einen Kaffee an.

»Oh Mist, der Zettel mit den Notizen bezüglich unseres Treffens mit Gaz ist auch verschwunden!« Ich merkte, wie nervös ich wurde. »Waren die BKA-Beamten auch an meinem Tisch?«

Wim, der mit drei Bechern Kaffee zurückkam, zog die Schultern hoch: »Kann ich nicht genau sagen. Einer der Beamten hat sich breit vor mir aufgebaut, sodass ich absolut nicht sehen konnte, was der andere Typ trieb. Sorry.«

»Ist schon okay, du kannst ja nichts dafür, vielleicht solltest du ja auch nichts sehen!« Ich brauchte jetzt dringend den Kaffee.

Paul war aufgestanden, hatte sich wieder ans Fenster gestellt und schaute suchend auf die vielen Leute unten auf der Straße: »Ich bin wirklich gespannt! Gleich haben wir ein Uhr. Dann wird sich zeigen ob Togdor kommt oder nicht!«

Fast gleichzeitig mit den zeitversetzten Ein-Uhr-Schlägen von Schwanenturm- und Wanduhr flog die Tür auf und ein Kollege mit einem Notizzettel in der Hand kam hereingestürmt.

»Es gab einen schweren Unfall in Pfalzdorf. Wer kann hinfahren?«, fragte er und hielt uns den Zettel wechselweise entgegen. »Hier die genaue Adresse. Wer macht es? Kommt schon, Jungs!«

Paul und ich schauten uns an, als hätten wir den gleichen Gedanken. »Hoffentlich nicht«, flüsterte ich ihm zu.

»Gib mir den Zettel, ich fahre hin und mach die Fotos. Wer schreibt?«

»Der, der fragt!«

»Alles klar!« Ich schnappte mir noch einen Block von Wims Tisch und ging zur Tür.

Paul löste sich vom Fenster: »Kann ich mit?«

»Klar. Dann also los.« Ich nahm meine Jacke wieder vom Haken und schon waren wir aus dem Büro.

»Seid vorsichtig, die Wetterfrösche sind sich immer noch nicht einig darüber, ob es Glatteis geben wird oder nicht«, rief uns Wim hinterher.

Diesmal war ich es, der unterwegs kein Wort sprach. Ich hatte eine böse Ahnung, versuchte aber, nicht dran zu denken. Was hatte Gaz Togdor mit ›sehr gefährlich‹ gemeint? Ich war mir sicher, Paul hegte ähnliche Gedanken.

Von der B9 Richtung Goch bogen wir links ab und überquerten die Bahngleise. Nach der nächsten Rechtskurve müssten wir da sein. Die Örtlichkeiten waren uns seit Jahren vertraut.

Schon sahen wir die blauen Leuchten von Feuerwehr, Notarzt- und Polizeiwagen.

Hundert Meter vor der Unfallstelle spannte sich quer über die Straße das obligatorische Absperrband der Polizei. An ein Weiterfahren war nicht mehr zu denken.

Ich parkte den Wagen am unbefestigten Straßenrand. Mit meiner Fotokamera eilten wir zum Unfallort.

Für alle Fälle hatte ich mir meinen Presseausweis an meine Jacke geheftet.

Wieder traf ich auf Polizeiobermeister Hermann Cramer. Dieser hatte alle Hände voll zu tun, die Neugierigen von der Unfallstelle fernzuhalten.

»Du hast wirklich immer das Pech, zur falschen Zeit Dienst zu haben. Hallo Hermann«, begrüßte ich ihn, »was ist hier passiert?«

Noch ehe er auf meine Frage antworten konnte, wurde ich von Paul angestoßen. Er deutete auf das demolierte Unfallauto, das schräg an der rechten Straßenseite in Fahrtrichtung zu uns stand, wie es aussah also gegen einen Baum auf der anderen Straßenseite gekracht war.

Wollte der Fahrer etwas oder jemandem ausweichen?

Es war ein rotes Fahrzeug, über dessen verbogenem Kennzeichenschild ein Mercedes-Stern schimmerte.

Oh, verdammt! Ein roter Benz, einer, wie ihn Gaz Togdor fuhr. Sollte sich meine Ahnung bestätigen?

Ich ließ Paul und Hermann stehen und rannte zum Rettungstransporter. Bevor die hintere Tür geschlossen wurde, schaffte ich noch einen Blick ins Innere. Tatsächlich: da lag der blutverschmierte Gaz Togdor. Intuitiv riss ich die Kamera hoch und schoss zwei Bilder, nicht für die Zeitung, für mich.

Der Notarzt kam und verriegelte die Hecktüren.

»Hey, Doc! Lebt er noch?«, ich spürte meinen Puls bis zum Hals.

»Er ist sehr schwer verletzt und nicht bei Bewusstsein, aber ja, er lebt!«

Ich eilte hinüber zum Mercedes, der einen Meter vom Baum weggezogen stand. Das hintere Nummernschild räumte die letzten Zweifel aus. Das Auto war ein einziges Wrack, die vordere linke Seite völlig eingedrückt.

Wäre ich mitgefahren, wie ich erst wollte, oh Gott! Die Scheiben waren zersplittert, das Lenkrad gebrochen. Überall Blut. Die Fahrertür stand angelehnt an der Eiche, die die Fahrt des Wagens so abrupt gestoppt hatte. Mit hydraulischem Schneidewerkzeug hatte die Feuerwehr den Fahrer aus dem Fahrzeug befreien müssen. Ich schaute mich um. Vorne, hinten, auf der gegenüberliegenden Seite, überall standen nur Bäume mit dünnen Stämmen. Ausgerechnet der dickste Baum dieser Straße musste es sein. Verrückt.

Schnell einige Aufnahmen.

Nachdem ein übereifriger Polizeibeamter meinen Presseausweis gesehen hatte, durfte ich weiter fotografieren.

Ich wollte von ihm die Unfallursache erfahren.

»Tja, keine Bremsspuren«, war die Antwort, »keine Spuren, die auf eine Kollision mit einem anderen Fahrzeug hinweisen!«

»Und Zeugen?«

»Bis jetzt hat sich niemand gemeldet, der was gesehen hat. Wir müssen warten, bis wir den Fahrer befragen können. Noch geht es nicht. Es sieht fast so aus, als habe er den Wagen bewusst auf diese Straßenseite gelenkt. Vielleicht ist er mit Absicht gegen den Baum gefahren!«

»Selbstmord? Bestimmt nicht. Oder haben Sie einen Brief gefunden? Glauben Sie, jemand kommt von so weit her, um sich hier das Leben zu nehmen? Schauen Sie die Kfz-Nummer ›HD‹ für Heidelberg!«

Der Polizist zuckte mit den Schultern: »Das wird sich alles klären lassen. Der Schwerverletzte kommt jetzt nach Kleve. Nach den Ermittlungen der Polizei und den Untersuchungen durch Kfz-Sachverständige werden wir wissen, wie es passierte, ob ein technischer Defekt vorlag oder nicht. So jung ist der Benz nun auch nicht mehr!«

Unwillkürlich dachte ich an den Unfall von Dienstagnacht. Auch die Fahrt endete keine zwei Kilometer von hier an einem Baum, ebenfalls ohne Bremsspuren bzw. ohne Fremdeinwirkung.

»Weiß man schon, wer der Verunglückte ist?«, stellte ich mich unwissend. »Hatte er irgendetwas Besonderes im Wagen?«

»Was Besonderes?«, stutzte der Beamte.

»Ich meine, Waren oder so. Vielleicht war er ein Warenvertreter aus Heidelberg, wollte hier alte Kunden besuchen!«

»Im Fahrzeug fanden wir nur seine Papiere, sonst nichts. So, ich habe noch zu tun!«

»Ist klar! Danke!« Ich begab mich nochmals zum Unglückswagen und spähte ins Innere des Trümmerhaufens. In der Tat, vom dunkelbraunen Aktenkoffer, den ich in Rees bemerkt hatte, war nichts zu sehen. Ebenso wenig war etwas von einem Teil, das man für einen Beweis halten könnte, zu erkennen. Dafür lag einer seiner schwarzen Handschuhe dort, wo einmal die Ablage war. Wieso trug er ihn nicht? Und wo befand sich der andere Handschuh? Der war nicht zu entdecken.

Paul kam langsam näher: »Und?«

»Was ›und‹?«

»Na, hatte er den Beweis schon geholt oder war er erst auf dem Weg dorthin?«, Paul schaute sich um, wollte sicher sein, dass uns niemand hören konnte.

»Keine Ahnung«, ich schüttelte den Kopf, »aber ein Unfall war das nie und nimmer. Komm, fahren wir, Fotos sind gemacht, Infos habe ich auch. Ich brauche jetzt unbedingt etwas für meinen Magen. Oder willst du dir den Wagen noch ansehen?«

»Nein, will ich nicht! Dass du jetzt essen kannst?«

»Nicht essen. Ich will einen Schnaps oder auch zwei. Und den Nachmittag nehme ich frei.«

Nun wurde der Unfallwagen auf ein Abschleppfahrzeug geladen. Eine letzte Aufnahme.

»Wiedersehen, Hermann!« Ich winkte dem Obermeister noch zu. Dann ging es zurück zum eigenen Wagen.

Leichter Nieselregen setzte ein.

»Hoffentlich wird es nicht doch noch glatt«, murmelte ich und startete den Wagen.

Paul reichte es für heute, er wollte nach Hause. Meinen Vorschlag, noch etwas zu reden, lehnte er ab. »Nicht heute«, meinte er.

So brachte ich ihn zu seinem Auto und versprach, mich bei ihm zu melden, sobald ich Neuigkeiten über den Unfall und Gaz Togdor hatte.

Wieder an meinem Schreibtisch brachte ich erste Notizen über den Unfall zu Papier. Wieder ein Nebenverdienst. Später folgte der Gang in die Dunkelkammer.

Nachdem ich die aktuellen Aufnahmen in Händen hatte, entschied ich, den Unfallort nochmals aufzusuchen. Vielleicht hatte ich etwas übersehen. Die Fotos nahm ich mit.

Außer Spuren am Unglücksbaum war nichts mehr zu sehen, was auf einen Unfall hindeutete. Das Trassenband der Polizei war weg und die Straße für den Verkehr wieder freigegeben. Der ganze Bereich war penibel gesäubert worden. Nicht der kleinste Glassplitter lag mehr auf dem regennassen Boden.

Aus dem Niesel wurde Regen.

Mitten auf der Motzfeldstraße stehend suchte ich nach Ursachen für den Unfall.

Die Straße verlief an dieser Stelle gerade und sie war auch breit genug, dass höchstens ein entgegenkommender Mähdrescher hätte Probleme machen können. Aber ein Mähdrescher um diese Jahreszeit? Es blieb für mich ein Rätsel, wie der Benz von Togdor auf die Gegenfahrbahn geraten konnte. Durch ausweichen oder durch abdrängen? Dass man dann in diesem Straßenabschnitt mit seinen eng stehenden Bäumen gegen einen von ihnen krachte, war unausweichlich. Keine Zeugen? Keine Bremsspuren? Beim nächtlichen Unfall auf der Uedemer Straße vermutete man, dass dem Fahrer ein Sekundenschlaf zum Verhängnis wurde. Sollte das hier auch der Fall gewesen sein? War Togdor übermüdet? Schließlich war er die ganze Nacht durchgefahren. Aber bei unserem Treffen in Rees wirkte er hellwach.

Ich ging um den Baum herum. Auf dieser Seite der Straße gab es keinen Radweg, vom Straßenrand aus wucherte hohes Gras bis zum Ackerrain. Zwischen den Bäumen wuchsen Sträucher. Ich passte nicht auf. Das Gras war nass und glatt, und ehe ich mich versah, rutschte ich ab und landete mit einem Fuß im Erdreich.

Hadernd mit der eigenen Ungeschicklichkeit und sauer über einen verdreckten Schuh rappelte ich mich wieder hoch. Da entdeckte ich drei Meter entfernt auf dem dunklen Acker einen schwarzen Handschuh. Auf einen zweiten dreckigen Schuh kam es jetzt auch nicht mehr an. Ich stapfte hin und nahm den Handschuh auf. Es war der zweite schwarze

Handschuh. Wieder stellte sich mir die Frage: Warum in aller Welt zog Gaz Togdor seine Handschuhe aus, ausgerechnet beim Autofahren?

Ich schaute schon eine ganze Weile aus dem Küchenfenster hinunter auf die Straße, ohne etwas konkret zu beobachten. Es war erst 18.20 Uhr und schon dämmerte es draußen. Ich schaltete die Lampe ein.

Einsetzender Regen prasselte gegen die Scheibe.

Dass Becca jeden Mittwoch nach Schalterschluss direkt zu ihrer Freundin Regina fuhr, um dann gemeinsam mit ihr beim Aerobic zu schwitzen, wusste ich. Meistens wurde es dann auch später.

Ich würde mit ihr über Gaz Togdor reden, wenn sie heute Abend kam. Mich interessierte, was sie von der Sache hielt. Ich nahm einen Schluck Bier aus der Flasche, die vor mir auf der Fensterbank stand.

Im Arbeitszimmer meldete sich mein Handy. Oh ja, ich hatte schon eins. Alle in der Redaktion waren mit diesem Nokia ausgestattet worden.

»Bitte heute keine Aufnahmen mehr«, bettelte ich und verließ meinen Platz am Fenster.

Es war Smeets.

»Tach, van Heuvel! Sie sollten Ihren Hintern noch mal schleunigst ins Büro tragen. Heute Nachmittag erhielt ich äußerst interessante Neuigkeiten bezüglich des Unfalls in Pfalzdorf. Sie sind doch dort gewesen oder?« Redaktionsleiter W. A. Smeets klang sehr gestresst.

»Klar war ich da!«

»Hören Sie, im Wagen fand man auf einem Notizzettel im Handschuhfach Ihren Namen und die Anschrift eines Restaurants in Rees. Also, schwingen Sie die Hufe und kommen sie rüber. Ich gebe Ihnen eine halbe Stunde!«

Ach du Scheiße! Auch das noch. Na, der Redaktionsleiter wird sich freuen, von Gaz Togdor zu hören.

Paul, den ich informierte, wollte auch kommen.

Die leere Bierflasche kam zurück in den Kasten, das Licht wurde gelöscht und schon sprang ich die Treppen hinunter.

Minuten später parkte ich auf dem Großen Markt oberhalb unseres Zeitungsgebäudes und wartete. Hier hatten Paul und ich uns verabredet.

Ich beobachtete die vielen, durch den Regen hastenden Passanten. Immer mehr Autos verließen den Parkplatz. Die meisten Geschäfte hatten schon seit Minuten geschlossen. Zwei Gestalten weckten meine Aufmerksamkeit, die sich seelenruhig in einer Toreinfahrt unterhielten und denen der Regen offenbar überhaupt nichts auszumachen schien.

Mein Handy meldete sich.

Sagte jetzt Smeets die Besprechung ab oder Paul sein Kommen?

»Ja bitte?«

»Spreche ich mit Chris van Heuvel?«, meldete sich eine männliche Stimme.

»Ja, am Apparat. Wer spricht dort?«

»Mein Name ist Klaus Derrik. Ihre Mobilnummer habe ich gestern von Ihrer Redaktion bekommen, aber ich konnte erst jetzt anrufen!«

»Um was geht es?«

»Um die Energieblitze im Gocher Raum. Ich habe Nachforschungen betrieben und bin auf Zeitungsberichte von 1993 gestoßen, in denen Sie und ein Paul Brakel genannt wurden. Sie beide haben damals über die Blitze geschrieben. Die Nummer von Herrn Brakel konnte man mir nicht geben, Ihre wohl. Können wir uns darüber unterhalten?«

»Was haben Sie mit den Blitzen zu tun?«

»Ich habe vor Tagen welche auf einem Radarschirm gesehen, oben in Ostfriesland. Ich bin dort stationiert. Sagen Sie, passt es Ihnen heute Abend?«

Ich überlegte: Becca war nicht da, die Besprechung knabberte den Abend ohnehin schon an, warum nicht.

»Herr Derrik, kennen Sie das Lokal ›Zum Kurfürsten‹ in Kleve?«

»In der Kavariner Straße – kenne ich!«

»Okay, sagen wir halb neun. Vorher kann ich nicht!«

»Ich werde pünktlich sein. Danke!«

Ich hatte das Handy kaum ausgeschaltet, da tauchte neben mir auf dem freien Stellplatz ein Toyota auf. Ich erkannte Paul, der mir grinsend zuwinkte.

»Warum hast du so gegrinst im Auto?«, fragte ich, als wir Augenblicke später mit Schirmen ausgerüstet den Parkplatz überquerten.

»Oh, ich dachte nur an die vielen Einsätze, die wir oft von diesem Parkplatz aus starteten!«

Um einer Pfütze auszuweichen, musste ich einen Sprung zur Seite machen und stürzte beinahe auf den Kühler eines abgestellten Volvos.

Alles gutgegangen. Nichts passiert.

Wir wollten gerade in die Seitenstraße zur Redaktion einbiegen, da hielt ich inne und drehte mich intuitiv um: das Auto, irgendwie kam es mir bekannt vor!

»Eine schöne Bescherung haben wir da«, Redaktionsleiter Smeets konnte sich so herrlich ereifern, »van Heuvel, ich möchte nicht in Ihrer Haut stecken. Ich würde, verdammt nochmal, gerne wissen, wie Sie das erklären wollen?«

»Was hat die Polizei denn schon?«, konterte ich.

»Was die haben? Was die haben, fragen Sie?« Er musterte jeden Einzelnen im Raum und machte, wie immer bei solchen Auftritten, eine extra lange Pause.

Ich schaute in die Runde der Anwesenden. Anscheinend wollte Smeets die Sache nicht an die große Glocke hängen, sonst hätte er nicht nur diese kleine Truppe zusammengerufen. Er gestattete sogar Pauls Anwesenheit. Außer Paul waren noch Wim und Smeets Sekretärin im Raum.

»Meine Herren, wie Sie vielleicht wissen, war ich heute bei der Polizei. Es ging um den, na sagen wir mal, Selbsttötungsunfall, heute gegen Mittag in Pfalzdorf. Darüber, wie der Name eines Mitarbeiters unseres Blattes auf einen Zettel des Verunglückten gekommen sein könnte, reden wir gleich. Zunächst aber sollten Sie Folgendes erfahren: Noch im Notarztwagen ist der Verunglückte verstorben, ohne noch einmal die Besinnung zu erlangen. Laut Polizeibericht ergaben die Nachforschungen etwas ganz Interessantes: Der Tote existierte gar nicht! Ja, sie haben richtig gehört! Beim Versuch der Heidelberger Polizei, Hinterbliebenen, Einwohnermeldeamt und Kirchenamt der Stadt Mitteilung vom Tod des Verunglückten zu machen, stellten sie fest, dass dieser Mann dort völlig unbekannt ist. Wagenpapiere und sonstige Ausweise, die er besaß, müssen demnach allesamt gefälscht sein!«

Wieder folgte eine kleine Pause.

Nun kam er zu mir: »Herr van Heuvel, haben Sie eine Erklärung dafür, wie Sie auf den Zettel eines Niemand kommen?«

Paul und ich sahen uns an. Sollten wir ihn aufklären?

»Wurden Fingerabdrücke vom Toten gemacht und verglichen?«, fragte Wim.

»Weiß ich nicht. So etwas dauert ja auch seine Zeit. Das wissen Sie doch selbst.«

»Und was ist mit dem Unfallhergang? Weiß man da schon etwas mehr? Die Selbstmordtheorie ist ja hoffentlich nicht alles, was die haben«, warf Paul ein.

»Woher sind Sie sich denn so sicher, dass das kein Selbstmord war, wie die Polizei vermutet, na?« Wieder schaute Smeets uns nacheinander an.

»Herr van Heuvel, kann es sein, dass Sie diesen Herrn näher gekannt haben? Kann es sein, dass die BKA-Leute deswegen heute Vormittag hier im Büro waren? Ich habe nämlich eine weitere Überraschung für Sie: Ein Polizeibeamter hat ausgesagt, dass er sicher sei, diesen Mann schon einmal gesehen zu haben. Und raten sie mal, wann? Genau vor vier Jahren, 1993. Und in welchem Zusammenhang brauche ich wohl nicht näher zu erläutern!«

Wim guckte mich fragend an und zuckte mit den Schultern. Logisch, damals war er noch nicht im Team. Mich beschäftigte aber eine ganz andere Frage: »Was passiert denn nun mit dem Toten?«

»Der Tote wurde nach Duisburg in die Gerichtsmedizin gebracht. Vielleicht erfährt man dort mehr über die Identität des Mannes. Aber nun zu Ihrem Namen auf dem Zettel, Herr van Heuvel. Ihre Erklärung bitte!«

Ich stand auf und ging einige Schritte durch den Raum.

»Also, der Verunglückte hat mich gestern angerufen, um sich mal wieder mit mir zu treffen. Um über alte Zeiten zu reden, wie er sagte!«

»Alte Zeiten. Soso«, Smeets schaute mich an wie ein Studienrat seinen Kandidaten bei der mündlichen Prüfung, »van Heuvel! Wenn da wieder so'n Ding läuft wie 1993, will ich das vorher wissen.«

Ich nickte: »Okay, Chef!«

Smeets kam in Fahrt: »Wieso klingt ›okay Chef‹ in meinen Ohren wie ›du kannst mich mal‹! Hören Sie, die Sache ist nicht spaßig. Sie werden in Zusammenhang gebracht mit einem Toten, den es zu Lebzeiten anscheinend gar nicht gab. Wenn Sie wieder so eine schräge Sache abziehen wie vor vier Jahren, können Sie was erleben!«

Smeets wandte sich nun Paul zu: »Herr Brakel, ich hoffe für Sie, dass Sie da nicht auch noch mit drinstecken.«

»Ich weiß nicht, was genau Sie meinen, Herr Smeets?«

Dieser winkte ab: »Ist klar. Ich hab genug für heute. Das war's!« Smeets wollte scheinbar keine Diskussion zum Thema mehr.

Ich meinerseits verspürte kein Bedürfnis, über Gaz Togdor und den Grund seines Hierseins zu reden.

»Und man hat nichts Ungewöhnliches beim Toten im Wagen gefunden?«, wollte ich von Smeets wissen, während wir das Zimmer verließen.

»Nein. Mir ist davon nichts bekannt. Sollte man was gefunden haben?«, fragte er zurück.

»Ach, eigentlich nicht.«

Die Besprechung war gegen acht Uhr vorbei.

Als wir ins Freie traten, erzählte ich Paul und Wim von Klaus Derrik und dass ich deshalb noch ›Zum Kurfürsten‹ wollte. Ich fragte, ob auch sie noch Lust auf ein Bier hätten, was sie begeistert mit ›ja‹ beantworteten. Bis vor Jahren waren wir öfters dort eingekehrt. Wolfgang, der Wirt, würde Augen machen.

Als wir vom Parkplatz fuhren, fiel mir auf, dass auch der Volvo nicht mehr da war.

In der Gaststätte war nichts los. Wolfgang freute sich, uns zu sehen und führte uns zu unserem alten Stammplatz, dem Tisch in der hintersten Ecke.

Hier begannen wir schon bald über den tragischen wie mysteriösen Tod des Mannes aus Heidelberg zu diskutieren.

Nach kurzer Zeit, einem Bier und viel Wasser, was mich betraf, stand für uns plötzlich fest, dass wir der Sache auf den Grund gehen wollten, auch wenn wir dafür nochmals die leidigen '93er Vorfälle aufrollen müssten.

Zu meinem Erstaunen flammte bei Paul die alte Rechercheleidenschaft auf und Wim war ebenfalls interessiert dabei, als ich einige Auszüge aus den apokalyptischen Warnungen Gaz Togdors von 1993 erwähnte.

Nun, er hatte von den alten Geschehnissen ja auch nichts mitbekommen. Ja, vor vier Jahren waren Paul und ich ebenfalls voller Eifer, witterten eine gute Story, als wir die ›Entdeckung‹ machten. Später waren wir froh, mit heiler Haut aus der Sache herausgekommen zu sein. Paul hatte gar seine Arbeit quittiert und stürzte ziemlich ab.

Eine weitere Runde Bier, diesmal vom Wirt spendiert, fand den Weg zu unserem Tisch.

Wir waren wohl ein wenig laut mit der '93er Louisendorf-Affäre und ›wir-werden-das-jetzt-an-die-große-Glocke-hängen‹, sodass wir nicht gleich mitbekamen, wie sich ein junger Mann unserem Tisch näherte.

Ich saß mit dem Rücken zur Tür und sah ihn als letzter aus der Runde. Doch war mir sofort klar, dass es die Verabredung war: »Herr Derrik?«

»Ja. Sind Sie Herr van Heuvel?«

»Ja, der bin ich. Und an dieser Seite sitzt der Mann, dessen Nummer Sie nicht kriegen konnten: Paul Brakel, gegenüber ein guter Freund und Kollege: Herr Graachten!«

»Hallo, ich bin Klaus Derrik, wie der Kommissar aus dem Fernsehen, nur mit einfachem k!« Er wirkte ein wenig nervös, sicher, weil ich nicht alleine war.

»Und Sie haben Blitze im Gocher Raum gesehen? Und darüber wollen Sie mit mir reden?«, ich bot ihm einen Platz an unserem Tisch an, »Setzen Sie sich, wir alle drei sind in dem Thema drin. Nur keine Scheu!«

Er setzte sich: »Okay! Danke!«

»Na, dann mal gleich zur Sache. Erzählen Sie!«

»Also, wie schon am Telefon gesagt bin ich bei der Luftwaffe in Aurich stationiert und habe da diese Beobachtung gemacht. Normalerweise rede ich nicht über dienstliche Dinge. Aber da sich das Militär anscheinend nicht dafür interessiert, kann ich drüber reden, denke ich, denn mich interessiert das schon!«

Wir drei schauten uns an.

»Was für Beobachtungen haben Sie denn gemacht?«, fragte Paul.

»Es ist wenige Tage her und ich hatte Nachtdienst im Bunker bei Aurich in Ostfriesland. Ich sitze also vor dem Radarschirm, als dieser plötzlich verrückt spielt.«

»Und? Was machte der?«, fragte ich.

»Er zeigte metallische Energiebündelungen an in Form wahrer Megablitze. Und der Ortung zufolge entstanden sie hier in der Gegend, genauer gesagt, in der Nähe des Tannenbuschs. Es waren zwei dieser metallhaltigen Megablitze. Das Besondere aber war, dass sie den Aufzeichnungen nach nicht vom Himmel in den Boden fuhren, sondern umgekehrt. Sie schienen aus dem Boden in den Himmel zu schießen!«

»Stimmt«, bestätigte ich. Dabei streckte ich dem jungen Mann meine Hand entgegen: »gut beobachtet. Sag einfach Chris zu mir!«

Schnell waren wir alle mit Klaus Derrik per du und stießen miteinander an. Ich konnte bald kein Wasser mehr sehen, aber ich musste noch fahren.

Derrik kam übrigens aus Goch. Da er sich für die Radartechnik interessierte, aber Uedem seit 1993 vorübergehend keinen Radarbetrieb mehr unterhielt, hatte er sich nach Aurich versetzen lassen. Nach und nach berichtete er uns alles, was er im Zusammenhang mit den Blitzen recherchiert hatte, und das war für uns äußerst interessant, auch die Tatsache, dass er mit einem Mann bekannt war, der als Soldat 1993 zur Sicherung des großen Sperrgebiets um Louisendorf abgestellt war. Diesen Mann wollte ich kennenlernen.

Als wir später die Kneipe verließen, hatten wir vier uns eines ganz fest vorgenommen: Mit den von uns gesammelten Unterlagen und Notizen von '93 würden wir der Bevölkerung am Niederrhein irgendwann die Wahrheit mitteilen über die massive Vertuschungsaktion von damals.

Gegen 22 Uhr betrat ich die Wohnung, Becca war noch nicht da. Damit hatte ich auch nicht gerechnet.

Nochmals weggehen wollte ich nicht und so holte ich mir eine Flasche Roten aus dem Vorratsraum. Das viele Wasser in der Kneipe hatte wirklich gereicht.

Aber ich hatte einen klaren Kopf, durch den jetzt so mancherlei Gedanken rasten. Mann, hatten wir uns in der letzten Stunde aufgeputscht. Bei allem neuerlichen Tatendrang musste ich aber immer wieder an Gaz Togdor denken. Sollte es wirklich ein normaler Unfall gewesen sein? Ich grübelte und arbeitete gleichzeitig mit dem Korkenzieher.

Wieso waren keine Zeugen aufzutreiben? Warum schloss man die Beteiligung eines anderen Fahrzeuges rigoros aus? Nur weil sich weder Brems- noch andere Spuren fanden, die auf mögliche Fremdeinwirkungen hinwiesen? Es war genau wie damals, als Paul mit meinem Wagen verunglückte. Dass der damalige Unfall keine zwei Kilometer von dieser Unfallstelle entfernt geschah, fiel mir erst jetzt auf. Ein Zufall?

Ich nippte an dem Roten.

Los jetzt, munterte ich mich auf, der angebrochene Abend kann noch was bringen.

Vier Ordner und einen Karton mit Fotos holte ich vom obersten Regal herunter. Im Karton befanden sich noch ganze 13 Aufnahmen, mehr hatte man mir damals nicht gelassen. Die Typen aus Bonn, oder wo immer die herkamen, hatten alles mitgenommen was ich 1993 fotografiert, recherchiert und gesammelt hatte.

Warum hatte ich damals nicht den Mut, trotz der Einschüchterungen der Militärs und trotz der eindringlichen Bitte Gaz Togdors um Stillschweigen in der Sache, alles der Öffentlichkeit mitzuteilen? Ich nippte wieder an meinem Weinglas. Vielleicht würde er dann noch am Leben sein. Verflucht! Jetzt war er tot. Ich stellte mir vor, Gaz hätte tatsächlich den Beweis gefunden. Oh Mann!

Ich nahm die Fotos zur Hand. Eine Aufnahme zeigte Paul und mich vor einem Bundeswehr-LKW, geknipst von Pauls Frau, Ex-Frau. Das handschriftliche Datum auf der Vorderseite war noch zu lesen: 23. Mai 1993.

Sie war so eine nette Frau. Im Mai '93 müsste sie gerade mit dem zweiten Kind schwanger gewesen sein. Schade, dass sie und Paul sich getrennt hatten. Wie konnte es soweit kommen?

Ich schenkte mir nach. Der Wein war gut.

Ich begann mich zu erinnern, wie alles angefangen hatte. Eigentlich fing der ganze Schlamassel noch viel früher an, wahrscheinlich schon während der letzten großen Eiszeit. So jedenfalls sagte es ein Geologe damals bei unseren Recherchen.

Eine der Mappen vom Regal trug die Aufschrift: Abiturfest 1983.

Hatten die Wichtigtuer den doch glatt übersehen. Innerliches Frohlocken. Die Ordner mit den Aufschriften: 1991, 1992, 1993 hatten sie komplett mitgehen lassen.

Dass ich aber alle Notizen zu den Vorfällen '93, nachdem ich sie kopiert hatte, nicht wegwarf, sondern in eine nur halb gefüllte Mappe hinter alte Schulunterlagen heftete, konnte keiner wissen. Meine Laune stieg.

Ich schlug die Mappe *Abiturfest '83* auf.

Langsam glitten die abgehefteten Blätter, manchmal auch nur Papierfetzen, durch meine Finger – und jedes dieser Papiere bildete einen Mosaikstein. Das meiste in diesem Ordner war noch von Paul. Paul war schließlich der Reporter, während ich die Aufnahmen machte.

Ich nahm das Glas in die Hand und lehnte mich zurück.

Paul Brakel war schon ein guter Journalist. Er wäre ganz sicher noch aufgestiegen. Doch diese '93er Geschichte bremste seine Karriere. Dafür hatten andere gesorgt. Mensch, Paul, das kriegen wir wieder hin.

Ein Schlüssel drehte sich leise im Türschloss und Sekunden später stand Becca in der Tür des Arbeitszimmers, die Sporttasche lässig über die Schulter gehängt: »Magst du es neuerdings mystisch, mein Schatz?«, fragte sie lächelnd und gab mir einen Kuss.

Erst jetzt bemerkte ich, dass nur im Arbeitszimmer Licht brannte und im Flur. Das aber hatte Becca beim Eintreten eingeschaltet.

»Na klar«, konterte ich lächelnd, »und wenn du einmal heimkommst und es ist alles hell erleuchtet, weißt du genau: Es muss ein Fremder in der Wohnung sein!«

»Bitte, aber nur ein Netter wie du«, lächelte Becca.

»Wie war euer Training?«

»Super! Heute haben wir ausgiebig mit der Stepbank gearbeitet. War wirklich heftig, richtig anstrengend!«

Sie ging ins Badezimmer und packte ihre Sporttasche aus.

»Chris, hast du schon zu Abend gegessen? Ich jedenfalls habe richtig Hunger«, hörte ich sie aus dem Nebenraum.

Jetzt wurde mir klar, dass ich eine 3/4 Flasche Wein geleert, aber überhaupt noch nichts gegessen hatte: »Nein. Habe ich nicht. Soll ich was vom Italiener holen?«

»Oh, ja bitte! Ich hätte gerne einen richtig großen Salat. Aber meinst du, die haben noch auf?«

»Salvatore bestimmt!«

Die Pizzeria erreichte man bequem in fünf Minuten zu Fuß. Der Wein ließ Autofahren ohnehin nicht zu.

Salvatore begrüßte mich auf seine typisch herzliche Art. Obwohl schon spät, war es noch voll und ich musste ein wenig warten. Machte nichts.

Eine halbe Stunde später stand ich wieder vor der Haustür mit den Leckereien von Salvatore.

Noch während ich mit dem Schlüssel hantierte, fiel mein Blick auf den dunkelgrünen Volvo mit Nürnberger Kennzeichen. Auf der rechten Kühlerhaube hatte er einen dunklen Flecken, mehr eine Verschmutzung. Kannte ich den Wagen nicht? Hatte der nicht auf dem Parkplatz nahe der Redaktion gestanden? War es nicht der Wagen, auf dem ich mich abstützte, um einen Sturz zu vermeiden?

»Becca, sieh mal vorsichtig aus dem Fenster. Siehst du den dunkelgrünen Volvo da unten? Stand er schon da, als du vom Training kamst?«

Sie ging zum Fenster. »Welcher Volvo?«, fragte sie. »Chris, dort steht kein Volvo.«

Tatsächlich. Der Wagen war nicht mehr da. Auch gut!

Während Becca den Tisch für unser italienisches Galadiner herrichtete, lugte ich immer wieder aus dem Fenster. Der Volvo tauchte nicht mehr auf.

»Becca, du erinnerst dich doch an Gaz Togdor, den Typen aus Heidelberg, von dem ich dir erzählt habe?«

Becca nickte. »Was ist mit ihm? Sag nicht, der ist hier wieder aufgekreuzt!«

Ich setzte die Gabel ab und schaute sie an. »Gaz Togdor ist tot. Ein Verkehrsunfall. Und heute Vormittag saßen wir noch zusammen in einem Reeser Restaurant.«

»Togdor ist tot? Oh, wie schrecklich. Was ist passiert? Er war also hier! Deinetwegen?«

»Ich glaube ja! Aber komm, Becca, lass uns erst essen, bevor alles kalt wird, ja? Wenn du möchtest, erzähle ich dir anschließend, weshalb er mich gestern angerufen hat.«

Plötzlich hatte ich keinen rechten Appetit mehr. Lustlos schob ich den Rest der Pizza auf dem Teller hin und her.

Die Sache mit Gaz ging mir doch mehr auf den Magen, als ich mir eingestehen wollte.

Nachdem ich Becca von dem Treffen in Rees, von Togdors Unfall, von den BKA-Leuten, vom Anschiss durch Smeets und unserer anschließenden Kneipendiskussion erzählt hatte, wurde sie seltsam ruhig, wirkte fast besorgt.

»Und die Polizei behauptet, der Mann existiere gar nicht?«, schüttelte sie ungläubig den Kopf.

»Richtig. Sie sagen, es gibt weder urkundliche noch polizeiliche Hinweise auf seine Herkunft oder Existenz!«

»Und wenn Gaz Togdor nicht sein richtiger Name war?«, fragte Becca: »Kann doch sein!«

Wir redeten noch lange über den Unfall bzw. Nicht-Unfall und was hinter dem plötzlichen Auftauchen von Togdor noch stecken könnte. War es wirklich nur das Auffinden des Beweises?

Weit nach Mitternacht, Becca schlief längst neben mir im Bett, lag ich wach und konnte nicht verhindern, dass mir diverse Dinge des '93er-Abenteuers durch den Kopf gingen.

Ich schaute rüber zu Becca; obwohl ich sie der Dunkelheit wegen nicht sehen konnte, hatte ich ihr Gesicht vor mir. Sollte ich hier in Kleve, in unmittelbarer Nähe der Endmoräne wohnen bleiben oder Gaz Togdors Rat von vor vier Jahren befolgen und abhauen? Ich war mir nicht sicher. Von Togdors erwähnter 18-Jahre-Frist waren erst vier herum. Bis dahin war es noch weit. Ich würde mit Becca reden. Sie sollte mit entscheiden, ob sie bzw. wir hier bleiben oder nicht.

Schließlich fielen auch mir die Augen zu. Die Leuchtziffern des Weckers zeigten 02.30 Uhr an.

Schmerzen an der linken Kopfseite rissen mich aus dem Schlaf. Ich öffnete die Augen und wieder blendete ein helles Licht durch ein ovales, vergittertes Fenster. Ich wollte Becca darauf aufmerksam machen, doch da war keine Becca, nur dunkler Holzboden und ein Teddy saß seitlich des Fensters. Dann hörte ich Stimmen von außerhalb, stand wie im Tran auf, schritt wackelig eine Treppe mit viel zu hohem Geländer hinunter und wollte die hölzerne Doppeltür öffnen, um nachzusehen. Da stellte sich ein riesiger Mann vor die Tür und mir wurde klar, dass ich ein Kind war.

Ich schnellte hoch, saß im Bett. Kein gleißendes Licht mehr, Becca lag schlafend neben mir. Da war mir klar – dieser Traum war gar keiner. Aber was dann?

Donnerstag, 13. März 1997

An der Wohnungstür wurde zum dritten Male geläutet.

»Oh, wirklich klasse. Ausgerechnet jetzt!« Ich wischte mir den Schaum aus den Augen und blinzelte durch den Spalt der Duschvorhänge. Jetzt, kurz nach zehn? Becca konnte nicht öffnen. Sie war längst aus dem Haus. Sie war es gewohnt, außer am Wochenende, morgens alleine zu frühstücken. Dagegen fiel mir das frühe Aufstehen seit jeher sehr schwer. Und an freien Tagen besonders – wie heute. Oder war heute nicht mein freier Tag? Wie auch immer, die Sekretärin vom Chef konnte das unmöglich sein. Die war ja noch nie hier.

Das penetrante Dauerklingeln hörte nicht auf.

Mit einem Handtuch um den Kopf und einem Badetuch um die Hüfte gewickelt, öffnete ich die Wohnungstür. Ich sah in das ungeduldige Gesicht einer Paketzustellerin, während ich gleichzeitig mit beiden Händen versuchte, das Rutschen des Badetuchs zu verhindern. Die Ungeduld wich einem Grinsen, als sie mich so hantierend tropfend in der Tür stehen sah. Unterm Arm hatte sie ein Paket.

»Hatte ich was bestellt?«

»Ich weiß es nicht!«, zog sie die Schultern hoch und hielt mir das Paket entgegen.

Ich hatte nichts bestellt, aber vielleicht Becca.

Wo stand die Anschrift? Zu meinem großen Erstaunen las ich meinen Namen in Großbuchstaben auf dem Packpapier. Also gut, für mich. Doch mit dem Namen oben links hatte ich absolut nicht gerechnet: Gaz Togdor, Heidelberg, kein Straßenname!

Die Botin stand in der Tür und schaute mich fragend an: »Nehmen Sie's an? Dann bitte quittieren!« Sie grinste noch heftiger und mir war klar warum: Ich musste eine Unterschrift leisten, doch wie. In der einen hielt ich das Paket, mit der anderen Hand hielt ich das Badetuch fest.

»Ich kann Ihnen helfen«, lächelte sie mich an, »soll ich das Paket halten oder das Badetuch?«

»Paket bitte«, lachte ich zurück, »dann geht's schon!«

Gemeinsam bekamen wir es hin und die Frau von der Post verabschiedete sich nun sichtlich besser gelaunt.

Mit dem Paket hastete ich in mein Arbeitszimmer und riss, ohne zu zögern, die Verpackung auf. Mein Badetuch glitt zu Boden.

Unter der Verpackung kam ein alter, dunkelbrauner, völlig verschlissener Aktenkoffer zum Vorschein. Auf dem Deckel prangten reliefartig zwei Buchstaben: GT.

Mir war sofort klar, was ich da vor mir hatte. Diesen Koffer kannte ich, obwohl ich ihn nur ein einziges Mal gesehen hatte: auf dem Boden neben Gaz Togdor bei unserem Treffen in Rees. Und nun hatte ich ihn.

»Was zum Teufel noch mal habe ich jetzt hier auf dem Tisch liegen?«, flüsterte ich zugegebenermaßen etwas aufgeregt. »Togdors Koffer. Nur ihn oder mit Inhalt? So wie er das Metallteil beschrieben hatte, könnte es in den Koffer zwar passen – aber dafür ist er zu leicht! Aber wieso hat er den Koffer bei der Post aufgegeben? Und wann? Ahnte Gaz, dass er in Gefahr war? Durfte dieser Koffer nicht in falsche Hände geraten?«

Fragen über Fragen gingen mir durch den Kopf. Verflixt, auf was lasse ich mich da wieder ein? Ich muss unbedingt Paul anrufen.

Ich hatte kein Glück. Paul meldete sich nicht.

Ob es sinnvoller war, Paul in Goch zu besuchen? Doch mit dem Koffer wollte ich jetzt nicht auf die Straße. Ich versuchte, cool zu bleiben und dachte nach. Sollte ich den Koffer öffnen? Womit, ich hatte keinen Schlüssel. Ich war verdammt nervös.

Jetzt erst bemerkte ich, dass ich nackt und mit einem Handtuch um den Kopf herumlief. Obwohl die Neugierde immer heftiger wurde, entschloss ich mich, den Koffer erst einmal im Schlafzimmer unter dem Bett zu verstecken. Reine Willenssache.

Nach beendeter Dusche, einer gründlichen Rasur und einem Superschnellkaffee versuchte ich abermals, Paul zu erreichen, und abermals kein Glück. Wer weiß, wie lange der Bursche diese Nacht unterwegs gewesen ist? Nun, dann werde ich den Koffer eben alleine öffnen und zwar jetzt sofort.

Ich holte ihn unter dem Bett hervor.

Doch wie sollte ich ihn öffnen, er war abgeschlossen.

Als ich in der Küche nach einem geeigneten Werkzeug suchte, klingelte es erneut an der Wohnungstür.

Ich äugte vorsichtig durch den Spion: Draußen stand jetzt der Briefträger. Ich kannte ihn. Wer lässt eigentlich unten die Haustür immer offen? Das passte mir gar nicht.

»Hallo, Herr van Heuvel! Ein Einschreibebrief für Sie!«, lispelte der Bote, als ich die Tür geöffnet hatte.

Ich nickte.

Auch dieser Brief hatte als Absender: Gaz Togdor. Abgestempelt war der Brief am Vortag in Rees.

Wahrscheinlich war Gaz erst zur Post gefahren, nachdem er sich in Rees von uns getrennt hatte. Ich wurde immer unruhiger. Die übrige Post interessierte mich im Augenblick nicht.

Warum, wusste ich nicht, aber ich ging vorsichtig zum Fenster und schaute durch die halb geöffneten Jalousien auf die Straße.

Der Volvo von gestern war nirgends zu entdecken.

Zurück im Schlafzimmer stand ich vor dem Koffer, der auf dem Bett lag, den Brief in der Hand, beides von Togdor.

Was hatte das alles nur zu bedeuten? Ich riss den Umschlag auf. Beim Herausholen des Briefes fiel ein kleiner, silbriger Schlüssel auf den Fußboden. Er sah aus wie ein Kofferschlüssel. Ich hob ihn auf, setzte mich auf die Bettkante und las den Brief. Schon der Briefkopf versetzte mich in Staunen. Demnach war Gaz Togdor Professor für Mythologische Geschichte in Heidelberg. Heidelberg wusste ich, aber dass er Professor war, nicht. Aber wieso kennt ihn dort niemand?

Werter Chris!

Vorweg: Bitte seien Sie vorsichtig. Gleich nach dem Lesen müssen Sie diesen Brief vernichten. Dass Sie ihn jetzt in Händen halten bedeutet, dass ich mich bei Ihnen nicht mehr melden kann, da ich wahrscheinlich nicht mehr lebe. Im Koffer befinden sich Münzen. Die sind für Sie, ebenso die alte Karte des Jülicher Raumes. Ich hoffe, Sie werden nicht darauf angewiesen sein. Die Münzen – es sind alte Joachimstaler von 1526 – können Sie verwenden, wofür auch immer, sie haben einen großen Wert – nur die drei als Kettenanhänger einseitig geprägten Taler mit dem angegebenen Prägejahr 1562 dürfen Sie auf keinen Fall aus den Händen geben. Sie sollten zumindest eine von ihnen ab sofort ständig um den Hals tragen, vor allem, wenn Sie sich im oder in der Nähe des Tannenbuschs aufhalten. Den Grund dafür und die Bedeutung dieser Münzen erfahren Sie noch. Dass wir die erwähnte Katastrophe verhindern können ist jetzt wahrscheinlicher als noch 1993, aber nur mit Ihrem Zutun. Wie ich getötet werde, weiß ich nicht, aber seit meinem Reiseantritt gestern in aller Frühe hatte ich immer das Gefühl, als folgte mir ein grünes Auto, und es war kein deutsches Fabrikat, glaube ich.

Bitte erinnern Sie sich an unser Gespräch vor vier Jahren in der Kirche. Schon damals deutete ich an, dass nicht nur die Behörden und das Militär über den Fund Bescheid wüssten, sondern dass es seit dem 16. Jahrhundert eine Gruppe gibt, die an dem Objekt im Boden der Gocher Heyde interessiert ist und wenig zimperlich vorgeht, wenn es um das Erreichen ihres Zieles geht. Einer von uns muss damals noch vor Ankunft der Pfälzer am Niederrhein die Seiten gewechselt haben. Also geben Sie gut acht auf sich.

Der Schlüssel, der sich neben diesem Schreiben im Kuvert befindet, gehört zum Koffer, der ebenfalls mit der Post zugestellt wurde oder noch wird. Auch befinden sich in dem Koffer Zettel mit verschlüsselten Hinweisen die Sie zu dem Ort führen, wo eines der metallischen Objekte 1820 versteckt wurde. Zudem befindet sich etwas sehr Bemerkenswertes in dem Koffer: Eine handschriftliche Aufzeichnung aus dem Jahre 1564. Wohl die Titelseite eines Buches. Lassen Sie sich überraschen!

Den gesamten Inhalt des Koffers müssen Sie aufheben bis zum Jahr 2011. Wenn Sie das Tagoon finden, sollten Sie, wie ich 1993 bereits sagte, den Niederrhein mit unbekanntem Ziel verlassen, natürlich mit Kofferinhalt und Tagoon. Die Militärs haben aus gutem Grund damals alles unter den Tisch gekehrt und seitdem ist es ruhig um die Sache geblieben. Das soll auch so bleiben. Sollte aber etwas an die Öffentlichkeit gelangen, wäre die Folge ein Ansturm auf die Region um Pfalzdorf, Louisendorf und den Tannenbusch. Wissenschaftler, Ufo-Freaks und noch mehr Militär würden hier auftauchen. Und wer weiß, möglicherweise würde auch die ominöse Gruppe hier in Erscheinung treten, wenn sie nicht bereits längst hier ist. Ach ja, unter dem Fahrersitz befindet sich eine spezielle Waffe, die auf seltsame Weise Menschen töten kann. Ich habe sie dort versteckt. Nehmen Sie die an sich, dass sie nicht in falsche Hände gerät. Sie wissen, wen ich damit meine. Gaz Togdor.

Langsam faltete ich den Brief zusammen und mir wurde mit einem Schlag bewusst, dass ich Teil eines Spiels geworden war und mich nicht würde heraushalten können, ob ich wollte oder nicht!

Dass es an der Tür klopfte, registrierte ich zunächst nicht. Als eine männliche Stimme rief: »Chris, bist du da?«, schaute ich erschrocken hoch.

Erneutes Poltern gegen die Tür, jetzt noch heftiger. »Hey, Junge, mach endlich auf. Ich bin es, Paul. Komm schon!«

»Jaja!« Ich erkannte Pauls Stimme und öffnete die Tür.

»Wieso machst du denn nicht los?«, fragte er auf typisch niederrheinisch. Im Arm hielt er eine große Brötchentüte: »Schon zweites Frühstück gehabt? Nein? Dann komme ich ja gerade recht, Kaffee besorgst du. Übrigens, die Schließvorrichtung an der Haustür ist defekt.« Mit diesen Worten lief er geradewegs in die Küche.

Defekt? Das gefiel mir nicht. Nach diesem Brief schon gar nicht. Ich würde mich darum kümmern, doch jetzt wollte Paul erst einmal mit mir frühstücken. Gute Idee, denn gegessen hatte ich auch noch nichts. Dabei war es schon viertel vor elf.

»Paul, ein zweites Frühstück ist eine super Idee und beim leckeren Marmeladenbrötchen werde ich dir einen Brief vorlesen, der sehr speziell ist!«

Der Sparkassenraum war dem Zeitgeist entsprechend als Großraumbüro gestaltet. Das Ambiente zeigte sich gediegen modern. Links waren die Schaltertresen und rechts sowie weiter hinten die Beratungsbereiche, zumeist bestehend aus nur einem Bürotisch mit Rollcontainer, einem Stuhl für den Mitarbeiter und zwei für Kundschaft. Hier wurden unter anderem die Anträge für kleinere und mittlere Kredite bearbeitet. An einem dieser Tische saß Becca. Noch, denn in Kürze würde ihr Arbeitsplatz im ersten Stock sein. Erste Karrierestufe.

Sie war mit einem Antrag beschäftigt, als plötzlich zwei dunkel gekleidete Herren vor ihrem Schreibtisch auftauchten und sich räusperten.

Sie schaute auf und bekam einen leichten Schreck. Hatte sie etwa einen Kundentermin verschwitzt?

Sie ließ sich nichts anmerken und begrüßte die Besucher: »Guten Tag, meine Herren. Was kann ich für Sie tun?« Dabei schaute sie ganz unauffällig auf die schwarz eingefasste Tischuhr, dann wieder auf ihren Timer, auf dem eine Menge Eintragungen niedergeschrieben waren.

»Frau Ubermayer? Rebecca Ubermayer?«, fragte der ältere von ihnen. Dabei fuchtelte er mit einer Dienstmarke vor ihrer Nase herum, um diese schnell wieder wegzustecken.

»Ja. Wenn's hier steht, wird es wohl stimmen«, erwiderte sie und zeigte dabei auf das Namensschild auf ihrem Tisch, »Sie sind doch nicht wirklich vom Militärischen Abschirmdienst, oder?«

Der Wortführer sah seinen Nebenmann an. Dieser lächelte: »Frau Ubermayer, kennen Sie einen Herrn van Heuvel?«

»Ja sicher, warum?«

»Wie lange kennen Sie diesen Herrn schon?«

Becca wurde etwas schnippischer: »Hat der einen Panzer fotografiert, oder was? Wer sind Sie eigentlich? Haben Sie auch Namen?«

Mit einer schnellen Bewegung kam der zweite Mann um den Tisch herum, stellte sich seitlich hinter Becca und zischte: »Hören Sie, gute Frau, die Fragen stellen wir. Wir hoffen, Sie kennen den Herrn Fotografen nicht zu gut. Sie wollen doch keine Unannehmlichkeiten bekommen, nicht wahr?«

»Alles in Ordnung, Frau Ubermayer?«, erkundigte sich ein Kollege vom Nachbartisch, der den Auftritt der beiden Männer beobachtet hatte.

»Doch – ja. Es ist alles okay. Danke.« Sichtlich erleichtert durch die angebotene Hilfe nickte sie ihrem Kollegen zu, »Die Herren wollten ohnehin gehen!«

Zum Glück kam in diesem Augenblick ein junges Paar heran, Beccas 11-Uhr-Termin.

»Wir werden auch Sie im Auge behalten«, rief der Ältere der beiden beim Hinausgehen, so laut, dass jeder im Schalterraum das mitbekommen konnte.

Becca war sichtlich erschrocken über diesen unfreundlichen Besuch. Aber vor ihren Kunden wollte sie sich nichts anmerken lassen. Sie rückte ihre Brille zurecht und begrüßte die jungen Leute.

Das Paar setzte sich nach dieser freundlichen Aufforderung auf die zwei bereitstehenden Stühle.

Ein anderer Kollege trat an Becca heran und reichte ihr einen Zettel, auf dem ein kurzer Text notiert war: *Hallo Becca! Zwei Typen waren heute Morgen im Fitnesscenter und fragten die Mitarbeiter über dich aus! Bitte rufe zurück. Gruß Regina.*

Sie starrte auf den Zettel.

»Ist was passiert?«, erkundigte sich der Kollege. »Eine Frau rief an. Als ich sagte, dass Sie gerade in einer Besprechung seien, bat sie mich, Ihnen anschließend diese kleine Notiz zu geben!«

»Das war nett von Ihnen. Danke schön.«

»Keine Ursache!«

Als der Kollege wieder fort war, bat sie das Paar um einige Minuten Geduld, weil sie einen dringenden Telefonanruf tätigen müsse.

Beccas Anruf erreichte mich, als ich gerade mit Paul über Togdors Brief diskutierte. Aufgeregt erzählte sie von den zwei angeblichen MAD-Männern, die sie besucht hatten und dass diese zuvor schon im Fitnesscenter bei ihrer Freundin gewesen waren.

»Schatz, hast du vielleicht drauf geachtet, welchen Wagen die fuhren?«

»Nein, das konnte ich nicht sehen. Aber warte mal, ich frage meinen Kollegen.«

Es vergingen nur Sekunden, als Beccas Stimme wieder erklang. »Chris, es war ein dunkler Wagen!«

Ich fiel ihr ins Wort: »Ein Volvo vielleicht und dunkelgrün?«

Einige Sekunden musste ich abermals warten.

»Nein. Es war ein BMW. Ein dunkelgrauer BMW«, sagte sie, »gibt es was Neues von Togdors Unfall?«

»Und ob, Becca! Du erinnerst dich, dass ich dir von dem Treffen mit Gaz Togdor in Rees erzählte. Auch dass sich in Togdors Besitz ein Koffer befand, der nach dem Unfall plötzlich aus dem Auto verschwunden war. Und du wirst nicht glauben, was heute Morgen vom Paketdienst gebracht wurde: der braune Koffer! Der Koffer, den Togdor in Rees bei sich hatte!«

»Der Koffer ist verschwunden und wieder aufgetaucht?«

»Und nicht nur der. Etwas später kam dann noch ein Brief, war wohl auch gestern noch aufgegeben worden, bevor das Unglück passierte. Und nun hör zu: laut diesem Brief rechnete er damit, dass er ums Leben kommen könnte. Er glaubte, dass ihm jemand seit Heidelberg gefolgt sei. Entweder wollten der oder die auch den Koffer oder aber man wollte verhindern, dass er etwas ausplaudert, z.B. mir gegenüber. Puhhh, hört sich ganz schön krass an, nicht? Übrigens, Gaz war angeblich ein Professor in Heidelberg!«

»Das ist wahrlich krass. Glaubst du, dass die aufdringlichen Männer, die mich gerade besucht haben, mit dahinterstecken?« Becca klang etwas besorgt.

»Weiß ich nicht«, versuchte ich zu beruhigen, »vielleicht ja – vielleicht nein, auf jeden Fall will ich mir heute Nachmittag den Benz von Gaz noch einmal anschauen. Er meinte, dort liege eine Waffe unter dem Fahrersitz. Der Wagen müsste bei der Polizei in Kleve stehen. Anschließend wollte ich dann noch nach Louisendorf, um einige Leute zu befragen!«

»Bist du denn wieder da, wenn ich heimkomme?«

»Ich denke schon. Also, ich bin fast davon überzeugt, dass Professor Togdor wegen der leidigen '93er Sache sterben musste. Ich habe ein richtig blödes Gefühl, das kannst du mir glauben! Nun kommt auch noch eine Waffe ins Spiel.«

»Schatz, pass auf dich auf. Wir sehen uns dann heute Abend, okay? Weißt du, dass unsere Haustür nicht richtig schließt? Als ich heute Morgen zur Arbeit ging, stand sie auf. Echt doof, nicht? Bis dann. Tschüs, Chris, Küsschen!«

Becca hatte aufgelegt.

Ihre Mittagspause, von halb eins bis halb drei, verbrachte sie zumeist mit Kollegen in der Stadt.

Ich schaute zu Paul rüber: »Hast du mitbekommen, dass wahrscheinlich die zwei Typen, die in der Redaktion waren, jetzt auch Becca am Arbeitsplatz belästigt haben?«

Er nickte: »Ich würde gerne wissen, hinter was die Typen tatsächlich her sind!«

»Glaub mir, das werden wir noch früh genug erfahren. Und? Was sagst du zu Togdors Brief? Echt spleenig, nicht, besonders die Sache mit der Waffe. Hast du eine im Unfallwagen gesehen? Ich nicht!«

Paul schüttelte den Kopf: »Ich auch nicht«, las dann nochmals einige Passagen – jetzt halblaut »*... folgte mir ein grünes Auto..!*«

»Stopp mal, Paul«, ich nahm ihm den Brief aus der Hand, las ein kurzes Stück und tippte mit dem Finger auf eine Zeile: »In der Tat. Er schreibt... *grünes Auto* ... und dann hier ... *kein deutsches Fabrikat* ... könnte ein Hinweis auf seinen Unfallgegner sein?«

»Tja, aber grüne ausländische Fahrzeugen gibt es in Hülle und Fülle« Paul zuckte mit den Schultern.

»Ja erinnerst du dich denn daran, wie nervös der Professor bei unserer Ankunft im Restaurant war? Dauernd schaute er zur Tür.« Ich schlug mit der Faust in die Hand, »Und jetzt wird es unheimlich, mein Bester. Hör zu. Einen dunkelgrünen Wagen habe ich bereits vor unserer Wohnung stehen sehen. Als ich gestern Abend vom Italiener kam, stand er keine zwanzig Meter von unserer Haustür entfernt. Und was war gestern, als wir noch mal zur Redaktion kommen mussten? Beinahe wäre ich bei dem Sauwetter doch auf ein Auto gestürzt und ich bin mir sicher, dieses Auto war auch ein dunkelgrüner Wagen, ich meine sogar: ein Volvo.« Ich tigerte hin und her, »Ich wusste, dass ich den Wagen kannte. Oh Mist! Paul, weißt du, was das bedeutet?«

Paul, der die ganze Zeit auf meinen Arbeitsstuhl sitzend zugehört hatte, nickte: »Tja, du wirst beschattet, ist doch klar! Erst der Professor, bei dem hat man nichts gefunden, und jetzt will man über dich an was auch immer, herankommen. Wahrscheinlich haben diese Schweine alle Telefonate des Professors abgehört, genau wie '93. Und jetzt rücken sie dir auf die Pelle. Prost Mahlzeit!«

Er stand auf, ging zum Fenster und spähte hinaus.

»Ja, Paul, so sehe ich das auch! Aber von Wiesbaden sind die nicht. Becca sagte, dass die MAD-Kerle, wenn es denn wirklich welche waren, einen dunklen BWM fuhren.«

»Wenn's Profis sind, wechseln die sicher ihre Fahrzeuge. Ist doch klar«, meinte Paul und klopfte mir auf die Schulter, während er sich vom Fenster abwandte.

Wir kannten diese Situation. Für Augenblicke war es totenstill im Raum. Bis Paul meinte: »Was soll's. Komm Chris, bange machen gilt nicht. Lass uns den Koffer untersuchen.« Mit dem Schlüssel aus dem Briefumschlag fingerte er an dem Koffer herum, der längst schon auf dem Schreibtisch im Arbeitszimmer lag.

Ich war mehr als erstaunt, von Paul solch eine forsche Jetzt-erst-recht-Einstellung zu hören. Aber eines war durch das Auftauchen der Typen auch klar: Der Professor hatte den Beweis nicht bei sich. Natürlich hieß das nicht, dass er das Objekt doch geholt und dann nur woanders versteckt hatte.

Mit Hilfe des Schlüssels hatte Paul den Koffer schnell geöffnet. Nun fing er an, den Inhalt herauszuholen und auf dem Tisch auszubreiten. Eine sehr alte Karte aus dem Jülicher Raum mit Teilen der Nordeifel erregte seine Aufmerksamkeit, aber noch mehr die fünf Joachimstaler von 1526, und die drei mit glatter, ungeprägter Rückseite von 1562, die mit Ketten zum Umhängen versehen waren.

»Scheiße, was mögen die wohl wert sein, sicher ein Vermögen. Und die sind für dich, wie es im Brief steht?«

»Tja, Paul, und ständig um den Hals tragen soll ich sie auch noch. Frage nicht, was da wieder hinter steckt. Aber das soll ich ja noch erfahren! Und warum drei unfertige Exemplare? Liegt es an dem Zahlenverdreher? Zufällig weiß ich, dass die Herstellung der Joachimstaler 1528 eingestellt wurde, die Zahl 1562 kann es also nicht geben. Damals sicher wertlose Fehlmünzen, aber heute haben sie gerade deshalb einen noch größeren Wert – Moment mal«, ich hielt eine dieser Münzen gegen das Fenster, »die Rückseiten sind nicht einfach glatt – eine feine Struktur befindet sich darauf. Sieht aus wie ein Raster aus sechseckigen Flächen. Hm, interessant ...!«

»Zeig mal her!« Paul beäugte die Rückseiten aller drei Fehldrucke. »Stimmt. Kann, aber muss nichts zu bedeuten haben!«

Während Paul sich wieder der alten Karte auf dem Fußboden zuwandte, durchstöberte ich die kleinen Innentaschen des Koffers.

Schreiber, Blocks, Visitenkarten mit einer Adresse in Heidelberg, sein Hochschulausweis, der ihn als Professor für Mythologische Geschichte auswies, kamen zum Vorschein. Von einer alten Buchseite keine Spur. Dafür waren da drei gelbe Notizzettel, Handschriftlich stand auf jedem Zettel nur ein Wort: HOFFNUNG ... EINTRACHT ... IMMANUEL, spontan sagten sie mir nichts!

»Hey, Paul, schau mal her. Sagen dir die Begriffe etwas?«

Paul verneinte und meinte seinerseits: »Ich habe hier auch was entdeckt. Jemand, wahrscheinlich Gaz Togdor, hat auf dieser historischen Karte einen Ort südlich von Jülich markiert: Hürtgen ist der Name. Wahrlich ein Kaff. Warum tat er das? Und dann all die Jahreszahlen mit Ortsangaben und Geschehnisse dahinter, hier z. B. Pest in Düren 1591 oder Plünderung des Klosters Schwarzenbroich 1650 ... nie gehört, was soll das?«

»Hürtgen? Hat der Professor bislang nicht erwähnt!«

»Der Typ war eben sehr eigen. In solch einer wertvollen Karte einfach herumzukritzeln und diese, wie einen gewöhnlichen Stadtplan zusammengefaltet, in einem Koffer zu transportieren«, bemerkte Paul, »so etwas gehört zusammengerollt in eine stabile Hülse oder besser noch, direkt in ein Museum!«

»Paul, was meinst du, sollen wir alle Beteiligten von 1993 noch einmal zusammenrufen, um jetzt mit zeitlichem Abstand und neuen Erkenntnissen über diese Sache zu reden?«

Er sah mich an und blickte dann auf den Koffer: »Wir können es versuchen«, nickte er, »Frage ist nur, wie viele kommen werden! Zudem empfiehlt Togdor in seinem Brief, die Füße besser still zu halten, um nicht die Falschen aufzuscheuchen!«

Von Bedburg-Hau aus Richtung Südosten bot die Landschaft sanfte Hügel und flache Ebenen.

Auf der Anhöhe der Endmoräne zwischen Goch, Kalkar und Kleve lag vor mir das beschauliche Louisendorf.

Mein Vorhaben war, Anwohner zu befragen, die nicht unmittelbar an der Uedemer Straße wohnten. Diese waren von der Polizei sicher schon längst besucht worden. Nein, ich wollte die besuchen, die ihr Häuschen etwas abseits hatten. So bog ich von besagter Straße links in einen der schmalen Wege ein, der unweit des Louisendorfer Ortskerns verlief.

Vor einem typisch niederrheinischen Hallenhaus erspähte ich einen grauhaarigen Mann, der sich an einigen Sträuchern seines Vorgartens zu schaffen machte. Genüsslich an seiner Pfeife ziehend, schaute er auf.

Ich stoppte, stellte den Motor ab und stieg aus.

Als der Alte mich auf sich zukommen sah, kam er mir bis ans Gartentor entgegen. Neugierig musterte er mich.

»Guten Tag«, begrüßte ich ihn, »mein Name ist Chris van Heuvel. Ich bin von der Zeitung und hätte ein paar Fragen an Sie, wenn's recht ist!«

»An mich?«, zeigte sich der etwa 70-Jährige sichtlich überrascht. Seine kleinen Augen blinzelten wachsam.

»Ja, an Sie! Darf ich Ihren Namen erfahren?«

Der Mann klopfte seine Pfeife auf dem Gartenpfosten aus und steckte sie in die Hosentasche: »Willi Graaff!«

»Ah ja! Herr Graaff, ich muss sagen, Sie wohnen hier sehr schön. Sehr ruhig und abseits des Verkehrs, wirklich beneidenswert!«

»Allerdings! Nun, was wollen Sie denn wissen?«

»Herr Graaff! Ich bin hier wegen des Unfalls von vorletzter Nacht. Ich würde gerne wissen, ob Sie etwas von dieser Sache mitbekommen haben. Sicher hat die Polizei Sie auch schon befragt, nehme ich mal an!«

»Mit wem sprichst du da, Willi?«, war plötzlich eine Frauenstimme aus dem Haus zu hören, »Ist das der Mann, der uns so merkwürdige Fragen zu Vesterhof gestellt hat? Sag nichts!«

»Nein, Maria! Dieser Herr ist von der Zeitung. Er will was über den Unfall wissen«, dabei wandte er sich wieder mir zu, »nicht wahr? Oder waren Sie beim Vesterhof?«

»Nein«, entgegnete ich und bohrte sofort weiter, »was war denn das für ein Mann, von dem Ihre Frau spricht und bei wem nochmal?«

»Bei Klaus Vesterhof. Es war gestern gegen Mittag. Ein Mann mit einem ganz merkwürdigen Namen hatte ihn aufgesucht. Was der wollte, müssen Sie Vesterhof schon selber fragen. Meine Frau und ich waren heute Vormittag noch kurz bei ihm und ich muss sagen, der Klaus war ganz schön durcheinander.«

»Ja, den Herrn Vesterhof kenne ich. Aber zu Ihnen: In der Nacht, als der Unfall war, ist Ihnen da etwas aufgefallen? Ich weiß, die Uedemer Straße ist ein Stück entfernt.« Ich kramte einen Stift samt Block aus der Jackentasche heraus.

»Nein, außer dass ich, es muss kurz vor dem Unfall gewesen sein, so etwas wie einen hellen Blitz durch die Rolladenritzen sah. Und etwas später noch einen. Wir waren an diesem Abend lange auf, um einen alten Rühmann-Film zu sehen. Ich wunderte mich über die Blitze, denn als ich vor die Tür trat, musste ich feststellen, dass es sternenklare Nacht war, von Gewitter keine Spur.«

»Kann es so eine Art Wetterleuchten gewesen sein?«

»Wetterleuchten? Ich weiß nicht. Es zuckte jeweils nur kurz. Und es war sehr hell.«

»Haben Sie der Polizei davon erzählt?«

»Habe ich nicht. Aber Sven Becker, der weiter vorne, direkt an der Uedemer Straße wohnt, tat das. Sven bekommt fast alle Unfälle mit. Aber sagen Sie, Herr van Heuvel, ist es nicht seltsam, dass die meisten der Unfälle auf dieser Straße zwischen Louisendorf und dem Tannenbusch geschehen?«

Ich steckte meine Schreibutensilien wieder ein: »Ach, ist das so?«

Graaff nickte.

»Interessant!«, murmelte ich, »Und wohnt der Herr Vesterhof noch über der ›Luisenwirtschaft‹?«

»Nein. Seit drei Jahren schon nicht mehr. Wenn Sie ihn besuchen, sagen Sie ruhig, ich hätte Sie geschickt.«

Graaff lehnte sich an den Gartenzaun und schaute zu, wie ich meinen Wagen bestieg.

Als ich zwei Minuten später vor dem Vesterhof-Haus hielt und in einiger Entfernung die ›Luisenwirtschaft‹ sah, kam die Erinnerung zurück. Von dort aus hatte ich schon einmal fotografiert. Als Vesterhof noch dort wohnte. Vielleicht erkennt Klaus Vesterhof mich wieder, auch wenn er schon sehr alt ist. Aber weiß er auch, wer ich bin? Wahrscheinlich würde es Klick machen, würde ich mich als Christopher Huth vorstellen. Aber das lasse ich mal besser.

Ich klingelte und die Tür öffnete sich.

»Guten Tag, Herr Vesterhof. Mein Name ist Chris van Heuvel, ich bin von der Zeitung. Ihr Nachbar, der Herr Graaff, schickt mich zu Ihnen«, ich setzte mein freundlichstes Gesicht auf, »er sagte, Sie hätten gestern ungewöhnlichen Besuch gehabt. Stimmt das?«

»Sie sind nicht von der Polizei?«, wollte er wissen.

»Nein, Herr Vesterhof, von der Klever Zeitung. Wenn Sie Zeitungsleser sind, haben Sie bestimmt schon viele Fotos von mir gesehen!«

»Ich kenne Sie doch!«, hüstelte der alte Pfälzer und forderte mich mit einer Handbewegung auf, mit ins Haus zu kommen.

»Sie kennen mich?«, fragte ich, als ich mich Augenblicke später im Wohnzimmer in einen Sessel setzte. Irritiertes Entsetzen!

»Aber sicher«, nickte er heftig, »als vor drei Monaten unser Feuerwehr-Löschzug ein großes Fest im Pfälzerheim abhielt, machten Sie doch die Fotos, stimmt's? Ich bin auch in der Feuerwehr, wenn auch nicht mehr aktiv. Warten Sie, ich hole uns ein Schnäpschen!«

Er ging an den Schrank, nahm zwei Gläser heraus und meinte: »Ich muss eben zum Kühlschrank. Wir wollen doch keinen warmen Schnaps, oder?«

Dass wir uns schon '93 begegnet waren, wusste er offenbar nicht mehr. Mein Blick ging durch die Wohnstube. Deutlich war die Heimatverbundenheit zu sehen. Wandteller und Sofakissen mit Sprüchen und Weisheiten aus der Heimat der Vorfahren. Bilder in verschiedenen Größen mit unterschiedlichen Rahmen zeigten alte Ansichten, aber auch Brauchtumsmotive und nicht zuletzt unzählige Ahnenfotos. Ich stand auf und betrachtete einige der vergilbten Fotografien. Unter vielen waren in sorgfältiger altdeutscher Schreibschrift diverse Texte und die Namen der jeweils Abgebildeten zu lesen.

»Interessieren Sie sich für die Geschichte der Pfälzer am Niederrhein?«, hörte ich plötzlich den alten Mann fragen, der in diesem Moment mit einer eisverkrusteten Flasche Birnengeist in der Hand die Stube betrat. Er schien mir überhaupt nicht so durcheinander, wie Graaff andeutete.

»Doch, schon«, nickte ich, aber da ich heute keine Lust auf Anekdoten hatte und ich außerdem noch Togdors Benz ansehen wollte, kam ich gleich zur Sache, »Herr Vesterhof, ich möchte gerne auf den Mann zu sprechen kommen, der gestern bei Ihnen war. Ist das in Ordnung?«

»Ja, doch, das ist in Ordnung!«

»Also, wer war er? Hatten Sie ihn schon mal gesehen?«

»Hören Sie, Herr van Heuvel, haben Sie schon mal so einen richtigen Schrecken bekommen? Nicht nur wie beim Ertönen einer plötzlichen Autohupe direkt hinter Ihnen. Nein. So, als würden Sie einen Geist sehen. Bestimmt nicht. Ich aber, gestern Morgen.« Er füllte beide Gläser mit dem Obstbrand. Dann kam er zu mir.

Ich stand immer noch bei der Ahnengalerie.

Vesterhof nahm eines der Bilder vom Haken und hielt es mir hin. Der schwarze Rahmen war an den Ecken mit silbernen Beschlägen verziert: »Schauen Sie es sich an!«

Verdammt! Diesen Rahmen hatte ich schon mal gesehen. Vor vier Jahren in Händen dieses Mannes an der Louisendorfer Kirche. Ich nahm das gerahmte Foto zur Hand und betrachtete es neugierig. Auf was wollte Vesterhof hinaus? Auf dem Schwarzweißfoto stand eine Gruppe Männer mit Frack und Zylinder. Flankiert wurden sie von Fahnen und allerlei flatternden Bändchen. Auf einem länglichen Schild über den Köpfen der Männer war nur eines groß genug geschrieben, um es auf dem Foto lesen zu können: 1920.

»Dies ist eine sehr alte Fotografie vom Gründungsjubiläum: 100 Jahre Louisendorf. War eine große Sache. Viele Vertreter aus Politik und Abgesandte der Kirche waren zur Gratulation gekommen. Schauen Sie mal hier«, dabei zeigte er auf einige der abgebildeten Personen, »der Mann links neben dem uniformierten Gratulanten von der Gocher Feuerwehr ist mein Großvater, und an seiner rechten Seite, dieser Mann hier ...«, Vesterhof hielt inne, »halt, Moment, ich habe ganz vergessen, ›Prost‹ zu sagen.« Er ging zum Tisch, reichte mir ein Glas, nahm sich das zweite und mit einem Prost tranken wir aus.

»Das tut gut, nicht? Altes Heimatrezept!« Er stellte sein Glas zurück auf den Tisch, nahm das Bild wieder an sich und zeigte erneut auf den Mann, der rechts neben seinem Großvater stand, »Also, dieser Mann hat mich gestern besucht, so wahr ich hier stehe. Und er sah keinen Tag älter aus als auf dem Foto.«

»Vielleicht ist da nur eine Ähnlichkeit, Herr Vesterhof!«

»Zuerst habe ich das ja auch gedacht. Aber der Besucher gestern hatte, nachdem ich ihn ins Haus ließ, direkt dieses Bild mit der Bemerkung von der Wand genommen, dass er es sei, der auf dieser Aufnahme neben meinem Großvater zu sehen ist. Und er nannte alle Namen der anwesenden Louisendorfer auf dem Bild.«

»Die hätte er nur abzulesen brauchen. Die Namen stehen doch drunter«, warf ich ein.

»Schon. War auch mein Gedanke«, konterte der Alte, »aber dann nannte er noch die Berufe dieser Personen und zudem die Mädchennamen einzelner Ehefrauen dieser Männer. Hier, dieser Mann ist der Besucher.« Klaus Vesterhof reichte mir das Bild abermals.

Ich sah mir den abgebildeten Mann, den Vesterhof meinte, genau an, und je länger ich mir dessen Gesicht ansah, desto mulmiger wurde es in meiner Magengegend. »Das ist Gaz Togdor«, flüsterte ich und blickte Vesterhof an, »das ist Professor Gaz Togdor. Das kann doch nicht sein?«

»Sie kennen den Mann auch?«, fragte dieser und zog seine Stirn in Falten.

»Allerdings«, stotterte ich, »aber das Foto ist über 75 Jahre alt, und der Professor, den ich kenne, müsste um die 50 sein. Aber 50 Jahre scheint er ja schon auf diesem Bild zu sein.« Ich war scheinbar sichtlich erschrocken, denn Vesterhof hatte direkt noch einmal eingeschenkt. Den brauchte ich jetzt auch.

»Warten Sie«, rief ich erregt, »was stehen denn für Namen drunter. Wollen doch mal sehen!«

Unter dem Mann, den ich für Gaz hielt, standen lediglich Initialen: GT. GT – wie auf dem Koffer, schoss es mir durch den Kopf.

»GT gleich Gaz Togdor!«, flüsterte ich und setzte mich langsam hin. Mein Gastgeber setzte sich ebenfalls.

Da denkst du, du kennst diesen Mann, und dabei hast du keine Ahnung, wer der Kerl eigentlich ist. Was er ist.

Ich drehte mich zu meinem Gastgeber: »Sie werden es nicht glauben, aber mit diesem Mann hatte ich gestern eine Verabredung. Er tischte mir eine Geschichte auf, in der ein Metallteil mit dem Namen Tagoon eine Rolle spielt. Ganz schön verrückt, der Kerl.«

»Das Tagoon?« Vesterhof sprang auf und lief hektisch durchs Zimmer.

»Sie kennen es? Dann wissen Sie, von welchem Objekt ich rede? Woher haben Sie den Namen des Teils?«, fragte ich.

»Herr van Heuvel, ob mir dieses Metallobjekt etwas sagt, fragen Sie?«, wiederholte er meine Frage: »Seit frühester Kindheit kenne ich es, habe den Namen seitdem in meinem Kopf. Mein Großvater erwähnte es einmal gegenüber meiner Großmutter. Sie dachten, ich schlief. Später kam meinem Großvater dieses Wort nie mehr über die Lippen!«

Sollte ich diesem Mann mehr über das Objekt erzählen? Vielleicht später. Ich wusste jetzt, dass es der Professor war, der den Alten gestern aufgesucht hatte. Doch was wollte er von Vesterhof?

»Was hat dieser Gaz Togdor eigentlich genau von Ihnen gewollt?«

»Er wollte wissen, ob ich Kenntnis davon hätte, dass meine Vorfahren bei der Einweihung der Ostkirche in Pfalzdorf, damals noch lutherische genannt, im Jahre 1779 zugegen waren! Wie sollte ich als Louisendorfer das denn heute noch wissen? Und dann fragte er nach meinen Nachkommen! Komische Frage, nicht!«, antwortete Vesterhof.

Ich schaute wieder auf das Bild.

»Ihr Großvater ist der Mann zwischen dem Feuerwehrabgesandten und Gaz Togdor?«

»Genau, Herr van Heuvel. Neben diesem GT steht mein Großvater auf dem Bild, da, wo Alois Grossard drunter steht!«

»Ja, ich sehe!«

»Meine Mutter, eine geborene Grossard, heiratete einen Vesterhof und ich heiße natürlich auch Vesterhof.«

»Und?«, fragte ich weiter, »konnten Sie dem Professor helfen?«

»Was meinen Sie?«

»Na, bezüglich Ihrer Nachkommen?« Auf diese Antwort war ich sehr gespannt.

Vesterhof schenkte sich noch einen Schnaps ein. Ich lehnte dankend ab.

»Zwei Söhne hatte ich und einen Enkel. Alle tot.« Hastig leerte er sein Glas.

Ich spürte sofort, dass er darüber wohl nicht gerne sprach: »Tragisch!«

»Eher mysteriös!«, erwiderte er. »Der ältere Sohn, Justus, starb bereits als ganz kleiner Junge. Victor, der Jüngere, tja, der verschwand Ende der 60er Jahre auf Nimmerwiedersehen im Tannenbusch, einfach so, genau einen Monat nachdem mein Enkel ebenfalls von dort nicht wiederkam! Klingt doch unheimlich, oder? Sie waren nicht die ersten, die dort in den letzten Jahrzehnten verschwunden sind. Dreimal wurden dort Leichen gefunden. Die anderen blieben einfach verschwunden. Vielleicht liegen sie dort begraben, denn schnell brachte man diese Vorfälle mit der nahe gelegenen Irrenanstalt in Verbindung, mit Taten möglicher Ausbrecher. Ich glaube, es ist der Busch selbst, der ein Geheimnis birgt. Aber sagen Sie das mal laut!«

»Demnach gibt es keine Nachkommen mehr?«

»Nun ja, Victor erzählte mal – kurz bevor er verschwand – dass er wohl einen zweiten Sohn gezeugt hätte mit einer verheiraten Frau, aber das weiß außer einem sehr alten Freund niemand!«, erzählte er weiter.

»Sie haben diesen zweiten Jungen nie kennengelernt?«

»Ich? Doch, einmal trafen wir aufeinander, 1970 an der Ostkirche, als er noch ein kleiner Bub war!«

Sollte ich ihm jetzt antworten? Besser nicht! An eine solche Begegnung kann ich mich jedenfalls nicht erinnern. Ich an der Ostkirche?

Ich stand auf, um zu gehen.

Eigentlich wollte ich hier in Louisendorf etwas über den nächtlichen Unfall erfahren – und dann dieser Knaller.

An der Tür bedankte ich mich für den leckeren Birnengeist und versprach, mit ihm in Verbindung zu bleiben.

Plötzlich stutzte ich. An der Wand im Flur hatte ich einen grauen Zinnteller entdeckt, auf dem mittig reliefartig eine Glocke abgebildet war mit dem halbkreisförmig darunter stehenden Namen Immanuel. Oberhalb der Glocke stand: Eingeweiht am Kirmestag Anno 1922.

Ich ging darauf zu.

»Das war einmal unsere Hauptglocke in der Elisabethkirche. Sie wurde 1945 zerstört. Der Kirchturm beherbergte sogar einmal drei Glocken, ja ja!«

»Hatten die auch Namen«, fragte ich voller Erwartung.

»Gewiss doch. Die zweitgrößte Glocke hieß Eintracht und die kleine Hoffnung!«

Ich fühlte mich wie elektrisiert. Waren das nicht die Namen aus Togdors Koffer?

Mit einem nochmaligen Dankeschön verließ ich das Haus.

Ich war schon ein paar Schritte entfernt, da rief Vesterhof hinter mir her: »Herr van Heuvel, ich glaube, den Togdor habe ich '93 schon einmal gesehen. An der Elisabethkirche, zusammen mit einem anderen Mann. Bestimmt war der das. Kommen Sie gut heim!«

Noch völlig benebelt, weniger vom Pfälzer Schnaps als von den Neuigkeiten über Gaz Togdor, über den Zinnteller im Flur und über Vesterhofs Meinung zum Menschen verschluckenden Tannenbusch, steuerte ich in Kleve jenen Platz an, auf dem alle Unfallautos von der Polizei abgestellt wurden, deren Untersuchung noch nicht abgeschlossen war.

Dem Beamten am Tor zeigte ich meinen Presseausweis und fragte nach dem roten Mercedes mit der Heidelberger Kfz-Nummer.

Ich war nicht wenig erstaunt, als ich erfuhr, dass sich nicht nur zwei Mitarbeiter einer übergeordneten Behörde schon am frühen Morgen für das Auto interessiert hatten, sondern dass schon gestern Nacht dieses Fahrzeug nach Vorlage amtlicher Papiere abgeholt worden war. Wohin? »Seltsamerweise gibt es da keine Notiz«, bemerkte der Beamte schulterzuckend.

»Verdammt merkwürdig das alles«, brummelte ich, verließ das Gelände. Auf nach Hause, einige Anrufe bezüglich unseres Treffens bei Paul mussten noch erledigt werden.

Ein Blick auf die Uhr: Es war halb vier. Becca wollte heute um fünf zu Hause sein. Also war noch Zeit.

Einen Kaffee trinken und dabei eine Kleinigkeit essen. Genau das hatte ich jetzt vor.

Im Kopf hatte ich meine Namensliste für Freitag fertig: Paul, Becca, Wim, Klaus Derrik und ich natürlich. Außerdem würde ich Hermann Cramer anrufen.

Polizeiobermeister Cramer hatte '93 auch einen heftig vor den Bug bekommen. Er war damals als erster an der Fundstelle und hatte alles von Anfang an mitbekommen. Verspottet hatte man ihn, als er erzählte, was er alles gesehen und gehört hatte. Vielleicht wusste er, welche Dienststellen damals was entschieden hatten bei dieser Sache. Er würde bestimmt dabei sein wollen.

Heute Abend würde ich mir Togdors Koffer nochmals ansehen. Sollte ich eine Notiz über den Verbleib des Objekts finden, würde ich noch morgen früh versuchen, das Teil zu holen. Ich hatte da so eine Ahnung. Wieso sprach Togdor immer nur vom Objekt, sagte nie Tagoon? Und wo war die erwähnte Aufzeichnung von 1564, die mich in Erstaunen versetzen sollte? Im Koffer habe ich sie nicht entdeckt.

Gleichzeitig trafen Becca und ich vor unserem Haus ein.

»Und sie haben dich nicht länger dabehalten wollen?«, scherzte ich.

»Sie wollten schon«, lachte sie, »aber der Tag heute reichte mir!«

Schnell überprüften wir die übrigen Parkbuchten vor unserem Haus und in unmittelbarer Umgebung, aber einen dunkelgrünen Volvo konnten wir nirgendwo entdecken.

»Die Luft ist rein, lieber Chris. Darum möchte ich jetzt einen dicken, fetten Kuss von dir!«

»Hier vor der Haustür?« Mein Gott, du hörst dich an wie ein Spießer, erwischte ich mich.

»Aber klar«, lachte Becca. Sie wusste genau, was sie wollte.

Freitag, 14. März 1997

Nachdem ich mir die Fototermine des Tages notiert hatte, verließ ich die Redaktion.

Wim bestätigte mir noch einmal, dass er beim abendlichen Meeting in Goch dabei sein würde. Zurückhaltender war dagegen Hermann Cramer, den ich gestern Abend noch angerufen hatte. Dann aber wollte er es sich auf jeden Fall zumindest einmal anhören. Da er heute einem Kollegen zuliebe dessen Frühschicht übernahm, war es für ihn auch zeitlich machbar.

Klaus Derrik erreichte ich über die Vermittlung der Gocher Reichswald-Kaserne. Er wollte sogar einen Bekannten mitbringen, einen interessierten Stabsoberfeldwebel, der in der Stabskompanie seinen Dienst versah.

Natürlich wollte auch Becca dabei sein. Erst recht, als sie die Story von Vesterhof und seinem seltsamen Besucher erfuhr. Ihr war klar, dass sie bei der Aufdeckung des Heyde-Geheimnisses mithelfen wollte.

Da mein erster Fototermin erst gegen vierzehn Uhr sein sollte, fuhr ich nach Hause, um den ominösen Koffer des Professors nochmals zu untersuchen.

Den ganzen gestrigen Abend hatten Becca und ich uns durch die Notizen und Bemerkungen gearbeitet. Erstaunliche Informationen traten zutage, darunter auch alte Sprüche und Sätze der Pfälzer. Einen Hinweis auf ein Versteck konnten wir jedoch nicht entdecken. Aber da waren die drei Zettel mit den drei Namen. Sollte vielleicht …?

Jetzt saß ich wieder an meinem Schreibtisch vor dem ausgebreiteten Kofferinhalt. Die Münzen hatte ich vor mir liegen. »Hinter euer Geheimnis werde ich noch kommen!«

Es war Abend geworden. Während es den ganzen Tag über trocken geblieben war, setzte nun gegen Abend der für den Niederrhein so typische Nieselregen ein.

Für das Zusammentreffen war alles vorbereitet. Paul war sehr aktiv gewesen.

Der Esstisch war ausgezogen und sechs Stühle standen drumherum gruppiert.

Vor einer Stunde hatte sich Wim gemeldet, der zwar Pauls Telefonnummer, aber nicht dessen Adresse kannte.

Kurz bevor ich zum Fototermin aufbrach, den man mir kurzfristig aufgebrummt hatte, rief ich Becca an, bat sie, mit ihrem Wagen abends nach Goch zu fahren und gab ihr Pauls Anschrift. Ich würde direkt dorthin kommen.

Pünktlich gegen acht standen zuerst Becca, fünf Minuten später Wim vor Pauls Tür und begehrten per Sprechanlage Einlass. Paul öffnete.

»Damit der Abend nicht ganz so trocken wird«, lachte Wim und hielt zwei Flaschen Wein in die Höhe, als er die obersten Treppenstufen erreichte.

In der Wohnung begrüßte er Becca. »Hey, alleine? Wo ist Chris?«

»Der kommt nach«, erwiderte Becca, als sie gemeinsam zum Besprechungstisch gingen, »er hat noch einen Fototermin!«

Sie sah sich um, betrachtete das Esszimmer dieser kleinen Zweieinhalbzimmerwohnung, das sehr schlicht eingerichtet war. Auffällig die vielen Bilder, die an den Wänden hingen und seine Frau und die beiden Kinder zeigten. Paul hatte diese Wohnung im dritten Stock eines schmucklosen Reihenhauses kurzfristig mieten können.

Unterdessen war Paul in die Küche geeilt und kam jetzt mit einer Schüssel Cracker zurück.

»Wir warten noch auf die Anderen, bevor wir den Wein öffnen, ist das okay?«, fragte Paul.

Wim und Becca nickten.

Erneut musste Paul zur Wohnungstür, weil es klingelte. Unten standen Klaus Derrik und ein zweiter Mann.

»Hallo«, begrüßte Klaus die Anwesenden, als er an den Tisch trat und dann auf seinen Begleiter deutete, »das ist Lars Mücker. Ich habe mit Chris über ihn gesprochen und dass ich ihn heute mitbringen würde. Lars kann uns einige sehr interessante Informationen über die Nacht des 23. auf den 24. Mai '93 geben. Chris jedenfalls war einverstanden, dass er dazukommt.«

Lars gab erst Becca, dann Paul und schließlich Wim die Hand: »Ich freue mich, dass ich mitkommen durfte. Mein Name ist Lars Mücker.

Ich bin Oberstabsfeldwebel in Goch, wohne gar nicht weit von hier, und hörte von Klaus, dass Sie sich mit einem ganz brisanten Thema beschäftigen. Übrigens, äh, nennt mich einfach Lars und das SIE würde ich auch gerne weglassen.« Er schaute fragend in die Runde.

»Einverstanden. Ich heiße Paul.«

»Ich bin Wim. Guten Abend, Lars.«

»Mein Name ist Becca. Ich bin Chris' Freundin. Hallo.« Sie lächelte Lars freundlich an und meinte: »Weißt du auch, auf was du dich da eigentlich einlässt?«

»Sicher. Ich weiß auch, dass es riskant werden könnte.«

Er hatte eine Aktenmappe dabei, die er vor sich auf den Tisch legte. Mittlerweile hatten alle Platz genommen.

Paul kam mit dem Korkenzieher.

»Außer Chris fehlt jetzt nur noch Hermann.«

»Hermann?«, fragten Becca und Wim wie aus einem Mund.

»Hermann Cramer, der Polizist. Becca, du müsstest den durch Chris eigentlich kennen, zumindest dem Namen nach«, bemerkte Paul, während er die erste Flasche Wein öffnete.

Becca kannte Hermann Cramer. Aber nicht nur über Chris. Hermann war einige Male bei ihr in der Sparkasse gewesen, um zusätzliches Geld für seinen Hausausbau zu bekommen. Leider konnte sie ihm damals nicht in dem Umfang helfen, wie er sich das wünschte. Natürlich wusste niemand der Anwesenden davon.

»Hoffentlich hat Chris ihm meine Adresse gegeben!«, murmelte Paul.

Wim fiel ihm fast ins Wort: »Hör mal, der Mann ist bei der Polizei. Wenn der nicht herausbekommt, wo du wohnst, na, dann weiß ich auch nicht!« Wieder verschwand ein Cracker in Wims Mund.

»Das ist bestimmt Chris oder Hermann«, hellte sich Pauls Gesicht auf, als er wieder zur Tür gerufen wurde.

Augenblicke später stand Hermann Cramer im Raum.

Er sieht ganz anders aus, wenn er nicht in Uniform ist, dachte Paul. Solange er bei der Zeitung gearbeitet hatte, war sein Kontakt zu ihm meistens beruflicher Art.

Paul stellte ihn den anderen vor und ohne große Mühe hatten sie auch hier das DU installiert.

Hermann setzte sich auf den letzten freien Stuhl, griff in die Innentasche seiner Jacke und zog einen Stapel zusammengefalteter Blätter heraus. Diese legte er auf dem Tisch vor sich hin.

»Auch ein Glas Wein?«, fragte Becca.

»Wenn ihr Bier im Haus habt, trink ich lieber ein Bier. Ein Alt wäre gut.«

Hermann bekam sein Alt.

»So, alle sind versammelt. Nur Chris fehlt noch«, bemerkte Paul, der für Hermann auch noch ein original Altglas gefunden hatte und dieses auf den Tisch stellte.

In diesem Augenblick setzte ein Sturm-Läuten an der Haustür ein.

Paul sprang hastig zur Wohnungstür, bediente den Türöffner und hörte, wie ich, immer drei Stufen nehmend, herauf hetzte.

Die versammelte Gesellschaft starrte mich an, als ich mich völlig außer Atem und tropfnass vom Nieselregen an den Türrahmen lehnte. In meiner Hand hielt ich ihnen ein in eine Decke gewickeltes rechteckiges Objekt entgegen. Ich schwang es hin und her und stammelte: »Dafür ist der Professor gestorben. Verflucht nochmal. Ich habe an seiner Stelle den Beweis gefunden, hört ihr?«

Ohne Rücksicht auf Pauls Teppichboden machte ich in meinen nassen Klamotten zwei Schritte nach vorne und legte die nasse Decke mitsamt Inhalt auf den Tisch.

Hermanns Glas wäre dabei fast umgekippt.

Ich schaute jedem Einzelnen schweigend in die Augen.

Keiner sagte ein Wort.

Ich schlug die Enden der Decke zurück, zog diese dann glatt und präsentierte das Objekt, für das der Professor wahrscheinlich hatte sterben müssen: »Bitte schön, liebe Anwesende, da ist es!«

Mit beiden Händen zeigte ich auf ein poliertes, futuristisch anmutendes Objekt, das eine Art Kreuz darstellte und in dessen Mitte eine kleine Pyramide herausragte, »Hier liegt der Beweis für den Schwindel der '93er Vorfälle!«

Paul bekam kaum Luft: »Ich werde verrückt. Mensch Chris, sag, wo hast du das her? Warum hast du denn nicht Bescheid gesagt, ich wäre doch mitgekommen!«

Alle standen auf und bestaunten den Fund.

»Weshalb ich es so geheim gemacht habe?« Ich wischte mit einem Zipfel der Decke über die kleine pyramidenähnliche Erhöhung, die in der Mitte des Teils herausragte, wo sich die vier Kreuzteile trafen. »Was Gaz passierte, als er den Beweis holen wollte, wissen wir, darum bin ich alleine gefahren!«

»War jemand hinter dir her?«, wollte Becca wissen.

»Ich habe niemanden bemerkt«, antwortete ich und schaute dann abermals in die Runde: »Becca, Wim, Paul, Hermann, Klaus und – äh – sorry, deinen Namen weiß ich nicht«, ich nickte Lars Mücker zu, »wir sollten jetzt sofort an die Arbeit gehen. Einen Namen habe ich auch schon für unser Vorhaben. Genau wie die Militärs '93 damals nennen wir es jetzt ebenfalls: PROJECT MORAINE!«

Wo genau ich es gefunden hatte, wollte ich erst einmal für mich behalten!

Es sollten drei aufregende und erkenntnisreiche Tage und Nächte auf uns zukommen. Und es würde vielleicht nicht ganz ungefährlich werden, dessen waren wir uns bewusst.

Brutal klar wurde uns das spätestens, als Wim vier Tage nach unserer Besprechung auf einer Tour nach Goch mit seinem Wagen im Straßengraben landete und noch an Ort und Stelle verstarb. Wir erfuhren es von Hermann Cramer, der zufällig in der Gegend dienstlich zu tun hatte. Der herbeigerufene Notarzt ging von einem plötzlichen Herzstillstand während der Fahrt aus. Selbst die herbeigerufene Kripo fand keinerlei Anhaltspunkte für ein Fremdverschulden.

Ob dieser tragische Unfall tatsächlich etwas mit unseren Nachforschungen zu tun hatte, vermochten wir letztendlich nicht zu klären. Wir waren seitdem jedenfalls noch mehr auf der Hut.

Eine Woche später hatten wir wirklich interessante Erkenntnisse beisammen. So erfuhren wir, dass die US-Soldaten seit etwa '76 aus Kalkar zurückgezogen wurden und die Radarstation Uedem noch im Jahre 1993 bis auf weiteres ihren Betrieb einstellte. Wussten die Amerikaner mehr als wir? Steckte die Skylab-Aufnahme von 1973 dahinter? War eine zuverlässige Radarüberwachung hier am unteren Niederrhein wegen der immer stärker auftretenden Signale aus dem Boden unmöglich geworden?

Antworten darauf bekamen wir vor Ort natürlich nicht.

Und Louisendorf selbst. Im Januar '93 musste plötzlich die alte Kaisereiche gefällt werden. Die einen sagten: Das Kernholz des Stammfußes sei morsch, die anderen meinten, es sei eine verkehrstechnische Entscheidung gewesen. Weshalb wollte der Kreis Kleve als obere Denkmalbehörde die Anlage Louisendorf 1993 gegen den Protest der Louisendorfer komplett unter Denkmalschutz stellen? Wie hatte noch Gaz Togdor nebenbei gesagt: Die Anlage durfte bis zum Jahre 2012 nicht verändert werden.

Auch der Tannenbusch war erst von der Obrigkeit und danach von der Kreisverwaltung zum ›unberührbaren‹ Areal bestimmt worden. Großwild lebte hier schon ewig nicht mehr. Was hatte es vertrieben?

Wir diskutierten ausgiebig darüber, ob alles nur Zufall sei oder nicht. Auf jeden Fall wollten wir es schriftlich dokumentieren.

Die Metall-Abschüsse, die Klaus Derrik in den Kontrollbüchern der Radarstation zeitlich nachgeprüft hatte, brachten uns auch nicht wirklich weiter.

Wir waren alle ziemlich frustriert. Sollten tatsächlich Togdors Informationen in der Louisendorfer Kirche von 1993 der Wahrheit entsprechen? Standen wir dem hilflos gegenüber. Und die Leute warnen? Vor was? Vor dem Jahr 2010 oder 2011 oder 2012?

Uns blieb nichts anderes übrig, als uns in unserem Alltag völlig normal zu verhalten und unseren Beschäftigungen nachzugehen.

Paul überlegte, ob er wieder für eine Zeitung schreiben sollte. Für welche, konnte er noch nicht sagen.

Ob ich wirklich verstecktes Wissen für die Rettung der Region und der hiesigen Menschen in mir hatte oder nicht – eine Eingebung diesbezüglich hatte ich jedenfalls noch nicht. Da Gaz Togdor wahrscheinlich tot war, konnte auch er mir da nicht mehr weiterhelfen. Mich meinem alten Großvater als Enkel vorzustellen, fehlte mir der Mut. Mit meiner Mutter würde ich über all das gerne noch einmal reden wollen, so die Zeit es erlaubte.

Aber da blieb eine latente Angst vor der fremden Gruppe. Wenn es sie gab, war sie jedenfalls noch nicht in Erscheinung getreten, glaubte ich zumindest. Dennoch wollte ich es auf eine Begegnung nicht ankommen lassen. Alleine schon Becca zuliebe. Oder war es insgeheim die Angst vor dem großen Knall?

Egal, wir hatten uns jedenfalls entschlossen, wegzugehen vom Niederrhein. Genauso, wie Togdor mir das schon 1993 geraten hatte. Da

Mutter sich nicht überreden ließ, mit uns zu kommen, würde ich sie rechtzeitig noch vor 2012 von dort wegholen. Unsere Freunde weihten wir ein in unseren Plan, von hier fortzuziehen. Wohin, teilten wir ihnen nicht mit, zu unserer und zu ihrer Sicherheit. Sie akzeptierten unseren Entschluss. Der Umzug war für den Mai geplant.

An meinen letzten Tag vor der Abreise kann ich mich noch gut erinnern. Ich war allein in der Wohnung und wartete auf ein Taxi, das mich zum Bahnhof bringen sollte.

Ihr glaubt nicht, wie sich eine Wohnung doch verändert, wenn sie so völlig leer geräumt ist. Unglaublich. Man gewinnt die Erkenntnis, dass selbst frisch gestrichene Wände verdammt schnell nachdunkeln. Viele helle Flächen auf der Tapete zeigten, wo Bilder ihren Platz hatten. An den Fenstern fehlten die Gardinen und eine Menge Dübellöcher waren nutzlos geworden, nachdem sämtliche Regale abgeschraubt und inklusive Bücher von einer Spedition aus der Wohnung geschafft wurden.

Die Sonne hatte an diesem Maivormittag schon wärmende Kraft und ihre Strahlen schafften ein angenehmes Licht auf dem mittlerweile unansehnlich gewordenen Parkettboden.

Auf der Fensterbank sitzend blickte ich hinaus auf die Brabanter Straße, die die letzten Jahre Teil meiner Postanschrift gewesen war.

Auch die Wände dieses Raumes erschienen auf einmal riesig. Alles war entfernt worden. Keine Bilder, kein Poster, nichts mehr da. Alles was uns nicht wichtig erschien, ging zum Sperrmüll. Der Rest war gut verpackt auf die Reise geschickt worden, inklusive Tagoon. Togdors Koffer deponierte ich bei einem guten Freund. Um diese Zeit dürfte Becca schon am neuen Wohnort im südlichen Deutschland angekommen sein. Sie war vorgefahren, um dort den Einzug zu organisieren. In einigen Stunden würde auch ich dort sein und sie wiedersehen.

Glaubt mir, es fiel mir wahrlich nicht leicht zu gehen, immerhin wurde ich hier geboren, war hier aufgewachsen, zur Schule gegangen und hatte selbst während meines Studiums noch im Haus meiner Eltern gewohnt, richtiger bei meiner Mutter. Später bezog ich diese Wohnung in Kleve. Becca zog 1996 zu mir, obwohl wir bereits seit Frühjahr '94 zusammen waren. Ich übertreibe nicht, wenn ich behaupte, dass es bei uns Liebe auf den ersten Blick war. In einigen Stunden würde ich sie wiedersehen. Wir schrieben immer noch das Jahr 1997.

HÜRTGENER LAND 1564

»In einigen Stunden werde ich sie wiedersehen«, wiederhole ich kaum hörbar den Satz, »jetzt, etliche Jahre später!« Damals klang es nach Vorfreude – jetzt eher nach Hoffnung. Wird alles gutgehen? Auch weil ich schon vorher wusste, dass seit letztem Jahr von den Niederlanden und dem Niederrhein kommend die Pest wieder einmal übers Land weht. Raum Jülich scheint aber noch verschont zu sein.

Mein Hintern schmerzt vom ungewohnten Reiten über Stock und Stein in diesem unwegsamen Gelände.

Albsa, der während des ganzen Weges kaum gesprochen hat, reitet stoisch vorneweg und schaut nur gelegentlich nach hinten, sich vergewissernd, ob ich noch da bin. Ich sage auch nichts, schließlich ist die Sonne noch nicht untergegangen und mein Schweigegelübde gilt weiterhin. Welche Schlüsse würde Albsa ziehen, wenn ich mich gerade jetzt, vielleicht am letzten Tag meiner Reise in die Vergangenheit, geschwätzig zeige?

Das kleine menschenleere Dorf, das ich schon vor acht Jahren bei meinem Eintreffen verwahrlost und völlig zerstört gesehen hatte, taucht vor uns auf. Es schien wieder Leben eingekehrt zu sein, wie wir erkennen können. Gerne würde ich etwas zu mir nehmen, so es dort einen Gasthof gibt, aber mein blasser Freund hält einen Besuch für nicht angebracht. Kontakte jedweder Art zu diesem Zeitpunkt seien nicht sinnvoll. Weiß man, wer sich neben den Bewohnern noch dort aufhält? So reiten wir schon weit vorher rechts die Anhöhe hinauf zum Platz unseres ersten Treffens.

Ich sehe mich um. Der Bewuchs dieses Waldteils hat wieder zugenommen und mit Sicherheit sind wir vom Dorf nicht auszumachen. Albsa scheint das mit Wohlwollen zur Kenntnis zu nehmen.

Ich reite stumm hinter ihm her. Die Ereignisse vor acht Jahren beschäftigen mich. So erwartungsfroh ich über das Bevorstehende bin, so traurig ist für mich die Tatsache, dass ich von Bruder Michael nicht Abschied nehmen kann. Ihn hätte ich jetzt schon gerne hier, aber das sollte nicht sein. Ob Albsa weiß, dass ich ihn in die ganze Geschichte eingeweiht habe? Er stand mir seelisch bei, als wir beide letztes Jahr nach Düren gerufen wurden, um bei einem Verhör einer der Hexerei angeklagten Frau zugegen zu sein, Bruder Michael als Mann des Glaubens und ich als Chronist. Es sollte für mich ein unglaubliches wie ebenso grausiges Erlebnis werden. Ich muss vorausschicken, dass dieses ganze Land zum Herzogtum Jülich-Kleve-Berg gehört. In diesem Hoheitsgebiet hat der dem Protestantismus zugeneigte Herrscher Wilhelm V. nicht einem Hexenprozess oder gar einer Hinrichtung auf dem Scheiterhaufen offiziell zugestimmt. Diese Haltung war dem Einfluss seines Leibarztes Johannes Wierus, einer der größten Widersacher des um sich greifenden Hexenwahns, geschuldet.

Der Herr von Schloss Merode wollte unsere Anwesenheit dort, weil jene Person, um die es ging, eine 21-jährige Frau war, die vier Wochen zuvor eines Morgens plötzlich in seltsamer Kleidung und mit halbseitig geschorenem und blutendem Kopf vor den Toren des Schlosses auftauchte und sich nicht erinnern konnte, wer sie war und wo sie herkam. Als bruchstückhaft ihre Erinnerung einsetzte, soll sie sich als aus der Zukunft kommend bezeichnet haben und ihr Name sei Helena, ihr eigentliches Zuhause lag bei Cleve. Auch ihre Sprache soll so seltsam anders geklungen haben.

Da auch andere Epidemien wie auch Missernten das Land heimsuchten, war man mit Schuldzuweisungen schnell bei der Hand und da kam diese junge Frau gerade recht. Der Klerus verdächtigte sie der Wettermacherei, des Schadenszaubers und der Hexerei. Schnell fanden sich in der Umgebung auch erkrankte Tiere, die den Verdacht nur noch erhärteten. Nun wurden nicht alle Fälle von Schadenszauber und Hexerei der herzoglichen Gerichtsbarkeit gemeldet. Viele ländliche, zumeist katholische Herren nahmen gemeinsam mit den kirchlichen Vertretern vor Ort derlei Dinge gerne selbst in die Hand. Selten erschienen diese Prozesse in irgendwelchen Chroniken.

Als ich Helena in Düren erstmals bei einem Verhör sah, war sie bereits gezeichnet von der Folter. Auf Fragen antwortete sie nur leise und mit Tränen in den Augen. Schon bei ihren ersten Worten erschrak ich, denn die allgemein als seltsam dämonisch empfundene Sprache war mir verdammt vertraut. War sie – wie ich – auch hier gestrandet?

Gerne hätte ich mit ihr gesprochen, aber durfte ich mich ihr zu erkennen geben? Auch wurde mir und Bruder Michael schnell klar gemacht, dass ein Chronist nicht erwünscht sei. Sollte ich nach Johannes Wierus schicken, auf dass er sich für die junge Frau einsetze? Michael riet mir, ich möge mich mehr zurückhalten, um nicht zu sehr aufzufallen, ich solle an meine Frau und an meine Tochter denken. Ein Schreiben an Wierus ging dennoch raus. Aber er kam nicht. Seine Zeit erlaubte es nicht.

Für Tage war ich deprimiert und tieftraurig, der Frau nicht helfen zu können.

Zwei Wochen später erhielten wir die Kunde, dass Helena auf dem Scheiterhaufen einen grausamen Tod gestorben war. In keiner Chronik wurde es dokumentiert.

Ob Albsa auch von dieser Frau wusste? Ich werde ihn nachher fragen!

Montag, 29. August 2011/C MINUS 11 TAGE

Gegen 01.33 Uhr registrierte die militärische Radarüberwachung im niederrheinischen Uedem geheimnisvolle Energieentladungen. Der Ausgangspunkt dieser Blitze machte ratlos: er lag in unmittelbarer Nähe der Station.

Hauptmann Burger, der diensthabende Master Controller, konnte diese ungewöhnlichen Erscheinungen nicht recht einordnen und ließ einen Eintrag ins SOC Kontrollbuch vornehmen. Er war seit einem Jahr hier – aber diese Phänomene waren ihm neu. Die Suche im 2011er Kontrollbuch nach ähnlichen Einträgen blieb ohne Erfolg. Älter datierte Bücher wurden im MC-Raum des SOC nicht aufbewahrt.

Alles klar! Der Fall war für Hauptmann Burger damit erledigt.

Am Morgen gegen 8.30 Uhr stand die Wachablösung bevor.

Master Controller Burger, der gerade seine Sachen ordnete, staunte nicht schlecht, als statt seiner Wachablösung ein Oberstleutnant des Stabes in sein Büro trat.

»Guten Morgen, Hauptmann Burger!«, begrüßte dieser ihn freundlich, schaute sich im spärlich eingerichteten Dienstzimmer um und schritt ans breite Fenster, von dem aus man in den großen Einsatzraum mit den vielen Informationsmonitoren an den Wänden hinabblicken konnte.

»Guten Morgen Herr Oberstleutnant ...?« Burger suchte das Namensschild an der Jacke seines Besuchers.

»Adomeit, Oberstleutnant Adomeit, vom Stab!«

»Herr Oberstleutnant, warten Sie auf meine Ablösung? Major Knecht kommt gleich mit der Tagesschicht. Sicher wollen Sie zu ihm!«

»Nein, nein! Zu Ihnen, Herr Hauptmann, zu Ihnen wollte ich!« Adomeit drehte sich nicht um, starrte weiter durch die gläserne Scheibe.

»Zu mir? Okay – was kann ich für Sie tun?«

»Sagen Sie, gab es etwas Ungewöhnliches letzte Nacht?«

Der Hauptmann schaute zu Adomeit, der ihm immer noch den Rücken zukehrte und das Übergabeprozedere der Operators an den einzelnen Positionen im großen Raum beobachtete. Was interessiert einen Stabsoffizier an einer normalen Nachtschicht, grübelte er, es gab keine Übung, kein Highjacking, nicht mal Nachtflüge. Was also will der hier? War er vielleicht von der Inneren, ging es um Dienstliches, um Disziplinarisches – was sollte die Frage?

»Was meinen Sie genau, Herr Oberstleutnant?«

»Anders gefragt: ist Ihnen gegen halb zwei in der Nacht etwas gemeldet worden? Beispielsweise vom diensthabenden Fighter Controller?«

»Ja! Doch, da gab es eine Meldung. So etwas wie ein Blitz, nein äh – zwei Blitze sollen da beobachtet worden sein, jedenfalls zwei Energieentladungen, ähnlich wie sie halt von Blitzen erzeugt werden!«

Oberstleutnant Adomeit drehte sich langsam um: »Und passiert ist's hier am Niederrhein, stimmt's?«

»Richtig, vor unserer Tür, im Kontrollbuch steht ein Vermerk darüber. Ich weiß nicht, ob noch ein Bericht vonnöten ist, müsste ich dann schreiben lassen!«

»Lassen Sie das mal bleiben«, erwiderte Adomeit mit ruhiger Stimme, »den Blitzen brauchen Sie keinerlei Bedeutung beizumessen. Diese Phänomene sind schon längst als Fehler festgestellt worden. Das Niederrheinwetter spielt mitunter mit den Radarkeulen, drückt diese fast zu Boden, sodass sie dann gelegentlich die dort fahrenden Züge erfassen. Das ist alles. Verlieren Sie keine weiteren Gedanken daran! – Sonst war alles ruhig?«

»Ja sicher, Herr Oberstleutnant, keine besonderen Vorkommnisse. – Sind Sie nur wegen der Blitze zu mir gekommen?« Burger war plötzlich neugierig geworden.

»Nein, nein, Herr Hauptmann – nur allgemein – ich muss noch NATO-Offiziere im Kasino in Kalkar aufsuchen, um ...!«

In diesem Moment öffnete sich die Tür und Major Knecht, Burgers Ablösung, betrat den Raum. Er sah die beiden Offiziere: »Oh, sorry, besprechen Sie etwas? Störe ich?«

»Nein, nein, wir sind fertig, Herr Major«, entgegnete Adomeit und verließ überraschend hastig den Raum. In einem solchen Zimmer, allerdings im ostfriesischen Aurich/Brockzetel war er von 1995 bis 1997 auch als Master Controller tätig gewesen.

Auf dem langen Bunkerflur reagierte Adomeit nicht auf den militärischen Gruß entgegenkommender Soldaten. Seine Gedanken waren bei den Blitzen der letzten Nacht. Er kannte diese Blitze nur zu gut und sie beunruhigten ihn.

»Es hat wieder geblitzt?«, fragte Major Knecht und ein leichtes Grinsen überzog sein Gesicht.

Burger nickte seiner Ablösung zu: »Ja, hat es. Aber ich kann nicht glauben, dass ein Oberstleutnant des Stabes extra deswegen in die Stellung gekommen ist. Das war doch nun wirklich nichts Großes!« Er begann mit dem Übergabeprotokoll an Major Knecht, indem er das Kontrollbuch geöffnet seinem Nachfolger überreichte.

»Na klar!«, bestätigte Knecht mit einem Grinsen und setzte sich an den Schreibtisch und überflog die Eintragungen, »Adomeit ist schon seit vielen Jahren hinter diesen Blitzen her. Schon seit der Zeit, als ich noch als Fähnrich in Aurich Dienst tat, war er bekannt dafür. Adomeit war damals hier in Uedem stationiert. Als die dortige Radarstation 1993 vorübergehend dichtgemacht wurde, ließ er sich nach Aurich versetzen, nur um weiterhin die Blitze erforschen zu können. Die Einstellung der Uedemer Radarüberwachung und die Aufgabe der dortigen Station sollte damals auch mit den Blitzen zu tun gehabt haben, munkelte man.«

Hauptmann Burger staunte: »Wieso weiß ich nichts von derartigen Phänomenen? Niemand hat mich auf dergleichen vorbereitet!«

»Weil das alles künstlich bagatellisiert und totgeschwiegen wurde und wird. Von früheren nächtlichen Beobachtungen dieser Art wird man auch in älteren Protokollbüchern nichts finden, denn sowohl sämtliche schriftlichen Notizen zu diesem Thema als auch Protokolle oder akustische Beweise aus jener Zeit sollen verschwunden oder unter Verschluss sein.«

»Als Bagatelle eingestuft und dann unter Verschluss – sehr logisch!«, schmunzelte Burger, »Dann ist man damals also näher auf die Blitze eingegangen?«

»Ist anzunehmen. Fakt ist, dass sie in den '90er Jahren für einige Unruhe unter den Militärs gesorgt hatten. Und ich glaube, dass Adomeit in einer unserer angeschlossenen Radarstationen seit 1997 einen Beobachter sitzen hat, der ihn im Falle eines erneut aufgetauchten Blitzes zu informieren hat – und zwar sofort!«

»Deshalb sein morgendliches Auftauchen«, zischte Burger, »und hier den Ahnungslosen spielen und die Sache herunterspielen. Reisezüge als Blitzenergiequelle – so ein Quatsch!«

Major Knecht schmunzelte: »Als 1993 in der Nähe von Goch ein ganzes Gebiet wegen angeblich gefundenen britischen Fliegerbomben aus dem Zweiten Weltkrieg militärisch abgeriegelt wurde, glaubten einige, dass es dabei mehr um diese Blitze ging. Als Master Controller in Aurich soll Adomeit 1997 deren Auftreten selbst miterlebt haben. Komischerweise sollen seitdem, so sagte man, keine Blitze mehr registriert worden sein – oder es wurde perfekt geheim gehalten. Wer weiß!«

»Doch nun sind wieder welche da.«, murmelte Hauptmann Burger.

»Und Adomeit auch. Glauben Sie mir, irgendetwas ist da erneut im Gange!«

»Besonders, da es letzte Nacht zwei und zuvor gegen 17.17 Uhr schon einen Blitz gegeben hat.«

»Am Tag?«, fragte Major Knecht erstaunt. »Haben Sie das Adomeit mitgeteilt?«

»Nein. Er fragte nur nach den Entladungen in der Nacht!«

»Ach du Kacke, was ist das denn?«, schimpfte Peter Wohlfahrt und kaute nervös auf seinem Zigarrenstummel herum. Der Landwirt war völlig bedient. Kopfschüttelnd stand er mitten auf der Straße und starrte auf den aufgebrochenen Asphalt: »Was zum Teufel hat das zu bedeuten?«

Sein Blick schwenkte von der Straße hinüber zum schweren Traktor. Dieser stand nur wenige Meter entfernt neben der kleinen begrünten Verkehrsinsel und zeigte mit den Scheinwerfern in die Richtung, aus der er gekommen war.

»Das hätte verdammt ins Auge gehen können. Nur gut, das der Deutz so starke Bremsen hat!«

Da es seit gestern Abend nicht mehr geregnet hatte und die ganze Nässe dank steigender Temperaturen schnell getrocknet war, wollte der Landwirt die Gelegenheit nutzen, um auf dem nördlich gelegenen Feld das vor Tagen frisch gemähte Heu zu wenden. So war er wie immer früh aufgestanden und hatte sich auf den Weg gemacht. Letzte Nebelschleier lösten sich gerade auf, als er mit flotter Geschwindigkeit am nordwestlichen Zipfel des Tannenbuschs nach rechts in die Pulverturmstraße einbog. So sah er sehr spät, dass quer zur Straße die Befestigung um einen halben Meter angehoben war.

In letzter Sekunde hatte er den schweren Traktor nach rechts herumreißen und stoppen können. Bremsen, schleudern und drehen ging auf Kosten eines Verkehrsschildes, auf dem sinnigerweise der Hinweis ›schlechte Wegstrecke‹ stand.

Wohlfahrt kratzte sich den Kopf: »So etwas habe ich ja noch nie gesehen!«

Der Anfang der Verwerfung schien im Forst zu beginnen, führte über den nördlichen Waldweg, über die Straße und endete dann abgeschwächt im Feld. Wohlfahrt schätzte ihre Länge ab Waldrand auf mehr als 300 Meter.

Er griff zum Handy, wählte den Polizeiruf und meldete die seltsame Straßensperre.

Eine Streife würde herauskommen, versprach man. Er solle vor Ort bleiben, um eventuelle andere Verkehrsteilnehmer zu warnen.

Wohlfahrt staunte nicht schlecht, als noch keine drei Minuten später eine Dreier-Kolonne von Streifenwagen über die Uedemer Straße und den Lerchenweg herangerauscht kam.

»Man kann auch übertreiben«, murmelte er und nahm einen tiefen Zug aus seinem Zigarrenrest, »oder haben die alle eine Schaufel dabei?«

Einer der vier Wagen hielt direkt vor ihm, während die anderen in die links weiterführende Kirchstraße einbogen und knapp hundert Meter weiter an einem schwarzen Kleinwagen stoppten, der seitlich einer Holzbank parkte.

Der Beamte stieg aus, ging auf Wohlfahrt zu und stellte sich als Kriminalhauptkommissar Hans Meiser vor. Dann wollte er von diesem wissen, ob er vielleicht zwei junge Frauen aus diesem Bereich des Tannenbuschs habe kommen sehen.

»Sind Sie nicht wegen dieser aufgebrochener Straße hier?«, brummelte Wohlfahrt und zeigte auf den breiten Riss in der Straße und im Feld, »Deswegen habe ich die Polizei doch gerufen. Schauen Sie sich das mal an!«

Die Verwerfung schien den Beamten gar nicht zu interessieren. »Nein, guter Mann, wir sind wegen der Frauen hier!«, war die lapidare Antwort.

»Junge Frauen? Was für Frauen – ich verstehe nicht?«

»Zwei Studentinnen aus Krefeld werden seit gestern Abend von ihren dortigen Mitbewohnerinnen vermisst. Eine Steffi Pelzki und deren Freundin wollten hier eine Freundin besuchen, sind aber nicht wie verabredet zurückgekehrt. Also, haben Sie jemanden gesehen?«

»Nein! Aber wieso gelten die als vermisst? Vielleicht sind die längst wieder in Krefeld?«

»Nein, eben nicht. Der beschriebene schwarze Wagen eines der Mädchen steht doch dahinten! Also, nichts gesehen, okay.« Er bestieg seinen Wagen und ließ Wohlfahrt stehen.

Nur Sekunden später kam ein weiterer Streifenwagen heran und auch dieser hielt bei Wohlfahrt. Ein Uniformierter stieg aus. Wohlfahrt kannte ihn. Es war Hauptwachtmeister Hermann Cramer, der sich vor Jahren nach seiner Scheidung von Kleve nach Bedburg-Hau versetzen ließ.

»Tach, Peter, hast du bei uns angerufen?«

»Und ob!«

»Die Pulverturmstraße soll angeblich unpassierbar sein?«

»Was heißt angeblich? Guck doch mal hier diesen Mist. Hier kommt niemand mehr durch!«

»Ich sehe schon. Das warst doch sicher du selbst mit deinem Traktor, Peter? War das Schützenfest gestern wieder ein bisschen heftiger ausgefallen?«

»Mach mal halblang, Hermann! Der Riss und die angehobene Asphaltdecke waren heute Morgen plötzlich da. Ich wäre fast dagegen gefahren!«, Wohlfahrt ließ den Stummel seiner Zigarre zu Boden fallen und trat ihn aus, »Warum bist du eigentlich nicht bei denen da drüben?«, er deutete auf Meiser und seine Männer. »Da werden wohl junge Frauen vermisst!«

»Ja, seit gestern späten Abend, hörte ich auf dem Revier. Vor einer Stunde hat ein Jogger dann einen offenen Wagen mit Krefelder Nummer an der Einfahrt zur Buschstraße verlassen entdeckt und der Polizei gemeldet, da von der Besitzerin jede Spur fehlte. Das ist der schwarze Kleinwagen da hinten, nehme ich an. Man vermutet jedenfalls, dass das der Wagen der Vermissten aus Krefeld sein könnte, wegen der Autonummer.«

»Und deshalb gleich dieses Riesenaufgebot an Polizei? Ein bisschen übertrieben, nicht wahr?«

Cramer zögerte einen Moment: »Eine der Frauen ist stark insulinabhängig, deshalb die Hektik, nehme ich an. – Wir sollten jetzt lieber über diese Verwerfung reden.«

»Jaja, ist schon klar, aber unbegreiflich, was eine Krefelderin in diesem Wäldchen wollte.«

»Keine Ahnung! Zudem, es waren zwei. Eine Freundin soll sie begleitet haben, hieß es aus Krefeld. Auch verschwunden!«

Eine Trillerpfeife ertönte.

Wohlfahrt und Cramer schauten hinüber und sahen, dass neun Beamten hintereinander in den Tannenbusch verschwanden. Meiser blieb zurück mit einem weiteren Beamten, der die Aufgabe bekam, mittels Absperrbändern die Zufahrt zur Buschstraße und den Bereich des Fiats und der Bank zu sichern.

»Nimmt man für das Durchkämmen eines Waldstücks normalerweise nicht eine Hundertschaft von der nächstgelegenen Polizeischule? Wie lange wollen die denn mit der Handvoll Leute suchen? Und überhaupt, was kann den Frauen im Tannenbusch schon zugestoßen sein? Vielleicht haben sie nur etwas zu viel Gras geraucht und schlummern irgendwo selig.«

»Gut, wenn es nur das wäre! Das Beunruhigende ist, dass wir gestern am frühen Abend am südwestlichen Zipfel des Tannenbuschs jenen Typen aufgegriffen haben, der vor anderthalb Tagen aus der LVR Psychiatrie entwischt ist.«

»Ist ja toll! So etwas habe ich mir fast gedacht, als ich den Hubschrauber am Himmel habe kreisen sehen. Und der Typ hielt sich im Tannenbusch versteckt? Ihr glaubt, er hätte den Mädchen ...?«

»Seiner Aussage nach hielt er sich tatsächlich die ganze Zeit im Tannenbusch versteckt, will aber mit dem Verschwinden der Frauen nichts zu tun haben. Er meinte, es können nur die dunkel gekleideten Typen mit den Taschenlampen dahinter stecken!«

»Dunkel Gekleidete mit Taschenlampen? Zwei Vorboten des Helloween?«, lachte Wohlfahrt auf.

»Vielleicht nur Jogger. Aber nichtsdestotrotz forderte er die Beamten und Ärzte immer wieder auf, diese zwei Typen zu suchen. Sie sollen die einzigen Personen gewesen sein, denen er im Tannenbusch begegnet war. Ihm seien sie unheimlich gewesen und sie hatten ihm Angst gemacht. Er sei vor ihnen weggelaufen, vor ihnen und natürlich auch vor dem Gewitter und den Blitzen, die direkt über dem Tannenbusch anfingen zu wüten. Er meinte, es sei so kurz nach siebzehn Uhr gewesen. Kann sein, dass es nur eine Ausrede war und er die zwei Männer nur erfunden hat, die Anstaltsärzte werden es schon heraus bekommen. Ob es schlafende, verletzte oder gar tote Frauen im Tannenbusch gibt – deswegen sind die Kollegen dort drüben bei der Arbeit. Wir dagegen müssen uns überlegen, was wir mit dieser Verwerfung anfangen. Dass diese Straße gesperrt werden muss, ist schon mal klar. Und dann werde ich eine Tiefbaufirma anrufen, die das hier wieder in Ordnung bringt!« Der Hauptwachtmeister trat wiederholt – als wolle er die Festigkeit überprüfen – gegen den hochgedrückten Boden. Er blickte dann zum großen Hochspannungsmast, der keine achtzig Meter entfernt seinen Platz am Rande eines Feldes hatte: »Zum Glück hat der nichts abbekommen!«

»Brauchst du mich noch hier oder kann ich jetzt mit dem Deutz zurück zum Hof, ich habe noch anderes zu erledigen?«, fragte Wohlfahrt.

Cramer hatte nicht zuhört, denn seine Aufmerksamkeit galt Hauptkommissar Meiser. Nachdem einer aus der Suchmannschaft zurückgekehrt war, um wahrscheinlich etwas zu melden, begann der Hauptkommissar plötzlich hektisch zu telefonieren. Sekunden später verschwand er zusammen mit dem Melder ins Wäldchen.

»Schau, da drüben tut sich was!«

»Die haben wohl was entdeckt!«, bemerkte Cramer.

»Du meinst die Mädchen?«

»Vielleicht?«

Cramer und Wohlfahrt liefen hin, wollten auch hinterher, aber während Hauptwachtmeister durchgelassen wurde, war für Wohlfahrt hier Schluss. Der zurückgebliebene Beamte forderte den Landwirt auf, die Absperrbänder nicht zu missachten und sich von einem möglichen Tatort zu entfernen.

Missmutig schlenderte Wohlfahrt zurück zu seinem Traktor, stellte sich wartend gegen das große Rad und zündete sich eine neue Zigarre an. Zu seinem Feld konnte er nicht, dann wollte er wenigstens sehen, was sich bei der Polizeiaktion noch tat. Hatte wohl doch nichts Dringendes zu tun.

Wenige Minuten später traf ein weiterer Wagen ein.

»Aha«, murmelte Wohlfahrt, »der Gerichtsmediziner!«

Hauptkommissar Meiser beugte sich über einen der beiden leblosen Frauenkörper und betrachtete den Hals der Toten. Er schaute hinüber zur zweiten aufgefundenen Frau, an der der Mediziner erste Untersuchungen durchzuführen begann.

Meiser machte sich Notizen: Ausweise und Papiere der Toten stimmten mit den Beschreibungen der Vermissten überein.

»Na, Doktor, schon irgendeine Idee?«, fragte Meiser, der sich nun zum Arzt stellte.

Der Angesprochene schaute auf und schüttelte ratlos den Kopf: »An dieser Toten ist auf den ersten Blick keine Fremdeinwirkung festzustellen. Es gibt weder Schuss- noch Stichwunden, keine Würgemale – nicht mal Spuren eines Kampfes. Aber Letzteres haben Sie ja selbst schon festgestellt. Wir haben keinen Anhaltspunkt, was hier die Todesursache sein könnte! Ich vermute, ein Blitzeinschlag in unmittelbarer Nähe hat sie möglicherweise getötet. Die Armbanduhren beider Frauen sind stehengeblieben, exakt um 15.40 Uhr. Wir müssen nach einem Baum Ausschau halten, der etwaige Spuren diesbezüglich aufweist!«

Meiser, der längst das Aussageprotokoll des in der Frühe festgenommenen Mannes gelesen hatte, konnte diesen aus der LVR Klinik Bedburg-Hau Entwichenen als Täter vorerst wohl ausschließen. Er war einigermaßen ratlos: »Okay, suchen wir halt Spuren eines Blitzeinschlags. Doktor, könnte man den Tod durch einen Blitz organisch feststellen, auch wenn man nicht direkt davon getroffen wurde oder gar Verbrennungen aufweist?«

Der Arzt hatte sich wieder aufgerichtet und zog sich die Schutzhandschuhe aus: »Das könnte man feststellen. Wir werden beide Frauen nach Duisburg in die Gerichtsmedizin schaffen müssen. Dort wird man die Todesursache feststellen – ganz sicher! Auch was die Insulinabhängigkeit betrifft. Doch eine Sache irritiert mich, gibt mir Rätsel auf …!«

»Und das wäre?«

Der Mediziner kniete sich erneut nieder und deutete auf den Waldboden: »Herr Hauptkommissar, gestern hat es bis spät abends geregnet. Sehen Sie sich den Boden und das Blattwerk rings um die Toten an – alles viel trockener als noch in einigen Metern Abstand. Und auch Haare und Kleidung der beiden Leichen sind trocken – und dann das hier…!«, er strich die roten Haare der einen Toten beiseite, sodass deren Hals sichtbar wurde, »Alles klatschnass. Es sieht aus, als hätte sie ein nasses Handtuch um den Hals getragen. Das gleiche Phänomen drüben bei der im grünen Anorak.«, er deutete zur anderen Fundstelle. »Ich habe keine Erklärung dafür.«

Meiser nickte fast überrascht: »Aber mir ist dieses Phänomen schon einmal aufgefallen. Ich habe es schon einmal gesehen!«

Der Arzt schaute verwundert auf: »Einen nassen Hals bei einem Toten?«

»Genau. Und eben deswegen kann ich mich nach mehr als zehn Jahren noch daran erinnern.«

»Was war die Todesursache damals?«

»Ein Unfall. Der Mann war mit seinem Wagen nach Goch unterwegs gewesen und wohl wegen einer Herzattacke im Straßengraben gelandet.«

»Und wieso hatte man die Kripo gerufen?«

»Weil der Arzt vor Ort sich keinem Reim auf den nassen Hals machen konnte, so wie Sie jetzt, weder hatte es geregnet noch war das Wasser des Grabens dafür verantwortlich, da war nur der nasse Hals. Ich glaube, der Mann damals war Holländer und arbeitete bei einer Zeitung in Kleve.«

Mittwoch, 31 August 2011/C MINUS 9 TAGE

Gute Laune und eine auffallend lockere Atmosphäre herrschten bei der Pressekonferenz in den fast fertigen Büros der neuen *Workotec GmbH.* Aufmerksame Damen servierten Wasser, Saft und Sekt.

Nach überraschend kurzer Prüfung hatte sich das schwedische Mutterhaus für dieses leer stehende Objekt entschieden und das, obwohl kein Mitbewerber eine schnelle Kaufentscheidung nötig gemacht hätte.

Bürohallen wurden umgebaut und die Gemeinde Weeze durfte sich bereits jetzt schon auf viele Arbeitsplätze und fette Gewerbesteuereinnahmen freuen.

So war es logisch, dass der Bürgermeister sich nicht lange bitten ließ, bei dieser Pressekonferenz zugegen zu sein. Ebenso wenig fehlten die örtlichen Parteigrößen. Auch die Vertreter der Tageszeitungen und lokalen Wochenblätter waren gerne gekommen, wusste man doch von üppigen Verköstigungen, die es bei derlei Anlässen gab. Weiter hinten saßen und standen geladene Vertreter einiger der umliegenden Unternehmen, quasi die neuen Nachbarn.

Von der regionalen Presse war unter anderem auch W.A. Smeets erschienen.

Smeets hatte das Entstehen dieser neuen Zeitarbeitsfirma von Anfang an selbst redaktionell begleitet. Obwohl er seine Berichte immer sehr kritisch abfasste, war er eingeladen worden. Eine seiner zentralen Fragen war: Musste es wirklich ein ausländisches Unternehmen sein, das sich hier am Niederrhein um deutsche Arbeitssuchende kümmerte?

Okay, die *Workotec GmbH* sollte von hiesigem Personal geführt werden, aber das Sagen dürften die Schweden im fernen Kiruna haben, wo sich der Hauptsitz des Unternehmens befand. Boss war ein gewisser Oge Edström, der sich bislang in Weeze noch nicht hatte blicken lassen, offiziell jedenfalls nicht. Einer der Beweggründe für die Niederlassung am Niederrhein sollte sein, deutsche Fachkräfte, die hier keinen Job fanden, der schwedischen Industrie, besonders der Stahl- und Metallbranche im Norden Schwedens, zuzuführen. Smeets musste anerkennen, dass die Workotec-PR-Abteilung in all den letzten Wochen durchaus offen und kooperativ mit den Medien zusammengearbeitet hatte. Ihm alten Zeitungshasen schien es gar eine Spur zu offen.

Die Pressekonferenz wurde im zweiten Stock abgehalten. Hier gab es den Saal, der für Anlässe wie Schulungen und Meetings, aber auch für diverse Festivitäten konzipiert war. Er war überwiegend in Weiß gehalten mit vereinzelten blauen Flächen an den Wänden, die für etwas Auflockerung sorgten. Natürlich war es das Blau der schwedischen Nationalfahne. Das ganze Gebäude war innen und außen blau- und cremefarben gehalten. Ergänzt wurde alles durch gelbe Stoffbahnen. Auf das Anbringen von schwedischen Fähnchen hatte man bewusst verzichtet.

Nach Begrüßung, offiziellen Reden und Fototerminen standen Smalltalks und der Besuch am Buffet auf dem Programm. Danach war eine Besichtigung sämtlicher Räume und Büros erwünscht. Überall traf man Workotec-Mitarbeiter, die angehalten waren, den Gästen alles zu zeigen.

Smeets zog es vor, alleine über die Etagen zu wandeln. Er war nicht zum ersten Mal hier. Was gezeigt wurde, kannte er schon. Wo war das Unerwartete? Das Überraschungsmoment? Was kannte er noch nicht?

Er passierte eine Dreiergruppe, bestehend aus dem Weezer Bürgermeister, dem Workotec Niederlassungsleiter Albertson und dessen unmittelbarem Firmennachbarn Marc van Dahlen, einem Gießereiunternehmer. Mit dem Bürgermeister und auch mit van Dahlen hatte er noch vor kurzem einen kleinen unbedeutenden Disput, dennoch hatte er keine Lust, sich zu ihnen zu gesellen. Mit freundlichem ›Hallo‹ ging er weiter.

Dann blieben seine Augen an zwei ihm entgegenkommenden Männern haften, deren dunkle Anzüge und blaue Krawatten sie als Firmenmitarbeiter auswiesen. Ihn passierend gingen sie bis ans Ende des Flures. Sie sprachen schwedisch, soweit es Smeets beurteilen konnte. Er sah, wie beide eine Absperrung am Ende des Ganges überstiegen und nach rechts verschwanden. Intuitiv folgte Smeets den vermeintlichen Schweden bis zur Absperrung. Er erkannte, dass nach rechts eine schmale Treppe hinauf zu den oberen Stockwerken führte, dass aber ein Schild am Seil bekundete, dass es wohl ein privater Aufgang sei.

Er wollte sich gerade wieder abwenden, da kam einer der Männer die Treppe wieder herunter. Er stieg über das Absperrseil und ging mit freundlichem Kopfnicken an Smeets vorbei – in Richtung der anderen Gäste.

Der Zeitungsmann erinnerte sich nicht, diesen Aufgang zuvor schon einmal gesehen zu haben. War er möglicherweise später eingebaut worden?

Smeets wusste nicht wieso er es tat – ob es der Prosecco war oder die alte Rechercheleidenschaft – jedenfalls stieg er in einem unbeobachteten Moment behände über das Seil und eilte ohne sich umzuschauen mit schnellen Schritten die Treppe hinauf.

Als er die dritte Etage erreichte, war er überrascht. Hier endete die Treppe bereits, obwohl es seines Wissens noch eine vierte Etage bzw. fünfte Dachetage gab.

Keine fünf Meter von der obersten Stufe entfernt befand sich eine Tür – eine einzige. Auf dieser stand in Deutsch: Kein Zutritt – Reinigungsmaterial!

»Was soll das denn?«, raunte Smeets. »Eine Treppe, nur für einen Raum mit Reinigungsmaterialien?« Er dachte an die beiden Männer, die vor wenigen Augenblicken hier heraufgegangen waren. Wie vom Reinigungspersonal sahen diese nicht gerade aus.

Neugierig öffnete er die Tür.

Der kleine Raum ohne Fenster war in der Tat ein Putzlager, zugestellt mit allerlei Reinigungskram, wie es professionelle Putzkolonnen zu verwenden pflegten. Für solche Büros waren derartige Räume von 3 x 3 m Größe durchaus üblich. Nur: wieso war er nicht – wie sonst – im Erdgeschoss oder im Keller untergebracht?

Noch wichtiger war die Frage: wo war der zweite Mann geblieben?

Als er in den Raum trat, sprang das Licht an.

Schnell wollte Smeets es löschen, suchte nach dem Schalter. Neben dem Türrahmen entdeckte er drei davon. Er betätigte den untersten.

Wie von Geisterhand schob sich eine Metallwand aus der seitlichen Mauer herauskommend vor die Türöffnung – und der Boden vibrierte. Es ging eindeutig abwärts.

»Das ist kein Putzraum – das ist ein als Putzraum getarnter Aufzug«, murmelte Smeets irritiert, »damit erklärt sich das Verschwinden des zweiten Mannes. Aber wozu dieser Aufzug? Offiziell gibt es im ganzen Gebäude keinen Fahrstuhl!«

Der Aufzug stoppte. Einige Putzbehälter rappelten in den seitlich angebrachten Regalen.

Während Smeets auf das Öffnen der Tür wartete, verschob sich plötzlich die Wand hinter ihm.

Er drehte sich um und sah in einen langen, mäßig beleuchteten Flur hinein. War er im Kellergeschoss oder gar noch eine Etage darunter? Die Knöpfe neben der Tür zeigten weder, ob es nach oben oder nach unten ging, noch in welchem Stockwerk man sich gerade befand.

Hier hatte er hier nun sein Unerwartetes!

Es war völlig ruhig hier unten. Weder Stimmen noch Schritte waren wahrzunehmen. Sollte er wieder hochfahren zu den anderen Presseleuten oder sich hier auf Entdeckungsreise begeben?

Er entschied sich für die Entdeckungsreise.

Zögerlich trat er in den Flur, setzte einen Schritt vor den anderen und stoppte an der ersten Türe links. Er öffnete diese behutsam und betrat den dunklen Raum.

Auch hier sprang das Licht an.

Der ungefähr 120qm große Raum schien eine Kombination aus Büro- und Besprechungsraum zu sein.

Sofort fiel die große Landkarte von Nord-Schweden ins Auge, die von einem überdimensionalen Flachbildschirm in den Raum gestrahlt wurde. Dieser befand sich in der Verlängerung des Besprechungstisches an der Wand.

Smeets war fasziniert, trat dicht an den Bildschirm heran und bestaunte die technische Ausstattung dieses Raumes. Seitlich des Megamonitors befand sich eine Konsole mit einer Unmenge von Knöpfen. Einige leuchteten, andere nicht. Viele Buttons waren ohne Erklärung, wenige mit, zumeist dann mit schwedischen Begriffen versehen, was die eigenwillige Wortwahl verriet.

Als Smeets einen Button der letzten Kategorie betätigte, sprang eine neue Karte auf den großen Bildschirm.

Smeets brauchte nicht zweimal hinschauen, um zu erkennen, was die neue Karte offenbarte. Es handelte sich eindeutig um das Gebiet der Gocher Heyde mit dem Tannenbusch sowie den Ortschaften Louisendorf und Pfalzdorf. Wieso diese Karte und nicht die Gemeindekarte von Weeze mit dem Industriegebiet, der Anbindung zum Flugplatz und dieser Niederlassung zum Beispiel?

Was hatte diese Karte zu bedeuten? Was hatte die *Workotec GmbH* mit der Gocher Heyde zu schaffen? Warum war der Platz des Bombenfundes rot eingekreist und wieso waren drei Höfe besonders markiert?

»Schnell ein Foto!«, murmelte Smeets und tastete seine Taschen ab. »Oh,Scheiße, die Digitalkamera liegt im Wagen.« Er hatte es nicht für nötig empfunden, diese einzustecken, da auch ein Fotograf der Zeitung kurz bei der Pressekonferenz anwesend war. Schnell schaute er auf die Knöpfe am Bildschirm und drückte dann den mit der Aufschrift Print.

Ein Drucker in der Ecke schaltete sich ein und Sekunden später spuckte er ein Blatt aus, das besagte Karte verkleinert wiedergab.

Plötzliche Stimmen aus einem der Nebenräume schreckten ihn auf. Um die Schwedenkarte wieder aufzurufen drückte er erneut einige Knöpfe.

Die Karte mit dem Tannenbusch verschwand. Aber nicht das Schweden-Motiv kam zurück, sondern nun wurde eine Liste mit Namen sichtbar.

Da Smeets kein Schwedisch konnte, blieb die Aussage der Überschrift für ihn ein Rätsel. So wusste er nicht, um was für eine Namensliste es sich hier handelte. Er plante schon, einen weiteren Button zu betätigen, da zuckte er zusammen.

Beim Überfliegen der Liste stieß er plötzlich auf zwei Namen, die er nur zu gut kannte: Chris van Heuvel und Paul Brakel!

»Verflucht noch einmal«, pfiff er durch die Zähne, »was in Dreiteufelsnamen machen die beiden auf der Liste einer schwedischen Jobvermittlung?«

Einer gehörte bis 1998 seiner Redaktion als Fotograf an, der andere als Redakteur die Zeit davor. Das letzte, für das sie recherchiert hatten, war ein abstruser Fall, der sich bereits 1993 nahe des kleinen Pfälzerortes Louisendorf zugetragen hatte und der 1997 immer noch nicht abgeschlossen schien. Es war ihr letzter Fall. Ergebnisse kamen nicht heraus, aber die Angelegenheit schlief erst ein, als van Heuvel noch im selben Jahr vom Niederrhein wegzog und Brakel seine Arbeit wegen psychischer Probleme quittierte. Seitdem hatte er kaum noch was von Paul Brakel gehört, mit van Heuvel kommunizierte er über einen gemeinsamen Kontaktmann. Hatte er Neuigkeiten für ihn, gab er diese schriftlich verfassten Infos – so sie das Project Moraine betrafen – diesem Kontaktmann, der sie dann telefonisch an van Heuvel weitergab. Wo van Heuvel augenblicklich wohnte, wusste er jedoch nicht. Und nun tauchten beider Namen auf dieser Liste auf.

Der Zeitungsmann schaute auf die gesamte Namensliste. Weitere Namen waren ihm nicht bekannt. Er konnte sich keinen Reim darauf machen, noch nicht.

Die Diskussion im Nebenraum schien heftiger zu werden. Trotzdem blieb Smeets cool und drückte ein zweites Mal auf Print. Doch es wurde nicht ein Blatt, sondern gleich deren vier ausgeworfen.

Er hastete zum Drucker und ohne jeglichen Blick auf die Ausdrucke verstaute er diese in seiner Jackentasche.

Nun wurde es richtig laut hinter der Falttür. Er konnte mindestens drei Stimmen auseinanderhalten, wenn auch nicht verstehen. Auch diesmal klang es wieder nur schwedisch. Nur ein Wort glaubte er erkannt zu haben: Metallgießerei! Sprachen die von der Firma auf dem Nachbargrundstück?

Smeets zog es vor, sich schleunigst aus dem Staub zu machen. Er lugte auf den Flur, und als die Luft rein war, verließ er den Raum und hastete zum Aufzug.

Doch dieser war nicht mehr da. Eine glatte weiße Wand begrenzte nun den Gang. Nirgends konnte er irgendwelche Knöpfe zum Drücken entdecken.

Alles, was er sah, war das kleine grüne Licht einer winzigen Kamera, angebracht hoch über dem vermissten Eingang zum Aufzug.

Auch das noch! Smeets war bedient. Sollte er im Besprechungsraum gefilmt worden sein?

Eigentlich wollte er mit seinen vierundsechzig Jahren nie mehr hetzen, aber jetzt musste er wohl eine Ausnahme machen.

Er hastete den Gang in entgegengesetzte Richtung, bog links ab, kam in einen kurzen Flur, an dessen Ende eine schlichte Metalltreppe nach oben führte. Wahrscheinlich ein Provisorium. Ihm war es egal.

Oben angekommen, öffnete er eine Metalltür und fand sich im Kellergeschoss wieder. Es musste also unter der Kelleretage noch eine Ebene geben.

Die Tür fiel hinter ihm ins Schloss. Der außen angebrachte Türknauf und ein Kartenlesegerät gleich neben der Wand deuteten darauf hin, dass von hier aus niemand unbefugt in die darunter liegende Etage gelangen konnte.

Er blickte um sich. Diese Tiefetage kannte er – hier war er vor Wochen schon einmal gewesen.

Nun sah er auch einige der anderen Kollegen von der Pressekonferenz wieder, deren Rundgang sie demnach auch hierher geführt hatte.

Einige versuchten, ihn anzusprechen, doch die Computerausdrucke in seiner Jackentasche mahnten, sich schleunigst aus diesem Gebäude und auch vom Firmengelände zu machen. Mit einer Ausrede verabschiedete er sich von den Kollegen und stieg die Stufen hinauf zum Foyer. Hier sah er ihn plötzlich wieder, den vermissten zweiten Schweden im dunklen Anzug mit der blauen Krawatte.

Ein ungutes Gefühl überkam ihn, als er sah, dass dieser ihn musterte und dann begann, in sein Handy zu sprechen.

»Jetzt nur raus hier«, forderte er sich selbst flüsternd auf, »das Unerwartete habe ich bekommen. Das reicht!«

Als er das Gebäude verließ, sah er aus dem Augenwinkel heraus die Überwachungskamera, die über der Eingangstür angebracht war. Das kleine grüne Licht verriet, dass er aller Wahrscheinlichkeit nach mindestens auf einer der *Workotec*-Videokassetten zu sehen sein würde.

Ohne Probleme erreichte er seinen Wagen und verließ das Gelände der *Workotec GmbH*.

Geplant war, am folgenden Tag einen ausführlichen Bericht über Sinn und Nutzen eines schwedischen Jobvermittlers am Niederrhein zu bringen. Fotos waren gemacht. Aber jetzt einen sachlichen Bericht schreiben? War das immer noch so einfach? Welche Ziele verfolgte die *Workotec GmbH* wirklich? Er konnte es sich nicht erklären, aber eine subtile Angst stieg in ihm hoch. Vielleicht sollte er das Entdeckte erst einmal für sich behalten. Da gab es schließlich noch über den Tod zweier junger Frauen im Tannenbusch zu schreiben. Der Titel könnte lauten: »Tannenbusch-Tote durch Blitzschlag!«

Smeets? Na klar – Smeets! Es entsteht ein Gesicht. Genau, mein früherer Boss bei der Zeitung in Kleve. Ich erinnere mich, dass ich die Infos über diese Pressekonferenz erhielt, vom gemeinsamen Kontaktmann, noch in Kelheim nur wenige Tage vor meiner Reise in diese harte Zeit voller Entbehrungen. Smeets wollte, dass ich zurückkäme, damit er mir etwas Wichtiges geben könne. Er war sehr aufgeregt, sprach von einer Entdeckung und dass man deshalb nun hinter ihm her sei. Ich kehrte zurück an den Niederrhein, aber zu spät, zu spät für W. A. Smeets!

Seit geraumer Zeit sitzen Albsa und ich stumm nebeneinander auf einem Baumstamm. Er scheint in ein Gebet vertieft.

Die Sonne, obwohl den ganzen Tag nicht zu sehen, müsste jetzt den Horizont erreicht haben. Seit dem Wolkenbruch hat es zum Glück keinen nennenswerten Regen mehr gegeben. Dennoch, völlig trocken ist mein Klostergewand immer noch nicht. Ein wärmendes Feuer zu machen verbot Albsa, möglicher Verfolger wegen. Kann es sein, dass man mich tatsächlich in dieser Aufmachung zurück ins Jahr 2011 schicken will? Was wird mich dort erwarten? Den ganzen Countdown habe ich im September 2011 bis zur letzten Minute mitbekommen, nicht aber, was dort unmittelbar danach geschehen war. Ist es so abgelaufen, wie es Quesa vorhergesagt hatte oder doch nicht so ganz? Gab es das Riesendesaster? War am Ende mein Einschreiten für Quesa doch keine so gute Idee gewesen? Woher wusste Albsa von dem ganze Prozedere mit dem Objekt in der Gocher Heyde und wie konnte er wissen, dass ich im Hürtgener Wald auftauchen würde, genau zu einer vorherbestimmten Zeit? Geplant war es schließlich nicht.

Ich sehe zu ihm rüber. Wir sind hier ganz alleine im Wald. Scheiß auf das Schweigegelübde. Ich werde ihn fragen. Vor acht Jahren hätte ich ihn schon fragen sollen, allein, meine Erinnerungslücken verhinderten das. Und Bruder Michael, der damals bei meiner Ankunft auch zum Empfangskomitee gehörte, wusste nicht einmal, wer der Typ mit dem roten Turnschuh überhaupt war, der da aus dem Wald auftauchte.

»Ihr kommt von jenseits der Alpen, richtig?«, spreche ich Albsa an. »Ich höre es an Eurer Sprache!«

Habe ich ihn aus einem Gebet oder einer Meditation geholt? Er hebt sein Haupt und schaut mich prüfend an.

»Unser Stammkloster liegt dort!«, antwortet er und lässt mich durch ein Abwinken merken, dass er keine Lust hat, über sich und seinen Orden zu reden.

»Könnt ihr mir sagen, wie die Zeitenquerung vonstatten geht – werde ich wieder ohnmächtig und werde ich mich danach wieder an nichts erinnern? Das wäre nämlich großer Mist! So aufgefunden, ohne Erinnerung, in einem Mönchsgewand, ist mir ein Platz im Irrenhaus sicher!«

»Wartet es ab. Es dauert nicht mehr lange. Ein Licht im Wald vor uns wird Euch den Platz zeigen, wo und wann es soweit ist, wo genau Ihr Euch hinzubegeben habt!« Albsa spricht ohne aufzuschauen. »Und hattet Ihr für Euren Empfang nach der Rückkehr ins Jahr 2011 nicht selbst Sorge zu tragen, wie Quesa es Euch nahelegte?«

»Aber wenn Zielort und Zeit nicht exakt sind?«, frage ich und spüre, wie diese Frage mich selbst in Unruhe versetzt. »Was ist, wenn die Zeit- und Zielkoordinaten nicht stimmen? Wie könnt Ihr die hier im 16. Jahrhundert überhaupt bestimmen?«

»Ich weiß, dass Quesa Euch das alles schon erklärt hat, erinnert Euch!«

»Schon, aber kann es sein, dass noch andere Leute aus meiner Zeit hier gestrandet sind, versehentlich? Zum Beispiel soll eine junge Frau vor Wochen wie aus dem Nichts hier plötzlich aufgetaucht sein, sagt man. Genauso wie ich vor acht Jahren. Sie soll eine Art kleverländischen Dialekt gesprochen haben, also meine Sprache. Wegen angeblicher Hexerei landete sie in Düren auf dem Scheiterhaufen. Wisst Ihr was über den Fall?«

Albsa steht auf: »Eine Marketenderin aus dem Clevischen wird sie gewesen sein, die es in den Jülicher Raum verschlagen hat. Sicher hat sie Tinkturen verkauft und wohl auch Schadenzauber angerichtet. In manchen Orten geht es mit der Anklage wegen Hexerei schneller als anderswo. Ihr habt Euch wacker geschlagen die langen acht Jahre, Respekt! Nun aber werde ich Euch verlassen. Meine Aufgabe ist erfüllt. Macht es gut in Eurer Zeit, Christopher van de Cleef, Mann aus der Zukunft!«

»Habt Ihr schon einmal Ort und Zeit überwunden? Ihr müsst es, da Ihr Quesa zu kennen scheint!«, frage ich.

»Nein habe ich nicht! Mit Quesa bin ich spirituell verbunden, wie mit vielen unserer Art! Deshalb konnte ich von Eurem Kommen wissen.«

»Wartet, wann genau startet meine Reise zurück?«

Auf seinem Pferd sitzend, das meinige am Zügel, dreht er sich noch einmal zu mir um: »Ich sagte bereits, wenn Ihr das Licht seht. Eine Eule erscheint Euch, wenn Ihr auf das Licht zugehen sollt!«

Ohne sich noch einmal umzuschauen, reitet er davon.

Ich schaue ihm nach.

»Eine Eule?«, murmele ich. Tauchte in der Felsenkirche der alten Einsiedelei ›Klösterl‹ am Donaudurchbruch nicht auch eine Eule auf? Damals, als es so heftig regnete und die Donau wieder viel Wasser führte. Dabei war der Tag zuvor noch ein super sonniger Herbsttag. Gesichter entstehen, bekannte Gesichter. Allen voran Becca, meine Frau, und unsere Tochter Larissa. Und ich erinnere mich besonders an diesen Samstag in Kelheim, an dem der ganze Mist um das Geheimnis der Gocher Heyde in die nächste Runde ging.

Samstag, 03. September 2011/C MINUS 6 TAGE

Dieser Samstag versprach schön zu werden. Strahlend blauer Himmel und ein Rest sommerlicher Wärme luden zum samstäglichen Bummeln durchs bayrische Kelheim ein.

So gehörten auch Becca, Larissa und ich zu den unzähligen Besuchern, die an diesem Vormittag den Marktplatz des kleinen Städtchens an der Donau bevölkerten. Glücklicherweise hatten wir einen der begehrten Außentische eines der Lokale ergattern können und so genossen wir unser beginnendes Wochenende mit einem Glas Schneider-Weizen, einem Kaffee und einer großen Cola.

In dieser Stadt hatten wir uns recht schnell eingelebt und hier fühlten wir uns seit unserem Zuzug im Mai '98 wohl und sicher. Ich hatte beim ortsansässigen Tageblatt eine Beschäftigung als Fotograf gefunden, Becca bei der Kelheimer Sparkasse. Dort blieb sie bis zur Geburt unserer Tochter Larissa im Sommer 2000. Seitdem half sie im Lokal von Klaus Rabe aus, einem alten Freund aus gemeinsamen Bundeswehrtagen. Klaus, mit dem ich in den achtziger Jahren zusammen beim Schweren Pionierbataillon 140 in Emmerich Dienst geschoben hatte, führte dieses Lokal am Rande Kelheims in der Nähe des alten Schuldenturms, dort, wo das Naturschutzgebiet Donaudurchbruch beginnt. Er war es auch, der uns nach unserem Wegzug vom Niederrhein zunächst auf dem Gaststättengelände des Ausflugslokals ›Klösterl‹ zu einer neuen Bleibe verholfen hatte. Vielleicht würden wir dort noch wohnen, wenn da nicht die Jahrhundertflut zu Pfingsten 1999 gewesen wäre. Immer wieder trat die Donau über die Ufer, aber in jenem Jahr geschah dieses mit solcher Wucht und Stärke, dass das Klösterl seinen gastronomischen Betrieb danach auf Jahre nicht mehr hat aufnehmen können, zu zerstört war alles und der alte Besitzer wollte es nicht mehr renovieren. Dafür lag das Lokal zu dicht am Ufer der Donau. Außerdem prognostizierten Meteorologen wie Klimaforscher ein immer häufigeres Ansteigen der Donau gerade in diesen Abschnitten ihres Verlaufs. Schnell war klar geworden, dass die Auflagen den Versicherungen, der Stadt Kelheim und der Denkmalschutzbehörde zu kostenintensiv ausfallen würden. Zwei Jahre später fanden sich zwar neue Käufer für das Klösterl, aber an eine Inbetriebnahme vor 2008/2009 sei nicht zu denken, so die neuen Investoren damals.

Seitdem bewohnten wir eine Wohnung in Nähe der Befreiungshalle.

Der Marktplatz füllte sich mit immer mehr Leuten. Zu den Einheimischen, die ihre Wochenendeinkäufe zu erledigen hatten, kamen nun die Auswärtigen und natürlich die vielen Touristen.

»Kann ich noch eine Cola haben?«, fragte Larissa und schielte abwechselnd zu Becca und mir.

Als wir mit der Antwort zögerten, wiederholte sie: »Wenn ich eine Cola kriege, verrate ich euch auch etwas!«

»Etwas Schönes?«, lachte Becca.

»Ja, ich glaub schon!«

»Raus mit der Sprache, Larissa!«, scherzte ich, »Was gibt es denn so Geheimnisvolles, das den Wert einer Cola hat?«

»Erst die Cola!«

»Okay, eine Cola darfst du noch. Nun sag schon!«, stimmte Becca ein und schaute mich schmunzelnd an.

Larissa beugte sich zu uns herüber und während sie mit dem Finger über meine linke Schulter zeigte, flüsterte sie: »Die Frau, die da hinten bei dem Ansichtskartenständer steht, guckt immer zu uns her und dann wieder auf ein Bild in ihrer Hand. Schon ganz oft. Dann hat sie telefoniert, mit ihrem Handy!«

Becca hatte die Frau auch erspäht: »Chris, die Frau schaut tatsächlich immer zu uns herüber. Die tut nur so, als suche sie nach einer Ansichtskarte. – Oh, sie hat mitbekommen, dass wir sie entdeckt haben. Sie kommt her! Und jetzt?«

»Nichts jetzt«, beruhigte ich, »lass sie kommen. Dann werden wir sehen, ob sie uns meint und wenn ja, was sie will!«

Als ich mich im Stuhl sitzend umdrehte, stand sie bereits vor mir. Eine ungefähr 75-jährige Frau mit kurzen grauen Haaren und kleinen, freundlich blinzelnden Augen. Sie schlug ihre Hände zusammen und lächelte mich an: »Christopher van Heuvel, ich wusste, Sie sind es!«

»Christopher?«, wiederholte Becca und ein ungläubiges Schmunzeln umspielte ihre Mundwinkel.

Kurz, fast entschuldigend blickte ich meine Frau an, wandte mich dann aber der Fremden zu: »Wie bitte? Kennen wir uns?«

»Oh nein! Mein Name ist Maria Saueressig, aber das tut nichts zur Sache. Viel wichtiger ist, dass Sie an den Niederrhein zurückkehren, und zwar sofort. Sie müssen nun eine dramatische Sache beenden, von der man Ihnen vor achtzehn Jahren in der Louisendorfer Kirche berichtete. Sie wissen, was ich meine, und die Ereignisse dramatisieren sich jetzt.«

Ich kannte den Dialekt, den sie sprach, nur zu gut. Sie war eine Pfälzerin. Sie sprach wie die Leute aus dem kleinen Ort bei Goch.

»Wer schickt Sie her?«, versuchte ich cool zu bleiben.

Sie schaute immer noch freundlich drein: »Eine Gruppe, die es gut meint mit der Gocher Heyde und den Menschen dort! Aber sie braucht Ihre Hilfe!«

Becca fasste meinen Arm an und sah die Alte an: »Aber wir sind froh, dass wir hier sind!«

»Wieso soll Papa weg von hier?«, fragte Larissa, die mit ihren elf Jahren natürlich nicht wusste, um was es ging.

Becca beruhigte das Mädchen: »Niemand geht weg von hier«, dann zur Fremden, »Sie ängstigen das Kind. Hören Sie auf damit!«

Maria Saueressig sah mich an: »Christopher, ängstigen sollte Sie die Tatsache, dass bereits andere auf dem Weg nach Kelheim sind, um Sie zu holen. Aber jene folgen anderen Motiven und sind weniger zimperlich. Denn auch sie wissen, der Countdown hat bereits begonnen und Sie sind der Schlüssel!«

Ich schaute in ihre kleinen Augen: »Wer sagt mir, dass nicht Sie zu denen gehören?«

Saueressig kramte in ihrer Handtasche und zeigte mir dann eine Münze, und zwar beide Seiten: »Diese Münze mit der Figur des heiligen Joachims auf der Vorderseite und ihrer glatten, ungeprägten Rückseite sagt es Ihnen. Ich denke, sie besitzen einen ebensolchen einseitigen Joachimstaler von 1562!«

Ich war perplex, dachte sofort an die beiden Taler um meinen Hals und den in unserer Wohnung.

»Nun, Christopher, entscheiden Sie sich. Es bleiben fünf Tage und der Rest von heute!«

»Fünf Tage und der Rest von heute? Wofür?«

Sie deutete mit beiden Händen pantomimisch einen großen Knall an, lächelte gütig, wie man es oft von alten, weisen Ladies kennt und mit einem: »Ich melde mich wieder«, entfernte sie sich und ließ uns mehr als verunsichert zurück.

Becca und ich starrten ihr hinterher. Eines war uns beiden mit einem Male klar geworden: Das Versteckspiel war vorbei. Man hatte mich gefunden. Ich hatte damit gerechnet, dass dieser Moment irgendwann kommen würde.

»Becca, ist es nicht unheimlich: Niemand nennt mich Christopher, viele wissen nicht mal, dass ich Christopher heiße – außer dir und Mutter. Kennt Mutter diese Frau am Ende?«

»Du meinst, das Auftauchen der Frau hängt mit der Moraine-Sache zusammen?«

Ich nickte: »Sicher, womit sonst! Denk an die einseitig geprägte Münze. Die kann sie nur von Gaz Togdor bekommen haben, so wie ich meine Taler! Aber was meint sie mit ›fünf Tagen‹?«

Larissa weckte uns mit einem Händeklatscher: »Bekomme ich nun meine Cola?«

Spät abends, nachdem die letzten Gäste gegangen waren, saßen Becca, Klaus und ich noch an der kleinen Theke seiner ›Turmschenke‹ und redeten bei Schneider-Weizen und Cola über den schönen Samstag, über die vielen Tagesausflügler und das gute Kneipengeschäft und ob es morgen ähnlich werden könnte. Über Maria Saueressig redeten wir nicht. Da Tochter Larissa bis Sonntagabend ihre Freundin im benachbarten Gronsdorf besuchte, hatten Becca und ich beschlossen, den Tag bei Klaus ausklingen zu lassen.

Zu dritt haben wir auch oft gemeinsam an der Theke im Klösterl gesessen, bis 1999 das Jahrhunderthochwasser kam. Klaus war zu jener Zeit der Pächter der Einsiedelei, dem beliebten Ausflugsziel dieser Gegend. Das nun dem Verfall preisgegebene historische Objekt sollte erst zehn Jahre später wieder saniert und eröffnet werden, hieß es.

Nun führte unser Freund dieses Lokal. Viele heimische Getränke hatte er im Angebot, einige wenige Speisen und selbst für Übernachtungen standen vier Räume zur Verfügung. An diesem Tag allerdings waren alle Zimmer unbelegt. Auch ich hatte schon mal nach intensiver Zecherei davon Gebrauch gemacht – gratis natürlich. Klaus, ein hagerer Mann mit Brille, war immer gut gelaunt und positiv eingestellt. Selbst als er durch das Hochwasser 1999 alles verloren und danach einen Haufen Schulden an der Backe hatte, gab er die Gastronomie nicht auf und wagte mit dieser Kneipe schon bald einen Neuanfang. Natürlich hatte ihm das alles gesundheitlich zugesetzt. Der Magen machte Probleme. Trotzdem sprach er immer von seinem Traum: im Süden Spaniens eine kleine Bodega aufzumachen. Eines Tages würde er es tun, betonte er immer wieder.

»Eine schlechte Nachricht, Leute«, murmelte Klaus, nachdem er einen tiefen Schluck Weizen genossen und sich mit dem Ärmel den Mund abgewischt hatte, »so schön der Tag heute auch war, morgen ist nicht damit zu rechnen. Ich habe es vorhin in den Nachrichten gehört: es soll Regen geben, viel Regen. Der Pegel der Donau soll auch wieder ansteigen. Ab Mitte nächster Woche kommt dann noch mehr Wasser den Fluss herunter. Schon möglich, das wir hier wieder nasse Füße kriegen! Vielleicht sollte ich meinen Kneipenbetrieb solange bei euch oben an der Befreiungshalle führen. Ihr wisst selbst wie es 1999 und 2005 und auch letztes Jahr im Januar war! Wenn die Donau steigt, dann steigt sie schnell und man kommt hier nicht mehr so einfach fort. Das heißt, dass man hier eingesperrt ist, wie eigentlich in ganz Kelheim. Und wie hoch die Donau ansteigen kann, habt ihr in der Innenstadt an einigen Hauswänden sicher schon gesehen. Die ganze Region ist dann – sagen wir mal – extrem feucht. Apropos feucht: die nächste Runde geht auf mich!«

Wieder wurden zwei hohe Gläser mit Weißbier und ein kleines Glas mit Cola gefüllt.

Einen Augenblick später prosteten wir einander zu.

Becca schaute mich kurz an und wandte sich dann zu Klaus: »Kann sein, dass Chris dir beim Hochstellen des Mobiliars nicht wird helfen können!«

»Wieso? Verreist er?«

»Nein«, entgegnete Becca und es klang gar ein wenig belustigt, »nach dem Willen einer unbekannten Seniorin, einer Pfälzerin, wie Chris meinte, muss er ganz fix zurück an den Niederrhein!«

»Wie bitte? Ich dachte, ihr seid extra von dort hierher geflüchtet?«

Becca wollte antworten, doch ich stieß sie sanft an und entgegnete stattdessen: »Es scheint, dass der Grund unseres Versteckens 1997 uns nun zurückholt – zumindest mich!«

»Wie konnte man dich überhaupt ausfindig machen?«, fragte Klaus.

»Nachdem die Unbekannte mir einen ganz bestimmten Taler vor die Nase gehalten hatte, würde ich sagen, mit Hilfe dieser Münze. Ich kenne das historische Geldstück nur zu gut, denn ich besitze acht Stück davon, darunter sind drei so wie bei der Frau, wo die Rückseiten aus einer glatten Fläche mit feinen sechseckigen Rillen bestehen. Togdor überließ mir alle Münzen, betonte aber, dass ich diese unbedingt behalten müsse, sie könnten hilfreich sein. Waren diese Exemplare am Ende manipuliert und er wusste durch sie stets genau, wo ich mich immer gerade befand?«

»Und wieso hatte die Alte solch eine Münze?«, entgegnete Becca.

»Was weiß ich! Möglicherweise bilden Vorder- und Rückseite dieser Taler eine Art Sender und Empfänger und fungieren gleichzeitig als eine Art Wiedererkennungzeichen. Die üblichen Joachimstaler wurden in riesigen Mengen hergestellt und waren in ganz Europa bekannt. So getarnt würden sie kaum Aufsehen erregen, da solche Fehlprägungen auch für Diebe keinen Geldwert bedeuten!«

Becca nickte etwas ungläubig und stand auf: »Okay! Seid mir nicht böse, aber ich bin jetzt doch ziemlich müde. Ich werde fahren. Ihr könnt noch eure Runden genießen.« Sie holte ihre Jacke, warf sie über die Schulter und stand Sekunden später an der Tür und wandte sich uns noch einmal zu: »Hey, Männer, es gibt morgen wirklich kein schönes Wetter, es fängt bereits an zu regnen!«

Vom Hocker aus konnte ich durchs Fenster des angrenzenden Speiseraums nach draußen schauen und im matten Licht der Außenbeleuchtung sah ich Becca unseren Wagen besteigen und davonfahren. Zuvor hatten wir geklärt, dass ich ein Taxi nähme, sollte ich länger bleiben wollen.

Es begann tatsächlich zu regnen. Danach hatte es den ganzen Tag nicht ausgesehen.

Klaus wusste um den Grund unseres Versteckspiels. Über die ganze Bombenfundgeschichte hatten wir ihn informiert, gleich, als wir bei ihm 1997 im Klösterl Unterschlupf fanden. Er wusste auch von den Münzen und vom Tagoon, das ich auf dem Klösterlgelände versteckte. Dank seiner Hilfe und der eines weiteren Freundes konnte ich Kontakt zu Smeets halten. Als dann Pfingsten 1999 das Hochwasser so verdammt schnell stieg und wir in jener Nacht Hals über Kopf das Klösterl verlassen mussten, um unser Leben und das Leben unserer einjährigen Tochter zu retten, blieb das Tagoon in seinem Versteck zurück wie auch die fünf normalen Taler. Tage später wollte ich alles holen. Doch wegen des anhaltenden Hochwassers bestand absolutes Zutrittsverbot für das Klösterlgelände. Später hatte man dort seitens der Stadt alles verriegelt und verrammelt. So ließ ich das Tagoon und die Münzen bis auf weiteres erst einmal dort.

»Wenn die alte Dame dich tatsächlich mittels des Talers gefunden hat, muss da noch jemand eine solche Münze besitzen!«

»Wie bitte?«

»Ja. Ein Typ wollte dich ebenfalls sprechen, fragte nach einem Chris van Heuvel!«

Ich stutzte. »Wer?«

»Erst trinkst du noch einen Bärwurz mit mir.«

»Noch einen Bärwurz?«

»Du wirst ihn brauchen!«, grinste Klaus vielsagend.

»So schlimm? – Von mir aus. Her mit dem Gebrannten!«

Schnell hatte Klaus die Gläser gefüllt.

»Also«, begann er, »am späten Nachmittag ist er in die Wirtschaft gekommen. Nicht wegen eines Weißbieres und es war auch kein Bayer, wie deutlich zu hören war.«

»Wieso kam er zu dir? Zufällig?«

»Ich glaub nicht. Er erkundigte sich nach dem Klösterl und dann fragte er, ob ich einen gewissen Chris van Heuvel kenne. Spannend, nicht?«

»Kein Bayer, sagst du, hatte er einen Pfälzer Dialekt?«

»Klang nicht danach.«, Klaus schüttelte den Kopf wie in Zeitlupe: »Eher wie vom Niederrhein.«

Ich spürte einen Kloß im Hals. Erst die Frau heute Vormittag und nun ein weiterer Typ, der hier auftauchte – schon merkwürdig!

»Hat er dir gesagt, was er von mir wollte? Hat er seinen Namen genannt? Hast du gesagt, dass wir uns kennen?«

»Natürlich nicht! Aber ich wurde das Gefühl nicht los, dass er das bereits wusste. Auch, dass du dich jetzt Ubermeyer nennst. Nach diesem Namen fragte er nämlich auch.«

»Du hast doch hoffentlich nicht gesagt, wo ich wohne?«

Klaus schüttelte den Kopf: »Wie käme ich dazu.«

»Das ist gut! Eine alte Münze hat er dir aber nicht gezeigt?«

»Nein, hat er nicht«, erwiderte Klaus, »aber lassen wir das. Jetzt trinken wir noch einen Bärwurz – schließlich kann man auch in Bayern nicht auf einem Bein stehen!«

Ist das nun alles Zufall oder hat es am Ende tatsächlich mit dem Geheimnis der Gocher Heyde zu tun, grübelte ich, wenn dem so ist, werde ich Klaus ab jetzt da heraushalten müssen, unbedingt.

Aus der Hemdtasche holte ich mein Handy heraus und wählte eine Nummer.

»Wen rufst du an?«

»Ein Taxi. Und das bedeutet, dass ich jetzt den letzten Schnaps trinken, dann zu Becca fahren und pennen werde. Das solltest du dann auch machen!«

»Zu Becca fahren und pennen?«, lachte Klaus.

Ich lachte auch, aber es muss irgendwie schwerfällig geklungen haben: »Blödmann! Prost!«

Der Regen dachte gar nicht daran aufzuhören. Im Gegenteil, er wurde sogar intensiver.

Zum Heulen des Windes und dem Rauschen des Flusses gesellte sich das regelmäßige Quietschen eines alten Fahrrades. Tief nach vorne gebeugt strampelte ein Mann Richtung Klösterl. Das Rücklicht war völlig defekt und auch die Vorderlampe hatte ihre Aussetzer. Dem Radler machte es nichts. Er kannte den asphaltierten Weg quasi im Schlaf. Mit der linken Hand hielt er einen Regenschirm. Als dieser bei einer heftigen Bö umklappte und einige der Streben umknickten, warf er ihn kurzerhand weg. Nun zog er die Kapuze seiner Regenjacke noch tiefer ins Gesicht und mühte sich, das Tempo zu halten. Es war nicht mehr weit bis zur alten ehemaligen Einsiedelei Klösterl.

Der Radfahrer war Klaus Rabe.

Kurz nachdem ich mit dem Taxi entschwunden war, hatte er den Plan gefasst, für mich das vor Jahren versteckte Tagoon zu holen.

Den Alkohol in seinem Blut spürte er nicht.

Das von hohen Sträuchern eingefasste Tor der alten Einsiedelei tauchte nun vor ihm auf. Nun galt es, rechts die kurze Auffahrt zu nehmen.

Am Tor versteckte er das Fahrrad seitlich hinter hohem Buschwerk. Von hier aus waren es bis zum Klösterlhauptgebäude und der angrenzenden Felsenkirche knappe zweihundert Meter.

Bei diesem Wetter und um diese späte Zeit war nicht damit zu rechnen, dass hier noch Betrieb war, geschweige Gäste hier nächtigten. So setzte er Schritt für Schritt ganz bedacht und lauschte nach verdächtigen Geräuschen. Aber diese wären bei dem Getöse des Flusses, das hier durch die steilen Felswände noch verstärkt wurde, ohnehin nicht wahrzunehmen. Ach das Schleichen konnte er sich sparen.

Er schaute seitlich hoch zum schwarzen Himmel, sah im Schein der einzig intakten Außenlaterne vor sich die Heftigkeit des Regens und spürte, da er nicht mehr radelte, den kräftig auffrischenden Wind.

An der Tür der Felsenkirche angekommen, griff er in seine Jackentasche, und zusammen mit einer Taschenlampe holte er einen kleinen Schlüsselbund heraus. »Wie dumm von mir, die nachgemachten Schlüssel des Klösterls nicht abgegeben zu haben!«, grinste er.

Während er den Schlüssel ins Schloss steckte, schaute er prüfend nach links und nach rechts. Für einen Augenblick glaubte er, aufblendende Autoscheinwerfer zwischen all den Blättern gesehen zu haben. »Liebespaare – wie immer«, beruhigte er sich, »die glauben, hier ungestört Sex machen zu können. Aber bei dem Sauwetter? Soll'n sie doch!«

Das Schloss war noch das alte, signalisierte ihm der Lichtkegel der Taschenlampe. Es hat, so scheint's, alle Hochwasser der letzten Jahrzehnte überstanden, staunte er. Gott sei Dank.

Tatsächlich – die Tür sprang auf.

Mit der Taschenlampe in der Vorhalte betrat er die alte Grotte, die zur Kirche wurde. In dieser hatte auch er schon Trauungen beigewohnt.

Modriger Geruch schlug ihm entgegen.

Unzählige Male hatte er diese Naturkirche besucht. Oft, um in den angrenzenden, zum kühlenden Vorratsraum umfunktionierten Nebenraum zu gelangen. Aber um Mitternacht fast nie.

Der Verfall des Kirchenraumes schien trotz mühsamer Restaurierungsbemühungen der letzten Jahre weiter voranzuschreiten.

Nur spärlich drang das Licht der Außenlaterne durch den Spalt der offenen Tür und durch die kleinen Fenster.

Dieses Gotteshaus war direkt an und in diese Höhle gebaut worden. Parallel zur Außenmauer standen in einigem Abstand alte Holzbänke, ausgerichtet zum Altartisch. Über diesem Altar dominierte in einiger Höhe ein Kreuz aus Eisen die dahinter liegende Höhlenwand. Seitlich führte über den kleinen Kühlraum eine in den Fels gehauene Treppe zu einer Empore hinauf. Diese im Laufe der Jahrhunderte zerbröckelten Stufen zur Empore waren unmittelbar in den Fels gehauen. Dementsprechend abgenutzt und gefährlich waren sie mit der Zeit geworden. Ein provisorisch gespanntes Seil bildete seitlich der hinaufführenden Treppe eine wahrlich fragwürdige Absicherung.

Er selbst hatte sie vor Jahren angebracht, um übermütige Mitglieder von Besuchergruppen am Aufstieg zu hindern.

Instinktiv zog er an der Tür zum Kühlraum und – sie ließ sich öffnen. Er hatte sie früher stets verschlossen gehalten.

Ein Blick die Stufen hinauf. Er wusste, weshalb er seine Taschenlampe eingesteckt hatte. Diese war nötig, wollte man nicht Gefahr laufen, auszurutschen, zu stolpern oder die Stufen hinunterzustürzen.

Wieso nur hatte Chris das Tagoon dort oben verstecken müssen? Wahrscheinlich genau deshalb, beantwortete er sich die Frage selbst.

Plötzlich, er hatte die halbe Treppe zur Empore geschafft, vernahm er das Knarren der Tür und wie sie Sekunden danach mit einem Knall ins Schloss fiel.

Klaus erschrak. War es der Wind? Hoffentlich nicht noch ein mitternächtlicher Besucher? War es am Ende doch kein Liebespaar, dessen Autoscheinwerfer er glaubte gesehen zu haben? Aber es konnte unmöglich schon hier sein, zu weit waren die Lichter noch entfernt gewesen.

Langsam drehte er sich um und stieg die Stufen langsam hinab. Dabei leuchtete er jede Nische und Ecke des Raumes aus. Nichts Verdächtiges war zu sehen – und dennoch, irgendwie spürte er eine fremde Anwesenheit.

Plötzlich setzte ein feines Summen ein und wurde schnell lauter.

Sonntag, 04. September 2011/C MINUS 5 TAGE

»Chris, kannst du mal in die Turmschenke kommen«, Becca klang beunruhigt, »Klaus ist nicht in seinem Lokal. Nur die Putzfrau traf ich an. Sie war im Begriff zu gehen und meinte ganz lapidar, sie wüsste nicht, wo der Chef sei, wohl, dass er überhaupt nicht sein Bett benutzt hatte. Auch ist er nicht mit dem Wagen fort. Dieser steht nach wie vor in der Einfahrt.«

»Wie – nicht da?« Ich wunderte mich zum einen über Beccas Anruf, denn es kam höchst selten vor, dass sie mich um diese Zeit aus dem Lokal anrief und zum anderen, und das bereitete mir Sorgen, dass Klaus vermisst wurde. Dass er sonntags länger als bis acht Uhr im Bett blieb war ein Ding der Unmöglichkeit, egal wie heftig der Vorabend verlaufen war. »Hat er vielleicht eine Notiz hinterlassen? Habt ihr irgendetwas in der Art gefunden?«

»Keinen Zettel – keine Nachricht – keinen Anruf! Übrigens: seine geliebte lederne Trachtenjacke, ohne die er so gut wie nie weggeht, hängt am Garderobenhaken.«

»Und mit Handy? Hast du versucht, ihn über das Handy zu erreichen?«

»Logisch. Er geht aber nicht ran. Er hat aber auch nicht auf Mailbox geschaltet. Was soll ich tun? Das Küchenpersonal, das sonntags immer kommt, ist schon da. Es weiß auch nicht, was jetzt läuft. Sie haben sicherheitshalber die Geräte eingeschaltet und rätseln nun, für welche Karte Klaus eingekauft hat. In spätestens einer halben Stunde werden die ersten Gäste auftauchen. Kannst du nicht kommen und helfen? Das hast du doch schon öfters getan!« Becca klang ziemlich verzweifelt.

Klar bin ich Klaus einige Male zur Hand gegangen. Im Sommer, wenn in Kelheim die Dult stattfindet, das traditionelle Schützenfest mit Rummel. Dann geht es in allen Kneipen hoch her und auch Klaus' Kneipe platzt dann aus allen Nähten. Ich brauchte nicht lange zu überlegen, es war Ehrensache, Klaus zu helfen. Nur – wo ist der Gute? Wollte er gestern Nacht, als ich mich verabschiedete, nicht auch ins Bett gehen? Hatte er jedenfalls gesagt.

»Ich komme, Becca! Zwanzig Minuten brauche ich. Ich bin ja gerade aus den Federn!«

Sie schien erleichtert: »Super! Ich erwarte dich dann. Tschüs! Übrigens, solltest du noch nicht aus dem Fenster geschaut haben: es regnet Bindfäden, so wie es vorhergesagt wurde. Nimm dir ein Taxi. Ich habe den Wagen genommen.«

»Klar, mein altes Fahrrad steht ja noch vor der Kneipe. Wegen des Regens musste ich schon gestern Nacht ein Taxi nehmen.«

»Dein Fahrrad steht hier aber nicht mehr. Vergiss nicht, es ist Dult in Kelheim. Jemand wird es geklaut haben.«

»Auch das noch! Okay, bis gleich«, hauchte ich zurück, aber Becca hatte schon ausgeschaltet. Nur ein Dauerton war noch zu hören.

Mittlerweile war es 16 Uhr nachmittags, und von Klaus kam immer noch kein Lebenszeichen. Becca und ich begannen uns ernsthaft Sorgen zu machen. Den Gastronomiebetrieb hatten wir so lala in den Griff bekommen. Wegen des anhaltenden Regens hatten auch nicht wirklich viele Gäste hereingeschaut.

Als eine halbe Stunde später der letzte Gast gegangen war, schlossen wir. Nachdem die Küche vor Sauberkeit wieder blinkte, ging auch das Personal. Becca und ich waren nun alleine in der Kneipe.

»Sollen wir die Polizei verständigen?«, fragte Becca, während sie in ihrem Kaffee rührte.

»Habe ich auch schon überlegt.«, erwiderte ich, »Nur habe ich irgendwo gelesen, dass die Polizei erst aktiv wird, wenn jemand vierundzwanzig Stunden und mehr als verschwunden gilt. Bis 20 Uhr warte ich, dann melde ich es!«

Mit einem zustimmenden Nicken stand Becca von ihrem Platz auf, nahm ihre Tasse und ging ans Fenster. Von dort hatte sie einen guten Blick auf die Donau.

Ich stellte mich neben sie und betrachtete ebenfalls den schneller als normal fließenden Strom: »Sie steigt schon!«

Becca schaute mich fragend an: »Was meinst du?«

»Da«, ergänzte ich und deutete mit einer Kopfbewegung Richtung Strom, »die Donau. Sie steigt schon an.«

Ein Ausflugsschiff mühte sich stromaufwärts. Wie für viele Schiffe dieser weißen Flotte würde sein Ziel das Kloster Weltenburg sein.

»Erinnerst du dich, dass Klaus seit '99 nicht nur einmal angekündigt hatte, eines Tages einfach weg zu sein, von heut' auf morgen, einfach so«, Beccas Stimme bekam einen traurigen Unterton.

»Um ganz neu anzufangen.«, murmelte ich, »Ja, ich weiß!«

»Und er hat sich gestern spät am Abend nichts anmerken lassen? Hatte er Besuch bekommen oder einen Anruf? Niemand verschwindet so ganz ohne Spuren zu hinterlassen. Dir wird er doch etwas gesagt haben, oder?«

»Nein, Becca.«, ich stutzte, »Warte mal – er sprach tatsächlich von jemandem, der ihn im Lokal besucht hatte. Dieser Jemand hatte sich nach mir erkundigt.«

Ich hatte den Niederrheiner in der Hektik des Kneipenbetriebes ganz vergessen.

»Was für ein Mann?«, fragte sie.

»Sagte Klaus nicht. Wohl, dass er möglicherweise vom Niederrhein sei.«

»Wenn dieser Mann nun doch nicht deinetwegen hier war, sondern in Wahrheit wegen Klaus. Klaus ahnte oder wusste es und hat sich deshalb vom Acker gemacht, ohne zu hinterlegen wohin?« Sie schaute mich an und eine seltsame Mischung aus Sorge und Angst war in ihrem Gesicht zu bemerken. »Schließlich waren auch einige Kelheimer Geschäftsleute und auch das hiesige Finanzamt seit der Katastrophe von '99 hinter dem armen Kerl her. Kann er was dafür, dass er alles verloren hat!«

»Vielleicht ist da was dran. Klaus berichtete, der Mann habe sich für das Klösterl interessiert, unter dem Vorwand, mich zu besuchen. Wenn er Unterlagen über Klaus hatte, hatte er zwangsläufig auch welche über mich, ist doch klar. Und über mich wollte er dann Infos über Klaus erhalten. Aber ohne mich. Und ohne Klaus. Ich denke, er hat den Braten gerochen und sich deswegen verdünnisiert und wenn du mich fragst, ist er zum Klösterl und hält sich dort versteckt. Die Höhlen und Wege dort kennt er perfekt. Außerdem wird dort in den nächsten zwei bis drei Tagen nicht viel los sein. Ich meine das Hochwasser. Da hat er erst einmal etwas Luft. Was hältst du von meiner Theorie?«

Ein leichtes Nicken kam von Becca: »Ich hoffe, du hast recht. Wenn es so ist und Klaus sich dort versteckt, braucht er Kleidung und vor allem etwas zu essen!«

»Und sein Weißbier, ha!«, ergänzte ich. Ich merkte, wie ich eigentlich nur Becca aufmuntern wollte. So hundertprozentig sicher war ich mir meiner Theorie selbst nicht. Seit gestern – seit der Frau auf dem Marktplatz – ging hier irgendetwas vor. »Wenn es dämmert werde ich einen Spaziergang zum Klösterl unternehmen und einfach mal nachschauen. Bist du einverstanden?«

»Ich werde mitkommen!«, entgegnete sie spontan. »Und ich werde etwas zu essen und zu trinken einpacken.«

Mit wetterfester Kleidung versehen machten wir uns gegen 20 Uhr auf den Weg. Larissas Abholung war für 22 Uhr vorgesehen. So hatten wir genügend Zeit, Klaus in seinem Versteck aufzustöbern. Hoffentlich!

Da Becca den Kneipenschlüssel von der Putzfrau übernommen hatte, entschieden wir uns, zuvor noch einen kurzen Blick in die Kneipe zu werfen. Doch unsere Hoffnung, Klaus sei mittlerweile vielleicht doch wieder dort, erfüllte sich nicht. So ließen wir unseren Wagen stehen. Zu Fuß sollte es nun weitergehen. Die Kapuzen wurden tiefer ins Gesicht gezogen und Abmarsch – egal, ob's später noch mehr regnen sollte oder nicht.

Wir waren nur wenige Schritte gegangen, da fiel uns ein Autofahrer auf, der mit hoher Geschwindigkeit in die Fischergasse einbog. Auch wir bogen in diese Straße ein, an deren Übergang zur Donaupromenade seitlich schon Sperrschilder aufgestellt waren. Man war schließlich erfahrener geworden mit der tückischen Donau.

Wie wir vermuteten, verlor sich an diesem tristen Tag nicht ein Wanderer auf den Weg durch das urige Traunthal. Klar, jene, die bei diesem Sauwetter vor die Tür gingen, waren in einem der Dult-Festzelte am anderen, etwas höher gelegenen Ende der Stadt.

Der asphaltierte Weg, den wir schon unzählige Male benutzt hatten, verlief mal etwas weiter und mal etwas dichter zum Ufer. Letztere Passagen hatten nur noch geringen Abstand zum angestiegenen Pegel. Morgen würden vielleicht schon kleinere Streckenabschnitte Wasserberührung haben.

Als wir uns dem Klösterl näherten, bemerkte Becca als erste den dunklen Wagen, der an der der Donau zugewandten Seite der Klösterl-Mauer parkte. Ein Fahrer war nicht auszumachen.

»Wenn der Besitzer nicht aufpasst, kommt er hier nicht mehr weg«, witzelte Becca, »dann steht der Wagen gleich mehrere Tage hier. Pech für ihn!«

»Oder für uns!«, konterte ich, »Sieh mal, die Autonummer?«

»KLE – der Wagen kommt aus deinem Heimatkreis!«, staunte Becca. »Der Typ ist auch hier?«

Während wir Richtung Tor gingen, ließen wir den Wagen nicht aus den Augen.

Im Flüsterton meldete sich Becca: »Was will einer aus Kleve von Klaus? Kannst du mir das erklären? Und was treibt jenen bei solch einem Mistwetter hier heraus zum Klösterl?«

Es war mittlerweile sehr dämmrig geworden. Natürlich hatte es wieder zu regnen begonnen. Dieser Regen, aber besonders der Schluchtencharakter des Donaudurchbruchs, verstärkte noch die zunehmende Dunkelheit.

Am Tor angekommen, holte ich meine Taschenlampe aus der Jackentasche. Beim Einstellen des Lichtkegels traf dieser ins seitliche Buschwerk.

»Moment«, flüsterte ich Becca zu, »das kann doch nicht wahr sein! Ich glaube, da liegt mein Fahrrad. Komm, schau selbst!«

In diesem Moment war mir bewusst geworden, dass nicht nur der Unbekannte aus Kleve, sondern auch unser vermisster Freund hier sein musste.

»Klaus hat sich irgendwo versteckt, garantiert! Nur wo? Im Haus bestimmt nicht, eher in einer der Höhlen oder in der Felsenkirche. Von der hat er noch alte Schlüssel. Sehen wir nach!«

Die Außenlaterne, die den Vorplatz nur mäßig erhellte, zeigte uns dennoch sehr deutlich, bei welch strömendem Regen wir uns hierher begeben hatten.

Auf Höhe der angebauten kleinen Kapelle bemerkten wir einen Lichtschein, der aus der angrenzenden Höhle zu kommen schien. Sekunden später war er erloschen.

Becca hob den Kopf und sah mich an: »Klaus?«

»Möglich! Vor der Wiedereröffnung trieben sich schon mal ein paar Gothics aus der Stadt hier herum. Das moderige, sakrale Ambiente törnte sie wohl an. Schließlich ist das hier historischer Boden.«

Zum wiederholten Male wischte sich Becca den Regen aus dem Gesicht: »Sollen wir?«

Ich ging auf die Tür zu: »Klar. Ich glaube aber nicht, dass Klaus hier ist. Wir müssen leise sein, damit wir nicht gleich bemerkt werden, falls noch jemand auf dem Gelände ist.«

Noch ein kurzes Lauschen, dann drückte ich gegen die Tür. Sie war unverschlossen.

»Ich weiß, dass Klaus noch einen Schlüssel von dieser Tür besitzt«, erklärte ich flüsternd, »aber würde er, so er sich hier versteckt hielte, die Kirche von innen nicht wieder verschließen?«

Becca nickte.

Beim Eintritt schlug uns modriger Geruch entgegen. Pitschnass standen wir nun da und ließen den Regen an uns herabtropfen.

Becca nahm ihren Rucksack vom Rücken und stellte ihn auf den Boden neben der Tür.

Extreme Dunkelheit überall. Trotz Taschenlampe dauerte es, bis sich unsere Augen an das fahle Licht gewöhnten.

Ich stieß Becca an und deutete auf das Türschloss – kein Schlüssel, der da von innen steckte.

Plötzlich vernahmen wir Schritte, noch sehr leise.

Becca räusperte sich gewollt und sprach etwas lauter, hoffte so ihre Unsicherheit zu überspielen: »Jeder, der hier in dieser Kirche gegen Unwetter Schutz sucht, sollte herzlich willkommen sein.«

Wir standen nur still und horchten in den Raum.

Keine Reaktion – keine Antwort.

Wieder Schritte, jetzt deutlicher aus Richtung Empore. Jemand kam mit tastenden Schritten die in einer leichten Wendung verbauten Stufen herab.

War es Klaus? Wenn ja, warum antwortete er nicht?

Aber wenn er es nicht war und auch keine Gothics hier ihre bizarren Messen abhielten? Was sonst trieb einen an solch einem Tag in diese verfallene Grotte? Kirchenschätze klauen? Welche? Lächerlich. Hier gab es nur Moder, Verfall und Siebenschläfer, sogar reichlich viel Siebenschläfer, wie mir Klaus versicherte. Also, was wollte jener Besucher dann – etwa beten?

Doch bevor meine Fantasie begann, Bilder zu malen, erklang eine unaufgeregte Stimme: »Gemach, meine Herrschaften. Ich sah von der Uferstraße aus, dass diese Tür aufstand, stoppte meinen Wagen und bin hier nur eben rein.«

Konturen eines Mannes wurden sichtbar.

Ich umfasste meine metallische Taschenlampe fester, wollte auf jegliche Überraschung gefasst sein und schon tastete der Lichtkegel den Mann ab.

Optisch ein Mitvierziger, trug dieser einen Straßenanzug mit Krawatte und hielt in der Hand ein Feuerzeug, das zum Erhellen des verfallenen Raumes keine große Hilfe gewesen sein konnte.

Der Mann legte ein smartes Lächeln auf: »Zudem glaubte ich ein flackerndes Licht hinter dieser Kirchenmauer gesehen zu haben. Ich vermutete Feuer und wollte nachsehen. Voilà! Ich habe übrigens die Herkunft des Lichts nicht klären können. Ein Feuer war es jedenfalls nicht. Keine Ahnung, was da geflackert hatte!«

»Dann gehört der Wagen auf der Straße Ihnen?«

»Ja, richtig!«

»Sie wissen aber doch, dass diese Straße für den Normalverkehr gesperrt ist?«

»Die Absperrschilder hab ich gesehen, aber ich wollte unbedingt diese alte Einsiedelei sehen, bevor ich Kelheim wieder verlasse und die Tür stand einen Spalt weit offen.«, Er entzündete das Feuerzeug und hielt es mir entgegen. »Und was treibt Sie und Ihre Begleiterin denn bei diesem Sauwetter hierher?«

Becca und ich schauten einander überrascht an, so man das bei den Lichtverhältnissen überhaupt vermag. Ich erahnte ihr Schulterzucken. Was geht den Mann unser Motiv an.

»Joggen, wie jeden Tag hier um diese Zeit.«, war meine Antwort. »Mit wem habe ich überhaupt das Vergnügen?«

»Ole Sundboe!« Er streckte mir seine Hand entgegen.

War das der Mann aus Kleve, der sich nach mir und dem Klösterl erkundigt hatte? Jetzt stand er vor mir. War er mir gefolgt oder wollte er sich hier mit Klaus treffen?

Wir gaben uns die Hand. Meinen Namen nannte ich vorsichtshalber nicht.

Plötzlich vernahm ich ein eigenwilliges Summen.

»Hey, hört noch jemand dieses Geräusch?«

»Was? Welches Geräusch?«, fragte Becca.

»Na, dieses feine Summen!«

»Ein Handy! Sicher – das ist ein Handy. Bei wem läutet eines?«, glaubte Sundboe die Antwort zu wissen.

»Nein, das ist nicht das Summen eines Handys«, schüttelte Becca den Kopf, »das kommt draußen, von der Laterne. So als bekäme sie zu viel Spannung. Ich finde, es klingt jetzt auch eher wie ein Pfeifen!«

In diesem Moment wurde es für eine Sekunde taghell, dann erlosch die Außenlaterne – und mit einem lauten Knall fiel die Tür ins Schloss.

Augenblicklich waren wir von völliger Finsternis umgeben, denn auch meine Taschenlampe hatte ihren Geist aufgegeben!

»Hey, wer hat die Tür zugeknallt?«, rief ich in die Dunkelheit.

Keine Antwort.

»Becca, komm, sag was!«

Stille.

»Herr Sundboe?«

Auch von ihm keinerlei Erwiderung.

Ein beunruhigendes Gefühl begann sofort Besitz von mir zu ergreifen. Dieses Gefühl sagte mir, diesen Ort schnellstens zu verlassen. Aber mein Verstand sagte: nicht ohne Becca. Natürlich hatte ich auch von den vielen Spukgeschichten gehört, die sich um diesen Ort rankten, aber dieses Unbehagen war anders.

Ich streckte meine Hand aus, versuchte die beiden, die eben noch keinen halben Meter von mir weg gestanden hatten, zu ertasten. Aber der Griff ging ins Leere, da war niemand, den ich berührte. Wo waren sie?

Jetzt kam das Pfeifen aus dem Kirchenraum hinter mir.

Ich wandte mich um.

Zunächst war es nur ein schwaches Glimmen, das aus Richtung des steinernen Altartisches sichtbar wurde und ich sah eine Silhouette, die sich vor dem schwachen Licht im hinteren Bereich des Raumes abzeichnete. Kaum zehn Meter entfernt sah ich die immer deutlicher werdenden Konturen einer auf mich zukommenden Person. Eine dunkle Dreivierteljacke mit Kapuze, schwarz oder dunkelblau, trug sie über einer langen, eng sitzenden Hose. Die tief ins Gesicht gezogene Kapuze verdeckte ihr Antlitz und die Hände steckten in seitlichen Taschen.

Und da war es wieder, dieses Unbehagen. Und es riet mir erneut: Raus hier! – Und Becca? Wo war sie? Ich trat einen Schritt zurück und stolperte beinahe über etwas auf dem Boden Liegendes. Mir war sofort klar – ich hatte sie und Rundboe gefunden.

Beide lagen auf den verdreckten Bodenplatten. Sie bewegten sich nicht. Wegen des Pfeiftons hatte ich sie nicht mal fallen hören.

Sofort kniete ich mich zu ihnen nieder und berührte vorsichtig Beccas Kopf.

»Sie sind nicht tot, sie schlafen.«, meldete sich eine ungewöhnlich helle und monotone Stimme.

Mein Kopf flog herum.

Der mysteriöse Besucher mit der Kapuze kam langsam näher: »Denen ist nichts geschehen.«

Ich umfasste die Taschenlampe fester und wedelte mit ihr wie mit einer Keule herum. »Bleiben Sie stehen!«, knurrte ich die Stimme an.

Doch wenig beeindruckt von meiner Drohhaltung kam die Gestalt näher, Schritt um Schritt. Das diffuse Licht schien sie zu begleiten, ja gar zu umhüllen.

»Die Zeit Eurer Rückkehr ist gekommen, Chris!«

Sie kannte meinen Namen! Scheiße, was sollte ich tun? Ich starrte sie an – oder war es ein Er?

Mir fiel auf, dass die Jacke keinerlei Nässe aufwies, obwohl es draußen seit Stunden regnete. Wie lange war der Freak schon hier? Hatte er auf mich gewartet?

Ich deutete auf meine Taschenlampe: »Bleiben Sie uns bloß von der Pelle! Auch wenn Sie meinen Namen kennen, haben wir nichts miteinander zu schaffen.«

»Ich glaube schon.«, antwortete mein Gegenüber, das sich unbeeindruckt nicht von der Stelle bewegte. Er oder sie zog den rechten Arm aus der Jackentasche und sichtbar wurde eine lange, schmale, fast weiße Hand.

Was auf dieser Hand lag, erkannte ich auch im Schummerlicht sofort: Ein Joachimstaler. Schon wieder, aber diesmal mit der Rückseite nach oben!

Jetzt war mir klar, dass diese unheimliche Person nur meinetwegen hier aufgetaucht sein konnte.

»Ich spüre Eure Erregtheit. Die ist unbegründet – im Moment. Mein Name ist Quesa und ich bin gekommen, Euch bei der Erfüllung einer Aufgabe zur Seite zu stehen!«

Langsam, fast würdevoll schlug sie mit der anderen Hand die Kapuze ein wenig nach hinten und zum Vorschein kam ein feminines, sehr hellhäutiges Gesicht, ebenso helle, ja weiße Augen. Der Mund war extrem zierlich und schmal. Umrahmt wurde das Gesicht von weiß schimmernden, sehr dünnen und glatten Haaren, die im Halsbereich unter der Jacke verschwanden. Und wieder fragte ich mich: War das eine Frau? Bestimmt, bei der grazilen Figur! Aber sicher wusste ich es nicht. Seltsam dagegen war, dass ich bei ihrem Anblick auf einmal völlig ruhig wurde, die Sorge um Becca war wie weggeflogen. Machte Quesa das?

»Meine Aufgabe?«, wiederholte ich neugierig. Das war also die Quesa, die Togdor erwähnt hatte.

»Ja! Ihr müsst helfen, dass Menschen, Tiere und Natur vor einer Katastrophe geschützt werden. Gaz Togdor sagte es Euch bereits!«

»Gaz Togdor? Er ist tot – seit vierzehn Jahren. Kannten Sie ihn?«

Quesa verzog keine Miene: »Ja. Hatte er Euch vor seinem Ableben noch etwas mitgeteilt oder übergeben?«

Ich zuckte mit den Schultern: »Was heißt: mitteilen! Wir sprachen 1997 das letzte Mal miteinander. Damals sagte er, er hätte ganz wichtige und neue Informationen für mich. Tja, und dann kam der tödliche Unfall. In einem für mich bestimmten Koffer lagen Joachimstaler, diverse Schriftstücke und ein Hinweis auf etwas, das er mir eigentlich persönlich überreichen wollte: das Tagoon. Nach seinem Unfall habe ich es gefunden. In einem Brief erwähnte er auch eine Waffe, eine spezielle, die allerdings habe ich nicht gefunden.«

»Habt Ihr das Tagoon mit nach Kelheim genommen? Kann ich es sehen?«

»Wenn es noch an seinem Platz liegt, können Sie es sogar sofort haben!« Ich legte die Taschenlampe auf den Boden und stieg mit größter Vorsicht zur Empore hinauf.

Ein Blick von oben herab zeigte mir die Quelle des plötzlichen Lichts: Es war eine auf dem Altar brennende Kerze, die eine Art leuchtende Aura um Quesa herum bildete.

Jetzt erst bemerkte ich die Eule, die bislang völlig regungslos seitlich der Kerze gesessen hatte. Sie hatte ihren Kopf in meine Richtung gedreht und beobachtete mich. Beim Besuch vorhin, da war ich mir sicher, gab es hier weder eine Eule noch eine Kerze auf dem Altar.

Sekunden später stand ich mit dem so lange versteckt gehaltenen Tagoon vor ihr und reichte ihr das in ein beigefarbenes Wolltuch gewickelte Metallstück. Die fünf Taler hatte ich bereits oben auf der Empore schnell in meiner Hosentasche verschwinden lassen.

Nach nur einem kurzen Blick wehrte Quesa ab: »Dieses Exemplar ist nutzlos. Das ist die Replikation, die Gaz Togdor einst nach dem Original hatte anfertigen lassen!«

»Ja, ich weiß, ich kenne die Geschichte«, entgegnete ich, »danach ist der kleine Ort Louisendorf am Niederrhein angelegt worden und keiner dort weiß bis heute eigentlich genau, wieso!«

»Das Original-Tagoon im eigentlichen Sinne ist ein Orientierungslageplan, der zur Standortmarkierung verloren gegangener Objekte der fremden Zivilisation eingesetzt wird. Es wird entsprechend der Lage des Objektes so angelegt, dass es mit seinen Geraden und Linien direkt auf seine vier Einstiegsschleusen hindeutet, die immer nach dem gleichen Schema rechtwinklig zueinander in bestimmten Abständen zur Mitte des Objektes angelegt wurden. Zu Beginn der Pfälzer Besiedelung mussten vier Höfe genau auf diese vier Einstiege gebaut werden und ein fünftes Gebäude sollte später durch seine bauliche Ausrichtung auf den richtigen zeigen. Dieses fünfte Gebäude und seinen Standort kennen nur die zwei Gründerfamilien. Weder dieses Haus noch die anderen vier sind auf dem Tagoon-Nachbau gekennzeichnet. Alles geschah schon viele Jahrzehnte vor der Gründung des von Euch erwähnten niederrheinischen Dorfes. Da aber die Gefahr bestand, diese Gebäude durch Kriege oder Naturkatastrophen zu verlieren, sollten die Eigentümer des Objekts veranlassen, fast acht Jahrzehnte später eine zweite, größere Tagoon-Form als Markierung anzulegen, in Form einer ganzen Siedlung. So entstand Louisendorf. Von Anbeginn wurden zwei der Gründerfamilien, die Beckers und die Grossards, in dieses Geheimnis um die vier Eingänge eingeweiht. So kennen seitdem auch sie den einzigen gefahrlosen Einstieg ins Objekt, Ihr kennt die Geschichte. Da der originale Metallplan nicht mehr vorhanden zu sein scheint, kommt es auf das überlieferte Wissen dieser zwei Familien an. Und da Ihr der letzte Spross einer dieser Familien seid, müsstet Ihr Kenntnis vom begehrten Eingang haben! Bis jetzt habt Ihr es immer verneint. 1997 wollte Togdor Euch auch treffen, weil er im Besitz einer eigenartigen Buchseite war und Kenntnis darüber hatte, dass seit 1920 in Louisendorf etwas aufbewahrt wird und auf seine Abholung durch Euch wartet.«

»Seit 1920? – So'n Quatsch. Da lebte ich noch nicht einmal. Wer konnte 1920 wissen, dass es mich je geben würde!«, entgegnete ich seltsam ruhig. »Was für eine Information überhaupt?«

»Wo sich der gefahrlose Zugang befindet, durch den man ins Objekt unter der Gocher Heyde gelangt. Hat er Euch nichts von dem Schreiben erzählt damals?«

»Ich denke, er wollte es, er deutete etwas an, aber wie gesagt, dann verunglückte er tödlich!«

»Dann müsst Ihr herausfinden, wo das Versteck ist oder wer es versteckt hält. Nur Euch wird man es aushändigen!«

»Ich muss also nicht das Pergament, sondern den, der es in Gewahrsam hat, finden! Aber wie? Wie erkenne ich ihn?«

Quesa blieb völlig ruhig: »Chris, nicht Ihr ihn – er wird Euch erkennen. Weder ich und sonst jemand kann Euch dabei helfen. Das Jahr 1920 könnte ein Hinweis sein. Erinnert Ihr Euch an das, was Gaz Togdor mitgeteilt hatte?«, Dabei deutete Quesa auf das Tagoon. »Dieses Metallteil hatte seine Aufgabe schon lange erfüllt, sollte nur noch ablenken! Ihr hattet Togdor 1993 nicht wirklich ernsthaft zugehört, nicht wahr?«

»Klar habe ich«, murmelte ich und plötzlich war mir klar geworden, dass ich all die Jahre etwas versteckt hielt, was schon lange nichts anderes mehr war als ein Ablenkungsobjekt. Ich deutete auf das Tagoon in meiner Hand: »Wen sollte dieses blöde Ding denn ablenken?«

Noch immer verzog Quesa keine Miene: »Es gibt nicht nur die rechtmäßigen Besitzer, die dieses Objekt beanspruchen. Seit dem 16. Jahrhundert Eurer Zeitrechnung existiert eine Gruppe, die alles daran setzen wird, um in den Besitz eines dieser riesigen Objekte zu gelangen, d.h. in den Besitz deren Technologie. Diese Gruppe wird dafür töten! Aber darüber reden wir, wenn Ihr Togdors Info habt. Denkt daran, unsere Sache ist gerecht! Und wir werden Euch schützen – schützen vor dieser Gruppierung!«

»Und wie, bitteschön?«

Quesa öffnete erneut seine Hand und zeigte mir abermals den Joachimstaler: »Mittels dieser kleinen, nach Metall aussehenden Scheiben, denen wir das vertraute Aussehen einer alten und weitverbreiteten Münze gegeben haben, wie diese hier. Ihr solltet diese bereits von Togdor erhalten haben!«

»Ja, vor vierzehn Jahren im erwähnten Koffer, Stunden nach seinem Unfall. Er bat mich in einem Begleitschreiben, mindestens eine der Münzen mit den Ketten ständig um den Hals zu tragen, ohne genauer drauf einzugehen, warum. Dann sind das also keine echten Münzen und es ist kein Metall in unserem Sinne? Sind das eine Art einseitiger Peilsender?«

Den Hauch einer Regung glaubte ich in ihrem grazilen Gesicht zu erkennen. War es ein Lächeln? Hatte ich etwas Dummes gesagt?

»Nicht annähernd so etwas. Ich muss vorwegschicken, Geschöpfe meiner Art – und da bin ich nicht allein – können die Kapazität unserer Gehirne im Gegensatz zu normalen Menschen um ein Vielfaches nutzen. Diese Scheiben registrieren die Gehirnströme ihrer Träger, nehmen Zustände von Angst, Sorgen und tiefen Zuneigungen auf, verändern diese emotionalen Ströme in Wellen. Unsere Scheiben formen diese Wellen zeitnah um, so dass wir sie lesen bzw. mental spüren können. So ist es uns möglich, helfend einzugreifen. Wie in diesem Fall, denn ich bin für Euch verantwortlich!«

Ich versuchte erst gar nicht zu verstehen, was er/sie mir da an neurochemischer Gehirntechnologie an den Kopf warf. Mich beschäftigte nur eines: Konnte Quesa auf diese futuristische Art nur Emotionen empfangen, oder war sie auch in der Lage, die Gefühlswelt des Trägers bzw. des Senders zu manipulieren? Würde ich damit zum willenlosen Sklaven dieser Quesa degradiert?

»Und dann erscheinen Sie wie ein Dschinn und helfen mir, richtig? Aber ich muss diese spezielle Münze bei mir tragen!«

»Unbedingt! Wäre in Eurem Fall wichtig! Gut, dass Ihr Togdors schriftlichem Rat gefolgt seid und sie ständig bei Euch tragt!«

»Sie sprachen von dieser anderen Gruppierung. Weiß diese von meiner Existenz und was meine Rolle in diesem Spiel ist?«

»Ich werde offen zu Euch sein. Jene wissen sogar um die Wichtigkeit Eurer Rolle. Man wird am Niederrhein bereits auf Euch warten und sie werden Euch suchen. Ein zerstörtes Objekt nutzt auch denen nichts. Und glaubt mir, es ist kein Spiel! Während wir nur noch den richtigen Zugang benötigen, brauchen die anderen neben dem Zugangshinweis auch noch den Zeitpunkt, wann durch uns die Rettung des Objekts genau erfolgen wird. Das steht schon genau fest. Beide Angaben werden jene von Euch haben wollen, deshalb erfahrt Ihr den genauen Zeitpunkt erst wenige Stunde zuvor!«

»Knappe Sache, verdammt! Ich muss darüber mit Becca sprechen, schließlich geht es auch sie an!«

»Chris, nicht nur Euch hat man im Visier. Sicher werden auch schon Becca und Larissa beobachtet. Solltet Ihr nicht kooperativ sein, werden sie als Druckmittel gegen Euch eingesetzt werden, bestimmt!«

»Larissa? Die hat doch nichts mit der Sache zu tun!« Die Erwähnung meiner Tochter erschreckte mich sehr. Zudem hatte Quesas Stimme einen bedrohlichen Unterton angenommen. Ich fühlte mich unweigerlich unter Druck gesetzt: »Ich muss meine Gedanken sortieren, ich will sicher sein, das Richtige zu tun!«

»Da gibt es nichts nachzudenken, es bleiben Euch vier Tage! Jene werde ich abzulenken wissen. Eines solltet Ihr unbedingt noch beachten: unsere Gegner dürfen nicht in den Besitz dieser speziellen Taler kommen, auf keinen Fall!«

Das letzte Wort hatte eine Schärfe und einen beinahe unmenschlichen Klang.

Ehe ich es verhindern konnte, war Quesa blitzschnell an mich herangetreten, hatte die linke Hand um meinen Nacken gelegt und drückte die Münze fest gegen denselben.

Sofort spürte ich die irre Hitze im Berührungsbereich und eine Bewegungsunfähigkeit überzog meinen Oberkörper bis runter zu den Lenden. Sie konnte es trotzdem so steuern, dass ich auf den Beinen blieb. Selbst als sie den Druck lockerte, konnte ich mich nicht bewegen. Auch den Kopf nicht.

Es war beängstigend und unheimlich zugleich.

Sie spürte meine Panik, löste den Druck noch mehr, was mich auf der Stelle ruhiger und ruhiger werden ließ.

Nachdem sie ihre Hand samt Münze ganz von meinem Nacken genommen hatte, konnte ich mich wieder bewegen.

»Was ist da gerade mit mir passiert?«, fragte ich flüsternd.

Als Antwort durchbohrte ein plötzlicher stechender Druck meinen Kopf, dass ich vor Schmerzen auf die Knie sank und mich abstützen musste. Das Tagoon, das ich die ganze Zeit in der Hand hielt, fiel zu Boden. Ich schloss die Augen und registrierte nach Sekunden mit Erleichterung das Nachlassen des Druckes. Als ich die Augen wieder öffnete, war es finster um mich.

Das Glimmen und Quesa waren verschwunden. Beim Aufrichten berührte mein Fuß etwas auf dem Boden. Es war die Taschenlampe, die wieder angesprungen war.

Sofort leuchtete ich den gesamten felsigen Kirchenraum aus. Keine Spur mehr von Quesa. Sie war von einer zur anderen Sekunde verschwunden wie die Kerze vom Altar und auch die Eule. Das Tagoon entdeckte ich auf einer der Bänke. Hatte ich es dort abgelegt? War das hier alles real?

Hinter mir regte sich etwas.

Sundboes stöhnende Stimme wurde hörbar: »Verflucht, was ist passiert? Hat uns ein Stromschlag fertig gemacht?«

Ich richtete die Taschenlampe auf Becca. Gott sei Dank kam auch sie wieder zu sich.

Ich eilte zu ihr, half ihr hoch.

Noch leicht benommen lehnte sie sich an mich.

Nun sprang auch draußen die Laterne an und schenkte der Felsenkirche ein wenig mehr Helligkeit.

»War wohl ein Stromausfall oder ein Kurzschluss, womöglich durch einen Blitzeinschlag, und wir haben das voll abbekommen!«, suchte Sundboe nach einer Erklärung, während er sich den Schmutz von seinem Anzug klopfte. »Waren wir alle weggetreten?«

Sollte ich darauf antworten? Sollte ich Quesa erwähnen? Später vielleicht.

»Ich weiß es nicht«, stöhnte eine sehr benommene Becca.

Becca schaute mich an: »Warst du auch ohnmächtig?«

»Ja, aber nur kurz«, log ich, um sie zu beruhigen, »dann holte ich das Tagoon aus dem Versteck. Glücklicherweise funktionierte die Taschenlampe wieder!« Mit der deutete ich auf eine der seitlichen Sitzbänke.

»Ein interessantes Teil und Sie nennen es Tagoon«, bemerkte Sundboe und beugte sich ein wenig vor, »darf ich es einmal sehen, wieso Tagoon? Woher stammt der Name, könnte aus dem Keltischen stammen.«, er betrachtete das Objekt von allen Seiten auffallend genau.

»Herr Sundboe ...!«

Dieser reagierte nicht. Es schien, als suche er etwas auf der Oberseite des Tagoon.

»Herr Sundboe, alles in Ordnung? Irgendwelche Blessuren vom Sturz?«

Sundboe schaute mich an: »Was? Nein, nein, alles okay. Das Stücksken Metall hier sieht wirklich interessant aus!«

Ich schaute Becca an. Dachten wir beide das Gleiche? Kleefs Platt!

»Herr Sundboe, als wir kamen, stutzten wir über Ihre Kreis Klever Nummer auf dem Autoschild. Sind Sie direkt aus Kleve?«, fragte ich.

»Ja, stimmt. Eigentlich war ich in Kelheim auf der Suche nach einem ehemaligen Klever namens Chris van Heuvel oder Christopher Ubermeyer. Habe aber keinen von beiden gefunden!«

Ich überlegte kurz und entschied dann, mich zu erkennen zu geben. Wie sollte ich sonst herausfinden, wie er mir auf die Spur gekommen war. Klaus aber wollte ich vorerst außen vor lassen.

»Wenn Sie aus Kleve sind, sollten Sie mich eigentlich kennen, Herr Sundboe, denn ich bin Chris van Heuvel. Weshalb suchen Sie mich?« Auf die Antwort war ich gespannt.

»Ja wirklich? Nicht zu glauben!«, stieß Sundboe einen kurzen Lacher aus, sah dabei erst mich, dann Becca an. »Bei diesen Lichtverhältnissen echt schwer. Aber da kann man sehen, wie klein die Welt ist. Herr van Heuvel, ich komme gleich auf den Punkt: Weshalb suche ich Sie? Es geht um die Aussagen eines früheren Kollegen von Ihnen, eines Herrn Brakel. Über ihn würde ich mich gerne mit Ihnen unterhalten, so es Ihnen recht ist?«

»Jetzt noch?«, fragte ich halb erstaunt, halb neugierig.

»Sicher. Ihretwegen bin ich extra aus Kleve angereist. Morgen ist Montag und da sollte ich eigentlich wieder in meiner Kanzlei sein.«

Becca stieß mich an: »Wir müssen noch Larissa holen, vergiss das nicht!«

Ich nickte ihr verstehend zu.

»Herr Sundboe, wenn es nicht zu lange dauert, okay. Wir können uns in Kehlheim in die Kneipe eines Freundes setzen. Dort sind wir ungestört.«

»Sie sagten, Sie seien hergejoggt. Sie werden doch nicht etwa auf die gleiche Weise zurück ...?«

»Normalerweise tun wir das.«, flunkerte Becca.

»Alle Achtung. Das bei dem Wetter? Aber mit dem Wagen sind wir im Nu da, kommen Sie!«

Becca schnappte sich den Rucksack, ich das nun belanglose Tagoon, und während wir die Kirche verließen, leuchtete ich noch einmal zurück zum Altar. Quesa ging mir durch den Kopf. Einbildung? Wieso dachte ich jetzt an sie? Jedenfalls würde ich Becca von meiner Begegnung heute Abend noch erzählen, nachdem wir Larissa abgeholt hätten.

Auf der Rückfahrt drehten sich meine Gedanken um Klaus. Wo hielt er sich auf? Wenn nicht im Klösterl-Umfeld, wer bitte hatte dann die Kirche aufgeschlossen? Dass er da irgendwo war, bewies das Fahrrad!

Nicht nur, dass es unvermindert weiterregnete, auch hatte die Donau an manchen Stellen schon die Promenade in Besitz genommen. Erste Sperrschilder waren bereits aufgestellt worden.

In der Kneipenküche setzte ich eine Kanne Kaffee auf, während Becca im Bad war und Ole Sundboe sein Handy nach neuen SMS kontrollierte. Er war nicht annähernd so durchnässt wie Becca und ich.

Auf einem der Stammtische lagen Beccas Rucksack und das Tagoon vom Wolltuch umwickelt.

Im Licht der Deckenleuchte war nun die feine Schicht Rost zu erkennen, die sich im Laufe der Jahre auf das Metall gesetzt hatte. War es dieser Rost, der Quesa signalisierte, dass es sich hier nicht um das Original handelte?

Der Kaffee lief durch und so verzog ich mich kurz in den Toilettenraum. Verdammt, mein Nacken schmerzte immer noch! Hätte ich verhindern können, dass mir die Münze in den Nacken gedrückt wurde? Es ging so schnell. Im Spiegel suchte ich nach einem blauen Fleck, aber da war nichts. Quesa schien genau zu wissen, was sie tat.

»Irre Technik«, flüsterte ich und starrte auf die spiegelverkehrte unbeschädigte Haut. Ich wusste nicht, was überwog: Erstaunen oder Verärgerung.

Allem Anschein nach hatten weder Becca noch Sundboe auch nur das Geringste vom Besuch Quesas in der Felsenkirche mitbekommen. Sollte ich ihr wirklich von der Begegnung berichten? Dem Sundboe bestimmt nicht.

Da flackerte die Lampe.

Ich schaute hoch: »Oh – bitte nicht! Bleib bloß an!«

Gott sei Dank gehorchte das Licht.

Plötzlich war sie wieder da, die Unruhe im Kopf, wie in der Felsenkirche.

Beccas Stimme riss mich aus meinen Gedanken: »Chris, Tempo! Wir müssen sofort weg hier. Das Wasser steigt immer höher und wir müssen noch Larissa finden!«

»Keine Sorge, so schnell steigt die Donau nun auch wieder nicht, und was heißt hier: finden? Wir wissen doch, wo sie ist. Um 22 Uhr holen wir sie ab – wie verabredet!«

»Was redest du da? Nicht die Donau steigt, sondern der Rhein und das ziemlich schnell. Los jetzt!«

»Was?«, ich verstand nicht, wovon Becca sprach, »Wieso der Rhein? Wir sind doch in Kelheim!«

»Was ist mit dir, Chris? Erinnere dich! Kelheim haben wir vor vier Tagen verlassen, als wir von der bevorstehenden Katastrophe hier erfahren haben. Du hast sie nicht verhindern können. Eine gigantische Explosion hat ein Erdbeben ausgelöst und dieses verursachte einen Riss, der von der Eifel bis an die Nordsee reicht. Das Meer ergoss sich über große Teile Hollands und überflutete auch den Niederrhein. Nur noch die Spitzen der Kirchtürme ragen aus dem Wasser heraus. Das Wasser steigt weiter und erste Abschnitte der Uedemer Straße sind schon nicht mehr passierbar. Komm schon, die Kidnapper riefen gerade an. Sie haben unsere Tochter am Tannenbusch freigelassen. Wir müssen da sofort hin!«

Becca drehte sich um und stürmte aus dem Raum. Die Tür flog hinter ihr ins Schloss.

Ich stand wie erstarrt da. Was ging hier ab? Ich ihr nach, riss die Tür auf… und stand im hellen Licht des Schankraumes von Klaus' Kneipe.

»Becca«, schrie ich, »wo bist du? Warte auf mich!«

»Hier!«, tönte es ruhig herüber, »Was ist passiert?«

Ich sah, wie Becca und Sundboe mich irritiert ansahen.

»Ich hatte … ich dachte … äh – nichts.«

»Chris, wir diskutieren gerade über das Erlebte und dass wir wegen des Stromschlags verdammt viel Dusel gehabt haben.«

Gedanklich war ich immer noch im Toilettenraum. Hatte ich gerade ein Déjà-Vu?- Ein verdammt realistisches? Intuitiv griff ich in meinen Nacken. War das eine Botschaft von Quesa?

»Du glaubst doch auch, dass ein Blitzschlag Auslöser unserer Ohnmacht gewesen war, oder?« Becca schaute hoch.

Dass es für die Besinnungslosigkeit beider einen anderen Grund gab, wusste ich nur zu gut.

»Gut möglich«, wollte ich sie beruhigen und trat zu beiden an den Tisch.

Becca bohrte nach: »Kannst du mir vielleicht einmal verraten, wieso du nicht so lange ohnmächtig warst wie wir?«

»Keine Ahnung!«

»Aber du standest doch direkt neben uns, als es knallte?«

»Becca, bleib locker«, lächelte ich sie an, »ich war halt wieder früher auf den Beinen und habe die Zeit genutzt und das Tagoon einfach mal geholt.«

»Wie? Und du hast dich nicht um uns gekümmert als wir auf dem Boden lagen – ohnmächtig?«

»Doch, doch, sicher doch!«, verteidigte ich mich, »Aber ich sah, dass euch nichts fehlte, dass ihr nur ohne Besinnung wart. Und ich war ja auch sofort wieder bei euch.«

Ole Sundboe mischte sich ein: »Tagoon, hm«, er deutete auf den Tisch, »ich habe den Namen schon mal gehört. Kann das sein?« Er ging zum Tisch und betrachtete es jetzt bei hellem Licht. »Herr van Heuvel, hier ist etwas eingraviert. Wissen Sie, was es bedeutet?«

Ich stutzte. Eingraviert? Seit es in meinem Besitz war, war mir eine Gravur nicht aufgefallen. Quesa? Ich tat leger: »Ach so – ja klar, die Gravur. Hat vielleicht etwas zu bedeuten oder auch nicht.«

»Hier am Rand, kann man gut erkennen.«, Sundboe deutete auf die Vertiefungen. »Futuristische Zeichen oder Symbole könnten das sein. Das eine könnte ein Tor darstellen mit einer – hm, ich rate mal – zwei und Null darüber und daneben eine Form wie eine Mondsichel mit einer stilisierten 1109, ebenfalls drüber positioniert. Hat jemand eine Idee dazu?«

Ich schaute mir das an. Das war definitiv neu, auch wenn es uralt und leicht angerostet aussah.

»Eigentlich nicht. Auch die wenigen Eingeweihten von damals hatten keine Erklärung dafür!«

»Wirklich nicht?«, konterte Sundboe, »Auch nicht Paul Brakel? Brachte dieses Tagoon Brakel nicht in große Schwierigkeiten«, Sundboe schaute mich an, »und wegen Brakel bin ich auf der Suche nach Ihnen, Herr van Heuvel – und nun bin ich hier.«

Ich zögerte einige Sekunden: »Also Paul Brakel! Es geht um Paul Brakel.«

Becca hatte sich zwischenzeitlich um den Kaffee gekümmert und kam nun mit einem Tablett und drei vollen Tassen auch an den Tisch.

»Draußen schüttet es jetzt richtig«, meinte sie, »wenn es so anhält, bekommen alle hier rund um den Hafenkanal nasse Füße. Und Teile Kelheims gleich mit! Spätestens in zwei Tagen ist hier Land unter – garantiert! Und, Herr Sundboe, was ist mit Paul Brakel? Sie kennen ihn?«

»Kann man so sagen«, antwortete Sundboe und zog eine Tasse zu sich heran.

Verflucht, was hatte dieser Mann mit Paul zu schaffen?

»Sie haben nicht zufällig etwas mit dem Projekt Endmoräne von 1993 zu tun?«, fragte ich frei heraus.

Der Gefragte nahm einen kleinen Schluck aus der Tasse, sah kurz Becca, dann mich an: »Nicht unmittelbar und doch irgendwie schon. Ich bin hier, um herauszufinden, was Brakel in die Psychiatrie gebracht hat. Haben Sie eine Vermutung? Er war doch Ihr Freund!«

Ich hörte wohl nicht richtig: »Wie? Paul ist in der Psychiatrie? Seit wann?«

»Seit einer Woche.«

Ich starrte den Mann an: »Und um wieder rauszukommen braucht er einen Anwalt? Hat er Sie deshalb hergeschickt?«

»Ich bin nicht Brakels Anwalt«, kam die schnelle Antwort, »und er hat mich auch nicht hergeschickt.«

Kurz starrte ich vor mich hin, schüttelte den Kopf: »Dass diese dubiose Endmoränensache ihn in die Psychiatrie bringen würde, nein, das hätte ich nicht gedacht!«

»Sie meinen mit ›Sache‹ das Objekt unter der Gocher Heyde.«

Skeptisch schaute ich Sundboe an: »Wenn Sie nicht Brakels Anwalt sind, woher haben Sie dann diese Informationen? Also haben Sie doch mit ihm gesprochen!«

Sundboe räusperte sich kurz, schien für einen Moment verlegen: »Nein, habe ich nicht.« Er legte die Hände flach auf den Tisch: »Das konnte ich gar nicht, Herr van Heuvel«, er räusperte sich abermals, »Paul Brakel ist tot. Er wurde vor zwei Tagen morgens in seinem Zimmer leblos aufgefunden.«

Plötzlich war es mucksmäuschenstill im Raum.

In meinem Kopf kreisten alle möglichen Gedanken. »Wie bitte?«, ich schaute Becca an, dann wieder Sundboe. »Paul ist tot? Reden Sie keinen Scheiß! Glaub ich nicht.«

»Leider ja. Das ist die traurige Wahrheit.«

Ich war geschockt. Erst hörte ich, dass der Ex-Kollege in der Psychiatrie saß und eine Minute später, dass er gar tot sein sollte!

»Sie sind mir vielleicht eine Marke«, blaffte ich den Anwalt an, »kommen her, um mich über Paul auszufragen und erwähnen beiläufig, dass er tot sei. Nee – nee – nee!«

Becca, die zur Theke war, um die Kanne mit Kaffee an den Tisch zu holen, hatte von dort alles mit angehört.

»Zum Teufel mit dem Kaffee!«, zischte sie und brachte statt der Kanne eine Flasche Bärwurz samt drei Gläser mit. Wortlos füllte sie erst zwei – nach anwaltlichem Nicken – drei Gläser randvoll mit dem Hochprozentigen.

Ich wollte es immer noch nicht glauben.

»Und am Abend davor lebte er noch?«, fragte Becca.

Sundboe nickte und schnappte als erster nach seinem Glas und kippte den Bärwurz runter.

»Genau!« antwortete er. »Damit hatte wirklich keiner gerechnet«, Sundboe betrachtete sein geleertes Glas, »der behandelnde Arzt meinte, dass sein Zustand sich sogar gebessert hatte, nachdem er ihm zusagte, nach Ihnen zu suchen, der seine fantastischen Berichte über ein verschüttetes Objekt unter dem Tannenbusch bestätigen konnte. Für den Arzt kam das plötzliche Ableben daher völlig unerwartet. Natürlich hätte man sonst entsprechende Sicherheitsvorkehrungen getroffen, ihn zumindest besser überwacht.«

»Sollte man annehmen. Auf Paul! Prost!«, rief ich halblaut in den Raum. Beccas und mein Glas trafen sich, erzeugten den notwendigen Klang und wir kippten das Zeug runter.

Ich spürte den scharfen Brand in der Kehle. Wieder fixierte ich den mir gegenüber Sitzenden: »Ich frage mich allerdings, wieso hockt dann ein Anwalt hier und nicht der Psychodoc, wie er es Brakel versprochen hatte?«

Kam ich etwa aggressiv rüber? Vertrugen sich Quesas Berührungen meines Nackens nicht mit Alkohol?

»Also, wieso fährt ein Anwalt anstelle des Arztes über 700 km, um von mir eine Bestätigung für die Aussagen eines Toten zu bekommen? Ein Anwalt kostet Geld. So ein Trip kostet Geld. Wer bezahlt das alles? Der Doc? Der Psycholaden bestimmt nicht. Etwa Sie selbst? Wenn Sie wollen, dass ich Ihnen etwas über Brakels Geschichten erzähle, dann sollten erst Sie mir einiges über den wahren Grund Ihres Hierseins erklären!«

Ole Sundboe hob beschwichtigend die Arme: »Kein Problem. Ich werde es so kurz wie möglich machen. Also, wenn ein Neuzugang in der Akutpsychiatrie einer Landesklinik eine abgefahrene Geschichte erzählt, wenn durch bestimmte Erlebnisse oder Erfahrungen plötzlich Veränderungen in den Verhaltensweisen dieses Patienten medizinisch nicht erklärbar sind, wenn dem Ganzen gar etwas Mysteriöses anhaftet, dann werde ich gerufen. Ich mache diesen Job neben meiner eigentlichen Anwaltsarbeit stundenweise und ehrenamtlich. So rief man mich schon einen Tag nach Brakels Einlieferung in die Klinik. Brakel hatte dann darauf bestanden, dass ich Sie ausfindig machen sollte, unbedingt.«

Ich spielte mit meinem leeren Glas, zögerte kurz, aber ich musste es genau wissen: »Sagen Sie, gibt es für die Todesursache eine Vermutung? Kommen Sie mir jetzt nicht mit ärztlicher Schweigepflicht oder so was.«

»Anwaltliche Schweigepflicht wäre da eher zutreffend. In diesem Fall«, entgegnete der Jurist, »glaubte man an Herzstillstand oder eine Art Embolie!«

»Wie bitte? Embolie? Wie das denn – und was heißt, man glaubt? Ist man sich da nicht sicher?«

Sundboe drehte sich zu Becca und hob sein Glas an: »Ein gutes Zeug. Wenn Sie beide nichts dagegen haben, gebe ich noch einen davon aus auf meine Rechnung!«

»Lieber einen Kaffee!«, kam es fast gleichzeitig von Becca und mir.

Becca machte sich auf, um Kanne und Tassen zu holen und auch die Flasche Bärwurz.

Sundboe schaute ihr hinterher und dann sah er mir lange in die Augen, so als gingen unzählige Gedanken durch seinen Kopf: »Kaffee ist auch gut, na klar. Also kurzum, man tappt im Dunkeln, wie und was ihn letztlich getötet hat. Aber …«, er zögerte.

»Was aber?«

»Beim Auffinden soll den Pflegern aufgefallen sein, dass der Hals des Toten nass war, nicht aber Oberkörper oder Gesicht. Da man dies mit der umgefallenen Wasserflasche auf der Konsole erklärte, schenkte man dieser Tatsache keine weitere Beachtung und rieb den Hals trocken. Haben Sie eine Idee zu all dem?«

»Nein, wie sollte ich«, zuckte ich mit den Schultern, »Brakel habe ich seit mehr als vierzehn Jahren nicht mehr gesprochen!«

»Ich meine nicht die Todesursache. Ich spreche davon, was ihn in die Psychiatrie gebracht haben könnte. Ich meine seine Andeutungen Objekt im Boden, bevorstehende Katastrophe usw.«

Ich schüttelte abwägend den Kopf: »Tja, was soll ich da sagen, die gemeinsamen Recherchen sind ewig her. 1997 war ich letztmalig im Klever

Raum. Wenn Sie aus Kalkar sind, dürften Sie eher mitbekommen haben, so sich dort in der Zwischenzeit etwas Ungewöhnliches ereignete.«

Becca war zurück und schenkte den Kaffee ein. Sundboe bekam seinen Bärwurz.

»Chris, es wird Zeit für Gronsdorf.«, bemerkte sie. »Ich kann Larissa auch alleine abholen, aber wie kommst du dann nach Hause?«

»Kein Problem«, kam es von Sundboe, »ich bringe ihn, wenn Sie ihn noch etwas hier lassen.«

Wenig später zog Becca ihre Regenjacke über und meinte: »Okay, morgen hat die Kneipe sowieso Ruhetag. Bis dann!«

»Warte mal, Schatz!«, erwiderte ich, stand auf und folgte ihr zur Tür. Dort nahm ich eine der beiden Talerketten vom Hals und legte diese Becca um. »Ich will, dass du sie ab sofort trägst und auf keinen Fall abnimmst. Versprich du mir das?«

»Wenn du darauf bestehst, natürlich.« Becca sah mir in die Augen und es schien, als ahnte sie meine Beweggründe. Ohne Kommentar gab sie mir einen Kuss und meinte nur: »Komm nicht so spät, Schatz!«

Augenblicke später fuhr sie davon.

»Wissen Sie, dass ich Ihre Mutter kenne?«, fragte Rundboe plötzlich, nachdem wir uns eine ganze Weile über die Landesklinik ausgetauscht hatten.

»Wie bitte?« Ich hatte mit allem gerechnet, damit nicht, »Woher kennen Sie meine Mutter?«

»Durch die ältere Untermieterin Ihrer Mutter.«

»Ältere Untermieterin?«, wiederholte ich. »Das ist mir neu. Aber wir sprechen ohnehin kaum miteinander.«

»Ja, letztes Jahr im September ist sie eingezogen. Kommt aus dem Südhessischen. Ich habe sie mal juristisch vertreten.«

In diesem Moment ertönte das melodiöse Piepen eines Handys.

Wir schauten einander erstaunt an. Es war weder seines noch meines. Das Piepen kam aus dem Garderobenraum.

Ich schaute nach und fand es in einer der Innentaschen von Klaus' geliebter Trachtenjacke. Ich betrachtete es und war mir sicher, es war nicht das Handy, das ich von Klaus kannte. Wie kann es sein, versuchte ich mir einen Reim darauf zu machen, dass wir am Vormittag, als wir diese Jacke nach Hinweisen zu seinem Verschwinden durchsuchten, kein Handy in den Taschen fanden, jetzt aber wohl. Das konnte nur von einem der Gäste während des Tagesgeschäfts unbemerkt dort hineingesteckt worden sein. Aber warum? Genauso spannend war die Frage: wer zum Teufel ruft um diese Zeit hier an?

»Hallo, wer ist dran?«, meldete ich mich und schritt zurück in die Schankstube.

»Van Heuvel, wir haben Ihre Frau und Tochter. Es geht ihnen gut, noch! Morgen um Punkt zwölf werden wir Sie über dieses spezielle Handy kontaktieren. Das funktioniert nur, wenn Sie sich dann nördlich des 51. Breitengrades befinden. Gute Reise und lassen Sie sich nicht aufhalten!«

»Ich, ... hören Sie, ...« Noch während ich stotternd nach Worten suchte, wurde bereits abgeschaltet. Was war das denn? Was geschieht hier? Becca und Larissa entführt? Das kann nur ein makabrer Scherz sein? Becca war doch vor knapp zehn Minuten noch hier. Sogleich versuchte ich mit dem Handy Beccas Mobiltelefon anzurufen. Negativ. Klar, ich hatte ein manipuliertes Telefon in der Hand. Dann eben über mein Handy, das in der Regenjacke steckte. Diese hing zum Trocknen in der Küche über einem Stuhl.

Von meiner Hektik aufgescheucht, folgte Sundboe mir in die Küche. »Wer war denn dran? Ist was passiert?«, wollte er wissen.

»Das will ich gerade herausbekommen.«, antwortete ich nervös und wählte erneut Beccas Nummer. »Nichts, kein Freizeichen, kein besetzt, keine Mailbox – tot!«

»Was ist denn los?«

Ich drehte mich Sundboe zu und packte ihn am Arm: »Wie viele Bärwurz haben Sie getrunken? Sie müssen mich nach Hause bringen, damit ich heute Nacht noch in Richtung Niederrhein aufbrechen kann!«

»Was, diese Nacht noch? Wieso diese Aufregung plötzlich?«, der Anwalt wurde von meiner Hektik geradezu angesteckt.

»Man hat Becca und unsere Tochter.«

»Wer hat Ihre Frau und Tochter?«

»Das sagten die nicht. Nur, dass ich mehr erfahren werde, wenn sich das Handy, auf dem sie mich gerade kontaktiert haben, nördlich des 51. Breitengrades befindet, morgen nach zwölf Uhr.«

»Was ist das denn für eine Anweisung?«

»Keine Ahnung, aber egal. Sind Sie in der Lage zu fahren? Ja? Okay, dann bringen Sie mich nach Hause. Ich muss sicher sein, dass ich nicht verarscht worden bin. Von dort könnte ich – so Becca und Larissa wirklich nicht zu Hause sind – dann mit meinem Wagen in Richtung Niederrhein starten.«

Kopfschüttelnd trat Sundboe auf mich zu: »Auf keinen Fall fahren Sie alleine. Wir machen Folgendes: Wir fahren erst zu Ihnen nach Hause. Sollte niemand da sein, direkt nach Gronsdorf oder wie der Ort heißt, und fragen dort nach. Sollte sich der Anruf bezüglich der Entführung von Becca und Larissa als immer wahrscheinlicher herausstellen, checke ich mich sofort in meinem Hotel aus und wir machen uns gemeinsam auf den Weg zum Niederrhein. Ich denke, mein Wagen ist schneller als der Ihre.«

»Und die Polizei?«, fragte ich.

»Die hält uns im Moment nur auf«, entgegnete Sundboe, »und wirklich helfen kann die uns auch nicht.«

»Okay!« murmelte ich. Der Mann ist Anwalt. Der muss wissen, was er tut.

In der ›Turmschenke‹ ließen wir alles stehen und liegen, Licht aus, abschließen und schon waren wir auf dem Weg.

Die Feuerwehren kamen uns entgegen. Der Regen und die ansteigende Donau forderten jetzt schon deren Einsätze.

Ich hatte auf dem Beifahrersitz Platz genommen, schaute rüber zu Sundboe und fragte: »Wo, zum Henker noch mal, verläuft der 51. Breitengrad?«

Montag, 05. September 2011/C MINUS 4 TAGE

Langsam kam der dunkle Rover den Lerchenweg heraufgerollt, folgte an der nordöstlichen Ecke des Tannenbuschs der Kirchstraße nach links, um nur hundert Meter weiter in den parallel zum Wald verlaufenden und für den Normalverkehr gesperrten Wirtschaftsweg einzuschwenken. Vorbei an der Rückseite eines Hofes stoppte der Wagen genau dort, wo der Hauptwaldweg vom westlich gelegenen Parkplatz geradlinig durch die Mitte des Hains bis hierher führte und auch endete.

Die Türen öffneten sich und sechs Personen in Militärarbeitsuniformen entstiegen dem Wagen. Sie sondierten zunächst die Umgebung.

Da außer dem Hof die anderen Häuser etwa 300m entfernt vom Tannenbusch lagen, waren mit etwaigen Störungen nicht zu rechnen.

Aus dem Laderaum wurden Spaten, Schaufeln und Spitzhacke hervorgeholt. Zusätzlich mit Taschenlampen ausgestattet, setzte sich die Sechsergruppe wortlos in Marsch. Sie folgten dem Hauptweg bis zur Stelle, wo ein Weitergehen nur noch nach links oder rechts möglich war.

Einer der Männer ohne Spaten oder Spitzhacke in der Hand deutete dennoch geradeaus in die Verlängerung des gekommenen Weges: »So, meine Herren Hauptgefreiten, wir gehen jetzt durchs Gelände weiterhin in diese Richtung, bis zur Position, die unser Seismologe als wahrscheinlichen Ausgangspunktes des Erdrisses vor einer Woche ermittelte. Sie muss nahe des Tannenbuschzentrums sein. Ein kreisförmiger Erdwall soll die Stelle umgeben. Passen Sie auf, wo Sie hintreten!«

Die Anweisungen kamen von Oberstleutnant Knut Hinrichs. Dieser schaute rüber zu seinem ebenfalls in Arbeitsuniform gekleideten Nebenmann: »Mr. Texome, ich denke, wir werden finden, was wir suchen!«

Es ging weiter. Sechs Lichtkegel wackelten sich immer tiefer in das Wäldchen.

Hol Texome war amerikanischer Regierungsbeamter und gleich aus Ramstein, dem Hauptsitz der amerikanischen Streitkräfte in Europa, nach Kalkar geeilt, nachdem Hinrichs ihn angerufen und über die plötzliche Bodenverwerfung und die toten Mädchen im Tannenbusch informiert hatte. Seitdem hatte der Oberstleutnant in der Kalkarer Von-Sydlitz-Kaserne sein Einsatzbüro. Um welche Art Einsätze es sich handelte, auf die er sich dort vorbereitete, wusste niemand in der Kaserne, am wenigsten die vier für diese Nacht abkommandierten Soldaten, die jetzt hier mit im Tannenbusch waren. Auch, wonach genau sie Ausschau und möglicherweise graben sollten, hatte man ihnen nicht mitgeteilt.

Immer wieder blickte Hinrichs sich nach allen Seiten um. Zwar hatte er eine militärische Legitimation hier zu graben, aber irgendwelche Fragen von neugierigen Wanderern beantworten wollte er auch nicht. Deshalb wählte er die späte Abendstunde für diese Aktion.

»Hinrichs, Sie wissen, dass alles, was wir hier finden, so es relevant ist, zunächst von unseren Leuten in Ramstein untersucht wird. So ist das vereinbart!«, flüsterte Taxome.

»Ja sicher«, entgegnete Hinrichs mürrisch, »obwohl wir die ganze Arbeit machen und nicht Ihre Leute!«

Taxomes Grinsen konnte Hinrichs nicht sehen: »Sorry, my friend! Das ist nicht meine Entscheidung!«

Beide Männer hatten sich vor achtzehn Jahren während des '93er Moraine-Projects kennengelernt und zu jener Zeit schon zusammengearbeitet. Der damalige Versuch, das Objekt zu vereinnahmen, scheiterte kläglich.

Die Existenz dieses riesigen Fundes konnte danach perfekt vertuscht und verschwiegen werden. Aber zu keiner Zeit wurde der Plan aufgegeben, sich der Technologie des Objekts zu bemächtigen.

Zwar versuchten Zeitungsleute damals wie auch vier Jahre später zusammen mit Freunden die ganze Geschichte publik zu machen, aber die Störenfriede von damals waren heute nicht mehr in der Gegend oder tot.

»Herr Oberstleutnant, ich glaube, hier ist was«, meldete plötzlich einer der Soldaten, »ich glaube, dies könnte der von Ihnen beschriebene Wall sein!«

Hinrichs und Texome traten dichter an die Bodenerhöhung heran, überstiegen diese und suchten die Mitte dieses Ringwalls auf. Das aufragende Wurzelwerk eines umgestürzten Baumes ließ einen breiten Riss im Boden erahnen und dann entdeckten sie das fast zwei Meter im Durchmesser große, fast kreisrunde Loch im Boden und leuchteten hinein.

»Das sieht auf keinen Fall natürlich aus«, zischte Taxome.

»Ein Eingang?«, fragte Hinrichs, »Oder der Ausgang für die registrierten Blitze? Wir müssen das untersuchen. Aber am Tage, wenn's hell ist!«

»Okay, machen wir morgen weiter.«, entschied Texome. »Die Soldaten sollen alles abdecken und tarnen – und dann verschwinden wir von hier. Okay!«

Weder Hinrichs, Texome, noch die vier Soldaten bemerkten den alten weißhaarigen Mann, der mit seinem Hund zwischen den Bäumen stand und sie aus einiger Entfernung beobachtete. Er selbst vernahm nur leise Stimmen und sah die zappelnden Lichtkegel. Auch der Dunkelheit wegen konnte er sich keinen Reim darauf machen, was dort getrieben wurde. Von der Forstverwaltung waren die jedenfalls nicht, das wusste er, nicht um diese Zeit. Neugierig war er schon und er überlegte, ob er etwas näher herangehen sollte.

In diesem Moment begann der Hund an seiner Seite leise zu knurren.

Es war vier Uhr nachts. Langsam füllte sich die Autobahn Richtung Frankfurt mit LKWs. Nach der Wochenendruhe wurde jetzt wieder reichlich Gummi gegeben, musste verloren gegangene Zeit wieder eingefahren werden.

Zwischen zwei 40-Tonnern befand sich auch ein dunkler Wagen: Sundboes BMW. Auf dem Rücksitz lagen einige notdürftig zusammengepackte Taschen mit Kleidungsstücken. Obendrauf ein geöffneter roter Rucksack – Beccas Rucksack. Das Tagoon lag gut verpackt im Kofferraum. Die fünf echten Münzen hatte ich in der Hosentasche und mit der dritten von zu Hause wieder zwei Kettenmünzen um den Hals.

Gestern Abend machten wir es genau so, wie es Sundboe vorgeschlagen hatte: Als feststand, dass Becca und Larissa weder daheim noch in Gronsdorf waren, obwohl beide von dort pünktlich weggefahren waren, wie man uns versicherte, nahmen wir den Anruf für wahr. Hatte man meine beiden liebsten Menschen irgendwo unterwegs gestoppt und entführt? Aber wo war dann unser Auto? Auf der Rückfahrt von Gonsdorf jedenfalls entdeckten wir es nirgends am Straßenrand.

Ich war so aufgewühlt, dass ich sogar das abendliche Abrufen von E-Mails total vergessen hatte.

Vor zehn Minuten hatte Sundboe mich beim Fahren wieder abgelöst. Er hatte sich zuvor ein wenig ausruhen müssen, doch nun ging es wieder. Während der ersten Etappe hatte ich ihm vom mutmaßlich fremden Objekt im Boden der Gocher Heyde erzählt und dass ich angeblich darüber Bescheid wisse, wie man in dieses Objekt gelangte. Nur, dass ich keinen Schimmer hatte, wie.

Ich holte mein Handy aus der Jackentasche und begann zu tippen.

»Wen rufen Sie um diese Zeit an?«

»Einen Freund. Ich rufe ihn auch nicht an, er bekommt eine SMS von mir.«

»Eine Nachricht?«

»Ja, dass ich gegen 7 Uhr bei ihm sein werde und dass er dann einen neuen Untermieter hat. Schließlich muss ich irgendwo absteigen und bestimmt nicht bei meiner Mutter!«

»Das muss aber ein wirklich guter Freund sein. Hoffentlich ist er es auch noch nach dieser nächtlichen SMS.«

»Keine Sorge, der Mann ist in Ordnung.«

»Okay, dann wohnen Sie die nächsten Tage bei ihm. Ist er im Bilde?«

»Ja, was mein Verschwinden vom Niederrhein angeht, nein, was den Grund meiner Rückkehr betrifft. Manni ist absolut vertrauenswürdig. Und ich werde sicher einen Verbündeten vor Ort brauchen.«

Wem konnte ich sonst noch vertrauen? Smeets natürlich. Mit ihm stand ich über Manni und Klaus die ganze Zeit in Verbindung. So war ich ziemlich im Bilde, was in der Zwischenzeit in der Region passierte bezüglich der '93er Angelegenheit. Nur was Paul Brakel betraf hatte Klaus wohl noch nichts erhalten.

»Ob das Militär hinter der Entführung steht?«

»Das Militär? Wie kommen Sie darauf?«, Sundboe tat überrascht.

»Weil die Jungs in Uniform schon '93 sehr motiviert bei der Sache waren. Ich denke, die fremde Technologie dort im Boden interessiert sie. Selbst die Amis mischen da mit. Dass die nicht zimperlich sind, wenn es gilt, Ziele zu erreichen, weiß doch jeder!«

»Aber wieso sollten die Ihre Tochter und Becca entführen? Die kommen offiziell und nehmen dich in Haft, wegen Gefährdung der nationalen Sicherheit oder so. Fertig!«

»Das stimmt auch wieder.«, nickte ich.

Im Kellergeschoss der *Workotec GmbH* herrschte bereits gegen sechs Uhr in der Früh eine angespannte Atmosphäre. Allgemeine Nervosität machte sich im Besprechungsraum unter den Anwesenden breit, denn kein geringerer als Oge Edström, der oberste Boss aus dem fernen Schweden, hatte sich für diese Zeit angekündigt. Und dieses Mal sollte es nicht nur um betriebliche Belange gehen – er kam auch als Führer ihrer Bewegung.

Hier klapperte etwas Geschirr, dort ein zaghaftes Hüsteln, eine Aktentasche wurde geöffnet, Stühle gerückt, das war alles, was die Stille unterbrach.

Die große Doppeltür öffnete sich und Eric Albertson, der Leiter der *Workotec* Niederlassung Weeze, trat ein, an seiner Seite Oge Edström.

Sofort erhoben sich alle Anwesenden.

Man hätte eine Stecknadel fallen hören können, als der Firmeninhaber an die Schmalseite des ovalen Tisches trat, einigen der Umstehenden lächelnd zunickte und sich dann setzte.

Man folgte seiner Aufforderung und nahm ebenfalls Platz. Eric Albertson, der sich neben seinem Boss postiert hatte, blieb dagegen stehen.

Mit einem kurzen Nicken zu seiner Rechten wandte er sich an die Runde der acht Herren und drei Damen. Diese Personen waren keine gewöhnlichen Mitarbeiter, wie auch dieses Treffen kein normales Treffen war.

Oge Edström war nicht nur der Inhaber der *Workotec* Mutterfirma im schwedischen Kiruna mit vielen Niederlassungen in Europa, sondern auch der amtierende Führer eines sehr alten Geheimbundes mit dem Namen Ataser.

»Liebe Freunde«, begann Albertson, »es sieht ganz danach aus, dass das jahrhundertealte Ziel unserer Rasse, endlich die gesellschaftliche wie auch politische Vormachtstellung zu bekommen, Realität wird.«

Er machte eine wohlbedachte Pause, schaute dabei mit ernster Miene jeden Einzelnen an.

»Es gibt nunmehr die berechtigte Hoffnung, in wenigen Stunden über ein technologisches Knowhow zu verfügen, das hier auf der Erde seinesgleichen sucht. Generationen von Vorfahren wurden nicht müde, nach dem Verbleib dieser Technologie unserer atasischen Vorfahren zu forschen. Und endlich wurde sie entdeckt. Vor fast 485 Jahren am Niederrhein. Nur in Besitz nehmen, das war bislang nicht möglich. Das sollte die Aufgabe unserer Generation sein. Und wir dürfen nicht versagen!«

Edström hatte bislang völlig ruhig am Tisch gesessen, weder Kaffee noch dargebotene Schnittchen angerührt. Nun stand er spontan auf, neigte sich mit dem Oberkörper leicht über den Tisch und stützte sich mit beiden Fäusten darauf ab.

»Und wir werden versagen«, zischte er bedrohlich, »wenn wir nicht mit aller Entschlossenheit an die Sache gehen. Und zwar alle! Fehler werden nicht toleriert!«

Es war völlig still im Raum. Einige vermieden es, weiter zu kauen, andere stellten die bereits zum Mund geführte Kaffeetasse wieder hin. Ihr Boss flößte ihnen beinahe Angst ein.

Edström war via Privatmaschine extra aus Schweden eingeflogen, um diese Countdown-Besprechung abzuhalten. Sicher hatte man von ihm nicht nur eine Stellungnahme zur erfolgreichen Arbeit der *Workotec GmbH* erwartet, aber dass er sie fast drohend mit der Ataser-Thematik überrollte, überraschte alle.

»Wir haben gegen mächtige Gegner zu bestehen, die kein Pardon kennen. Aber wir geben auch kein Pardon, ist das klar?« Entschlossen wartete er auf Reaktionen.

Ein allgemeines heftiges Nicken und in die Hände klatschen setzte ein.

Er fuhr fort: »Die Polizei, das Militär oder die örtliche Politik machen mir keine Sorgen. Unter ihnen sind Leute unserer Bewegung. Über deren Schritte und Vorhaben bin ich bestens informiert. Die Problemmacher werden die Erbauer sein, die das Schiff seit der Wiederentdeckung 1533 wie ihren Augapfel hüten und bewachen. Jedoch nicht, um das aus ihrer Sicht technisch veraltete Schiff zu bergen, sondern es nicht zur Gefahr für Mensch, Tier und Natur werden zu lassen. Wie sie das wohl bewerkstelligen wollen, ha! Aber wir, meine Freunde, wir wollen diese Technologie, die uns mächtiger macht denn je!«

Zustimmendes Klatschen aller am Tisch.

»Aber da soll es einen Zerstörungsmechanismus geben, der genau das bewirkt, was die Erbauer in diesem Fall nicht wollen und wir natürlich auch nicht: die totale Zerstörung. Auf jeden Fall muss man ins Innere des Schiffes gelangen. Und darin liegt das Problem. Nur ein Zugang gilt als sicher. Welcher das ist, wird vor den jeweiligen interstellaren Exkursionen codiert festgelegt. Wir wissen, dass das Geheimnis um den richtigen Eingang den im 18. Jahrhundert angesiedelten Pfälzern übergeben wurde, um dieses bis zum Tag der Befreiung zu bewahren und zu hüten. Zwei Familien stellen seit Generationen diese Schlüsselwächter!

Als 1993 das Militär an einem der Zugänge zum Objekt herumexperimentierte, löste es lediglich einen Schallwellenimpuls aus, der den Kirchturm einer benachbarten Stadt zerstörte. Wohl die erste Warnung. So ließen sie die Finger davon und leugneten von da ab den riesigen Fund im Boden. Erde kam drüber und fertig. Doch nun nähert sich der Countdown seiner Endphase und es eilt. Ich hoffe, Sie berichten mir hier und heute, dass der richtige Eingang identifiziert wurde!«

Eine ergraute Dame meldete sich per Handzeichen.

»Frau Seefelt, Sie haben etwas beizutragen?«, fragte Albertson.

»Ja«, begann die Frau, »geehrter Herr Edström, wie uns aufgetragen, forschten wir nach den Schlüsselwächtern und konnten die zwei Pfälzer Familien bestimmen: Becker und Grossard. Die aktuell lebenden Nachkommen, die mit der Bewachung betraut sein müssten, sind ein älteres Ehepaar in Pfalzdorf bzw. dessen in Krefeld lebender Sohn und ein gewisser Chris van Heuvel, dessen Linie über Vesterhof nach Grossard bis 1741 zurückzuführen ist. Er ist der wahrscheinlichere Bewahrer des Wissens des richtigen Einganges. Nun war dieser unter anderem Namen in Bayern untergetaucht. Dort haben wir ihn aufgestöbert. Wir wussten, dass seine Mutter noch hier in der Region lebte. Das Aushorchen war leicht! Vor zwei Tagen sind wir in seiner bayrischen Stadt gewesen, um ihn zur Kooperation zu überreden.«

»Und?«, fragte Edström, »Kooperiert er?«

Sie zögerte, dann, mit fester Stimme: »Van Heuvel wird herkommen und die Informationen mitbringen!«

»Wieso sind Sie da sicher?«

»Weil wir etwas von ihm haben. Seine Frau und seine Tochter.«

Edström nickte und ein kurzes Lächeln umspielte seinen Mundwinkel: »Gut! Dranbleiben! Anderes Thema: Wie sieht es mit der Technikercrew aus? Ist sie einsatzbereit? Albertson?«

Der Angesprochene bejahte: »Wir haben Techniker und Ingenieure rekrutiert. Sie sind hier im Haus als Berufsumschüler untergebracht, als Arbeitsvermittlung ist das so natürlich unverdächtig.«

»Und alle stehen bereit?«, fragte Edström.

»Ja. Alle werden auf das Zeichen an den Gebäuden eintreffen und sich bereithalten.«

»Und sie wissen, was zu tun ist?«

»Jawohl!«

»Aber welches Gate das richtige ist wissen Sie noch nicht, Albertson?«

»Herr Edström, wir können sofort loslegen. Welcher Zugang der RICHTIGE ist, wird uns dann Chris van Heuvel sagen.«

»Gut! Ist Tag und Stunde des Countdown schon bekannt, damit wir unser Timing danach ausrichten können?«

»Unser Mann hat schon signalisiert, dass er Tag und Stunde bereits weiß.«

Gegen sieben erreichten wir die Grenze des Kreises Kleve. Trotz des zunehmenden Berufsverkehrs verlief die Fahrt ohne Zwischenfälle.

Wir nahmen die Abfahrt Goch/Weeze und nach zwei Kilometern waren wir in Goch. Als ich die Tankstelle vor uns sah, bat ich Sundboe, dort kurz zu halten. Frische Brötchen wären sicher die richtige Begrüßung für Manni.

»Kein Problem«, lächelte Sundboe, »lassen Sie sich Zeit!«

Rauf auf den Parkplatz der Tankstelle und schon war ich im angrenzenden Shop.

Einige Minuten später war ich mit einer vollen Tüte duftender Brötchen wieder auf dem Parkplatz.

Der BMW jedoch war verschwunden und mit ihm Ole Sundboe und die privaten Utensilien aus dem Kofferraum. Und vor allem: Das Tagoon. Schöne Scheiße.

Ich wartete eine kurze Zeit, dann wurde mir klar, dass ich improvisieren musste. Glücklicherweise hatte ich sowohl das fremde als auch mein Handy in der Jacke.

Die Brötchen waren noch warm, als ein Taxi meinem Anruf folgend zur Tanke kam.

Wenige Minuten später deutete ich auf ein kleines weißes Bauernhaus mit Krüppelwalmdach am linken Straßenrand. Dort stand ein Mann, der sich auf das breite metallische und schon ein bisschen wackelige Einfahrtstor stützte. Hinter ihm lief ein großer weißer Hund unruhig hin und her.

Als Manni sah, dass das Taxi abbremste, zog er das zweiflügelige Tor auf.

»Ich habe etwas fürs Frühstück mitgebracht«, begrüßte ich ihn mit einem Lächeln und zeigte auf die prall gefüllte Tüte.

Dieser strich sich mit der Hand über seinen fast kahlen Kopf. Dann umarmten wir uns und er murmelte: »Zahl das Taxi und komm mit ins Haus!«

Ich sah mich um. Der kleine Hof wurde schon lange nicht mehr landwirtschaftlich genutzt. Einige Ziegen und Hühner liefen herum, das war's. Die Einfahrt endete am großen grünen Tor eines Stalles. Dieser hatte augenscheinlich auch schon bessere Zeiten gesehen. Nun diente er wahrscheinlich als Garage und Werkstatt bzw. als Proberaum von Mannis Band, so es sie noch gab.

»So eine Tasse Kaffee am Morgen tut richtig gut!«

»Stimmt«, nickte Manni und nahm seinerseits einen Schluck, »und du hast von Becca und Larissa seit letzter Nacht nichts mehr gehört?«

Mit meiner SMS hatte ich ihm nicht nur meine Rückkehr an den Niederrhein angekündigt, sondern auch von der vermeintlichen Entführung Beccas und Larissas erzählt.

»Nein, nichts!«

»Und der ach so hilfreiche Anwalt Sundboe ist jetzt auch verschwunden. Etwa auch entführt, mitsamt Auto?«

»Wenn der überhaupt Anwalt ist!«

Wir erörterten die Ereignisse der letzten Stunden in Kelheim und mussten enttäuscht feststellen, dass uns im Augenblick nichts anderes übrig blieb als zu warten – warten auf einen neuerlichen Anruf der Entführer.

Die Fenster des Raumes schienen von außen senkrecht mit Brettern vernagelt zu sein, was einige durch Ritzen blinzelnde Sonnenstrahlen belegten.

Mit beiden Armen auf dem Rücken gefesselt, lag Becca seitlich auf dem Bett und fixierte diese Strahlen, grübelte über die Stabilität des marode erscheinenden Fensters. Eine Fluchtmöglichkeit?

Ihr Blick glitt von den verschmutzten Scheiben des Fensters die Wand hinunter, überquerte eine ebenso verdreckte Tapete und blieb dann auf der sichtbaren Schulterpartie ihrer Tochter haften. Larissa lag auf einem zweiten Bett in einigem Abstand und war mit einer dicken Wolldecke halb zugedeckt.

Zehn Minuten schon beobachtete Becca ihre Tochter. Bei ihr wirkte das Mittel wohl länger.

Gerne würde sie rüber zu ihr und sie in den Arm nehmen und an sich drücken, aber wie? Neben den Handfesseln war sie noch mit dem Bettgestell verbunden. Dem Mädchen etwas zurufen ging ebenfalls nicht, da man ihr den Mund mit Textilklebeband zugeklebt hatte. So blieb ihr nur der Blick hinüber zu Larissa.

Als sie vor einer Viertelstunde wieder zu Bewusstsein gekommen war, begriff sie sehr schnell, in welcher Lage sie und ihre Tochter sich befanden.

Entführt hatte man sie beide, was sonst! Nur – von wem und warum? Erpressung? Geld? Lächerlich!

Und es war alles so verdammt schnell gegangen.

Immer wieder versuchte sie den gestrigen späten Abend zu rekonstruieren: Sauwetter – Klösterl – Fremden getroffen – zurück in Klaus' Kneipe – es regnete immer noch – die Tochter Larissa musste in Gronsdorf abgeholt werden, die dort bei einer Freundin war – Chris blieb mit dem fremden Mann noch in der Kneipe – Donau stieg an – sie fuhr los – dann kurze Zeit später mit Larissa auf der Heimfahrt – sie wurden gestoppt – Straßensperre, Abschleppwagen – angeblich ein Unfall vor uns – sie waren gebeten worden auszusteigen – dann ein plötzlicher schmerzhafter Stich in den Oberarm – weiche Knie, schummrig vor den Augen ... Schnitt!

Und nun hier! Aber was heißt hier? Gronsdorf? Kelheim?

Becca versuchte auf ihrer Armbanduhr eine Zeit abzulesen und staunte: Schon neun Uhr! Dann hatte das Zeug, was immer es auch war, aber lange gewirkt. Bei Larissa wirkte es scheinbar immer noch.

Plötzlich vernahm sie das Geräusch tippelnder Schritte hinter sich. Sie kamen von außerhalb des Raumes.

Mit Mühe drehte Becca sich um, so gut es trotz der Fesseln ging und starrte auf die alte Zimmertür.

Ein Schlüssel drehte sich im Schloss.

Die Tür öffnete sich und eine ältere Dame betrat den Raum, scheinbar in bester Laune.

Während sie mit der einen Hand ein Tablett mit zwei wassergefüllten Gläsern trug, verstaute sie mit der anderen den Schlüssel in einer der Rocktaschen. Sie steuerte auf den kleinen quadratischen Tisch zu, der in der Mitte des Zimmers stand, auf dem sie das Tablett absetzte.

Trotz des gebrochenen Lichts im Zimmer erkannte Becca die Frau sofort wieder.

Es war Maria Saueressig, jene alte Frau, von der Chris auf dem Kelheimer Marktplatz aufgefordert worden war, an den Niederrhein zurückzukehren.

Die Frau drehte ihren Kopf Richtung Becca und lächelte sie an: »Sie brauchen keine Angst zu haben, denn Sie haben nichts zu befürchten! Ihr Gatte ist bereits am Niederrhein eingetroffen! Ein Glück, dass er Ihnen seinen Taler gegeben hatte. So konnten wir Sie und Ihre Tochter aus den Händen der Entführer wieder befreien!« Sie schaute kurz zur schlafenden Larissa rüber, dann wieder zu Becca und kam einige Schritte näher.

Becca, die nicht sprechen konnte, versuchte durch heftiges Wackeln mit dem Kopf auf das Klebeband hinzuweisen.

»Ist ja gut!«, nickte die Alte, »Aber einige Zeit werden Sie sich noch gedulden müssen. Bis wir mit Ihrem Mann das weitere Vorgehen abgestimmt haben. Gleich bringe ich auch noch etwas zu essen. Dann nehme ich Ihnen das Klebeband ab. Okay? Nun schauen Sie nicht so böse!«

Der Tote im Tannenbusch war eines der Hauptthemen der heutigen Zehn-Uhr-Redaktionssitzung.

Redaktionsleiter Smeets schaute in die Runde seiner Redakteure und Redakteurinnen und räusperte sich: »Also, was haben wir: Gegen Mitternacht wurde neben einem kürzlich ausgehobenen Erdloch im Tannenbusch mit einer alten Umwallung drumherum die Leiche eines alten Anwohners entdeckt. Was wissen wir von dem, was haben wir von der Polizei?«

Eine gegenübersitzende Redakteurin fühlte sich angesprochen: »Ich hab da einiges: Der Tote heißt Sven Becker, ist 74 Jahre, wohnt an der Uedemer Straße und war nach Aussage seiner Frau auf seinem späten Rundgang mit dem Hund, der ihn stets bis zum Tannenbusch führte und wieder zurück. Diesen Nachtspaziergang machte er schon seit Jahren. Normale Dauer des Rundgangs ca. 20 – 25 Minuten. Als er eineinhalb Stunden später immer noch nicht zurück war, rief sie aus Sorge die Polizei. Die fand ihn schließlich auch. Der Hund, der normal nicht von seiner Seite weicht, war allerdings verschwunden.«

»Der Mann war bereits verstorben, als die Polizei ihn fand?«

»Genau. Die erste Diagnose des herbeigerufenen Notarztes lautete natürliche Todesursache, wahrscheinlich Herzinfarkt, da nichts auf irgendeine Fremdeinwirkung wie Kampfspuren etc. hindeutete. Wohl wurde an einer Kopfseite eine blutige Schürfwunde entdeckt, die aber dem Sturz zuzurechnen sei. Unerklärlich erschien dem Arzt dagegen, dass der Hals des Toten nass war.«

»Einen nassen Hals hatte der, sagen Sie!«

»Ja. So habe ich es von der Polizei. Ist was damit?«

In Smeets Kopf rumorte es.

Wie bei den toten Studentinnen im Tannenbusch vor einer Woche, dachte er. Damals wusste auch niemand etwas mit der Nässe an den Hälsen der jungen Frauen anzufangen. Es gab keine Erklärungen.

»Und was ist mit Beckers Hund? Ist der mittlerweile wieder aufgetaucht?«, wollte er von der Redakteurin wissen.

»Bis jetzt noch nicht.«

In diesem Moment ging die Tür auf und die Sekretärin schaute herein: »Herr Smeets, ein Anruf für Sie.«

»Jetzt nicht!«, reagierte er mürrisch, »Sie sehen doch ...«

»Der Anrufer sagte, sein Name sei Chris und er wäre ein Freund von Paul Brakel und es sei wichtig.«

»Wie war der Name?«

»Er sagte nur Chris ...«

Wie von einer Nadel gestochen sprang Smeets auf und eilte zur Tür. Dort drehte er sich nochmals um: »Macht ohne mich weiter, Leute.«

Dann verließ er, vorbei an der verdutzten Sekretärin, den Besprechungsraum. Er wandte sich zur Sekretärin: »Das Gespräch bitte in mein Büro leiten!«

»Van Heuvel, Sie rufen mich persönlich hier im Büro an? Wegen der Mail, die ich Ihnen vor einer Stunde über Manni an ihre Adresse geschickt habe?«

»Hallo, Herr Smeets. Mail? Nein! Ich bin seit wenigen Stunden wieder hier, genauer in Goch.«

»Wieder hier, und warum? Gibt es einen Grund?«

»Und ob: Becca und Larissa wurden entführt.«

»Was sagen Sie, entführt? Aber niemand wusste, wo Sie mit Becca hingezogen waren!«, erwiderte Smeets. »Gibt es schon eine Forderung?«

»Ja sicher! Die Forderung lautete, mich auf den Weg zum Niederrhein zu machen. Raten Sie mal, welche Stelle am Niederrhein die wohl meinen – die Gocher Heyde mit Pfalzdorf und Tannenbusch natürlich!«

»Oh Shit! Vielleicht haben die Entführer Ihr Versteck aus Paul Brakel herausgeholt und deshalb musste er ...«, Smeets hielt inne, ihm fiel ein, dass seine Mail von gestern möglicherweise noch nicht gelesen worden war.

» ... sterben!«, vervollständigte ich Smeets Satz. »Aber Paul kannte mein Versteck nicht.«

»Sie wissen von Pauls Tod?«

»Ich weiß es seit gestern«, entgegnete ich. »Schlimme Sache. Stand das in der Mail an mich?«

»Ja, in der von gestern. Heute habe ich auch schon eine rausgeschickt. Es geht wieder um einen Toten und wieder im Tannenbusch! Von wem wissen Sie, dass Paul tot ist?«

»Ein Mann aus dem Klever Raum, ein Anwalt namens Ole Sundboe besuchte mich, um mich bezüglich Paul Brakel zu befragen. Ich traute ihm aber nicht über den Weg. Er hat mich, als ich von der Entführung und der Forderung erfuhr, direkt hier herunter mitgenommen. Nur, der ist jetzt leider auch verschwunden.«

»Dann ist die Frage, von wem hatte dieser Anwalt die Adresse?«

»Er sagte, von Brakel selbst. Was stand noch in der gestrigen Mail?«

»Einen Augenblick, van Heuvel, ich will mich vergewissern, dass meine Bürotür verschlossen ist. Ich habe das blöde Gefühl, dass ich hin und wieder belauscht werde.«

Sekunden später war er zurück an seinem Schreibtisch: »Alles okay! Da bin ich wieder. Sagt Ihnen der Name *Workotec GmbH* etwas?«

»Der Name sagt mir gar nichts. Wer oder was ist das?«

»Eine Personalagentur, die sich letztes Jahr in Weeze niedergelassen hat, aus Schweden. Interessant, nicht?«

Ich stutzte: »Wieso sollte ich diese Firma kennen?«

»Weil Sie und Ihr Ex-Kollege auf einer Liste dieser Firma stehen mit Foto und Paul Brakel nun tot ist. Wir sollten uns treffen. Ich werde eine Kopie dieser Liste mitbringen.«

»Wer weiß, vielleicht stehen wir alle auf mehr Listen, als wir ahnen. Solche Namenslisten kann man doch kaufen.«, entgegnete ich.

Smeets klang eindringlicher: »Solche nicht!«

»Was ist das denn für eine?«, fragte ich, nun doch etwas neugierig geworden.

»Eine Namensliste, die mir Angst macht. Sie hat mit der Pfalzdorfgeschichte zu tun und nichts mit irgendwelchen Stellengesuchen. Viele schwedische Namen sind dabei. Ich werde sie mitbringen.«

»Mitbringen? – Wohin mitbringen?«

»Zum Schloss Moyland. Treffen wir uns auf der Brücke zum Schlosseingang. Heute, kurz vor 17 Uhr. Ist das für Sie machbar?«

»In Ordnung! Sehen wir uns um 17 Uhr.«

»Eines noch: Ich fahre einen dunkelgrünen Landrover. Sollte er nicht auf dem Museumsparkplatz stehen, bin ich nicht da. Hauen Sie dann sofort ab!«

Dr. Mark Hoff, seit sechs Jahren als verantwortlicher Chefpsychologe an der LVR Klinik Bedburg-Hau, Abteilung Allgemeine Psychiatrie tätig, trank seinen Tee mit leicht zittriger Hand. Er war nervös. Soeben hatte der unangekündigte Hauptkommissar Meiser sein Büro wieder verlassen.

Dessen Besuch betraf einen seiner Patienten. Jenen Patienten, der vor einer Woche aus der Klinik entwichen und Stunden später am Tannenbusch wieder aufgegriffen und zurückgebracht worden war. Ursprünglich galt dieser Mann als Tatverdächtiger bei einem zweifachen Todesfall, der sich zur gleichen Zeit in diesem Wäldchen ereignet hatte. Doch dann stellte sich der Tod der zwei Studentinnen als tragischer Unglücksfall heraus. Ein Blitzeinschlag in ihrer unmittelbaren Nähe war wohl die Todesursache. Nervös wurde Hoff, als Meiser darum ersuchte, den Patienten befragen zu dürfen bezüglich seiner Beobachtungen im Tannenbusch. Er hatte gegenüber den Beamten behauptet, zur besagten Zeit nur zwei Männern im Tannenbusch begegnet zu sein, die mit Taschenlampen in der Hand, trotz des vorherrschenden Sauwetters dort wohl etwas gesucht hatten. Sie waren schwarz gekleidet und hatten einen bedrohlichen Eindruck auf ihn gemacht, sodass er sich flugs davonmachte.

Auf Grund der Verfassung des Patienten hatte er aber jegliche Befragung rigoros abgelehnt und so musste der Beamte unverrichteter Dinge wieder abziehen.

Nach einem weiteren Schluck Tee wählte er eine Nummer auf dem Handy.

» Ja, hallo, Cramer hier!«

»Hier ist Dr. Hoff. Hören Sie, Ich kann da nicht mehr mitmachen. Die Polizei war gerade hier und schnüffelte herum, wollte mit dem zurückgebrachten Patienten über den Tannenbusch sprechen!«

»Er redet doch eh nur wirres Zeug. Sonst geben Sie ihm eine große Dosis von diesem Zebularin oder wie das Zeug heißt.«

»Cramer, das kann ich nicht tun!«

»Oh doch, das können Sie.«

Die Unruhe stieg. Immer wieder schaute ich auf die Uhr – gleich zwölf.

Manni und ich saßen seit Minuten am Küchentisch, und während wir warteten, erzählte ich ihm von der Saueressig in Kelheim und auch vom mysteriösen Treffen in der Felsenkirche mit dieser Quesa. Nun wusste Manni Bescheid, wirkte aber bezüglich Quesa doch eher skeptisch. Um mich etwas abzulenken, schnitt er das Thema ›Musik machen‹ an. An sich durchaus ein Thema, auf das ich ansprang – aber jetzt irgendwie überhaupt nicht.

Da meldete sich das Handy, das ich aus der Trachtenjacke von Klaus hatte.

Während wir uns erwartungsvoll anblickten, führte ich es ans Ohr: »Chris van Heuvel!«

Manni kam dichter heran und gab mir gestikulierend ein Zeichen, das Handy auf laut zu stellen, was ich sofort tat.

»Hallo? Hallo, wer ist dran?«, fragte ich und versuchte dabei ruhig zu wirken. »Sagen Sie doch was!«

Eine Männerstimme ertönte statt der erhofften Stimme von Becca, aber es war nicht die des Vorabends: »Sie zeigen sich kooperativ – das ist ein guter Ansatz für eine konstruktive Zusammenarbeit!«

Ich fiel dem Anrufer ins Wort: »Wo ist meine Frau und meine Tochter? Ich will sie sprechen!«

»Wenn Sie sich an die Regeln halten, wird morgen Ihre Frau mit Ihnen reden!«

»Welche Regeln? Was haben Sie vor? Ich bin wieder am Niederrhein, so, wie Sie es wollten. Wann lassen Sie meine Frau und meine Tochter gehen?«

»Ab morgen haben Sie noch drei Tage. Sie beeilen sich besser, die Info herbeizuschaffen.«

»Hey – was für eine Info? Ich habe keine Ahnung, was Sie von mir wollen. Sagen Sie mir lieber, wer Sie sind, zum Teufel noch mal!«

»Das wissen Sie doch längst von einem gewissen Gaz Togdor.«

»Ach du Scheiße, daher weht der Wind. Dann bin ich im Bilde. Ihr wollt in das Objekt im Boden und ihr wisst nicht, wie man gefahrlos hineingelangt, ohne dass einem alles um die Ohren fliegt. Ist es nicht so?«

»Sie wissen also, was wir von Ihnen wollen.«

»Und ob! Ihr wollt das Tagoon mir den ›magischen Zeichen‹ drauf. Nur, ich habe es nicht mehr. Es ist weg, gestohlen, geklaut, wie Sie wollen!«

»Das Tagoon lassen Sie mal unsere Sorge sein – der richtige Zugang ist die Ihre. Sie werden ihn uns mitteilen – spätesten bis zum 11. September.«

»Ich werde es versuchen«, entgegnete ich. Natürlich hatte ich keine Ahnung, wie ich das bewerkstelligen könnte. Wieso sagte ich das dann? Wegen Becca und Larissa? Klar!

»Lediglich versuchen wird nicht reichen. Die Zeit wird knapp, Sie haben nur noch 6 Tage und Sie wollen doch nicht, dass Ihrer Familie etwas geschieht!«

»Ich will meine Frau sprechen.«

»Ich sagte bereits, morgen vielleicht. Natürlich nur, wenn Sie sich kooperativ verhalten. Übrigens sollten Sie wissen, dass wir viele sind und jeden Ihrer Schritte im Auge haben und die Ihrer Kontaktleute.«

»Okay, verstanden! Wenn schon nicht meine Frau, dann geben Sie mir meine Tochter«, forderte ich, »kommen Sie!«

Mit einem lauten Klicken war Stille im Handy.

Langsam nahm ich es vom Ohr und legte es auf den Tisch vor mir. Ich musste mich beruhigen, den Adrenalinspiegel herunterfahren.

»Das ist alles verrückt, total verrückt«, schrie ich vor Wut, »die streiten sich um irgend so ein beschissenes Objekt im Boden und ich soll alles ausbaden. Verdammt, wie soll ich denn je aus dieser Nummer wieder herauskommen! Und welchen Scheiß-Eingang meinen die?«

Ich konnte mich einfach nicht beruhigen. Ich senkte meinen Kopf und schrie jetzt direkt den mir verbliebenen Joachimstaler um meinen Hals an: »Habt Ihr gehört, Albino-Miststück, hättet Ihr mal besser Becca und Larissa beschützt!«

Manni schaute mich fragend an. Hielt er mich für durchgedreht? Aber er hatte ja alles mitgehört.

»Wieso lassen die dich nicht mit Becca sprechen oder mit Larissa?«, bemerkte er plötzlich. »Was wäre das für ein Risiko? Wenn die die Entführung mit allem Drum und Dran perfekt geplant haben, gehört dazu auch das Versteck für die Geisel, das keinerlei Hinweise auf den Ort zulässt. Vielleicht haben die Becca und Larissa gar nicht und bluffen nur! Ich meine, entführt worden sind sie schon, aber nicht von diesem Anrufer.«

Ich schaute ihn irritiert an: »Wie du das so sagst, fällt mir eine Aussage des Anrufers ein, er sprach von sechs Tagen, die noch blieben. Aber die Frau in Kelheim und besonders Quesa sprachen von vier Tagen. Wer hat nun recht?«

Schon als Manni seinen Wagen auf den Parkplatz des Museums steuerte, hielt ich Ausschau nach Smeets Rover. In der äußersten Ecke des Platzes entdeckte ich ihn und stieß Manni an: »Da steht der Landrover unserer Verabredung. Willst du nicht gleich daneben parken? Zwei Buchten sind noch frei.«

»Ganz sicher nicht! Nach dem, was der Anrufer heute Mittag von sich gegeben hat, würde es mich nicht wundern, wenn sie auch einen Typen auf den Zeitungsmann angesetzt haben und ihn bzw. seinen Wagen beschatten. Wir parken in gebührendem Abstand vom Rover.«

Gesagt – getan.

Den Weg zum Schloss liefen wir schweigend nebeneinander.

Ich schaute gen Himmel, blinzelte kurz in die Sonne, deren Strahlen durch das Geäst der Bäume den Gehweg berührten. Das Wetter hier war das genaue Gegenteil von dem, was im südöstlichen Teil Deutschlands vorherrschte, Sonne und angenehme Temperaturen statt Regen pur.

Immer mehr Besucher verließen schon die Anlage, die meisten auf dem Weg zu ihren Fahrzeugen. Schließlich war es fast 17 Uhr. Wir kamen uns vor wie Geisterfahrer auf einer Autobahn. Und es machte uns verdammt auffällig. Daran hatten wir nicht gedacht. Nächstes Mal besser machen.

»Schon auf Smeets gespannt?«, unterbrach Manni meine Gedanken.

»Was? – Ja, sicher bin ich gespannt. Vierzehn Jahre habe ich ihn schließlich nicht mehr gesehen. Nur über dich und Klaus Rabe Kontakt mit ihm gehabt. Man kann sagen, dass wir in Freundschaft auseinander gegangen sind.«

»Keinen Ärger gehabt wegen der Endmoränen-Sache?«

Ich, kopfschüttelnd: »Nicht wirklich. Aber dass er mich nun sprechen will, macht mich schon neugierig. Seine Stimme klang auch irgendwie besorgt.«

»Was wollte er denn genau?«

»Ja, das sagte er am Telefon nicht. Nur, dass er Informationen hat, die mit der Gocher Heyde zusammenhängen und dass diese ihm Angst machen!«

»Angst? Wieso Angst?«

»Keine Ahnung. Ich denke, wir werden es gleich erfahren. Damals jedenfalls hatte Smeets nichts hören wollen von dem Geheimnis der Gocher Heyde. Schon gar nicht im Zusammenhang mit dem Objekt im Boden dort.«

Manni zog die Schultern hoch: »Du sagtest aber, er hätte etwas Brisantes für dich in genau dem Zusammenhang.«

»Wir werden sehen«, entgegnete ich, »er tat jedenfalls sehr geheimnisvoll. Er sagte, er hätte eine Namensliste in die Finger bekommen, auf der Paul Brakels und auch mein Name stand. Mehr wollte er am Telefon nicht sagen.«

Jetzt warteten wir bereits seit einer Viertelstunde auf der steinernen Brücke zum Schlosseingang. Während Manni sich die Enten im Burggraben besah, hielt ich Ausschau nach meiner Verabredung. Doch von Smeets war weit und breit nichts zu sehen.

Immer mehr Menschen verließen das alte historische Gemäuer, hinter dem Friedrich der Große 1740 auf den Philosophen Voltaire traf, in Begleitung einer in keiner Chronik je erwähnten unbekannten Person, mit der der Alte Fritz über ein Objekt im Boden der Gocher Heyde geredet haben soll. Das Ergebnis der Unterredung soll dann die Ansiedlung der protestantischen Pfälzer auf der Gocher Heyde gewesen sein, in einer erzkatholischen Region am Niederrhein.

Angesichts der vielen Leute staunte ich, dass an einem Montag der Besucherandrang so ungewöhnlich groß war. Nun aber eilten alle gen Parkplatz zu den Autos und Bussen. Minuten später huschten nur noch vereinzelt Verspätete über die Brücke.

Ich fing an mir Sorgen zu machen. Was war mit Smeets? Er musste hier sein, sein Auto stand schließlich auf dem Parkplatz.

Ich betrat den Eingangbereich des Schlosses.

Wartete der Redaktionsleiter vielleicht hier? Aber dann hätte er uns zumindest auf der Brücke sehen müssen.

Gerade wollte ich zu Manni zurück, da erregte etwas Glitzerndes auf dem Boden meine Aufmerksamkeit, dort, wo die Steinplatten seitlich an die Wand stießen. Ich spürte Nervosität in mir aufsteigen, als ich es Sekunden später betrachtete. Es war ein Presseanhänger.

»Er war hier«, winkte ich Manni heran und hielt ihm das Plastikstück entgegen, »Smeets war hier!«

Manni nahm es in die Hand und betrachtete es ausgiebig: »Smeets ist noch hier. Dieser Presseanhänger wurde absichtlich hier fallen gelassen. Ich denke sogar, damit du ihn findest!«

»Was? Wie kommst du denn darauf?«

»Weil der Presseanhänger keine Klemmvorrichtung aufweist. Wahrscheinlich trug Smeets ihn in der Tasche. Er hat ihn nicht versehentlich verloren – nein, er hat ihn fallen lassen, sozusagen als Hinweis für dich hinterlassen, denke ich.«

Auf einmal schien mir das ganze Schloss wie ausgestorben und eisige Kälte ausstrahlend.

Nicht ein Besucher noch Mitarbeiter war mehr da, dessen Schritte durch die Räume hallten. Totale Ruhe. Stimmte hier noch alles?

Wir begannen durch die Räume links und rechts zu hetzen, suchten nach Smeets und riefen seinen Namen – ohne Erfolg.

Im Kellergeschoss fanden wir ihn dann.

Es war der Raum der Büsten, in dem aus Marmor, aus Metall und aus anderen Materialien gefertigte Abbildungen von mehr oder weniger bekannten Persönlichkeiten der Region – erhöht auf Säulen – den Besuchern gezeigt wurden.

Vor der Säule mit der Voltaire-Büste lag mein ehemaliger Boss regungslos auf dem Boden. Seine aufgerissenen Augen starrten hoch zum Abbild des Philosophen. Es sah aus, als sei Smeets einfach umgekippt.

Wir hasteten hin und erkannten gleich, dass er tot war.

Manni schaute mich fragend an: »Was meinst du – Herzattacke?«

»Glaubst du?«

»Siehst du hier etwa irgendwo Blut? Ich nicht!«

»Was sollen wir tun?«, fragte ich, »Die Polizei rufen?«

Manni packte meinen Arm: »Chris, das halte ich nun wirklich nicht für eine gute Idee. Deine Anwesenheit am Niederrhein sollte doch noch geheim bleiben. Das kannst du vergessen, wenn erst der Medienrummel losgeht. Denk doch mal nach! Ich sehe schon die Zeitungsaufmacher: ›Toter im Schloss Moyland. Ermordete Ex-Pressefotograf seinen ehemaligen Chef?‹ Genau das kannst du jetzt überhaupt nicht gebrauchen. Du hast dich um Becca und Larissa zu kümmern. Komm schon, wir müssen hier raus – und zwar ganz schnell!« Er zupfte mich energisch am Ärmel.

Doch ich zögerte. Plötzlich war ich total cool: »Moment noch!«, zischte ich und durchsuchte Smeets Taschen, fand aber nichts: weder

Blatt, noch Zettel, oder Zeichnung. Nur Ausweispapiere und die Wagenschlüssel. Mist, die waren schneller, dachte ich.

Erneut zupfte Manni an mir herum: »Schau mal auf Smeets Hals! Hast du so etwas schon mal gesehen? Ich nicht. Der glänzt ja, als hätte man ihn eingeölt.«

Ich strich mit zwei Fingern über den Hals. Er war nass. »Das ist Wasser – und verdammt kaltes Wasser dazu, ja, fast schon Eiswasser! Wie kommt so etwas an seinen Hals?«

»Vielleicht hatte sich Smeets gerade ein Wassereis gegönnt, als es ihn erwischte?«, mutmaßte Manni.

Da näherten sich Schritte.

»Museumspersonal«, raunte er, »vergiss Hals und das Wassereis. Los, weg hier!«

Er eilte zum Ausgang, ich hinterher.

Glücklicherweise hielten sich draußen auf dem Platz vor der Brücke wider Erwarten doch noch etliche Besucher auf, was uns natürlich sehr gelegen kam. Blitzschnell hatten wir uns unter sie gemischt und schauten, ob uns jemand folgte. Aber das schien nicht der Fall zu sein. Gott sei Dank.

Drei Minuten später waren wir wieder auf dem Parkplatz und steuerten zielstrebig Mannis Auto an.

Plötzlich kam mir ein Gedanke in den Sinn. Ich verlangsamte meinen Schritt und blieb stehen.

Ich starrte auf Smeets Wagenschlüssel, die ich immer noch in der Hand hielt, zusammen mit den Ausweispapieren und dem Presseanhänger.

»Manni, warte im Wagen auf mich. Ich bin gleich wieder da!«

Papiere und Anhänger verschwanden in meine Hosentasche und ich lief hinüber zum Landrover.

Der Schlüssel passte und schon saß ich hinterm Steuer des Geländewagens.

Ich sah mir das gesamte Wageninnere an und begann zu überlegen. Wie war das noch: immer wenn Smeets etwas Brisantes über eine Story hatte, dann behielt er dieses irgendwo als Notiz oder Datei zusätzlich versteckt. Etliche Male, ich hatte es selbst erlebt, in seinem Wagen. Ja, so hatte er es immer gehalten. Und wieso sollte er diese Angewohnheit geändert haben? Also, Junge, Augen auf und suchen!

Ich nahm alle Taschen, Nischen und Sonnenblenden unter die Lupe – immer war es kalt. Doch schließlich wurde es warm und wärmer, unter dem Beifahrersitz war es dann gar richtig heiß! Hier wurde ich fündig und zauberte eine Disketten-Hülle samt Inhalt hervor. Beschriftet in kaum lesbarer Form mit dem Kürzel *CvH*, stand das für *Chris van Heuvel?*

Ein laut einsetzendes Martinshorn ließ mich aus dem Wagenfenster schauen. Ich sah, wie ein Polizeiauto auf den Parkplatz raste und, sich akustisch Platz schaffend, auf das Schloss zuhielt.

Jetzt wird's mulmig, schoss es mir durch den Kopf, man hatte Smeets gefunden – höchste Zeit, abzuhauen.

Schnell verstaute ich die Diskette in die große Innentasche meiner Jeansjacke, steckte Smeets Autoschlüssel in den Anlasser und entstieg dem Fahrzeug.

Keine Minute später waren Manni und ich auf dem Weg zu seinem ›Sweet Home‹.

»Und? Was gefunden?«, wollte er wissen.

»Ja. Eine Diskette. Unterm Beifahrersitz.«

»Hast du den Wagen abgeschlossen?«

»Nein«, entgegnete ich, »würde man den abgeschlossenen Wagen finden – und dass wird schnell geschehen – aber bei Smeets keine Wagenschlüssel, würde man Verdacht schöpfen. So könnte Smeets den Schlüssel doch einfach im Wagen gelassen haben. Ungewöhnlich, ich weiß, aber könnte doch so gewesen sein.«

»Dann hoffen wir, dass A) Smeets Tod ein natürlicher war und B) die Polizei diesen dann nicht weiter untersucht«, Manni schaute mich verschmitzt an, »denn ich glaub nicht, dass du deine Fingerabdrücke, die jetzt zweifelsohne in großer Stückzahl im Auto zu finden sind, abgewischt hast.«

Ich sah ihn erschrocken an, antwortete aber nicht.

»Hab ich mir gedacht!«, schmunzelte Manni.

Aber ein anderer Gedanke hatte unterdessen begonnen, sich in meinem Kopf festzusetzen: Schon die erste Person, die ich nach meiner Rückkehr bezüglich der ›Moraine‹-Story treffen wollte, starb, noch bevor ich mit ihr reden konnte! Zufall? Wenn nicht, woher wusste der Mörder von diesem Treffen? So geheimnisvoll, wie Smeets tat, hatte der sicher niemandem von unserer Verabredung erzählt. Wurde Mannis Telefon angezapft? Dann eher das von Smeets. Verhielt er sich nicht auch so, als würde er beschattet werden? Ich werde noch vorsichtiger sein müssen. Unter diesen Vorzeichen werde ich Mutter auch besuchen müssen und ihr vom möglichen bevorstehenden großen Knall erzählen. Aber wohin kann ich sie in Sicherheit bringen für die nächsten vier Tage? Müsste ich nicht auch meinen Großvater, den alten Vesterhof, warnen?

Auf dem Tisch im Partykeller des Pfarrheims hatte sich in den letzten Stunden tatsächlich einer der legendären Hasselter Kümmerling-Kränze gebildet, bestehend aus geleerten, aneinander gelegten Fläschchen des milden Magenbitters. Die konische Form der Fläschchen ermöglicht so die Ringform.

Für diesen Montagabend hatte eine neu Zugezogene die Nachbarschaft zum Umtrunk geladen. Auch meine Mutter war dabei und saß nun zwischen dem Pfarrer auf der einen und ihrer Untermieterin auf der anderen Seite.

Letztere sprach sie an: »Ein schöner Abend, nicht, Frau van Heuvel?«

»Oh ja! Auch wenn einige der Nachbarn es mit dem Kranzlegen übertreiben.«, entgegnete sie. »Aber dass Sie schon wieder zurück sind aus Bayern, Frau Saueressig, erstaunt mich doch sehr. Wollten Sie nicht drei bis vier Tage dort bleiben?«

Seit September letzten Jahres wohnte Maria Saueressig bei meiner Mutter als Untermieterin, wusste ich von Smeets. Mutter hatte nicht länger alleine im Haus sein wollen und suchte per Anzeige eine alleinstehende Person, die bereit war, ihr gelegentlich Gesellschaft zu leisten. Es meldete sich Maria Saueressig und sie bekam die möblierte Kellerwohnung, in der früher ihr Sohn Chris wohnte.

Mutter erzählte Smeets, der auf meinen Wunsch hin ab und zu nach ihr sah, dass die Saueressig so etwas von neugierig war, oh ja, und dass sie alles über die Bewohner dieses Ortes wissen wollte, besonders über die älteren.

»Eigentlich ja«, stotterte Saueressig ein wenig, als suche sie nach einer Erklärung, »es hat sich doch alles anders ergeben, als geplant.«

»Umso besser, dann lernen Sie heute auch das ›Kranzlegen‹. Das hat übrigens mein Sohn hier in die Straßengemeinschaft eingeführt, der gute Christopher!«

»Ich wohne jetzt seit Monaten bei Ihnen, aber Ihr Sohn hat Sie noch nie besucht, zumindest habe ich es nicht mitbekommen.«

»Er ist 1997 mit seiner Freundin fortgezogen, wohin weiß ich nicht einmal. Auch seine Telefonnummer habe ich nicht.« Mutter klang ein wenig traurig. »Wenn ich nur wüsste, wie es dem Jungen geht und seiner kleinen Familie. Von seinem früheren Boss bei der Zeitung in Kleve weiß ich, dass er mit besagter Freundin mittlerweile verheiratet und Vater einer Tochter ist. Meine Enkeltochter habe ich noch nie gesehen, ich kenne nicht mal ihren Namen!«

»Vermissen Sie ihn sehr?«, fragte Saueressig.

» Oh ja, doch sehr«, dabei spielte sie mit dem Stiel ihres Weinglases, »seit dem Tod meines Mannes ist Christopher das einzige bisschen Familie, das ich noch habe.«

»Trinken wir auf Chris und dass Sie ihn möglichst bald wiedersehen und Ihre Schwiegertochter und auch Ihre Enkelin endlich kennenlernen!«

Die zwei alten Damen prosteten mit ihrem Wein einander zu, während andere am Tisch tatkräftig an der Vervollständigung des Kümmerling-Kranzes arbeiteten.

Maria Saueressig beobachtete das Treiben in der Mitte des Tisches und wie ein Kümmerling-Karton nach dem anderen herangeschafft wurde. Gleichzeitig rang sie mit sich, ihrer Vermieterin reinen Wein einzuschenken.

Noch zögerte sie.

Mutter van Heuvel begann nun, dank des Weines, mehr von ihrem Sohn zu erzählen, von seinem Job, seiner Wohnung in Kleve usw. Dann beugte sie sich zu Saueressig hin und flüsterte: »Christopher und seine Freundin sind quasi von hier geflüchtet, weil sie einer großen Sache mit Außerirdischen in Pfalzdorf oder so etwas auf der Spur waren, wie sie glaubten, und es ihnen hier zu gefährlich wurde. Sie wollten, dass ich mitkomme, aber ich wollte nicht.«

Sie schaute sich um und sprach noch leiser, wollte sichergehen, dass niemand sonst etwas mitbekam: »Ich glaube, Chris ist so sehr in die Sache vernarrt gewesen, weil er quasi auch ein halber Pfälzer ist, ohne dass es ihm meines Wissen bewusst war.«

»Ein halber Pfälzer?«, spitzte Saueressig die Ohren, »Wie meinen Sie das?«

»Weil sein 1985 verstorbener Vater nicht sein leiblicher Vater war. Der leibliche Vater war ein fescher Pfälzer, sogar ein direkter Nachfahre aus einer der Gründerfamilien. Ich beendete den Kontakt, als ich erfuhr, dass er noch einen Sohn hatte, fast ebenso alt wie Christopher.«

»Haben Sie Ihrem Sohn von dieser Liaison erzählt und von dem anderen Bruder?«

Frau van Heuvel schüttelte den Kopf: »Ich denke, er weiß es bis heute nicht – zumindest nicht von mir. Dass Heinz Huth, mein Ehemann, der ihn mit groß gezogen hatte, nicht sein leiblicher Vater war, das wusste er wohl. Aber dass war auch alles, was er darüber wusste. Und den Vornamen seines richtigen Vaters hatte ich ihm einmal genannt: Victor.«

»Und die Familie dieses Victors? Hatte die denn keinen Kontakt zu Ihnen oder zu Christopher gesucht?«, fragte Saueressig.

»Klar wussten sie um diesen Sohn Victors und wollten ihn auch kennenlernen. Obwohl es sehr nette Leute waren, wollte ich es nicht«, meinte van Heuvel, »dass hätte den Kleinen damals doch nur verwirrt. Und das wäre nicht gut. Nur einmal zu jener Zeit war er in Pfalzdorf. Das war im Oktober 1970. Da fand ein großes Fest an der Ostkirche statt. Es war allerhand Kurzweil geplant für Groß und Klein. Karussells, Spiele, Schminkstände, Ponyreiten und vieles mehr sollte an diesen Tagen den Kleinen geboten werden. Da habe ich nachgegeben und Victors Vater, meinem Beinaheschwiegervater gestattet, den fünfjährigen Christopher mit dorthin zu nehmen und bei der Tochter seiner Schwester auch zu nächtigen. Diese hatte ebenfalls zwei Kinder in seinem Alter. Ehrlich gesagt, kam es uns zu jenem Zeitpunkt gerade recht, da mein Mann und ich zur Beerdigung einer Tante für zwei Tage nach Hamburg mussten und dem Jungen die Fahrt und die Trauerfeierlichkeiten ersparen wollten. Dabei hätte ich fast noch einen Rückzieher gemacht, da für diese Tage erste Herbststürme angekündigt waren. Na ja, als wir dann aus Hamburg zurück waren, bekamen wir unseren Jungen auch wohlbehalten und gut gelaunt zurück. Es musste ihm gefallen haben.

Zwar hatte er sich bei einer Karussellfahrt verletzt, war sogar kurz weggetreten, aber ein Arzt vor Ort hatte schnell Hilfe geleistet. Eine Mininarbe am Kopf würde jedoch bleiben, sagte man mir, sonst alles okay. Der Junge konnte sich später nur noch vage daran erinnern. Er erzählte, dass er vor einem ovalen Fenster wieder aufgewacht war. Da war ein Stuhl und ein alter Teddybär. Sicher war er wegen der Verletzung so durcheinander. All das hat er heute sicher vergessen. Bei dem gleichen Fest ein Jahr zuvor waren Chris' leiblicher Vater und sein Stiefbruder, Mark war wohl der Name, spurlos verschwunden. Man munkelte: im Tannenbusch!«

Saueressig hatte still gelauscht. Dann meinte sie: »Mir ist aufgefallen, dass Sie und Chris sich van Heuvel nennen und nicht den Namen Huth tragen?«

»Nach dem Tod meines Mannes nahm ich wieder meinen Mädchennamen an und den bekam auch Christopher.«

»Warum denn nicht den Namen von Victor ... hm ...?«

»Hihi, ganz schön schlau, liebe Frau Saueressig,« lächelte nun van Heuvel wieder ein wenig, »meinem Sohn habe ich bis heute den Namen seines leiblichen Vaters nicht genannt, dann werde ich Ihnen den ganz gewiss auch nicht nennen! Nicht böse sein.«

Maria Saueressig hatte sich entschieden.

»Liebe Frau van Heuvel«, klang es leise, aber doch fast amtlich, »fragen Sie nicht wie und wieso, aber morgen bringe ich Sie mit Ihrer Schwiegertochter Rebecca und Ihrer Enkelin Larissa zusammen. Versprochen!«

Dienstag, 06. September 2011/C MINUS 3 TAGE

»Schönes Foto«, grinste Manni, der uns einen Kaffee nachschenkte, »hast du dich mal bei der *Workotec GmbH* um einen Job beworben?«

»Bestimmt nicht!«, antwortete ich und schaute erneut auf die Uhr. Schon nach zehn. Warum melden sich die Entführer nicht?

Vor uns auf dem PC-Monitor sahen wir nun die abgespeicherten Daten der Diskette. Die anzusehen, danach stand uns gestern nach dem Tod des Redaktionsleiters nicht der Sinn. Quasi als Ablenkung richteten wir den Proberaum als meine neue vorübergehende Bleibe her. Die nächste Musikprobe sollte eh erst wieder im November starten. Das Schlagzeug in der hinteren Ecke sowie das restliche Musik-Equipment störte mich nicht, selbst die knallroten Bühnen-Treter, die hier paarweise in verschiedenen Größen herumlagen, nahm ich in Kauf. Dann zauberte Manni noch einen Scotch hervor und wir stießen ausgiebig auf unser Wiedersehen an.

Nach dem ersten Frühstückskaffee hatten wir uns nun die Diskette vorgenommen. Deren Daten, da war ich mir sicher, waren der Grund für Smeets Tod.

Manni hatte eine Liste mit vielen Namen geöffnet und begann, diese durchzugehen. Er schüttelte den Kopf: »Das sind ja alles schwedische Namen, Vornamen wie Nachnamen, alle klingen irgendwie skandinavisch: Bjarndahl, Logonnson, Upendahl usw. Liest sich ja beinahe wie eine Einwanderungsliste. Donnerwetter! Hier stehen aber auch zwei Namen, die eher holländisch als nordeuropäisch klingen. Chris, die sollten auch dir bekannt vorkommen: Brakel und van Heuvel – irre, nicht!«

»Zeig her!«, raunte ich und sah auf den Monitor. Ich überflog die Namen und pfiff durch die Zähne. »Tatsächlich: Brakel und van Heuvel! Aber da steht noch ein Name, der mir bekannt vorkommt.«

»Welcher?«

Ich tippte gegen den Monitor: »Dieser Name: Michel Logensson.«

Manni musterte die Liste und schüttelte den Kopf: »Den Namen kenne ich nicht.«

»Die Schreibweise ist ein wenig anders. Ich kenne einen Michael Loogen. Klick mal durch, ob Smeets auch Fotos abgespeichert hat.«

Sekunden später hatten wir eine Ansammlung Porträts mit zugehörigen Namen gefunden. Zu Logensson gab es zwei Fotos.

Mein Interesse galt dem Jüngeren der beiden Abgebildeten. Das Foto zeigte einen Mann etwas unter vierzig. Das Gesicht kannte ich nicht, wohl aber die Narbe über dem linken Auge. Diese sichelförmige Narbe hatte ich schon einmal gesehen. Damals allerdings in einem stark schwarz verschmierten Gesicht. Es war 1993 an der Fundstelle des Objekts und es gehörte Michael Loogen. Seit der Nacht hatte ich ihn nie mehr gesehen. Ich glaubte, das Militär hätte ihn auf dem Gewissen. Wenn er es war, was hatte er mit *Workotec* zu tun? War er überhaupt der Michel Logensson von der Liste?

»Manni«, räusperte ich mich, »kann ich bei Einbruch der Dunkelheit dein Auto haben, ich will etwas überprüfen?«

»Selbstverständlich. Und was?«

Ich zeigte auf das Konterfei des Mannes mit der Narbe: »Wenn es der ist, für den ich ihn halte, stammt er hier aus der Nähe und es muss herauszubekommen sein, weshalb er auf der Liste steht. Wenn er der Mann auf der Diskette ist, kann er vielleicht erklären, worin die Verbindung zwischen uns und *Workotec* besteht.«

»Kannst du ihm trauen?«

»Ich hoffe. Er hat jedenfalls auch das Objekt gesehen und wurde dann von den Soldaten brutal niedergeschlagen und abgeführt. Später dementierten sie, je einen Mann festgenommen zu haben. Er ist also ein wichtiger Augenzeuge, was das Objekt in der Endmoräne angeht.«

Mein Handy läutete.

Fragend schaute ich Manni an: »Wer kann das sein? Meine Nummer kennt niemand außer Becca.«

»Geh ran, dann weißt du's.«

»Hallo?«, meldete ich mich.

»Christopher van Heuvel?«, fragte eine Frauenstimme. »Sind Sie es persönlich?«

»Ja! Was gibt es?«

»Kommen Sie bitte zu Ihrer Mutter nach Hasselt, dann werden Sie es erfahren. Bitte sofort!«

»Ich kenne Ihre Stimme. Sie sind Maria Saueressig. Was ist mit meiner Mutter?«

Keine Antwort, die Verbindung war bereits beendet.

Ich starrte aufs Handy. Dann ging mein Blick zu Manni.

»Ich brauche deinen Wagen schon jetzt. Geht das?«

»Ist was passiert?«

»Weiß ich nicht. Es war die Saueressig von Kelheim. Ich habe dir von ihr erzählt. Ich soll nach Hasselt kommen.«

»Dann mal hin. Soll ich mit?«

»Ich denke, du solltest hier die Stellung halten. Das Entführer-Handy lass ich bei dir, denn keine Ahnung, was mich dort erwartet.«

»Du kannst deine Mutter auch anrufen. Die Nummer habe ich ruck zuck gefunden.«

»Nein, besser nicht. Danke für den Wagen.«

»Wie konnte das passieren?«, wetterte Oge Edström. »Sich wie zwei Anfänger die Geiseln wegnehmen zu lassen. Herr Sundboe?«

»Ich war zu dem Zeitpunkt, wie abgesprochen, mit Christopher van Heuvel zusammen. Von ihm unbemerkt bekam ich von unseren Leuten das Signal, dass die Entführung geklappt und sie jetzt mit den Geiseln auf dem Weg zum Niederrhein seien.«

»Sind sie vielleicht auch. Aber nicht mit unseren Leuten. Haben Sie in Kelheim wenigstens die Information bekommen, die wir brauchen?«, so Edström. »Haben Sie dem Mann etwas entlocken können?«

Sundboe nickte: »Ich konnte sein Vertrauen gewinnen und er sprach sehr frei über das Objekt. Offensichtlich weiß er nicht einmal, was alle von ihm wollen. Aber er zeigte mir das Tagoon, so wird ein metallisches Teil genannt, das er jahrelang in seinem Besitz hatte und das ich ihm entwenden konnte, denn seinen Ausführungen nach soll dieses Tagoon ebenfalls das Geheimnis in sich – besser aus sich tragen. Natürlich entdeckte ich sofort die Ziffern, unseren arabischen sehr ähnlich, und zwei Symbole darauf. Ich deute sie als Torbogen und als Sonne. Über dem Torsymbol steht eine 2 und über der Sonne eine 11/09. Für mich ist das frei übersetzt: Gate oder Eingang ist die Nummer 2 und die Zeitangabe für den geplanten Start der 11. September.«

Edström ging zum Besprechungstisch und besah sich das Tagoon jetzt auch genau. »Vielleicht ist das die gute Nachricht, die wir brauchen. Ich werde das prüfen lassen. Wer hat die Kontrolle zum Zugang 2?«

»Michel Logensson und seine Crew.«

»Gibt es von unserem Psychologen neue Erkenntnisse über den wieder eingefangenen Patienten? Weiß er schon, was dieser im Tannenbusch, gesehen haben will?«

»Noch nicht, Sir!«

»Erst versagt er bei Paul Brakel und nun wieder Negatives. Wozu habe ich ihn eigentlich in dieser Klinik untergebracht. Zudem ist mir zu Ohren gekommen, dass die Kripo ihn besuchte, weil auch die sich für den Ausreißer interessieren. Ich denke, wir sollten uns von Hoff trennen!«

»Ja Sir, Ich kümmere mich drum!«

Manni hatte sich derweil einen Kartenausschnitt vergrößert auf den Bildschirm geholt, um ihn genauer anzuschauen.

Schnell erkannte er, dass es sich bei der Abbildung nicht um eine gewöhnliche Kreis- oder Gemeindekarte handelte. Zusätzliche Erklärungen und Informationen waren Teil dieser Karte und nicht irgendwie nachträglich eingetragen oder übermalt worden. Besonders interessant war, dass alles in Schwedisch abgefasst war. Der Kartenausschnitt zeigte nur den nördlichen Teil der einstigen Gocher Heyde mit dem Tannenbusch und den Ortschaften Pfalzdorf und Louisendorf. Zudem waren drei Häuser plus ein Acker besonders markiert und trugen seltsame

Kürzel sowie die Ziffern 1 – 4. An einem dieser Anwesen war eine zusätzliche Zahlenreihe eingedruckt. Schnell erkannte Manni, dass es sich um eine Telefonnummer handeln könnte. Von Natur aus sehr neugierig, beschloss er, diese Nummer anzuwählen.

Da er von mir komplett über das 93er und 97er Geschehen informiert worden war, staunte er nicht schlecht, als sich unter der gewählten Nummer eine Männerstimme mit Professor Gaz Togdor meldete.

Hey, war der nicht tot?

»Hallo«, fragte Manni irritiert nach, »wer bitte ist am Apparat?«

»Professor Gaz Togdor.«

»Etwa der Professor Togdor aus Heidelberg?«

»Ja, genau der. Wer will das wissen?«

»Aber Sie sind doch '97 tödlich verunglückt. Man hatte Sie in die Pathologie nach Duisburg gebracht, hörte ich!«

»Wer sind Sie? Sagen Sie mir, wer Sie sind? Und woher haben Sie diese Geheimnummer?«

»Von einem Freund.«

»Wie heißt der Freund?«

Manni lachte kurz auf: »Bin ich die Auskunft? Da kann ja jeder kommen ...!«

Er wurde jäh unterbrochen: »Los, sagen Sie, von wem Sie diese Nummer haben. Es kann gefährlich sein, diese zu kennen!«

»Eben von einem Freund. Außerdem – so geheim kann die Nummer nun auch nicht sein. Sie stand auf einer Namensliste eines schwedischen Unternehmens im Gocher Raum.«

»Heißt dieser Freund vielleicht Christopher? Lebt er noch?«

»Mein Freund lebt noch, was für eine Frage!«

»Das ist gut – sehr gut! Und wer sind Sie?«

»Ein Freund von dem Freund. Ist doch klar.«

»Und wie sind Sie an die Liste gekommen?«

»Über einen Zeitungsmann.«

»Über Smeets also. Hoffentlich lebt der auch noch.«

»Wieso fragen Sie, ob alle hier noch leben?«

Der Mann am anderen Ende der Leitung wurde energischer: »Lebt Smeets noch, oder nicht?«

»Nein, der ist leider tot. Vor wenigen Stunden gestorben. Wahrscheinlich an Herzversagen.«

»Glauben Sie mir: Er wurde ermordet. Sagen Sie mir, ist Ihr Freund bei Ihnen? Sicher ist er das. Geben Sie ihn mir.«

Manni war nachdenklich geworden: »Er ist jetzt im Augenblick nicht hier.«

»Sagen Sie Ihrem Freund, dass ich ihn treffen muss, aber nur, wenn sein Name Christopher ist. Morgen Abend soll er gegen 22 Uhr zum Louisendorfer Friedhof kommen. Am ›Kriegerschwert‹ werde ich auf ihn warten. Er soll alleine kommen!«

»Okay, werde ich ausrichten. Soll mein Freund Sie anrufen?«

»Nein, wenn ich gleich auflege, wird die Nummer sofort gelöscht und die Leitung gekappt.«

Dann war die Leitung tot, genau wie er gesagt hatte.

Manni war irritiert: »Welch ein Typ!«

Er versuchte mich übers Handy zu erreichen. Vergebens. Ein Blick auf den Akku gab ihm die Antwort.

»Schon wieder leer?«, murmelte er, »Echt seltsam!«

Was sollte er tun. Sich da heraushalten?

»Nee«, murmelte er erneut, »auf keinen Fall!«

Er stand auf und verließ das Haus.

Keine zwanzig Meter seitlich des Hauses stand ein ebenso altes Gebäude, einst Stallung, dann Garage, dann Proberaum seiner Band und nun der neue geheime Wohnbereich von Chris. In diesem Gemäuer suchte er nach etwas.

Als er fünf Minuten später wieder am Küchentisch Platz genommen hatte, legte er etwas in ein schwarzes Tuch Gewickeltes neben den Rechner.

Ein kurzes Zögern, dann wickelte er es aus. Zum Vorschein kam eine Pistole, eine *Baretta 9mm*.

»Das wäre das und Patronen müsste ich auch noch irgendwo haben – mindestens 6 – 8 Schuss.«

Mein Heimatdorf Hasselt hatte sich in den Jahren seit 1997 sehr verändert. Überall war neues Bauland erschlossen worden. Ich hielt in der Kurve hinter der Kapelle. Vom Haus meiner Mutter nicht einsehbar, verließ ich den Wagen und ging die letzten zweihundert Meter zu Fuß.

Auf der Straße vor dem Haus war nichts Verdächtiges zu sehen. Weder parkten hier Fahrzeuge, noch waren Passanten oder Nachbarn wahrzunehmen.

Gerade wollte ich die Glocke betätigen, da öffnete sich schon die Tür und vor mir stand Maria Saueressig.

»Kommen Sie rein – schnell«, forderte sie mich sofort auf und zog mich am Arm in den Flur.

Im Wohnzimmer kam mir Becca entgegengelaufen und fiel mir um den Hals. Auch Larissa kam heran und wollte ebenfalls in den Arm genommen werden.

»Schatz, bevor ich dich angerufen konnte, haben die Entführer mir das Handy abgenommen.«

»Du bekommst ein neues Handy. Manni wird dafür sorgen. Wichtiger ist, dass ihr wohlauf seid und wir wieder zusammen. Komm, drück mich ganz fest!«

Hinten auf der Couch entdeckte ich jetzt, beinahe regungslos, meine Mutter, und sie sah uns mit leicht feuchten Augen an. Ich ging zu ihr und drückte sie fest an mich. Wie viele Jahre habe ich dieses nicht mehr tun können.

»Sie wurden hoffentlich nicht gesehen!«, störte Frau Saueressig ziemlich rücksichtslos das Wiedersehensglück. »In diesem Haus können sie natürlich nicht bleiben bis zum Countdown. Hier wird die Gegenseite sicherlich auch suchen. Aber Sie werden das Haus erst verlassen, wenn es dunkel ist. Sicher ist sicher! Haben Sie schon eine Idee, wohin?«

»Ja, habe ich!«, erwiderte ich spontan. »Bei meinem Freund Manni. Dort bin ich zurzeit untergekrochen. Bei ihm ist es zwar eng, aber es wird gehen«, dann zu meiner Mom gewandt, »Mutter, du solltest besser auch mitkommen?«

»Ich bleibe hier!«, war die resolute Antwort. »Ich glaube, dass wäre am Unverdächtigsten für uns alle. Außerdem würde ich nur zur Last fallen.«

Um mir eine Bemerkung zu ersparen, ergriff Saueressig das Wort: »Christopher, in Ihrer Nähe kann es in den nächsten Stunden sehr gefährlich werden, für jedermann. Die Gegenseite wird noch rücksichtsloser werden, ganz sicher.«

Wir setzten uns zu meiner Mutter und Frau Saueressig begann, mich aufzuklären bezüglich des Geschehenen. Ich erfuhr so, dass nicht sie nebst Helfern Becca und Larissa in Kelheim entführt, sondern beide aus den Händen der eigentlichen Entführern befreit und dann hierher gebracht hatte. Ihr zügiges Eingreifen konnte nur erfolgen dank einer

Münze, die Becca um den Hals trug. Sie erzählte, dass sie nicht zufällig Mutters Untermieterin geworden war. Sie hatte zum einen auf sie aufzupassen und gleichzeitig über sie an mich heranzukommen versucht, irgendwie. Das hatte schließlich auch geklappt.

Ich war so erleichtert, dass Becca und Larissa wieder bei mir waren. Nur, wer rief da an und behauptete, er hätte die Zwei in seiner Gewalt? Ich beschloss, ihn in diesem Glauben zu lassen. Steckte vielleicht Ole Sundboe dahinter? Er wusste schließlich von der Entführung.

Kurz nachdem ich Becca und Larissa in Mannis Obhut gegeben hatte, startete ich Richtung Loogenhof.

Auf der Fahrt dorthin dachte ich über Mannis Info bezüglich des mysteriösen Anrufers nach. Wer gab sich da als Gaz Togdor aus und was wollte er von mir? Manni vermutete Ole Sundboe dahinter. Ich war mir nicht sicher, ob ich zum gewünschten Treffen auf dem Friedhof gehen sollte.

Vorsichtig bog ich in den von Sträuchern gesäumten Weg zum Gehöft ein. Ab jetzt ging's ganz leicht bergan.

Eine letzte Viertelbiegung um eine Thuja-Hecke und ich sah das große Haupthaus mit seiner breiten Frontseite vor mir. Der Vorplatz war ganz mit Kies bedeckt.

Außer dem flatternden Geräusch einiger hinter dem Gebäude aufsteigender Tauben war es ruhig.

In der Ferne kläffte ein Hund.

Ich musterte die Fassade. Aus einigen der Fenster drang Licht nach außen. Unbewohnt war dieser Hof also nicht.

Im Schritttempo fuhr ich näher heran und hielt am Ende der Auffahrt an, gut zwanzig Schritte vom Eingang des Hauses entfernt. Zeit-Check: 21.15 Uhr.

Ich stieg aus und näherte mich dem Gebäude.

Der Kies knirschte unter meinen Füßen.

Als ich kurz vor der Haustür war, sprang plötzlich die Außenbeleuchtung an.

Ich suchte nach einem Namenshinweis.

Im fahlen Licht der Lampe konnte ich auf einem kleinen Messingschild das Wort Loogen lesen. Okay, das Haus war richtig, dachte ich und läutete.

Würden die Loogens überhaupt noch auf sein und die Tür öffnen? Wenn ja – sollte ich sie dann direkt auf ihren Sohn ansprechen?

Im Haus tat sich etwas.

Hinter der geriffelten Glasscheibe, die einen Teil der Eichentüre für sich beanspruchte, sah ich schemenhaft, wie sich zwei große Gestalten dem Eingang näherten. Das konnte doch unmöglich das alte Bauernehepaar sein.

Die Tür öffnete sich und zwei hellhaarige 1,90 m-Modell-Athleten starrten mich prüfend an. Landwirte waren das nicht! »Ja, bitte?«

»Guten Abend. Entschuldigen Sie die Störung, aber ...«, weiter kam ich nicht, denn ich wurde jäh von einem der Kerle unterbrochen: »Ich weiß nicht, was Sie wollen, aber Sie sind hier falsch.«, meinte einer der beiden Hünen in einem Deutsch, dass dessen skandinavische Herkunft verriet. Sie traten aus dem Flur und einige Schritte auf mich zu.

Ich deutete auf das Namensschild neben der Tür: »Ich würde gerne einen gewissen Herrn Loogen sprechen. Ist das möglich? Wohnt er noch hier?«

»Nein, das ist nicht der Fall. Neue Besitzer betreiben jetzt diesen Hof und Leute mit Namen Loogen sind uns nicht bekannt. Sorry, dass Sie vergebens hergekommen sind. Verlassen Sie bitte das Grundstück. Sofort!«

Ich bemerkte das Herannahen eines weiteren Mannes, der schon aus dem Haus heraus brüllte: »Egal wer da an der Tür ist – ich will über jeden, der hierher kommt, informiert werden. Ist das klar!«

Er kam näher und warf einem der beiden Hünen einen verächtlichen Blick zu.

Nun stand er direkt vor mir und fixierte mich. Sein Alter schätzte ich auf 35 bis 45. Als ich die sichelförmige Narbe über seinem linken Auge entdeckte, wusste ich, wer vor mir stand, denn diese Narbe würde ich immer wieder erkennen! Ich hatte keinen Zweifel – dieser Mann war Michael Loogen höchstpersönlich, der vor zehn Jahren vor meinen Augen vom Militär verschleppt wurde, nur wenige hundert Meter von hier entfernt.

Michael Loogen starrte auch mich nur einen Moment an. Er brauchte kein helleres Licht, um zu erkennen, wer da vor ihm stand,und reagierte sofort: »Schnappt ihn euch!« Dabei zog er auch blitzschnell eine Pistole und legte auf mich an, »Du bleibst schön da stehen, mein Freund!

Ich will dich nicht zum Krüppel schießen müssen.«

Durchs Geschrei aufgeschreckt, flatterten erneut Tauben mit Getöse auf.

Ich erfasste die Situation sofort, nutzte die Schrecksekunde und stieß mit all meiner Kraft gegen einen der Hünen. Dieser Klotz geriet tatsächlich ins taumeln und beim Fallen riss er die zwei anderen noch mit zu Boden. Dabei löste sich ein Schuss, der zu meinem Glück genau die Außenlampe traf.

Sofort war es dunkel vor dem Haus.

Instinktiv sprang ich zur Seite, wollte weglaufen, aber stürzte.

Von Kugeln getroffener Kies spritzte auf.

Die Blonden sprangen wieder hoch und richteten ihre Kanonen auf mich. Sie zielten dabei auf meinen Kopf.

Loogen sah es und schrie abermals: »Nicht schießen, bloß nicht schießen! Ihr trefft mir noch den Kopf des Mannes, ihr blöden Hammel! Es ist viel zu dunkel. Ihr könnt doch nicht sehen, wohin ihr schießt.«

Verfluchte Scheiße. Was sollte das denn nun schon wieder bedeuten?

Ich schloss die Augen, erwartete jede Sekunde dass was passierte: Ein Schuss in den Oberschenkel oder ein Schlag in die Fresse oder sonst was.

Doch nichts! Kein Fausthieb – kein Schuss.

Benommen blinzelte ich nach oben.

Da sah ich vor dem Hintergrund der fahl beleuchteten Fenster die beiden Blonden erneut taumeln. Sie griffen sich an ihre Hälse, röchelten kaum vernehmbar und sackten zu Boden, wo sie regungslos liegen blieben. Ihre Waffen hielten sie noch in Händen.

Alles geschah so irre schnell, dass sie nicht mal mehr in der Lage waren, auch nur einen Schuss abzufeuern.

Im schwachen Licht konnte glaubte ich ein Glitzern an ihren Hälsen erkennen zu können, so als wären sie nass.

Michael Loogen selbst war blitzschnell zurückgelaufen, ins Haus geflüchtet und hatte die Tür hinter sich ins Schloss geschlagen.

Wieso? Was war passiert?

Ich rappelte mich hoch. Mehr stolpernd als laufend erreichte ich den Wagen. Nur gut, dass ich den Wagenschlüssel hatte stecken lassen.

Ich sprang hinein und raste nur Sekunden später im Rückwärtsgang den Weg zurück. Ständig wechselte mein Blick vom Rückspiegel zur Frontscheibe. Würde ich verfolgt? Holte Michael Loogen Verstärkung?

Durch die Thuja-Hecke entschwand das Haus meinem Blickfeld. Aber tatsächlich: ein Mann – es war nicht Michael Loogen – tauchte nun auf und sprintete hinter mir her. Auch er hielt eine Pistole in der Hand.

Durch das leichte Gefälle kam er immer näher, zumal ich auch darauf achten musste, rückwärts nicht in einen der von Büschen gesäumten seitlichen kleinen Gräben zu rutschen.

Mit Schrecken registrierte ich, wie mein Verfolger während des Laufens begann, seine Waffe auf mich zu richten.

Doch wie aus heiterem Himmel brach auch dieser ohne erkennbaren Grund ganz plötzlich zusammen, noch ehe eine einzige Kugel den Lauf seiner Pistole verlassen konnte.

War er gestolpert? Wieso stand er nicht wieder auf?

Sollte mir egal sein. Gott, war ich erleichtert.

Von der Hofauffahrt runter gab ich Gas. Nur weg hier.

Wieder und wieder schaute ich in den Rückspiegel, wollte prüfen, ob ich verfolgt wurde. Zum Glück nicht!

Beim vierten oder fünften Umschauen rutschte mir dann fast das Herz in die Hose.

Auf dem Rücksitz zeichnete sich nun der dunkle Umriss einer Person ab.

Ich stieg auf die Bremse, hielt am Seitenstreifen an und drehte mich um. »Verflucht, bin ich den Kugeln entkommen, um mich jetzt zu Tode zu erschrecken? Wer zum Teufel sind Sie?«, herrschte ich nach hinten und versuchte etwas zu erkennen. »Raus mit der Sprache!«

Die Konturen meines unerwarteten Fahrgastes wurden deutlicher. Es war Quesa.

»Oh nein«, murmelte ich, »auch das noch!«

Dieses Mal jedoch fehlte der sie umhüllende Schimmer. Ihr helles Gesicht wurde nun statt der Kapuze von ihren langen, fast weißen Haaren umrahmt.

»Euer Joachimstaler rief mich zu Hilfe. Ihr wart in sehr großer Gefahr!«

Bedächtig ließ ihre feingliedrige Hand ein seltsam geformtes, pistolenähnliches Gerät in ihrer weit geschnittenen Jackentasche verschwinden.

Ich konnte es nur vage sehen und war mir dennoch sicher, mit dieser Waffe hatte sie mir die Verfolger vom Hals gehalten.

Ich schaltete die Innenbeleuchtung ein, um besser sehen zu können. Sofort zog sie die schwarze Kapuze ihrer Jacke über den Kopf.

»Zu helles Licht tut mir nicht gut«, erklärte sie, »mir in die Augen schauen zu können, sollte im Moment nicht Euer Problem sein, mein Freund.«

»Okay, lassen wir es dunkel«, raunte ich und löschte das Licht, »aber erklären Sie mir, warum, verflucht noch einmal, die Typen mich kalt machen wollten?«

»Das sind Männer der Schweden-Gruppe.«

»Ataser?«

»Ja, Ataser. Jene Leute, vor denen ich Euch in Kelheim gewarnt habe. Mich irritiert, dass sie Euch töten wollten. Könnte es sein, dass sie nicht wussten, wen sie da vor sich hatten?«

»Doch, einer zumindest«, entgegnete ich, »der Anführer, der plötzlich geflüchtet ist. Ich denke, der hat mich erkannt. Er verbot den anderen, mich zu töten. Er wollte mich lebend haben und wies die beiden Hünen an, mich zu überwältigen. Doch plötzlich sackten sie zu Boden. Waren Sie das? Verdammt, was haben Sie mit denen gemacht?«

»Eliminiert!«

»Mit dem Gerät in Ihrer Tasche? Aber ich habe keine Schüsse gehört?«

»Wir eliminieren lautlos. Aber seid Ihr sicher, dass Ihr nur gefangen genommen werden solltet?«

»Oh doch, das bin ich. ›Nicht schießen‹ hatte Loogen, ihr Anführer, gerufen.«

»Das kann nur bedeuten, dass sie immer noch nicht wissen, durch welchen Einstieg sie ins Objekt gelangen und dass sie Euch nach wie vor brauchen. Chris, was habt Ihr hier eigentlich gesucht?«

»Ich wollte mich bei den alten Loogens, die hier zumindest früher einmal wohnten, nach ihrem Sohn Michael erkundigen. Er war mit der einzige, der 1993 das Objekt im Boden real gesehen hat und dann von den Militärs gefangen genommen wurde. Tja und nun habe ich ihn gefunden, als Anführer einer Schwedentruppe. Er scheint übergelaufen zu sein und nennt sich jetzt Michel Logensson.«

»Auch deshalb müsst Ihr extrem wachsam sein. Es gibt zu viele, die für die Schweden arbeiten. Möglicherweise auch frühere Freunde von Euch. Irgendjemand muss schließlich Euer Versteck verraten haben.«

»Um dann meine Frau und meine Tochter als Druckmittel zu entführen, diese Schweine!«

»Aber jene hatten sie nicht lange, wie Ihr mittlerweile wisst. Gut, dass Becca einen von den Talern bei sich trug. So konnte ich ihre große Angst spüren und sie und Larissa befreien.«

»Okay! Kann es sein, dass Sie so schnell hier aufgetaucht sind, weil ich einen ebensolchen Taler trage?«

Quesa sah mich an. Im dunklen Fond des Wagens sah ich nur zwei helle Augen ohne jegliche Regung. Überlegte sie?

Mit einer schnellen Bewegung schob sie die Kapuze wieder nach hinten und ihre weißen Haare zur Seite, sodass eine Art Ohrschmuck sichtbar wurde. »Zusätzlich zu meinem Taler trage ich noch diesen Kommunikator«, erklärt sie, »durch ihn und mittels Eurer Münze spüre ich nicht nur Euren emotionalen Zustand, sondern weiß zu jeder Zeit, wo Ihr Euch gerade aufhaltet. Ein wahrzunehmender Schwingungsimpuls deutet ergänzend an: Stress durch Gefahr!«

»Na klasse!«, stammelte ich missmutig, »Also die totale Psycho-Überwachung.«

»Zu Eurem Schutz.«

»Und wie lange soll diese Überwachung gehen?«

»Das wisst Ihr, bis die Gefahr gebannt ist, in etwas mehr als zwei Tagen, wenn Ihr…«

»…ich weiß«, führte ich den Satz fort, »…den richtigen Zugang benennen kann.«

»Genau! Also – Ihr habt nicht mehr viel Zeit.«

»Ja ja, ist klar«, erwiderte ich und es klang sicherlich etwas genervt, »aber erklären Sie mir mal, wie sie so plötzlich aus dem Nichts auftauchen können?«

Stille.

Ich blickte erneut in den Rückspiegel.

Doch da war Quesa wieder verschwunden, so schnell und lautlos wie in der Felsenkirche des Klösterl.

Natürlich hatte sich die Neuigkeit vom Tod des Pfälzers Sven Becker im Tannenbusch wie ein Lauffeuer in ganz Pfalzdorf herumgesprochen. Theorien machen die Runde. Eine der Hauptvermutungen: Der Herzkranke wird sich niedergesetzt haben, um zu verschnaufen und bekam dann wohl eine Herz-Attacke und verstarb daran in Ermangelung schneller Hilfe. Warum sich ältere Leute nur so schwer mit Handys tun, war das Argument der jüngeren Bewohner. Es gibt doch etliche leicht zu bedienende Modelle. Damit wäre Hilfe sicherlich möglich gewesen. Auch wo Beckers Hund geblieben war, der normalerweise nie von Herrchens Seite wich, darüber rätselten alle.

Der Ältestenrat der Ortschaften Pfalzdorf/Louisendorf hatte sich bei Klaus Vesterhof getroffen und saß nun um kurz nach zehn Uhr immer noch in dessen Wohnzimmer und ließ Sven Becker eins ums andere Mal post mortem hochleben. Sie diskutierten die Situation, wie der alte Pfälzer ehrenvoll bestattet werden sollte. Auch gegenüber der Ehefrau war es gelebte Pflicht der Dorfgemeinschaften, hier tätig zu werden. Ob der einzige Sohn schon informiert wurde und die Enkelin Lena, wusste keiner.

Einige Birnenschnäpse später war die Gruppe auf vier Männer zusammengeschrumpft: Bernhard Schliepers, Ferdinand Hans, Willi Graaff und der Gastgeber Klaus Vesterhof. Sie alle waren schon sehr betagt. Schließlich kamen sie auf das Thema Ostkirche zu sprechen.

»Musikveranstaltungen in der alten Lutherischen?«, fragte Bernhard Schliepers. »Und wir können nichts dagegen machen? Wir sind doch der Ältestenrat.«

Vesterhof versuchte zu beruhigen: »Wir sollten froh sein, dass es den Förderverein gibt. Die werden versuchen, Mittel aufzutreiben, damit eine Renovierung erfolgen kann. Seit der Einstellung von Gottesdiensten vor fünf Jahren verfällt die Kirche doch immer mehr!«

»Wie wir«, lachte Willi Graaff, »das ist ein gutes Stichwort, um den Abend zu beschließen. Ich denke, es ist Zeit für uns zu gehen.«

Die anderen Männer stimmten zu und erhoben sich.

Vesterhof fasste Graaff an den Arm: »Ich bitte dich, noch zu bleiben. Ich habe mit dir noch etwas zu bereden.«

Graaff nickte und setzte sich wieder, während Vesterhof die beiden anderen Räte zur Tür brachte und verabschiedete.

Als er wieder in die Stube trat, hatte Willi Graaff schon eingeschenkt und murmelte: »Hier – die Letzten für heute!« Dabei deutete er auf die zwei gefüllten Gläser.

»Ja, dann wollen wir mal.«, und schon hatte Vesterhof das Glas geleert. Graaff auch.

»Willi«, begann Vesterhof, »nach dem Tod von Sven gibt es nur noch dich, der über das Geheimnis der Gocher Heyde Bescheid weiß. Nur dir allein habe ich '69 davon erzählt!«

Graaff wusste genau, auf was sein alter Freund zu sprechen kommen wollte: auf das Verschwinden seines Sohnes Victor und seines vierjährigen Enkels im Tannenbusch. »Ich weiß, 1969, im Jahr der ersten Mondlandung«, antwortete er, »du weihtest mich ein eine Woche, nachdem dein Sohn an einem regnerischen Sonntag verschwunden und nicht mehr aufgetaucht war. Du meintest, er wäre seinem Jungen in den Tannenbusch gefolgt, um ihn zu suchen. Warum nur lief der kleine Mark weg? Es war so ein friedlich Erntefest mit Kinderbelustigungen!«

»Willi, war er wirklich davongelaufen oder hatte ihn jemand mitgenommen? Genaues wissen wir doch nicht. Du weißt, dass wir ihn an diesem Tag in der Ostkirche markieren wollten, wie es halt seit Generationen Tradition ist. Deshalb hatten wir uns auch den Schlüssel für die Kirche besorgt, die der Menschenmassen wegen an diesem Tage verschlossen bleiben sollte. Unter dem Vorwand, dort warte eine kleine Überraschung auf ihn, gingen wir mit dem Jungen ins Gotteshaus und begaben uns auf die Empore über dem Eingang. Dort setzten wir ihn auf einen alten Stuhl und ich präsentierte die Überraschung: einen alten, knuddeligen Teddybären. Freudig abgelenkt, bemerkte der Junge nicht Sven Becker, der von hinten herantrat und ihn in einer schnellen Aktion mit Äther betäubte. Sven Becker hatte sich bereit erklärt, das Procedere der Markierung durchzuführen, so wie ich es Jahrzehnte später für ihn bei seiner Tochter gemacht habe. Hinter uns verriegelte er die Kirchentür.

Gegenüber der Kirche warteten Victor und ich dann im ›Schwarzen Adler‹ darauf, dass er zusammen mit dem Jungen ins Freie tritt. Als wir des Jungen Gesicht im ovalen Fenster über der Kirchentür erblickten, wussten wir, der Knabe hatte es überstanden. Doch wenige Minuten später kam dann Sven alleine und völlig aufgelöst ins Lokal und berichtete, er habe plötzlich die Besinnung verloren. Als er wieder zu sich kam, war der Junge verschwunden und der Kirchenschlüssel auch. Nur der Teddy saß seitlich des ovalen Fensters, dort wo er ihn hingesetzt hatte. Ob der Kleine nun in Panik geraten sei, als er auf dem Boden liegend aus der Kurzbetäubung erwachte und weder Vater noch Opa waren da, nur der für ihn ziemlich fremde Sven Becker? Und auch beim Blick durchs

Fenster sah er uns nirgends, logisch. Lief er weg? Aber die Tür war verschlossen und aufschließen mit dem schweren Schlüssel hätte er nicht können. Was also war geschehen, wie kam der Junge raus und wo war er hin? Später befragte Festbesucher wollten ihn gesehen haben, als er in Richtung Tannenbusch lief. Natürlich riefen wir auch die Polizei, von der Zeremonie erzählten wir natürlich nichts. Victor hat es wohl das Herz gebrochen.«

Graaff nickte: »Diese geheime Zeremonie gibt es aber schon seit Generationen, schon seit die ersten Pfälzer hier siedelten, sagtest du einmal. Auch wenn der Junge Angst gehabt hatte, wieso ist er später nicht wieder aufgetaucht?«

»Genau das ist die Frage«, ergänzte Vesterhof, »weder lebend noch tot hat man ihn gefunden! Genauso wenig Victor einen Monat später. Vielleicht wussten aber noch ganz andere Leute von dieser Markierung, warteten den richtigen Zeitpunkt ab und holten sich den Jungen und später den Vater.«

Einen Augenblick schwiegen beide.

Dann lehnte sich Graaff in seinem Sessel zurück: »Ich spreche mal aus was viele denken: der Tannenbusch ist von einem Fluch belegt. Etwas ist dort, vor dem man sich besser in acht nimmt. Hast du dich mal gefragt, warum Anfang des 17. Jahrhunderts damit begonnen wurde, diesen Tannenbusch anzulegen, wo es doch den riesigen Reichswald im Westen und den Calkarer Wald im Osten gab? Wieso wurde dieser dann zum Privatwald mit eigenem Jagdaufseher erhoben und das Betreten fürs gemeine Volk untersagt? Sollte der Aufseher vielleicht nicht den Tannenbusch, sondern die Leute schützen? Immer wieder gab es unerklärliche Todesfälle im Gehölz, denn nicht immer hielt man sich an das Verbot. Und jetzt ist es wieder geschehen: Sven Becker und vor knapp einer Woche zwei Studentinnen!«

»Mein anderer Enkel ist ein Jahr später aber nicht vor oder nach der Zeremonie in der Ostkirche stiften gegangen. Er lief nicht zum verdammten Tannenbusch.«, entgegnete Vesterhof. »Ihn ließen wir Opfer eines kleinen belanglosen Unfalls auf dem Karussell werden, um ihn unter diesem Vorwand in die Ostkirche zu bekommen, weil es dort einen Verbandskasten gab. Auch er kam auf den Stuhl, wurde betäubt und auf den hölzernen Boden der Empore gelegt. Nach dem Erwachen schaute auch er durchs ovale Fester gen Tannenbusch. An dem Teddy zeigte er kein Interesse. Schon zu meiner und Svens Zeit gab es dort den Stuhl und den Teddybären, übrigens auch bei meinem Vater schon. Ha, den Stuhl gibt es immer noch, der Teddy allerdings ist wenige Tage nach Christophers Markierung ebenfalls verschwunden. Aber bestimmt nicht im Tannenbusch!«

»Was ist aus Christopher eigentlich geworden?«

»Nachdem Victor nicht mehr aufgetauchte, unterband seine Mutter, die nicht mit ihm verheiratet war, jeglichen Kontakt des Jungen mit mir und anderen Pfälzern, was ich respektierte. Später, nach dem Tod ihres Ehemannes soll sie, wie der Kleine, ihren Mädchennamen wieder angenommen haben. Ich habe ihn seit 1970 nicht mehr gesehen.«

»Als Pfälzer Bub und mit der Markierung versehen, trägt er dann nicht auch das Geheimnis?«

»Sicher, aber ob er es auch weiß? Ich bin darüber erst nach der Geburt von Victor von meinem Schwiegervater in Kenntnis gesetzt worden. Victor erfuhr es von mir erst 1969, acht Wochen vor seinem Verschwinden. Sein Erstgeborener hatte die Markierung, aber verschwand spurlos im Tannenbusch noch am gleichen Tag, wie du weißt. Darum bekam dieser andere Sohn, der kaum jünger war, ein Jahr später ebenfalls die Markierung über das linke Ohr. Doch wie soll er aufgeklärt werden, wenn niemand weiß, wer er ist und wo.«

»Klaus, was ist mit deiner Markierung, du hast sie mir nie gezeigt. Hast du sie noch?«

»Nein, nachdem Victor markiert wurde habe ich die meine entfernen lassen, Sven Becker übrigens seine auch, obwohl das eigentlich nicht erlaubt war. Im Nachhinein eine falsche Entscheidung. Denn eines Tages, das sage ich dir, wird diese Markierung gebraucht werden und es ist keiner mehr da, der sie hat. Ja, dann wird es einen gewaltigen Rums geben mit vielen, vielen Toten! Und der Rums wird ein Erdbeben nach sich ziehen und es wird noch mehr Tote geben.«

»Willi, dann bist du also der Meinung, dass die Zeit bald kommen wird, das Wissen bereit zu halten, das einst unsere ehrenwerten Mitbegründer Grossard und Becker zur Verwahrung bekommen haben?«

»Ja. Ich denke, die Zeit dafür ist bereits da, mein Freund!« Vesterhof seufzte: »Ich selbst kann mich an die Markierung nicht mehr erinnern, Victor ist wahrscheinlich tot wie wohl auch sein Erstgeborener, Mark. Becker nun ebenfalls, kommt also auch nicht in Frage. Dessen Sohn bekam die Zeremonie nicht, warum weiß ich nicht einmal. Dafür aber dessen Tochter Lena, eigentlich Helena, von mir. Also können nur noch sie und der damals fünfjährige Christopher, der zweite Sohn Victors, den Niederrhein retten! Aber wo sich beide befinden, steht in den Sternen! Darum sollten wir schnellstens meinen zweiten Enkel finden und hoffen, dass er noch lebt. Nur er käme neben Lena Becker noch als, wie sagte man damals, Schlüsselwächter in Frage!«

Willi schaute skeptisch: »Und wenn es nicht gelingt?«

»Wenn ich ihn nicht finde – dann gute Nacht!«

»Nein das meine ich nicht, Klaus. Ich meine, auch wenn du ihn findest, was ist, wenn es dir nicht gelingt, ihm diese Geschichte zu verkaufen. Wenn er dir schlichtweg einfach nicht glaubt? Er ist heute schließlich ein Mann von über 40, so er noch lebt.«

»Willi, wenn ich dich auch in diese ganze Geschichte eingeweiht habe, von einer Sache habe ich dir noch nicht erzählt. Es soll, der Familienüberlieferung nach, hinter dieser Pfälzer-Ansiedlung ein geheimnisvoller Mann stecken. Diesen Mann also, der den Mitbegründern Grossard und Becker das Geheimnis um das Objekt im Boden anvertraut hatte, nannte sich Gaz Togdor. Und einen Mann namens Gaz Togdor habe ich in den letzten 30 Jahren einige Male in Louisendorf gesehen und sogar gesprochen.«

»Oh Gott«, erschrak sich Graaff, »mag mein Gedächtnis auch nicht mehr so gut sein, aber diesen eigenwilligen Namen kenne ich auch, den vergesse ich nicht. Er war einmal bei mir an der Tür, ganz kurz, und wollte von mir deine Adresse haben. Es muss um 1996/97 gewesen sein! Und was ist mit ihm?«

»Dieser Mann erinnerte mich daran, dass der Urgroßvater meiner Frau, ein Grossard, im Jahre 1920 von einem Abgesandten der Xantener Dombibliothek eine versiegelte Schatulle übergeben bekam, die sich mittlerweile in meiner Obhut befindet. Diese soll ich nur dem Mann aushändigen, der sich mit einer bestimmten Münze zu erkennen gibt.«

»Und? War dieser Mann schon da?«

»Noch nicht!«, antwortete Vesterhof. »Togdor sagte, er wisse nur, dass es eine solche Schatulle gibt, er kennt sie nicht und weiß auch nicht, wer der Absender ist.«

»Hat dieser Togdor denn die Code-Markierungen am Kopf erwähnt?«

»Der Gaz Togdor von damals gab den beiden Familien vor, das Geheimnis mit dem Code den Nachkommen weiter zu reichen, aber nicht auf welche Art und Weise. Das war wohl eine Idee unserer Vorfahren! Auch wenn der damalige und der heutige Togdor ein und dieselbe Person wäre und den Schlüsselwächter sogar kennt, er würde den Code bei ihm im Kopf, nicht am Kopf vermuten.«

»Sehr mysteriös und beängstigend das alles. Oh Mann, jetzt brauche ich für den Heimweg doch noch einen Birnenschnaps. Vielleicht wird es ja mein letzter sein!«

»Wer weiß, Willi, wer weiß!«

Mittwoch, 07. September 2011/C MINUS 62 STUNDEN

Um sieben war ich bereits wieder auf und frühstückte mit Manni, der schon immer ein Frühaufsteher war. Während Becca und Larissa noch schliefen, erzählte ich Manni von der Schießerei am Loogenhof und dass ich dort Michael Loogen alias Michel Logensson begegnet war, ganz sicher, und der jetzt offensichtlich für die andere Seite stand. Und dass Quesa wieder auftauchte und mich rausboxte.

»Chris, Quesa mag dich scheinbar. Ich würde sie gerne mal kennenlernen. Aber sag, du willst wirklich zu diesem Treffen auf dem Friedhof gehen? Ehrlich, ich halte es für eine Falle!«

»Ich bin mir sicher, dass es nicht Gaz Togdor war, der dich anrief«, erwiderte ich, »wer auch immer es war, er hatte verdammt gute Kenntnisse über die ganze Sache und darum will ich wissen, wer dahinter steckt. Was soll mir passieren? Nach allgemeiner Aussage darf man mich nicht töten, jedenfalls nicht bevor ... na, du weißt schon!«

»Wie du meinst. Okay, zum Thema. Ich habe mir die Ortskarte von der Diskette einmal genauer angesehen. Auf der waren drei Gebäude und ein Acker herausgestellt und mit den Nummern 1 bis 4 versehen, soweit ich die Ziffern lesen konnte. Stell dir vor, nach einigen Anrufen bei Bekannten habe ich erfahren, dass die drei Gebäude von der *Workotec GmbH* still und leise angemietet worden sind, das erste schon vor über fünfzehn Jahren.«

»Also schon bald nach dem ominösen Bombenfund bei Louisendorf. Interessant!«

»Ja, sehe ich auch so, zumal die Firma sich erst Jahre später in Weeze niederließ. Zudem sollte man wissen, dass die Ackermarkierung gleich der Fundstelle besagter Fliegerbomben von '93 ist und dass genau hier bis Mitte des 19. Jahrhunderts ebenfalls ein Gehöft existierte.«

»Und was machen die mit den Häusern? Wer wohnt da heute?«, fragte ich neugierig.

»Sind weitervermietet worden an aktuelle Mitarbeiter bzw. die vorherigen Besitzer dringelassen mit der Auflage, unterzuvermieten, natürlich an Arbeitnehmer von *Workotec*. So, jetzt wird's spannend: Ich habe mit einem Lineal die Häuser in Nord-Süd- und in Ost-Westrichtung miteinander verbunden und festgestellt, sie liegen in einer Flucht, exakt. Die Ost-Westverbindung verläuft zudem genau durch das Louisendorfer Kirchenhügel-Quadrat. Schöner Zufall nicht? Das waren mit Sicherheit keine Zufallskäufe. Unter diesen drei Häusern oder Höfen befinden sich die vier Eingänge ins Innere des Objekts und die haben sich Schweden, Ataser oder Gruppierung schon mal gesichert. So konnten sie ungestört und unauffällig Tunnel zu den Eingängen buddeln. Wegen der hiesigen Sandgruben fahren Kies-LKWs ohnehin hier dauernd durch die Gegend. Wie gesagt: Sehr unauffällig!«, Manni schaute mich mit geschwollener Brust an, war stolz auf seine Recherche.

»Gut vorbereitet das alles, nur welcher der richtige Eingang ist, das wissen auch die nicht«, entgegnete ich.

Manni nickte: »Ja genau. Dafür brauchen sie jetzt dich!«

»Da ich es noch nicht weiß, werde ich gleich eine Radtour zu den vier Stellen unternehmen, um sie mir anzusehen. Dass ich mich dort sehen lasse, damit wird keiner rechnen. Vielleicht bekomme ich vor Ort einen Impuls zur Rückerlangung der Erinnerung. Einen Eingang kann ich mir sparen, jenen, an dem sich die Militärs vor 18 Jahren schon versucht haben. Sag bitte Becca Bescheid, dass ich gegen spätestens zwölf Uhr wieder da bin. Ach ja, hättest du noch ein Handy für Becca irgendwo übrig, und vielleicht für mich ein Fahrrad?«

Die von uns vermuteten Einstiegsplätze an der Pfälzerstraße, an der Spehstraße und an der Moyländer Straße machten einen völlig friedfertigen Eindruck, ja beängstigend ruhig war es dort sogar. Keinerlei Aktivitäten von irgendwelchen Typen zu bemerken. Blieb noch das Gebäude an der Bedburger Straße, wo einst das historische Försterhaus seinen Platz hatte. Zwar wollte ich nördlich um den Tannenbusch herum fahren, doch eine Sperrung wegen einer langgezogenen Bodenverwerfung ließ mich doch den Weg südwärts nehmen, um dann abzubiegen und mitten durch den Tannenbusch auf die Bedburger Straße zu gelangen.

Im Tannenbusch kam mir eine Gruppe Jogger aufgeregt entgegengelaufen. Sie berichteten mir, dass sie vor Minuten einen toten Hund entdeckt hätten. Zwei der Läufer hatten das Tier als das von Sven Becker erkannt. Der verendete Hund hing ihren Aussagen nach mit gebrochenem Genick hoch im Geäst einer der Bäume, keine zwanzig Meter entfernt vom Platz, an dem sein Herrchen den Herztod erlitten hatte. Lärmende Krähen machten die Jogger darauf aufmerksam. Sie hatten es bereits der Polizei nach Goch gemeldet.

Hierbleiben und von der Polizei befragt werden? Nein, das wollte ich nun nicht und radelte weiter.

Auf Höhe des alten Forsthauses angekommen, fuhr ein Streifenwagen an mir vorbei. ›Polizei-Einsatz Toter Hund‹, musste ich grinsen, das schnell verflog, als ich den Fahrer sah. War das nicht Hermann Cramer am Steuer, nur älter? Gut, dass er mich nicht beachtet hatte.

Auch dieser auf der Karte angegebene Förstereiplatz wirkte wenig spektakulär: Ein Haupthaus, gegenüber ein Hundezwinger mit zwei scheinbar ständig kläffenden Kötern und links hinter dem Haus ein großer Stall oder Schuppen. Kein Mensch zu sehen. Ich schaute am Haus und Schuppen vorbei, entlang des Waldrandes und erspähte die nicht weit entfernte kleine Kirchturmspitze der Pfalzdorfer Ostkirche. Kindheits-Erinnerungen schnellten hoch: Karussell – Verletzung – Kopfverband – ovales Fenster – Teddy – Stuhl – Männer ... schon war das Déjà vu vorbei. In diesem Augenblick wusste ich, dass ich diese Kirche aufsuchen musste.

Mannis Proberaum hatte ein anderes Gesicht bekommen.

Gleich nachdem Becca und Larissa gefrühstückt hatten, begannen sie, unsere provisorische Bleibe zu verschönern. Zwei Tage sollte dies unser Zuhause sein. Dann würde sich ohnehin entscheiden, ob wir zurückkehrten nach Kelheim oder uns wieder hier niederließen oder ob es keinen Tag eins geben würde nach dem Countdown. Das alles jetzt an mir hängen sollte, bereitete mir immer mehr Magenschmerzen, besonders wenn ich an meine beiden Liebsten dachte. Becca wirkte dagegen positiv und voller Tatendrang und mein Schatz Larissa wusste nicht so ganz, was hier im Moment abging. Besser so.

Während die beiden sich durch die Verschönerung des Proberaumes ablenkten, war Manni in der Küche damit beschäftigt, die Baretta zu reinigen. Er hatte tatsächlich nicht acht, aber immerhin noch sechs Patronen gefunden, die bereits ihren Platz im Magazin gefunden hatten.

Ein Auto hielt vor dem Haus.

Mannis Hund schlug an.

Manni trat dichter ans Fenster, sah, wie ein Mann ausstieg, dabei ständig nach links und rechts schaute, so als glaubte er, verfolgt zu werden. Er betrat das Grundstück.

Schnell deckte Manni mit einem Handtuch die Pistole ab und hastete aus dem Haus.

»Kann ich Ihnen helfen?«, fragte er auf den nervös wirkenden Mann zugehend.

Immer noch bellte der Hund, der im eingezäunten Grundstück frei herumlaufen konnte.

»Das können Sie. Ich muss unbedingt Herrn van Heuvel sprechen.« Wieder blickte er sich um.

»Den gibt es hier nicht. Da haben Sie sich in der Adresse geirrt.«, gab sich Manni selbstbewusst.

»Hören Sie. Der Herr van Heuvel, alias Ubermeyer, alias Huth ist sehr begehrt – von vielen Leuten. Dass er sich hier aufhält, mit Frau und Tochter, weiß nicht nur ich. Seit Montag früh, seit er an der Tankstelle Brötchen holte, wird er beschattet. Ich muss ihn sprechen, nein, besser: warnen. Holen Sie ihn her!«

»Aber er ist in der Tat nicht hier, nicht jetzt, mein Herr.«

»Nun denn, dann soll er mich aufsuchen. Ich warte in der Ostkirche in Pfalzdorf auf ihn, gegen 20.15 Uhr, wenn es schon dunkel ist. Richten Sie ihm das bitte aus!«

»Die Kirchen hier sind unter der Woche aber alle verschlossen.«

»Das ist kein Problem. Er soll, nein er muss einfach kommen, es geht um den Tod Paul Brakels.«

»Aha, Paul Brakel. Von wem soll ich es ausrichten. Wer sind sie?«

»Mein Name ist Dr. Mark Hoff. Ich war Brakels behandelnder Arzt!«

Ich fiel aus allen Wolken, als ich per Handy diese Information erhielt. »Manni, er sagte tatsächlich Paul Brakel?«

»Ja, sagte er. Der Mann, der sich übrigens Hoff mit Nachname vorstellte, wollte dich warnen, wie er sagte. Er schien verängstigt zu sein.«

»Mich warnen, in der Ostkirche? Welch Zufall. Die wollte ich ohnehin morgen besuchen, na dann eben heute schon um 20 Uhr. Jetzt jedenfalls komme ich sofort zurück. Bis gleich.«

Unterwegs hämmerte es nur so in meinem Schädel. Woher hatte Hoff den Namen Huth? Von Brakel vielleicht, der kannte diesen Namen. Und welche Warnung hätte er für mich? Könnte auch es eine Falle sein? Ich würde aufpassen müssen.

Zehn Minuten später schloss ich Becca und mein kleines Mädchen in die Arme. Stolz zeigte Larissa mir, wie toll sie und die Mama den neuen Wohnraum hergerichtet hatten.

Für kurze Zeit versuchten wir, nicht an unsere verzwickte Lage zu denken und uns bei einer Tasse Kaffee gemeinsam abzulenken. Manni berichtete allerhand Wichtiges wie Unwichtiges aus der Region. Von dem Besucher Hoff sagte er auf mein Bitten hin nichts. Weil ich es selbst nicht recht glaubte, hatte ich Becca bislang nichts darüber gesagt, dass ich Pfälzer Wurzeln haben könnte. Auch Quesa hatte ich bislang nicht erwähnt, obwohl ich es eigentlich schon längst vorhatte. Ich wollte sie halt nicht beunruhigen.

Doch die Zeit schritt schnell voran. Mit dem Wagen brauchte ich keine fünf Minuten. Am zweihundert Meter entfernten Pfalzdorfer Friedhof stelle ich ihn ab. Die restliche Strecke bis zur Ostkirche ging's dann zu Fuß. Die Taschenlampe, die ich im Auto auf dem Rücksitz fand, kam mir gerade recht. Auffällig leuchtete ich den Weg vor mir ab. Wusste ich, wer von den Anwohnern auf der anderen Straßenseite gerade hinter der Gardine stand und mich beobachtete, also schön unverdächtig verhalten.

Gerade wollte ich prüfen, ob die Kirchentür verschlossen war, da bemerkte ich den in der gegenüberliegenden Ostkirchstraße abgestellten Polizeiwagen, gleich neben dem ›Schwarzen Adler‹. Aber im Wagen saß niemand.

Ich zögerte kurz, beschloss dann aber doch, erst einmal zurück zum Wagen zu laufen.

Ich hatte die Hälfte des Weges zurückgelegt, da hörte ich das Aufheulen eines Automotors. Ich drehte mich um und sah, wie der Polizeiwagen davonrauschte.

Eine Minute später drückte ich die Klinke herunter und staunte nicht schlecht, als sich die Tür öffnen ließ. Ich huschte hinein. Es steckte auch von innen kein Schlüssel.

Um mich nicht zu verraten, schaltete ich die Taschenlampe erst einmal aus. Von den Straßenlaternen drang ohnehin genug Licht durch die hohen Butzenscheiben ins Innere. Es galt jetzt der Dinge zu harren, die da kämen.

Vor mir standen stapelweise Stühle ohne Anordnung. Rechts befand sich die erhöhte Kanzel. Meines Wissens befand sich diese früher an der hinteren Wand gegenüber des Eingangs, als es auch noch Bänke gab. Links neben der Kanzel prangte auf einer kleinen Bodenerhöhung eine beschädigte Glocke.

Oberhalb der Wand, an der früher die Kanzel über die Glaubenstreue der Pfälzer Lutheraner wachte, existierte nun eine Empore. Sie war verbunden mit den älteren Emporen auf der linken Seite und über der Eingangstür. Links neben dieser Tür führte eine Wendeltreppe hinauf.

Schon als ich meinen Fuß auf die erste Stufe setzte, durchströmte mich ein Erinnerungsschwall. Als Kind war ich hier schon einmal hinauf, war ich mir sicher. Ich spürte kaltes Unbehagen. Mein Herz klopfte. Müsste jetzt nicht ein ovales, mit geometrisch angelegten Streben gestaltetes Fenster oben vor mir auftauchen? Vielleicht auch ein hölzerner Stuhl?

Jetzt war ich auf der Empore angelangt. Das Fenster war da. Außer dem bisschen Licht, dass von der Straßenlaterne hereinschimmerte, war es eher finster hier oben und dennoch schien alles so vertraut: Der Holzfußboden, das Fenster – nur der Teddy fehlte und auch der Stuhl, der immer links des Fensters gestanden hatte. Aber da stand irgendetwas im Dunkel. War es doch der alte abgewetzte Küchenstuhl, nur abgewandt?

Plötzlich ertönte ein metallischer Klang von dort.

Sofort knipste ich die Taschenlampe an und bekam einen Schrecken, denn nun sah ich den Stuhl, den aus meiner Erinnerung und darauf saß völlig regungslos ein Mann. Sein Kopf war leicht auf die rechte Schulter gefallen und seine Arme hingen seitlich herab, so als wäre er beim Fernsehgucken eingeschlafen. Voller böser Ahnung umkreiste ich Stuhl und Mann. Im grellen Licht der Taschenlampe sah ich die geöffneten Augen eines Mannes Mitte vierzig, eines toten, mir unbekannten Mannes. Das bizarrste aber war, dass ein Teddybär auf seinem Schoß saß und es war – verdammte Scheiße – genau jener Teddy aus meinen Träumen.

Jetzt kam die Erinnerung zurück.

Ich fiel auf die Knie und blickte gefühlte zwei Minuten nur gegen das ovale Fenster.

Langsam drehte ich mich dem toten Mann zu. War er es, der mich warnen wollte? Oder war er die Warnung?

Ich entdeckte unterhalb seiner rechten Hand einen großen Schlüssel auf dem Boden liegen, wohl die Quelle des metallischen Klanges. Der Eingangsschlüssel?

Vielleicht jetzt sofort abhauen?

Warum hatte dieser Mann den Teddy auf dem Schoß?

Im Licht der Taschenlampe bemerkte ich ein leichtes Glitzern im Halsbereich.

Ich trat näher und sah, dass es Nässe war, die so glitzerte. Genauso wie bei den von Quesa getöteten Männern auf dem Loogenhof. War das hier etwa Quesas Tat gewesen?

Ob es Panik war oder Selbsterhaltungstrieb, ich sprang förmlich die Treppe hinunter, stürmte aus der Kirche und ab zum Auto.

Zwei Minuten später auf dem Rückweg begann ich laut zu grübeln: »Hätte ich des Mannes Taschen durchsuchen sollen? Oder den Teddy? War in ihm vielleicht die Warnung versteckt? Was soll's, in zwei Tagen ist möglicherweise eh alles egal!«

Seltsamerweise hatte ich mich, als ich kaum zehn Minuten später mit Becca und Manni am Tisch saß, wieder einigermaßen im Griff und versuchte, ihnen das Erlebte zu schildern, so sachlich wie es mir möglich war. Aber in Wirklichkeit war ich innerlich doch verdammt aufgewühlt, allein der zurückgekehrten Kindheitserinnerung wegen.

Manni legte mir nahe, den 22 Uhr Termin mit Togdor auf dem Louisendorfer Friedhof besser zu vergessen, besonders nach diesem Vorfall, aber ich wollte die Sache mit Tagdor unbedingt klären.

»Wenn du drauf bestehst«, bemerkte Manni, »dann aber nicht ohne einen anständigen Obstler vorher, mein Freund. Und Becca, die alles mitmachen muss, bekommt natürlich erst recht einen! Und dann werde ich dich begleiten!«

»Ich weiß das zu schätzen, Manni, aber dann wären Becca und Larissa alleine. Vielleicht ist das Treffen nur ein Finte und soll mich von hier weglocken. Ich hätte ein besseres Gefühl, wenn du hierbleibst!«

»Dann nimm diese hier mit«, forderte Manni und holte die Baretta hervor, »sechs Schuss sind im Magazin.«

»Nein, behalte du sie hier! Trotzdem danke!«

Genau um 22 Uhr trat ich durch das Friedhofstor von Louisendorf. Mein Ziel war das Kriegerdenkmal, welches zentral am hinteren Ende des Friedhofs seinen Platz hatte und nach hinten zum offenen Feld hin von hohen Sträuchern begrenzt wurde. Die Gedächtnisstätte bestand aus einer leicht gerundeten Mauer aus gebrannten Ziegeln. Auf der Innenseite dieser Mauer waren fünf metallische Tafeln mit den Namen gefallener Soldaten der letzten Kriege eingelassen. In einem Abstand davor stand die von einem Bildhauer geschaffene Säule, deren Vorderseite ein Schwert zierte, das ›Kriegerschwert‹. Ein breiter Weg aus feinem Kies führt vom Eingangstor bis zum Ehrenmal. Hier bestand der Boden aus ungleichförmigen locker gelegten Natursteinplatten. Die Flächen links und rechts des Weges bilden den eigentlichen Friedhof.

Entschlossen, ja fast mutig, und das lag nicht am Obstler, schritt ich direkt auf die Säule zu, auch hier die Taschenlampe in der Hand.

Als ich kaum noch zwanzig Schritte entfernt war und der Lichtkegel meiner Taschenlampe die Basis der Mauer abtastete wurde mein Schritt plötzlich ganz verhalten. Direkt auf dem Boden, an die Mauer gelehnt, sah ich etwas, was mir jetzt doch eine kleine Gänsehaut bereitete, und dass will schon etwas heißen. Es war derselbe Teddy, der noch vor nicht ganz zwei Stunden den Schoß eines Toten zierte.

Ich blieb stehen, schaute mich nach allen Seiten um. Überall nur Silhouetten von Grabsteinen, regungslos und stumm. Was geht hier ab? Was laufen hier für Psycho-Spielchen?

Während ich noch mit mir rang, vielleicht doch besser das Weite zu suchen, bemerkte ich aus dem Augenwinkel eine Bewegung an der linken Mauerbegrenzung.

Ein Schwenk der Taschenlampe zeigte mir den Grund: eine große, ganz in Schwarz gekleidete Person mit ins Gesicht gezogener Kapuze stand hier angelehnt. Durch die glatten weißen Haare, die seitlich unter der Kapuze hervorlugten, erkannte ich sie sofort: Quesa. In der Hand hielt sie ihre futuristisch anmutende Pistole.

Sie winkte mir mit der anderen, näher zu kommen. Dann deutete sie auf den Boden hinter der Mauer.

Nicht so schemenhaft wie in der Felsenkirche sah ich sie nun deutlicher und komplett. Zu ihrer Kapuzenjacke trug sie eine Art engsitzender Latex- oder Lederhose. Der Figur nach eindeutig weiblich, wenn auch ziemlich groß, bestimmt 1,90 m oder größer. Dazu die grazilen Hände und die schmalen hochgeschlossenen Schuhe. Ziemlich gothic-mäßig, dachte ich, aber war sie auch ein Mensch wie Manni, Becca oder ich?

»Lassen Sie mich raten: Sie haben jemanden getötet, um mich wieder einmal zu beschützen, richtig?«, begrüßte ich sie und ging, ohne eine Antwort abzuwarten, an ihr vorbei, um hinter die Mauer zu gelangen. Was wollte sie mir zeigen?

Dort auf dem Boden erfasste die Taschenlampe einen mit dem Gesicht nach unten zwischen wucherndem Gestrüpp und welken Blättern liegenden Mann in einem langen schwarzen Mantel. Einen Meter entfernt lag eine zylinderartige Kopfbedeckung. War das Togdor? Das konnte doch nicht sein! Mir war jedenfalls klar, dass die Person am Boden ziemlich tot schien, was auch sonst.

»Dreht ihn um, Chris, seht ihn Euch an.«

Ich folgte der Aufforderung und die Taschenlampe sorgte für mein Erstaunen: »Oh mein Gott, das ist Hermann Cramer, der Polizist.«

»Ihr kennt den Mann, der Euch töten wollte?«

»Wie kommen Sie darauf, dass er mich umbringen wollte?«

Sie hielt mir die futuristische Pistole entgegen: »Weil er diese Waffe bei sich hatte. Sie hatte mal Gaz Togdor gehört.«

»Gaz erwähnte in einem Schreiben, dass er sie bei sich hatte, aber nach seinem Unfall war sie verschwunden.«

»Dieser Mann hatte sie damals wohl an sich genommen, als Polizist war das für ihn anscheinend möglich. Die Ataser können davon erfahren haben. So eine Waffe zu besitzen, das war genau das, was sie wollten. Sie haben Cramer für ihre Ziele eingenommen, vielleicht mittels Geld. So wurde er einer von denen. Als Gegenleistung hatte er sich Euer Vertrauen erschleichen und hier und da unliebsame Leute beseitigen müssen. Togdors Waffe war perfekt für derlei Aufträge.«

»Aber wie konnten Sie um diese Gefahr auf dem Friedhof wissen? Ich selbst wusste von keiner Gefahr und habe so auch keine Signale diesbezüglich ausgesendet, oder?«

»Es bleibt nicht mehr ganz ein Tag bis zur Entscheidung. Seit Eurem Abenteuer auf dem Loogenhof bin ich quasi zu Eurem Schatten geworden. Nun nehmt endlich den Teddy an Euch und verschwindet von hier, bevor ein Nachbar die Polizei ruft. Eine Taschenlampe auf einem Friedhof um die Zeit ist für viele durchaus verdächtig.«

Ich nickte, versuchte noch, in ihre Augen und ihr Gesicht zu blicken. Es gelang mir nicht. Aber morgen vielleicht. Ich tippte auf rötliche Pupillen, wie sie alle Albinos haben.

Donnerstag, 08. Sept. 2011/C MINUS 10 STUNDEN

Manni weckte mich durch energisches Klopfen an der Schuppentür.

Kurz etwas übergestreift, öffnete ich noch nicht ganz wach und sah, wie er mir einen Aktenkoffer entgegenhielt, Togdors Koffer, den ich ihm vor vier Jahren zur Aufbewahrung gegeben hatte.

»Anziehen und sofort rüber kommen«, befahl er, »du wirst dich wundern!«

Fünf Minuten später stand ich in seiner Küche. Im Hintergrund lief leise das Radio. Musik, Werbung, Wetter und Nachrichten im steten Wechsel.

»Als du gestern spät von dem toten Polizisten auf dem Friedhof erzähltest, der dich als verkleideter Gaz Togdor ermorden wollte, habe ich das als Anlass genommen, mir in aller Herrgottsfrühe den alten Koffer von Togdor noch einmal anzusehen. Die alte Jülicher Karte darin kennst du ja. Ich habe aber etwas gefunden, was du noch nicht kennst. Es liegt dort auf dem Tisch.«

Neben dem geöffneten Koffer, dessen Innenfutter aufgeschnitten war, lag ein etwa DIN A5 großer, aufgeklappter, sehr alter Buchumschlag. Zwischen den Deckeln befanden sich nur zwei Blätter aus Büttenpapier: das sogenannte erste Schmutzblatt und das Blatt mit dem Titel. Als ich den handschriftlich verfassen Text las, wurde mir ganz heiß.

Wortlos starrte ich auf diese Titelseite.

»Klasse, nicht«, triumphierte Manni, »wenn ich nicht wüsste, dass es unmöglich ist, würde ich behaupten, der Verfasser dieser Zeilen steht im Augenblick neben mir.«

»Du spinnst!«, schüttelte ich ungläubig den Kopf. »Sieh dir die Jahreszahl an. Das ist 1564 geschrieben worden.«

»Ich weiß. Christopher van Heuvel aus Kleve, klingt beinahe wie Christopher van de Cleef. Schau doch mal, wo es geschrieben wurde, im Kloster Schwarzenbroich und dieses Kloster liegt bei Hürtgen, das Kaff auf der Jülicher Karte, die ebenfalls im Koffer war. Aber noch seltsamer ist die Überschrift, da wirst du mir zustimmen. Das kann doch kein Zufall sein – und dann der Zusatz: ›*Zum Begreifen der Leuth 2011*‹. Damit sind wir heute und jetzt gemeint und unsere Ratlosigkeit bezüglich des Objekts. Scheiße ist nur, dass der Rest des Buches fehlt.«

Ich konnte mir immer noch keinen Reim darauf machen und blätterte die beiden Büttenblätter hin und her und fand auf der Rückseite des Blattes mit dem Titel eine sehr kleine, handschriftliche Anmerkung.

»Manni, hast du diese Notiz auch gesehen?«

»Ja, sicher doch. Da steht, dass er, ich nehme an Gaz, dieses Reststück eines alten Buches vom Xantener Dombibliothekar bekommen hat, 1920. Auch der alte Grossard, Vesterhofs Großvater, so steht da, hat damals etwas erhalten, aber Gaz wusste nicht, was.«

Sofort fiel mir der Vesterhof-Besuch von 1997 und das alte Foto ein. Zeigte es nicht Gäste des 100-jährigen Gründungsfestes von Louisendorf? War dort nicht ein Vertreter aus Xanten anwesend, ein Bibliothekar?

»Ich muss schleunigst nach Louisendorf zum alten Vesterhof. Ich denke, der hat etwas für mich – nur so ein Gefühl. Dieses Überbleibsel eines alten Buches nehme ich mit. Ich rufe gleich mal an, ob er da ist.«

»Das würde ich lassen, Chris, Wenn es stimmt, was Dr. Hoff mir gegenüber gesagt hat, dass man seit deiner Ankunft in Goch ein Auge auf dich hat, dann wird sicher auch dein Handy abgehört.«

»Da könntest du recht haben!«

»Natürlich. Da ich zudem will, dass du gestärkt nach Vesterhof fährst, werden wir jetzt erst einmal ausgiebig frühstücken. Der alte Pfälzer pennt bestimmt auch noch. 14 Uhr reicht doch allemal. Solltest dir auch mal Zeit für deine Lieben nehmen!«

Plötzlich schaute Manni zum Radio, dann mich an: »Weißt du, was merkwürdig ist? Seit ich auf bin, höre ich ständig Antenne Niederrhein, achte besonders auf deren Nachrichten. Nichts. Weder vom Toten in der Ostkirche noch etwas vom Getöteten auf dem Friedhof und schon gar nichts von den Eliminierten am Loogenhof wurde gemeldet. Warum? Hat sie bislang keiner gefunden? Ich denke eher, weil sie gar nicht mehr am Tatort befinden. Du sagtest, dass Cramer in irgendeiner Form mit den Schweden bzw. Atasern zu tun hatte wie auch die Loogenhof-Männer. Man hat sie verschwinden lassen, weil man polizeiliche Unruhe und Ermittlungen zu diesem Zeitpunkt überhaupt nicht gebrauchen könnte. Die Getöteten würden die verantwortliche Führung nur nervös machen. Dann könnte auch Dr. Hoff mit denen zu tun gehabt haben, wer weiß.«

»Aber sie haben nicht mehr angerufen. Das ist doch schon mal gut.«

»Freue dich nicht zu früh, Chris! Ach, wenn du schon hinfährst, zeige Vesterhof doch mal das ominöse Kuscheltier. Möglicherweise gehörte der Teddy tatsächlich deinem damals verschwundenen Bruder. Dann müsste der Alte ihn eigentlich kennen und wissen, was er mit der Ostkirche zu tun hatte.«

Oberstleutnant Hinrichs bekam während eines Briefings in der Kalkarer Kaserne die Information, dass sich auf drei Höfen zwischen Louisendorf und dem südwestlichen Teil des Tannenbusch ungewöhnlich viele Personen aufhalten würden. Speziell das Haus am Waldrand zeigte einen regen Zustrom.

Er entschied, bei Einbruch der Dämmerung diesem Haus mit seinen Leuten einen Besuch abzustatten.

Gegen 14 Uhr erreichte ich nach einem Fußmarsch Vesterhofs Straße. Den ganzen Tag war es trocken geblieben, aber ausgerechnet jetzt hatte es etwas geregnet. Ich stoppte kurz, hielt nach verdächtigen Fahrzeugen Ausschau. Dem Polizisten Cramer war dieses Haus ganz sicher bekannt und vielleicht wurde es auch schon beobachtet? Mit dem Teddy und dem Restbuch in einer Stofftasche aus Mannis Besitz machte ich mich auf die verbleibenden Meter.

Ich wunderte mich, als ich eine angelehnte Haustür vorfand.

»Herr Vesterhof, sind Sie da?«, rief ich durch den Spalt.

Niemand antwortete.

Ich schaute an beiden Seiten des Hauses vorbei, aber kein Vesterhof im Garten.

Vorsichtig schob ich die Tür weiter auf und trat ein. »Herr Vesterhof«, rief ich abermals, »Ihre Haustür steht offen. Wo sind Sie? Ich muss mit Ihnen reden. Mein Name ist Chris van Heuvel, wir kennen uns!«

Immer noch keine Antwort. War er fort, ohne die Türe zu schließen? Nicht vorstellbar bei diesem gewissenhaften alten Pfälzer.

Aus Höflichkeit zog ich meine nassen Schuhe aus. Noch ein, zwei Schritte und ich stand in der Tür zum Wohnzimmer.

Da saß er. Mittig auf der Couch, auf ein randvoll gefülltes Schnapsglas starrend, das vor ihm auf dem Couchtisch stand. Daneben die Flasche. Wie in Zeitlupe drehte er seinen Kopf zu mir, dann zur anderen Seite und forderte mich mit einem Nicken auf, ebenfalls dort hinzuschauen und meinte: »Man hat ihn für mich gehalten. Der arme Willi.«

Ich trat einen Schritt zur Seite und sah jetzt hinter einem Sessel den auf dem Boden liegenden Mann. Eine Seite des Kopfes war blutverschmiert.

Sofort stellte ich die Stofftasche ab und sprang hin, beugte mich hinunter. Ich schätzte ihn auf Vesterhofs Alter. Gut zu sehen war das Einschussloch auf Brusthöhe. Hier hatte das Blut bereits den Pullover rot gefärbt. Ich versuchte, den Puls am Hals zu fühlen.

»Da ist nichts mehr zu machen, Willi ist tot. Erschossen«, nuschelte Vesterhof.

»Haben Sie schon die Polizei alarmiert?«

»Es war die Polizei!«

»Wie? Was meinen Sie damit?«

»Ich sah einen großen Mann in einer Polizeiuniform hastig das Grundstück verlassen. Sehen Sie die blutige Stelle über Willis Ohr? Der Mörder suchte eine Markierung, aber Willi hatte keine.«

»Haben Sie gesehen, dass der Polizist Ihren Freund getötet hat, haben Sie die Waffe gesehen? Waren Sie dabei?«

Während der ganzen Zeit löste der Alte seinen Blick nicht vom Obstlerglas. Nun blickte er mich an. Lethargie pur. Ich rief Manni an, klärte ihn über den Sachverhalt auf und bat ihn, mich sofort abzuholen.

Ungeachtet dessen redete Vesterhof einfach weiter: »Willi hatte mich besucht, um etwas zu besprechen. Dafür musste ich auf den Dachboden, um nach einer alten versiegelten Schatulle zu suchen. Willi blieb derweil hier unten und hatte wohl an meiner Stelle auf ein Klopfen an der Haustür reagiert und diese geöffnet. Ich benötigte nur wenige Minuten auf dem Dachboden, um die Schatulle zu finden. Als ich wieder auf dem

Weg nach unten war hörte ich einen Schuss. Durch das Dachfenster konnte ich einen Polizisten zu seinem Auto laufen sehen. Eine Minute später fand ich Willi Graaff auf dem Boden, wo er jetzt noch liegt. Es war ein Schock für mich!«

Willi Graaff? Irgendwie sagte mir der Name etwas.

Vesterhof schob mir das leere Glas, das ganz sicher für Graaff bestimmt war, entgegen und füllte es mit dem Obstschnaps. Er hielt sein Glas in die Höhe und murmelte etwas wie »Auf Willi« und forderte mich auf, Gleiches zu tun.

Ich stand ihm gegenüber am Tisch und musste mich, um das Glas zu greifen, etwas vorbeugen. Dabei rutschte mir einer der beiden Joachimstaler aus dem Hemd und baumelte Vesterhof vor der Nase hin und her.

Sein Glas schon an den Lippen, setzte er es wie in Zeitlupe wieder auf den Tisch und folgte den Bewegungen des Talers. Plötzlich griff er danach und sah es an. »1562«, zischte er, sah nun mir in die Augen und fragte: »Ist die Münze Ihr Besitz? Warum, zum Teufel, sind Sie hier?« Er deutete auf die etwa 20 x 15 cm große Schatulle aus dunkelrotem Holz neben sich auf der Couch. »Dann sind Sie wegen deren Inhalt hier, stimmt's?«

»Keine Ahnung, aber schon möglich. Ich bin hier, weil ich eine Information darüber habe, dass die Familie Grossard bzw. die Nachkommen der Grossards, die Vesterhofs, im Jahre 1920 vom Xantener Dombibliothekar etwas ganz Geheimes anvertraut bekam. Und da Sie vor vielen Jahren mittels eines Fotos mir gegenüber andeuteten, dass auf dem 100-jährigen Gründungsfest von Louisendorf auch ein Besucher aus Xanten zu den Gästen gehörte. Ich bin hier, um von Ihnen zu erfahren, ob der Mann aus Xanten Ihrem Großvater etwas übergeben hatte, lieber Herr Vesterhof. Der Rahmen des Fotos hatte silberne Eckbeschläge. Und ja, das ist meine Münze.«

»Waren Sie schon einmal hier, Sie sagen, wir kennen uns? Wie war gleich nochmal Ihr Name?«

»Chris van Heuvel!«, antwortete ich und holte aus der Plastiktüte das Restbuch hervor und legte es auf den Tisch. Ich setzte mich in einen Sessel. »Es muss einmal eine Niederschrift über die Gocher Heyde gegeben haben, scheinbar eine sehr alte.« Dann deutete ich auf die kleine Randnotiz: »Hier steht, dass ein Bekannter von mir es von dem Mann aus Xanten bekommen habe, der auch Ihrem Großvater etwas sehr Wichtiges übergab, ohne dass jener Bibliothekar wusste, was es war und das im Jahr 1920.«

Vesterhof, der durch die Ermordung seines Freundes ohnehin schon seltsam lethargisch und verwirrt auf mich wirkte, schaute nochmal auf die Münze, dann kurz auf mich. Dann griff er nach der Schatulle und legte sie auf den Tisch. Sollte dieses Behältnis mit dem intakten Siegel und der es zusammenhaltenden Kordel tatsächlich das über 400 Jahre alte Geheimnis beherbergen? Ich konnte die ringförmige Zeile aus Antiqua-Lettern im Wachs gut erkennen und lesen: *›Creuzherrencloster Schwarzenbroich‹*. Darunter stand der auf die Schnelle und kaum noch zu lesende Satz geschrieben, ja fast schon eingeritzt: *»Gottes Wunsche entsprechend ist alledem geheim zu halten und zu schützen und nur dem Manne auszuhändigen, der eine Münz 1562 ohne Rückenprägung sein eigen nennt, mag es auch Jahrzehnte oder Jahrhunderte dauern!«*

Ich zeigte Vesterhof meine Münze, Vorderseite und Rückseite, und bemerkte: »Ohne Prägung!«

Er schob die Schatulle zu mir hin und zuckte entschuldigend mit den Schultern: »Ich habe das Siegel in all den Jahren nicht gebrochen, um hineinzusehen, ich durfte das nicht und wenn ich dem Mann mit der *Münz 1562* zu Lebzeiten nicht begegne, habe ich die kleine Schatulle weiterzugeben an meine Nachkommen, damit die es aufbewahren. Aber es gibt keine Nachkommen mehr. Meine beiden Söhne sind tot und meine Enkel verschwunden, wohl auch nicht mehr am Leben. So beschlossen Willi und ich, uns den Inhalt heute anzusehen. Tja, Willi wird es nicht mehr erfahren, dass ich den Empfänger gefunden habe.« Er bekam feuchte Augen.

»Ja«, entgegnete ich, »das ist wahrlich traurig.«

Bevor ich mir den Inhalt der Schatulle ansah, wollte ich eine wichtige Sache erledigen, jetzt und hier. Ich griff nach der Flasche und füllte nach.

»Nehmen Sie das Glas und runter mit dem Zeug, Ich muss Ihnen etwas sagen, Klaus Vesterhof.«

Wie leerten die Gläser. Er schaute mich mit seinen feuchten Augen fragend an.

»Guter Mann, Sie haben noch doch einen Nachkommen, einen Enkel.«

»Was? Was reden Sie da?« Vesterhof zog die Augenbrauen zusammen, stand mühsam auf und ging ans Fenster, um hinauszuschauen. Hatte er es verstanden? Er grübelte, schüttelte den Kopf.

Ich hatte derweil den Teddybären aus der Tüte geholt und ihn halbhoch vor mich gehalten. Ich fragte: »Kennst du den, Großvater?«

Er drehte sich spontan um: »Großva ...?« Er stoppte den Satz, als er den Teddy sah.

»Das ist der Bär von Mark. Oh Gott, bist du Mark? Wo bist du wieder hergekommen? Du warst 40 Jahre lang verschwunden, aus der Ostkirche einfach verschwunden. Oh mein Gott!«

»Nein, Großvater, ich bin Victors anderer Sohn namens Christopher. Christopher Huth war mein damaliger Name, aber mein Vater war Victor Vesterhof. Ich war auch in dieser Kirche, ein Jahr nachdem mein Bruder verschwunden war. Ich erinnere mich auch an diesen Teddy.«

»Ja, das stimmt. Nach Marks Verschwinden bekam sein Bruder, also du, die Markierung, auch in der Ostkirche wie üblich seit 1786, seit es den ersten Enkel des Gründers Grossard traf. Auch ich habe sie erhalten, obwohl nur Schwiegersohn, dein Vater Victor auch. Eine Ritzung über dem Ohr, ob links oder rechts war egal. Aber mir ist entfallen, was geritzt wurde. Bei euch ließen wir es wie eine Verletzung durch einen Unfall währen des Erntefestes aussehen, bei dir wie bei Mark. Euch über den Sinn darüber einzuweihen sollte später geschehen, schließlich wart ihr erst vier oder fünf Jahre alt. Aber dazu kam es nicht mehr.«

Ich schaute kurz zu Willi Graaff rüber. »Deshalb seine Schläfenverletzung.«

»Sage ich doch, der Mörder hat ihn für mich gehalten! Willi hatte keine Markierung in der Ostkirche erhalten.«

Beim Stichwort Ostkirche fielen mir meine bruchstückhaften Träume ein: »Großvater, ich kann mich nur sehr vage an all das erinnern. In meinen Träumen taucht nur weniges davon auf, seltsamerweise aber immer ein ovales Fenster.«

Vesterhof nickte zögerlich: »Ja, da war dieses ovale Fenster. Zur Zeremonie der Markierung gehörte der abschließende Blick durch dieses Fenster über dem Eingangstor. Alle Kandidaten, seit 1786, sollten durch das Fenster sehen, um sich etwas einzuprägen.«

»Einprägen? Was einprägen?«

»Ein Haus, das Haus der ehemaligen Försterei. Hier sollte der Schlüssel zu finden sein. Ich vermute, es sollte ein zusätzlicher Hinweis neben der Markierung sein.«

Mir lief es eiskalt über den Rücken. Dort also lag der einzig wahre Eingang zum Objekt. Oh Gott, ich hatte ihn gefunden! Instinktiv tastete ich meinen Kopf erst rechts, dann links ab ... und da fühlte ich eine kleine Narbe. War es ein eingeritztes Symbol oder eine Zahl für den Eingang oder schlicht die Vernarbung einer Verletzung? Ich wollte sichergehen und schmiedete einen verwegenen Plan.

»Großvater, bevor wir uns den Inhalt der Schatulle ansehen, bitte ich um einen großen Gefallen. Du besitzt sicher ein richtiges Rasiermesser, nicht solch ein modernes Plastikteil mit vier Klingen. Wenn ja, musst du meine Narbe freilegen, alle Haare ringsum wegrasieren und mir dann die Form der Narbe beschreiben.«

»Aber Junge!«

»Es ist sehr wichtig. Ich bitte dich, tue es!«

Zwei Minuten später stand Großvater in der Tür, in der Hand sein Rasiermesser, Schaum, Schale und ein Handtuch.

Auf der Sessellehne sitzend überlegte ich, ob ich mit dieser Idee ein Risiko einging. Quatsch. Mit dem Eingang falsch liegen wäre ein Risiko. Ich krallte mich dennoch an den Teddy, den ich auf dem Schoß behielt.

»Christopher, du weißt, dass ich Schnaps getrunken habe?«

»Obstler«, versuchte ich ihn zu motivieren, »das ist Medizin, also genau das Richtige. Ich muss wissen, welches Zeichen ihr mir damals verpasst habt. Wenn du dich erinnern könntest, wäre es nicht nötig. Aber du weißt es nicht mehr, also bitte, mach es!« Ich senkte den Kopf entsprechend zur Seite.

Handtuch, Schale und Messer kamen auf den Tisch, der Schaum auf meine linke Kopfseite.

Nun kam er mit zittrigen Knien und aufgeklapptem Messer auf mich zu.

Ich nahm die Brille von der Nase und legte sie neben die Schatulle. Die Augen geschlossen, spürte ich, wie er mit seiner rechten Hand meinen Kopf fixierte.

Plötzlich das Klirren von splitterndem Glas auf dem Boden.

Ein scharfer Schmerz durchzuckte meine Kopfseite und mein Ohr. Zugleich spürte ich das Gewicht des Alten auf mir, das uns beide von der Lehne zu Boden riss. Die Stofftasche fiel um und das Restbuch fiel heraus und landete unter dem Couchtisch, genau wie der Teddy.

Mein Großvater lag auf mir und rührte sich nicht. Ein Blick in seine weit geöffneten, starren Augen verriet mir, dass er tot war. Ich spürte das Blut an meiner Gesichtshälfte herunterlaufen.

Über seine Schulter hinweg entdeckte ich ein Loch in der Fensterscheibe. Das war ein Schuss, war mir sofort klar. Scheiße, man hatte wohl bemerkt, dass man mit Willi Graaff den Falschen getötete hatte und nun war der Fehler korrigiert worden. Ich musste raus hier, aber schnell. Den Großvater, dem dabei das Messer aus der Hand fiel, rollte ich behutsam zur Seite. Ich schnappte mir die Brille, stopfte die Schatulle in die Stofftasche und hetzte Richtung Flurtür.

Doch eine Person versperrte diese.

Ich setzte die Brille auf.

»Etwa Stress? Euer großer Tag fordert schon wieder Opfer, gleich zwei!« Es war Quesa, die völlig ruhig am Türrahmen gelehnt stand. »Hat sich der Besuch für Euch gelohnt? Für Eure Kleidung weniger, alles voller Blut. Oh, es ist Euer Blut, Euer Ohr blutet, wisst Ihr das?«

Plötzlich Polizeisirenen.

»Schnell nach hinten durch das Fenster in den Garten und weg!«, befahl Quesa, die das Handtuch griff und es mir für mein Ohr reichte, dann sich ihre Kapuze überstülpte.

»Aber meine Schuhe stehen an der Haustür.«

»Unwichtig, los jetzt. Ich will nicht schon wieder jemanden töten müssen.«

Auf Socken hastete ich durch den Garten. Die Plastiktüte in der Armbeuge, drückte ich mit der linken Hand das Handtuch gegen das Ohr, mit der anderen bugsierte ich Manni per Handy zu einem neuen Treffpunkt, um Quesa und mich aufzunehmen.

Aber natürlich war Quesa wieder verschwunden, kaum hatten wir das Grundstück verlassen. Meine Kopfseite schmerzte wie Teufel.

Als Manni mit dem Wagen am Treffpunkt ankam, meinte er nur: »Ich frage besser nicht, wo deine Quesa ist.« In diesem Moment wurde mir bewusst, dass scheinbar niemand außer mir Quesa je zu Gesicht bekommen hatte.

»Manni, mein Großvater, der alte Vesterhof, Gott habe ihn selig, ist in meinen Armen umgebracht worden, wahrscheinlich von einem Polizisten, einfach durchs Fenster in den Rücken geschossen.«

»Von einem Bullen? Ach du Scheiße. Verdammt, hat dein Ohr einen Streifschuss abbekommen?«

Zurück in meiner Notwohnung war Becca zutiefst erschrocken, als ich im blutigen Hemd und mit blutverschmierten Kopf und Handtuch vor ihr stand: »Schatz, es ist nicht alles mein Blut«, beruhigte ich sie, »es stammt auch von Willi Graaff und von Klaus Vesterhof, den ich besuchte. Beide alten Pfälzer wurden erschossen, Vesterhof sogar vor meinen Augen. Ich konnte in letzter Sekunde fliehen, auf Socken. Meine Schuhe musste ich vor Vesterhofs Haustür zurück lassen.« Ich deutete auf meine Füße.

»Wie schrecklich. Der alte Pfälzer ermordet. Das verdammte Project Moraine fordert jetzt aber reichlich Opfer. Hoffentlich sind wir nicht die nächsten. Ist die eigentlich aufgefallen, dass du jedesmal, wenn du von einem Treffen zurückkommst, ständig von Toten berichtest?«

»Das liegt daran, dass für alle Beteiligten langsam die Zeit knapp wird und alle immer nervöser werden. Deswegen musste ich nach Louisendorf fahren. Aber, vertraue mir, jetzt wird alles gut. Bevor Vesterhof in meinen Armen starb, kam ich hinter das Geheimnis, das alle von mir wollen. Ich kenne jetzt den richtigen Eingang zum Inneren des Objekts.« Voller Adrenalin vergaß ich in diesem Moment die Stofftasche, die ich im Flur abstellte.

»Eine wirklich gute Nachricht, Schatz.« wollte Becca mich aufrichten, denn sie merkte, dass der Tod der beiden alten Pfälzer mich doch sehr mitnahm.

»Ja, endlich eine Toppnachricht«, pflichtete ich ihr bei. »Manni sagte, in Togdors Koffer hätte er etwas gefunden, das aussieht, als hättest du es geschrieben – vor über 400 Jahren. Das kann doch nicht sein!«

»Oh Mist. Genau das hatte ich mitgenommen, um es Vesterhof zu zeigen und bei der ganzen Hektik plötzlich habe ich es dort liegenlassen.«

»Wenn einem die Kugeln um die Ohren fliegen, kann das passieren!«, meinte Manni. der zu uns gestoßen war. »Du solltest jetzt rüber zu mir kommen, die Dusche ist bereitet. Danach werden Becca und ich dich verarzten, du bekommst neue Klamotten und erst dann sehen wir weiter. Einverstanden?«

Unter der fließenden Dusche gelang es mir unter Schmerzen, die Haare über dem linken Ohr komplett abzurasieren, um die Wunden anschließend besser verarzten zu können Die Schnittnarbe blutete immer noch leicht, genau wie meine Ohrmuschel, und das Wasser verschwand rot gefärbt im Ausguss. Als Manni und Becca die Wunden versorgt hatten, meinten beide, ich solle mich erst einmal für eine Stunde hinlegen, um wegen des möglichen Blutverlustes wieder zu Kräften zu kommen. Die Diskussion, einen Arzt oder ein Krankenhaus aufzusuchen, damit mein Ohr behandelt bzw. genäht werden könnte, lehnte ich kategorisch ab. Was wäre, wenn die mal eben die Polizei informierten, möglicherweise die beiden ermordeten Pfälzer entdeckt wurden und dort überall auch mein Blut zu finden war oder man bereits pathologische Abgleiche mit den fremden Schuhen vor der Haustür machte. Ich wäre aus dem Verkehr gezogen. Ich erinnerte sie daran, dass auch Cramer von denen gekauft worden und dass heute der letzte Countdown-Tag war.

Gegen 18 Uhr fühlte ich mich wieder einigermaßen fit.

Becca, Larissa und auch Manni saßen am kleinen Tisch und sahen mich an.

»Passt doch alles wunderbar«, meinte Manni, »gut, dass wir eine ähnliche Konfektionsgröße haben. Das weiße Hemd und die blaue Jeans stehen dir klasse. Nur meine Füße sind kleiner. Da wirst du ein Paar der roten Turnschuhe aus dem Ex-Proberaum anziehen müssen. Ein oder zwei von den Paare dürften passen.«

Er hatte recht, ein Paar passte perfekt. Dafür waren die Hosentaschen der Jean ziemlich weit geschnitten. Die fünf Münzen, die ich seit der Felsenkirche auch stets bei mit trug, zumeist in der Gesäßtasche, klimperten verräterisch laut. Mannis Sammelleidenschaft für alles zeigte sich nun von ihrer nützlichen Seite. Zehn Minuten später hatte er einen passenden kleinen Lederbeutel zur Hand mit einer Schnur, um diesen um den Hals zu tragen. Gefüllt mit fünf Münzen bekam mein Halsschmuck langsam Gewicht. Dafür kein Geklimper mehr. Wenn alles gut ging, war es morgen ohnehin vorbei.

»Rote Turnschuhe, cool, Daddy«, zeigte sich meine Tochter beeindruckt. Becca grinste nur.

Ich schaute Becca an und entschied mich, jetzt und hier ihr zwei Dinge mitzuteilen.

»Schatz, ich muss dir etwas sagen. Dass wir oder vielleicht auch nur ich in diese Situation geraten sind, liegt nicht daran, dass ich 1993 diese Bombengeschichte von Louisendorf hartnäckig weiter verfolgte, bis zu unserem Umzug 1997. Der wahre Grund, den ich lange nicht glauben wollte, ist, dass ich ein Teil dieses Geheimnisses der Gocher Heyde bin – als letzter Spross einer alten Pfälzer Familie, von Larissa einmal abgesehen. Und als dieser bekam ich als kleines Kind das Wissen um den einzigen gefahrlosen Eingang zu dem Objekt im Boden. Der alte Pfälzer, den ich heute besuchte und der ermordet wurde, war mein Großvater. Von ihm habe ich heute den Hinweis zum Eingang bekommen, den alle von mir wollen, und weswegen du und Larissa entführt wurdet. So können die, die hinter Gaz Togdor standen, das Objekt nach vielen tausend Jahren im Boden zurückholen, ohne Schaden anzurichten. Und das wird nach deren Berechnung heute geschehen! Aber da gibt es noch Kräfte, die das verhindern wollen, die von mir den Eingang genannt haben wollen, den ich aber auch erst seit heute definitiv weiß. Diese Kräfte agieren nicht zimperlich.«

Becca und Larissa waren völlig still und schienen verängstigt.

»Deshalb die Toten? Wieso haben sie uns und nicht dich in Kelheim entführt?«

Manni mischte sich ein: »Chris erzähl ihr von Quesa, deinem Schutzengel!«

»Quesa?«, fragte Becca. »Wer ist Quesa?«

»Ich kenne sie nur von Chris' Erzählungen. Muss schon 'ne tolle Person sein! Chris, komm, erzähl Becca von ihr. Bist du der nicht das erste Mal in der Felsenkirche begegnet?«

Nun kam Aufklärung Teil zwei. Ich wollte gerade beginnen, da kam mir eine helle Stimme aus dem Flur schallend zuvor: »Das übernehme ich selbst, denn ich muss Euch alle ohnehin jetzt auf die letzten Stunden vor dem Countdown vorbereiten.«

Natürlich kannte ich diese Stimme.

Mit einer gewissen Grazie trat Quesa in den Raum, im mir bekannten Outfit, die Kapuze wieder tief ins Gesicht gezogen.

Die 1,90 m große Person beeindruckte sowohl Manni als auch Becca und Larissa besonders.

Manni hauchte ein »Wow« und »wieso hat der Hund nicht angeschlagen?«

Larissa rückte dichter an Becca heran.

Ich erhob mich und ging auf unseren Besuch zu: »Das ist, wie sagte Manni so treffend, mein Schutzengel. Ihr Name ist Quesa.«

»Sind Sie ein Alien?«, fragte Larissa frech, die ihre Unbefangenheit schnell zurück hatte. »Oder ein wirklicher Engel? Sie haben schöne Haare.«

Sah ich einen Hauch von Lächeln in Quesas Gesicht?

»Ich kenne jetzt den einzigen gefahrlosen Einstieg.«, sagte ich voller Stolz.

Quesa reagierte nicht, schob ein wenig die Kapuze nach hinten und sah stattdessen Larissa an: »Danke für das Kompliment, meine Kleine. Ich bin nur anders als ihr. Dein Vater ist ein mutiger Mann.«

Dann schaute sie rüber zu Becca: »Wenn der Eingang der richtige ist, habt Ihr bald alles überstanden und Euer Leben gehört wieder Euch ... und wenn nicht, ist es jetzt ohnehin zu spät, wegzulaufen!«

»Der Eingang ist der richtige«, fuhr ich dazwischen, »er liegt bei der alten Försterei. Ich weiß es genau. Unter meinem Kopfverband befindet sich über dem linken Ohr eine Narbe in Form einer 2. Auf einer Karte der Schwedengruppe oder Ataser sind drei Höfe und ein Platz im Bereich von Louisendorf und dem Tannenbusch mit Zahlen von 1 – 4 versehen, und raten Sie einmal, welche Nummer die Försterei direkt am Tannenbusch hat? Und ich weiß jetzt auch, weshalb ich oder sicher alle in der Ostkirche markierten Kinder sich das einprägen mussten, was sie durch das ovale Kirchenfenster sehen sollten: Die Försterei. Ich habe mir das Fenster letztens genau angesehen. Die Streben und deren Verläufe für die Verglasung haben fast genau die Form, wie sie die knapp 50 Jahre später entstandene Dorfanlage von Louisendorf aufweist. In der Felsenkirche haben Sie mir die Geschichte der vier möglichen Eingänge erzählt und Sie sprachen von einem fünften Gebäude, dessen Aufgabe es ist, auf den Eingang hinzuweisen. Ich habe dieses Gebäude gefunden, es ist die Ostkirche.«

Ich holte Luft und sah Quesa an: »Wie auch immer, erzählen Sie, was uns in den nächsten Stunden erwarten wird: weiter leben oder sterben!«

Quesa nahm ihre hellhäutigen, schmalen Hände aus den Jackentaschen und stützte sie in ihre Hüften: »Ganz einfach: Ich werde mich bei Öffnung des Zeitfensters gegen 20.30 Uhr, so mich niemand aufhält, ins

Schiffsinnere begeben und dann im – Ihr würdet sagen: Kontrollraum – eine ganz bestimmte Platte gedrückt halten, bis die Startvorbereitung abgeschlossen ist. Dann hat man 30 Sekunden Zeit, das Schiff wieder zu verlassen. Schwierig könnte natürlich sein, dass das Objekt etwas schräg und auf dem Kopf im Boden liegt. Im All ohne Belang, aber hier? Man wird sehen!«

»Und Sie? Was passiert mit Ihnen?«, fragte Becca.

»Entweder ich schaffe es bis nach draußen oder ich mache die Reise einfach mit. Erst geht sie in eine andere programmierte Zeitepoche zu einem anderen Ort, nicht wirklich weit von hier ...«

»Hürtgen, 16. Jahrhundert!«, fiel ich ihr ins Wort.

»Larissa, dein Papa ist nicht nur mutig, er ist auch sehr clever. Er hat nämlich recht mit Hürtgen. Dort gibt es die Zwischenlandung am frühen Morgen des 18. Februars des Jahres 1556. Die Programmierung konnte nur mit der Erfindung der Längen- und Breitengrade erfolgen sowie mit der Festlegung der Erdzeiten nach dem Gregorianischen Kalender.«

»Und warum Hürtgen?«, fragte ich.

Ein leichtes Lächeln umspielte Quesas Gesichtszüge: »In diesem nahezu menschenleeren Gebiet, das damals zum Machtbereich des Herzogs Wilhelm V. von Jülich-Cleve-Berg gehörte, ereignet sich genau zu diesem Zeitpunkt ein heftiges Erdbeben, sodass diese Zwischenlandung kaum wahrgenommen wird. Das Schiff taucht dort auf, zerstört sicherlich etwas Wald und ist zwei Minuten später wieder spurlos und auf Nimmerwiedersehen in den Weiten des Weltraums entschwunden. Nur innerhalb dieser zwei Minuten gibt es die einzige Möglichkeit, das Schiff noch zu verlassen.«

»Gibt es auch hier Zerstörungen?«, fragte Manni.

»Wenn alles normal verläuft, spürt man hier nur ein kurzes Ruckeln und dann ist es schon wieder vorbei. Es wird sicherlich von allen als Mini-Erdbeben prognostiziert. Damit wird das Geheimnis der Gocher Heyde Geschichte sein.«

»Wieso haben Sie derlei Rettungsaktionen nicht schon im 16. Jahrhundert durchgeführt, kurz nachdem es hier entdeckt wurde? Reisen durch die Zeit sollten für eine hochentwickelte Zivilisation wie die der Schiffseigentümer doch kein Problem darstellen, meine ich«, warf Manni ein, »oder?«

Quesa lächelte: »Ist es auch nicht – bei Überwindung von Raum und Zeit durchs unendliche All. Aber wie ich gerade schon bemerkte, bei diesem Bergungsvorhaben wurde darauf gewartet, dass der Gregorianische Kalender offizielles Zeitmaß in Europa wurde und dass die Bestimmung von Breiten- und Längenkoordinaten mit dem Null-Meridian durchs Londoner Greenwich entwickelt war und 1884 bestätigt wurde. Alles andere hätte nur Getöse unendlichen Ausmaßes verursacht.«

»Und besteht eine Gefahr für Sie während der Überwindung von Raum und Zeit?«, fragte Becca nach.

»Nein, für mich nicht. Für den Menschen auch nicht wirklich, außer dass er nach einer solchen Reise unter Erinnerungsverlusten leidet, aber diese Erinnerungen kehren nach einiger Zeit zurück. Zu oft sollte man dieses Wagnis allerdings nicht eingehen!«

Ich war fasziniert und hatte eine verrückte Idee.

»Quesa, ich habe vor achtzehn Jahren den Wunsch gehabt, dieses Objekt aus der Nähe zu sehen, zu berühren oder zu fotografieren. Das jetzt zu realisieren dürfen Sie mir nicht abschlagen. Nehmen Sie mich mit. Rechtzeitig vor dem Start werde ich von dort wieder verschwunden sein.«

»Ich weiß nicht.«, mahnte Becca.

»Geile Sache!«, klang es schon positiver von Manni.

Ich schaute Larissa an: »Was meint mein kleiner Schatz?«

»Nur wenn du versprichst, wiederzukommen!«

Ich schaute Quesa an: »Sind Sie damit einverstanden, Quesa?«

Sie zögerte: »Gut, von mir aus«, dann zu Larissa gewandt, »er kommt zurück, ich verspreche es!«

»Chris, seien Sie gegen 20.40 Uhr an der Försterei. Wir benötigen für den Tunneldurchgang ganz sicher zehn Minuten. Also pünktlich sein, wollen Sie etwas Spektakuläres sehen – und kein Handy aus technischen Gründen!«

Ohne jedes weitere Wort drehte sie sich um und verschwand hinter der Wand zum Flur – wortwörtlich.

Ich schaute auf meine Uhr: 18.30 Uhr.

Während Larissa und Becca von mir mehr über Quesa erfahren wollten, stand Manni wortlos auf und verließ den Raum ebenfalls. Fünf Minuten später war er wieder da und legte mir die Baretta auf den Tisch.

»Geladen mit sechs Schuss. Und diesmal nimmst du sie mit, klar!«, befahl er mit strenger Miene.

»Muss das sein?« fragte Becca.

»Das muss sein!«, antwortete Manni und wischte sich über den kahlen Kopf.

Larissa kam zu mir und drückte mich und flüsterte: »Hab dich lieb!«

Ich ging zum Fenster, schaute kurz hinaus und drehte mich dann um: »Wird schon alles gutgehen. Das schaffe ich schon, trotz meiner Verletzung. Wäre trotzdem toll, wenn ihr etwa zehn Minuten nach dem von Quesa erwähnten Ruckeln zum Tannenbusch-Parkplatz kommt. Ich werde da auf euch warten. Jetzt werde ich mich doch noch etwas hinlegen, weckt mich bitte rechtzeitig!«

Ich nahm die Pistole in die Hand, schaute kurz drauf und legte sie wieder hin. Dann ging ich um den Tisch herum und nahm Becca in den Arm und küsste sie. »Alles wird gut, Schatz.«, versuchte ich sie zu beruhigen. »Quesa passt schon auf. Und gib auf die Waffe acht!«

HÜRTGENER LAND 1564

»Ja die Baretta«, murmele ich in den Wald hinein, wohl wissend, dass mich keiner hören wird, »sie hat mich gerettet, danke Manni!« Dem Wald war es einerlei.

Wie lange sitze ich hier eigentlich schon und wie lange muss ich noch? Da war noch kein Licht. Und es ist kalt. Kein Feuer machen, pah, von wegen. Ich suche mir jetzt Reisig und entsprechende Äste zusammen.

Als etliche Minuten später mein kleines Feuer brennt und ich die erste Wärme spüre, muss ich an die letzten Minuten im Objekt denken ...

... Becca hatte mich rechtzeitig geweckt. Ich machte mich frisch und zusammen versorgten wir noch einmal meine Wunde. Auf dem Ohr selbst hatte sich eine Kruste gebildet.

Draußen war es bereits dunkel.

Über die Bedburger Straße brachte mich Manni bis zur Einmündung Ostkirchstraße. Von hier aus ging ich zu Fuß weiter, knappe hundert Meter.

Becca hatte mir zwar noch eine Jacke mitgegeben, aber die lag auf dem Rücksitz. Kalt war es nicht und für die paar Minuten ... Als ich ausstieg, die Kamera und die Laterne in Händen, hörte ich Manni sagen: »Hier, vergiss nicht die Pistole. Man weiß nie.«

Angesichts beider vollen Hände stöhnte ich: »Eine Stoffta ...«, und ergänzte »Scheiße, ich habe die Schatulle von Vesterhof total vergessen. Die Tasche muss noch im Flur stehen. Gruß an Becca, ihr drei könnt gerne schon hineinsehen. So'n Mist aber auch!«

»Bestell ich ihr«, antwortete Manni, »steck die Baretta in die Gesäßtasche, und wenn du ein Handy bei hast, lass es im Wagen, Quesa will so ein Ding nicht im Objekt haben. Und nun hau endlich ab und berühre dein Ufo!«

Ich wartete einen Moment, bis die roten Rücklichter kleiner und kleiner wurden.

Ausgerüstet mit Kamera und Taschenlampe näherte ich mich nun der Einfahrt zum Hof, an dessen Stelle einst Ende des 17. Jahrhunderts die Försterei gestanden haben soll.

Kein Licht im ganzen Haus. Alles schien ruhig. Zu ruhig.

Ein Blick zur Uhr: 20.39 Uhr, das passt! Wo ist Quesa?

Im Licht der Taschenlampe las ich auf einem seitlich angebrachten Schild ›Zutritt verboten! – Der Eigentümer‹ und klein darunter: ›Workotec GmbH‹. Als ich mit dem Fahrrad hier war, war mir das Schild nicht aufgefallen. Da aber kein Tor den Weg auf den Hof versperrte, trat ich vor. Kaum hatte ich vier Schritte auf das Grundstück gesetzt, sprangen drei große Scheinwerfer an und erhellten die komplette Einfahrt.

Plötzlich fielen Schüsse. Sie kamen aus dem hinteren Schuppen. Instinktiv duckte ich mich und griff nach der Pistole in meiner Hose.

Dann herrschte Ruhe, abgesehen von zwei vorbeifahrenden Autos.

Ich wartete. Wo blieb Quesa? War sie vielleicht der Grund der Schüsse? Und wieso kamen keine Leute aus dem Haupthaus, wieso erhellte sich kein Fenster, sie müssen die Schüsse doch gehört haben? Auch im gegenüberliegenden Hundezwinger regte sich nichts, was war mit den Kläffern?

Da ging eines der aus derben Brettern gezimmerten Schuppentore auf und eine große Frau mit Kapuze trat ins Freie. Es war Quesa.

Sie sah mich und winkte mich zu sich.

Ich eilte hin. Auf dem Weg zum Schuppen entdeckte ich die Hunde regungslos in ihrem Zwinger liegen. Offensichtlich tot.

»Chris, wenn Ihr immer noch das Schiff sehen wollt, dann kommt mit.«

»Ja! Aber was ist hier los, waren das Schüsse, die ich gehört habe? Haben Sie die toten Hunde gesehen?«

Quesas Stimme klang verändert: »Wir werden im Gang zum Eingang noch mehr Tote sehen. Seid darauf gefasst. Wir sollten jetzt zum Schiff, um den Countdown einzuleiten.« Sie wirkte kalt.

Erst jetzt sah ich mehrere abgestellte Autos mit Gocher Kennzeichen seitlich des Schuppens. Es waren zum Teil Firmenwagen der *Workotec GmbH.*

Ich stand nun direkt vor der großen Frau in der dunklen, weit geschnittenen Jacke und der matt schimmernden Hose.

Mir war, als schwankte sie leicht.

»Ich was mit Ihnen?«

Statt einer Antwort: »Kommt, wir müssen erst durch einen schräg nach unten verlaufenden Tunnel und der beginnt im Schuppen.«

Der Schuppen sah von außen wie ein gewöhnliches Wirtschaftsgebäude aus, aber er war alles andere als das. Die Innenseiten der Tore waren aus Metall, es gab keine Fenster im gesamten Innenbereich. Hier drinnen empfing uns ein mattes Licht. Überall sah ich haufenweise technischen Kram herumstehen wie Stromaggregate und Belüftungsmaschinen. Von diesen führten Unmengen von Kabeln und Schläuche diverser Größen in den um vier Meter tiefergelegten Teil des Bodens, um dann in einer kreisrunden seitlichen Öffnung im Erdreich zu verschwinden.

»Ist das der Tunnel da unten?«, fragte ich.

»Ja, der mühselig angelegte Tunnel zum Eingang. Den haben die Schweden, oder Ataser, nach 1993 angelegt, diesen und noch zwei andere. Sie wollten halt vorbereitet sein.«, erklärte Quesa, »vorbereitet darauf, so sie den richtigen Eingang erfahren, sich der Technik des Schiffes zu bemächtigen. Glücklicherweise sind sie auf den Hinweis auf dem Tagoon hereingefallen und glauben, die Befreiung erfolgt erst in drei Tagen. Ansonsten wären ungleich mehr Kämpfer der Schwedengruppe vor Ort, um den Start zu verhindern, als diese zwei Wachposten, wie sie jeden Tag hier eingesetzt werden. Jetzt mir nach in den Tunnel, es ist bereits zehn Minuten vor neun. Erschreckt nicht, wenn Ihr gleich über zwei tote Wachmänner stolpert. Die schossen auf mich ohne Vorwarnung. Natürlich musste ich mich wehren.«

Wir kletterten hinab und betraten den Tunnel, Quesa vorneweg und ich hinterher. Der Weg führte leicht schräg in die Tiefe. Der Fotoapparat kam nun auch noch um meinen Hals, um zumindest eine Hand beim Klettern frei zu haben.

Wir schritten jetzt nebeneinander her.

»Was wird aus Ihnen, wenn all das hier vorüber ist?«, wollte ich wissen.

»Macht Euch um mich keine Gedanken«, ein leises Hüsteln folgte, »wichtig ist, dass dieses Objekt im Boden endlich von hier weggeholt wird und nicht länger eine Gefahr für die Region und deren Menschen darstellt.«

Unser Schritt verlangsamte sich, als eine gläserne Zwischenwand vor uns auftauchte und zehn Meter weiter eine zweite. Wie kam man da durch? Ließen sich die Glasbarrieren verschieben, nach rechts oder links in die Wand, doch wie? Es gab keinen Griff, keinen Knauf und auch keine Fläche mit irgendwelchen Sensoren. War hier unser Weg zu Ende?

Quesa schlich zur rechten Glaswandseite und steckte einen Chip-Schlüssel in den Schlitz eines an der Tunnelwand angebrachten Kästchens.

Die Glasbarriere glitt lautlos zur Seite und öffnete sich einen Spalt weit.

»Fand ich beim Wachmann, nachdem ich ihn eliminieren musste. Schnell hindurch«, hauchte sie, zog den Schlüssel wieder heraus und reichte ihn mir, »Ihr wollt schließlich wieder zurück. Der Spalt schließt sich gleich automatisch.«

So war es. Jetzt waren wir zwischen zwei durchsichtigen Wänden eingeschlossen.

Wieder ein leichtes Hüsteln von Quesa und wieder bemerkte ich ihr leichtes Schwanken und ich fragte abermals, ob was mit ihr sei.

Statt zu antworten ergriff sie plötzlich meine Hand.

Darüber erschrocken schaute ich auf diese und sah, wie Blut unter ihrem Jackenärmel am Arm herunterlief.

Fünf Meter vor der zweiten Glaswand sackte Quesa plötzlich zu Boden.

Ich fing sie auf und setzte sie an die seitliche Tunnelwand. Sie bewegte sich nicht mehr.

Da drangen leise, aber dennoch hörbar, Stimmen, laute Befehle und Anordnungen an mein Ohr. Und das Getrampel mehrerer Personen. Ich blickte den Tunnel zurück und erkannte Michael Loogen und Ole Sundboe und weitere bewaffnete, zumeist blonde Hünen heranstürmen.

»Quesa, kommen Sie zu sich! Quesa, Quesa, die Schweden sind da. Hören Sie mich, die sind ganz sicher hier, weil die Wachmänner sich nicht turnusgemäß gemeldet haben«, ich saß auf den Knien vor ihr, schrie sie geradezu an: »Die haben die Täuschung bemerkt und sind jetzt da, um uns das Schiff streitig zu machen! Was soll ich tun?«

Keine Reaktion ihrerseits.

Auch wenn sie von einer Kugel des Wachmanns getroffen wurde, warum hörte und spürte sie mich nicht, mit all den magischen Münzen und Ohrringen? Sandte ich zu wenig Neurosignale aus? Musste da mehr Adrenalin, Furcht und Schmerz her? Ich riss mir den Klebeverband derart brutal von der Kopfseite, dass ich vor Schmerzen aufschrie und dieser durch meinen ganzen Körper schoss. Bitte, lass genug Adrenalin einschießen, flehte ich und nahm ihre Hand. Da, ein Zucken. Quesa bewegte sich wieder, richtete ihren Oberkörper noch einmal auf und schlug mit der anderen Hand die Kapuze komplett nach hinten, so dass ich ihr ungewöhnlich helles Aussehen erfassen konnte. Ihre Augen waren geschlossen. Da begann sie meine Hand immer fester zu drücken – und schlug plötzlich ihre Augen auf.

Mit ihren dunkelroten Augen sah sie mich durchdringend an. »Chris«, flüsterte sie kaum hörbar, da vor der Tür die Schweden herumschrien und mit roher Gewalt versuchten, die Scheibe zu zerstören. Scheinbar besaß keiner von denen den nötigen Chip-Schlüssel.

»Chris, hört Ihr, Ihr werdet meinen Job machen müssen. Ihr müsst einfach, denkt an Becca und Larissa und an all die anderen Menschen hier.«

Ich weiß nicht, wie ich es beschreiben soll, aber ich fühlte mich diesem Wesen total ergeben und ich mochte Quesa. Sie hatte mir nicht nur einmal das Leben gerettet.

»Ich kann das nicht. Ich werde den Ausstieg in Hürtgen verpassen, und ich habe meiner Tochter doch versprochen, zurückzukommen!«

»Und auch ich habe es ihr versprochen und deshalb werdet Ihr unter meiner Anleitung es schaffen, das Schiff rechtzeitig zu verlassen. Auch dort wird man dank Eurer Tat über Euch wachen. Schaut mir jetzt in die Augen!«

Ich spürte, wie sie versuchte, spirituellen Kontakt mit mir aufzunehmen. Sie begann mir zu erklären, wie der Start eingeleitet würde und ich begriff alles wie in Trance. Dann zog ich, gesteuert von meinem Unterbewusstsein, die Pistole und schoss alle sechs Patronen auf die Wand aus dickem Glas, sodass diese in tausend Stücke zerbarst. Für den Bruchteil einer Sekunde spiegelte sich im Glas eine fremdartige Kreatur, dort wo ich Quesa wähnte und hinter der ersten Wand und den Schweden glaubte ich ein riesiges Feuer zu sehen. War ich schon Opfer meines geistigen Durcheinanders und bildete es mir nur ein? Wie von einem Leitstrahl gesteuert, steckte ich nun die Waffe wieder ein und sprang auf, entriegelte die Eingangstür des Schiffes und sprang hinein, dabei riss der Gurt der Kamera, die zu Boden fiel. Quesas Macht über mich wurde immer stärker, sie leitete mich in den Kontrollraum, ich war wie in einer anderen Sphäre – und dann wurde es weiß vor meinen Augen und ich wusste nichts mehr ...

Das Getrappel von Pferdehufen reißt mich aus meinen Erinnerungen.

Da kommt jemand, sollte ich das Feuer wieder löschen? Nichts da. Sich versteckt wird auch nicht mehr.

Der Klang der Hufe wird trotz Waldboden lauter. Ein letzter dicker, die Sicht versperrender Baum und ich sehe den Reitersmann. Es ist Bruder Michael auf dem Rücken eines der Klosterpferde.

Hinter ihm auf dem Pferderücken befindet sich ein leicht gefüllter Sack.

»Gott zum Gruße, Bruder Christopher«, begrüßt mich der Klostervorsteher bestens gelaunt, »gut, dass Ihr ein Feuer entfacht habt, sonst hätte ich Euch womöglich nicht gefunden. Ich befürchtete schon, zu spät zu kommen.«

Er steigt vom Pferd und setzt sich zu mir auf den Baumstamm.

»Was macht Ihr hier?«, frage ich neugierig, denn mit diesem Besuch habe ich nie und nimmer gerechnet.

Er reicht mir aus dem mitgebrachten Sack ein Stück Brot und etwas Schinken. »Solch eine schwere Reise, wie sie Euch bevorsteht, sollte man nicht mit leerem Magen unternehmen und auch nicht in falscher Kleidung.«

Während ich herzhaft in das Brot beiße, zaubert er aus dem Sack normale Gesindekleidung hervor, eine derbe, lange Hose und ein helles Hemd zum Schnüren am Hals. Sofort ziehe ich mich um und das Mönchsgewand verschwindet im Sack. Dabei schaue ich immer wieder Richtung Wald. Jetzt einen Schinkenhappen.

»Wonach haltet Ihr Ausschau, Bruder Christopher?«

»Nach einem Licht oder einem Leuchten, das mir den Beginn der Reise in meine Zeit signalisiert. Je dunkler es wird, desto näher rückt der Start.«

»Dann will ich keine Zeit verlieren, Euch zu berichten, was ich mir Neues erdacht habe, damit Ihr, mit Hilfe des Kanonikers Hendrik Ryswijk aus Xanten, Eure Reise ins 16. Jahrhundert den Eurigen in der Zukunft glaubhaft machen könnt. Und auch mit einem der beiden Joachimstaler um Euren Hals habe ich etwas vor. Hört gut zu!«

Dann erzählt er mir haarklein seinen Plan.

Er schließt mit dem Satz: »Und genauso machen wir das.«

»Ihr seid wahrlich ein ausgefuchster Mann«, lobe ich ihn überschwänglich, »einfach genial!«

Ich sehe, wie er mich beim Essen beobachtet, dann ins knisternde Feuer lugt.

»Aber mir fällt da ein«, beginnt er erneut, »dass Ihr bei der Ankunft hier vor acht Jahren eine lange Zeit ohne Erinnerung gewesen seid. Das könnte jetzt wieder der Fall sein. Wenn Ihr auch Euer Treffen mit Weib und Tochter zeitlich und örtlich festgelegt habt, so wie Ihr sagtet, so kann doch passieren, dass Ihr Eure Lieben gar nicht erkennt und, viel schlimmer, sie Euch möglicherweise auch nicht. Ihr habt jetzt lange graue Haare und seid um acht Jahre gealtert. Dagegen müsst Ihr gewappnet sein.« Bruder Michael holt aus dem Feuer einen dünnen, stark angekohlten Ast und kommt auf mich zu: »Ich werde Euch kenntlich machen. Was soll ich auf Euer Hemd schreiben, Euren Namen?«

»Eine gute Idee, mein Freund, wieder einmal. Schreibt meinen weltlichen Namen: Chris van Heuvel. Oh Gott, wenn ich Euch nicht hätte, Bruder Michael. Obwohl ich es nicht darf, wäre ich bereit, Euch etwas aus der Zukunft zu verraten, nur Jahreszahlen, das Kloster betreffend, so Ihr es denn überhaupt hören wollt?«

»Es steht mir zwar nicht zu, von zukünftigen Ereignissen Kenntnis zu haben, aber ich bin wahrlich wissbegierig und darum will ich es hören. Also los, ich bin gespannt.«

Ich erzähle ihm vom Ausbruch der Pest im Dürener Raum des Jahres 1591, vom Ausbruch des Dreißigjährigen Krieges 1618, der auch das Dürener Land überzieht und eine zerstörte Klosterkirche zurücklässt, dass 1650 lothringische Truppen Schwarzenbroich arg plündern werden und dass im Jahre 1835 das Kloster durch einen Brand zerstört und nie wieder aufgebaut wird. Diese Infos habe ich zufällig auf der alten Jülicher Karte von Gaz Togdor als Randbemerkungen gelesen.

»Macht etwas aus diesen Informationen oder behaltet sie für Euch«, so beschließe ich meine kleine Wahrsagerei.

Plötzlich dringt der Schrei einer Eule an mein Ohr und ich starre in den Wald. Tatsächlich entdecke ich jetzt ein schwaches Licht zwischen den Bäumen.

Bruder Michael bestätigt meine Beobachtung und fragt: »Ist es das Zeichen?«

»Ich glaube schon. Ich muss da jetzt hin. Kommt Bruder Michael, lasst Euch noch einmal umarmen.«

Wir drücken uns wie zwei alte Schulfreunde, die sich lange nicht gesehen haben. Zum Schluss schenke ich ihm noch den Lederbeutel mit dem Rest an Münzen.

Ein erneuter Eulenschrei, jetzt nur lauter.

»Macht schon, dass Ihr dahin kommt. Ich lösche das Feuer. Haltet die Ohren steif, alter Freund!«

Ich wende mich der Lichtquelle zu und gehe immer weiter drauf zu. Auf meinem Schnürhemd steht mein Name und noch etwas mehr.

Das Licht wird heller. Ein Summen nehme ich war. Als es gar grell wird, schwinden mir die Sinne.

Auf einem fest getrampelten Waldweg, mehr stolpernd als gehend, komme ich zu mir. Es ist dunkel und trocken. In der Ferne nehme ich bekannte Geräusche wahr: Sirenengeheul. Gegen den blauen Nachthimmel recken sich links und rechts die Silhouetten hoher Waldbäume.

Ich habe nicht den kleinsten Schimmer, wo ich eigentlich bin noch welche Uhrzeit wir haben. Mir ist kalt und ich halte meine Arme vor der Brust schützend gekreuzt.

In wenigen hundert Metern vor mir muss eine Straße quer zum Wald verlaufen. Ständig fahren Autos vorbei. Diese Straße ist mein Ziel, warum, weiß ich nicht.

Jetzt biegt ein Fahrzeug in diesen Waldweg ein und hält mit aufgeblendeten Scheinwerfern. Ein Parkplatz, denn auch noch zwei andere Wagen kann ich dort vage erkennen.

Wagentüren klappen und gegen das Licht werden nun drei Personen sichtbar: Ein Mann, eine Frau und ein Mädchen kommen auf mich zu.

Ich stehe voll im Licht der Autoscheinwerfer.

»Chris, bist du es?«, ruft eine Frauenstimme, die mir bekannt vorkommt. »Wir sind es, wir sollten dich doch hier abholen nach dem Ruckeln. Bist du es wirklich!«

Ich gehe auf sie zu. Jetzt bin ich keine acht Meter von ihnen entfernt. Keiner der drei kommt mir bekannt vor.

»Becca, er ist es nicht. Chris trägt ein weißes Hemd, blaue Jeans und rote Turnschuhe. Und nun schaue dir diesen Mann an, lange graue Haare, und Klamotten an, als stamme er von einem Ritterfest. Nee, wir müssen halt noch warten, bis Chris auftaucht.«

»Hallo«, stammele ich, dann öffne ich meine gekreuzten Arme und gebe den Blick auf mein Schnürhemd frei, auf dem krakelig geschrieben steht: ›Becca, Larissa, ich bin es, CHRIS van HEUVEL zurück aus 1564!‹

Becca kommt ungläubig auf mich zu, betrachtet mich, dank der Helligkeit der Scheinwerfer genau, sieht, dass ich eine Kette trage und zieht diese mitsamt dem Joachimstaler aus dem Hemd heraus. Sie greift an ihren Hals und bringt eine identische Kette mit Münze hervor und hält sie neben die meine. Ich verstehe nicht, was das bedeutet. Sie aber fällt mir um den Hals und beginnt zu weinen.

Der Mann tritt mit dem Mädchen nun ebenfalls näher an uns heran. Er holt aus einer kleinen Schatulle eine Kette mit einem Anhänger heraus und gibt sie ihr. Der Anhänger ist gleichfalls eine Münze.

»Drehe sie um, Larissa«, höre ich den Mann sagen. Sie gehorcht und im Licht der Taschenlampe kann ich etwas Eingeritztes lesen: ›Chris, Becca, Larissa, 1564‹.

»Komm, Chris, fahren wir nach Hause«, sagt der Mann, der sich mir als Manni vorstellt und behauptet, mein Freund zu sein.

Larissa steht irritiert dabei und sagt nur: »Wir hatten gerade ein Erdbeben hier, echt krass. Hast du das auch gespürt?«

Wir verlassen das Wäldchen und fahren nach links, entlang einer Bahnstrecke. Nach wenigen hundert Metern endet der Wald. Ab hier sorgt ein Polizist für eine langsamere Fahrweise, denn hier, so sagt er, habe das Erdbeben in einem Schuppen ein großes Feuer verursacht, das wahrscheinlich Tote gefordert hat. Auf der Zufahrt zu dem erleuchteten Gehöft beginnen Polizeibeamte, Absperrbänder zu ziehen.

Wir sehen Flammen aus besagtem Schuppen gen Nachthimmel lodern und diverse Feuerwehrleute sind dabei, ihren Job zu tun.

Plötzlich versperren uns zwei dunkle Rover durch bewusst schräges Parken die Straße, so dass wir gezwungen sind zu halten.

Dem Wagen entsteigen zwei Männer in Zivil. Sie kommen auf uns zu und fordern uns auf, unter Vorzeigen kaum lesbarer Dienstausweise, den Wagen zu verlassen.

Ihr Interesse scheint ausschließlich mir zu gelten. Sie tasten mich nach Waffen ab und betrachten dann meine Kopfwunde. Ehe ich mich versehe, trage ich Handschellen und werde auf den Rücksitz des zweiten Rovers verfrachtet. Neben dem Fahrer registriere ich zwei weitere Personen im Auto. Ich bekomme noch die Proteste von der Frau und dem Mann mit, die mich abgeholt haben und dann fahren wir davon. Der Beifahrer meldet sich: »Herr van Heuvel, sagte ich Ihnen nicht, dass Sie die Finger vom ›Project Moraine‹ lassen sollten? Tja, mit Hilfe des Herrn Edström neben Ihnen werden wir uns nun erst einmal Zugang zu ihren Erkenntnissen verschaffen und dann wird Ihr Wissen darüber gelöscht werden, das geht ganz einfach. Ansonsten werden Sie Ihren ganz normalen Alltag so verbringen können wie immer schon. So wahr ich Knut Hinrichs heiße.«

»Knut Hinrichs, hm«, brummte ich, »kenne ich nicht!«

3 Wochen später

Die langen Haare sind ab, das Grau bleibt.

Vor einer Woche bin ich aus dem Militärkrankenhaus als wiederhergestellt entlassen worden. Die Erinnerungen sind alle zurück. Becca aber meinte, ich hätte noch erhebliche Wissenslücken, was das Geheimnis der Gocher Heyde angehe, oder was Gaz Togdor und Quesa beträfe, alles Begriffe, die mir nichts sagen.

Mit Mutter versteht sie sich wirklich gut und so schlug diese vor, dass wir mit unserer Tochter zunächst einmal bei ihr in Hasselt einziehen sollten. Da sie keine Untermieter mehr beherbergt, sei doch Platz genug vorhanden.

Becca kümmert sich mit Mannis Hilfe um den Umzug und die notwendigen Behördengänge.

Sonntag, 02. Oktober 2011

An diesem wunderschönen Herbstsonntag lasse ich mich zu einem Ausflug nach Louisendorf überreden. Warum gerade dorthin, weiß ich nicht, aber wenn die beiden sich davon etwas versprechen und glauben, es würde Einfluss auf meine vollständige Erinnerung haben, bitte sehr. Ich weiß nicht, was mich mit diesem Ort verbindet. Nach einem Spaziergang um den Louisenplatz wollen Becca und Larissa das 2004 eröffnete Jakob-Imig-Archiv besuchen, das nur an einem jeden ersten Sonntag im Monat für die Öffentlichkeit zugänglich ist. Die mit viel Liebe und noch mehr dörflicher Eigenleistung zusammengetragene Ausstellung zieht von Jahr zu Jahr mehr Besucher an. In dieser einstigen Lehrerwohnung findet sich auf Tischen, an Wänden und in Vitrinen viel Wissenswertes über die Pfälzer Geschichte hier auf der Gocher Heyde.

Die Vitrine in der hinteren Ecke ist neu und aktuell mit ausschließlich alten und historisch anmutenden Dingen aus dem Nachlass des letzten

Nachkommens der Familie Vesterhof bestückt. Kenne ich nicht, die Familie.

Dann verlassen Becca und Larissa das Archiv mit Ziel Vorplatz und wollen mich mit der Pfälzer Geschichte alleine lassen. Vielleicht erinnere ich mich an etwas.

Ich betrachte die Vesterhof-Vitrine sehr interessiert, besonders die neuen Ausstellungsstücke.

Es geschieht aus heiterem Himmel und fühlt sich an wie ein Blitz im Kopf. Meine Beine geben nach und ich falle.

Ein ehrenamtlicher Mitarbeiter rennt aus dem Zimmer. Ich höre sein Rufen: »Kommen Sie schnell. Mit Ihrem Mann ist etwas nicht in Ordnung!«

Sie finden mich auf dem Boden vor der neu bestückten Vesterhof-Vitrine liegen. Sie zerren und rütteln an mir, sprechen mich ständig an, tatschen meine Wangen.

Ich höre ihre Stimmen, ihre Rufe ›wo bleibt der Notarzt‹, spüre ihre Berührungen. Ich öffne meine Augen, sehe sie an und erkenne sie – endlich. Dann vernehme ich Larissas Stimme: »Mom, schau, da in der Vitrine!«

Ich weiß, was meine Tochter soeben entdeckt hat. Ein altes Teilstück eines Buchdeckels mit nur einem bedruckten Blatt, dem Titelblatt. Auf Bütten stand dort in gedruckten Lettern: *Christopher van de Cleef/»PROIECTUM MORAINE« oder Das Geheimnis der Gocher Heyde/Zum Begreifen der Leuth 2011/Anno Domini 1546/Creuzherrencloster Schwarzenbroich*

Ich habe es auch gesehen, aber mir sagte es nichts ...

ENDE

BEMERKUNGEN

Obwohl reichlich Wald vorhanden war, wurde im Jahre 1619 mit der Anlage Tannenbusch auf der Gocher Heyde begonnen, diese hatte zeitweise sogar einen eigenen Walddiener. Abgeschlossen wurde die Anlage genau im Jahre 1741. Dieses Jahr war die Ankunft der Pfälzer Siedler auf der Gocher Heyde, ein Menschenschlag ganz anderen Glaubens (protestantisch) als die hiesige Urbevölkerung (katholisch). *Hatten Tannenbusch, Walddiener und Pfälzer vielleicht die Aufgabe, auf diese Heyde aufzupassen, zu beschützen, aber vor was?*

Obwohl unzählige Zeichner und Maler den unteren Niederrhein besuchten und gerade im 18. und 19. Jahrhundert jede Stadt, jedes Dorf, jede Burg, jede Kirche und jedes Herrenhaus in Zeichnungen oder Gemälden festgehalten wurden, gibt es nicht eine Skizze der Siedlung Pfalzdorf. *Galt die Order: Niemanden auf diesen Landstrich aufmerksam machen oder gar herlocken?*

Viele Zeitungen und selbst die ferne ›Augsburger Allgemeine‹ berichteten vom Erdbeben am Niederrhein vom 08. September 2011 um 09.02 Uhr mit der Stärke von 4,4 auf der Richterskala, und dass das Epizentrum in Goch am Niederrhein lag. Merkwürdig, dass es keine der üblichen Nachbeben gab.

Erst ab 2011 durften auf der Gocher Heyde erstmals Windkrafträder aufgestellt werden.